Scarlet
스칼렛

Scarlet

스칼렛

우연을 담다

—

우연을 담다

염 원 장 편 소 설

SCARLET ROMANCE STORY

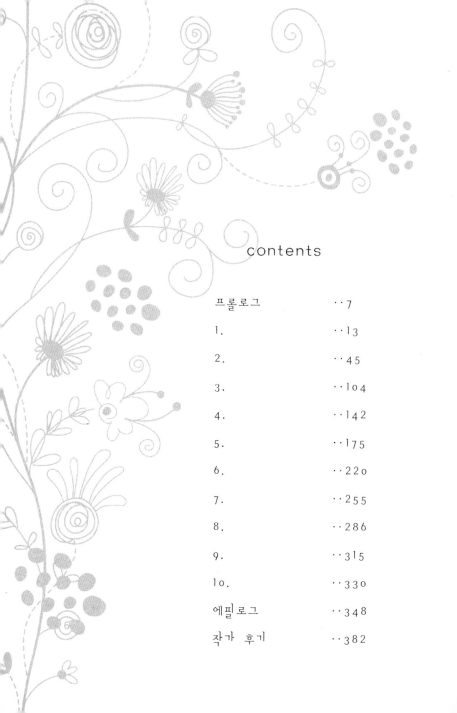

contents

등 뒤의 전면 창에선 한겨울에 어울리지 않는 따뜻한 햇볕이 내리쬐고 있었다. 카운터 안 의자에 앉은 다진의 표정은 책장이 한 장, 한 장 넘어갈 때마다 점차 심각해졌다.

서점 스피커에서는 들릴 듯 말 듯 작게 10cm의 '눈이 오네'가 울리고 있었다. 하지만 책에 집중한 다진의 귀에는 그 좋아하는 노래도 들어오지 않았다.

서점에서 아르바이트를 한 지 벌써 2년째였다. 일주일에 3일, 시간대를 조정해서 하루에 5시간 이상 근무하지 않았다. 책 냄새가 좋고, 서점의 평안한 분위기가 좋아서 시작한 일이라 본업은 따로 있음에도 놓칠 수가 없었다.

책의 내용이 조금씩 하이라이트를 향해 달려갈수록 다진의 심장도 뛰었다. 손님이 오거나, 식사를 하러 간 용우나 진영이 돌아와 집중을 흐트러뜨릴까 불안했다. 그래서 책을 덮으려 했지만 눈이 멈추질 않았다. 긴장감 때문에 의자에 편안히 기대고 있던 다진의 몸이 조금씩 웅크러 들었다. 그 모습이 마치 책 속으로 점점 빨려 들어가는 것 같았다.

다진은 책 읽는 속도가 빠른 편이 아니었다. 그래서 지금도 그녀의 시선은 진지하게 글자를 한 자, 한 자 따라가고 있었다. 정신병원에서 만난 두 사람이 탈출을 하는 장면에서 다진의 심장이 뛰기 시작했다. 행여 두 사람이 잡힐까 '조금만 더, 조금만 더' 하고 마음속으로 외쳤다. 정신병보단 마음의 병 때문에 병원에 갇혀 버린 남자 주인공이 패러글라이딩을 하기 위해 땅에서 발이 떨어지는 순간 다진의 두 눈에 눈물이 고였다.

'무사히 멀리 가.'

아릿한 마음속 외침을 마른침을 넘기는 걸로 꾹 누르는데 카운터 앞으로 사람의 그림자가 드리워졌다. 천천히 고개를 든 다진의 뿌연 시야가 눈을 한 번 깜빡이자 눈물이 흘러내리면서 밝아졌다.

볼을 타고 흘러내린 눈물을 닦고 자리에서 일어섰다. 하지만 남자는 미동도 없이 다진을 빤히 쳐다보고 있을 뿐이었다. 다진은 남자의 시선을 피하지 않았다. 남자의 시선이 움직이더니 다진이 내려놓은 책으로 향했다. 책 표지를 확인한 남자는 여전히 무감한 시선을 다진에게로 옮겼다. 남자의 차가운 시선이 닿으니 책을 읽으며 뜨겁게 가슴을 두방망이질 치던 심박이 서서히 제 속도를 찾아가는 게 느껴졌다.

"찾는 책 있으세요?"

다진이 마음을 가다듬고 물었다. 서점을 한 번 대충 둘러본 남자가 고개를 끄덕였다. 그리고 메모지를 건넸다. 휘갈겨 쓴 것 같은 글씨체는 썼다기보다 그린 것처럼 보였다. 알아보기 힘든 게 아니라 글자와 글자를 이어 간 선이 독특했다. 남자의 기다란 손가락은 펜을 어떻게 쥘까 궁금했다. 저 손에 잡힌 펜이 이렇게 멋들어진 글씨를 쓰는 걸 직접 보고 싶었다.

"유한은 일러스트집이요?"

확인하기 위해 다진이 소리 내어 읽자 남자가 다시 고개를 끄덕였다.

전문 서적은 별로 구비하지 않는 데다가 일러스트집이라고 해 봐야 서가의 책장 한 간도 차지하지 않기 때문에 없다는 건 알고 있었다. 하지만 확인하는 척이라도 해야 할 것 같아 나진온 재고 확인 프로그램에서 책 제목을 검색했다.

"당장 필요한 책이신가요?"

없는 목록이라고 뜬 창을 닫아 없애고 다진이 남자를 올려다봤다. 다진의 등 뒤에 있는 전면 창에서 들어온 햇살이 눈부신지 남자의 인상이 조금 일그러져 있었다.

"구할 수 있어요?"

낮고 건조한 음성이었다. 특별히 귀에 꽂히는 음성도 아니었는데 다진은 남자의 목소리가 어째선지 남다르게 들린 걸 무시하고 대답했다.

"확인해 드릴게요. 잠시만요."

전문 서적을 다루는 총판에 전화를 걸어 책 제목을 알려 주니 잠시 뒤 3일 후 입고될 수 있다는 답변이 들려왔다.

"손님께 여쭤 보고 필요하면 발주 넣을게요. 네, 고맙습니다."

전화를 끊은 다진이 남자에게 들은 대로 설명을 해 주자 남자가 잠시 고민했다. 하지만 금방 건조한 그 음성으로 얘길 했다.

"구해 주세요."

"이 책 같은 경우엔 주문하시면 반품이 안 되는 책이거든요. 저희는 개인이 하는 서점이고 전문 서적까지 구비하지 않고 있어서 주문하시면 무조건 구입하셔야 하는데 그래도 주문해 드릴까요?"

기계적으로 확인하는 절차에 불과했다. 익숙해진 일은 이렇듯 녹음기를 틀어 놓은 것처럼 술술 튀어나왔다. 평소엔 별생각 없이 하는 말이었는데 오늘은 좀 신경이 쓰였다. 그 탓에 말을 마치고 어색한 미소를 지었다. 오히려 이 미소가 손님을 기분 나쁘게 하는 게 아닐까 걱정도 슬쩍 되었다.

"주문해 주세요."

다진은 의중을 알 수 없는 남자의 무표정한 얼굴을 슬쩍 살피며 카운터 아래 서랍에서 주문장을 꺼냈다.

"성함하고 연락처 알려 주시겠어요?"

"이준열, 연락처는……."

볼펜의 뒷부분을 눌러 심이 나오게 한 다진이 눈꺼풀을 두어 번 깜빡인 뒤에 주문장에 준열의 이름을 적었다. 특이한 이름이 아닌데 뇌리에 콕 박힌 이름이 남자와 잘 어울린다는 생각이 들었다.

"책 들어오는 대로 전화 드릴게요."

준열은 고개를 살짝 숙이는 걸로 대답을 대신하고 문 쪽으로 걸음을 옮겼다. 그러더니 나가기 직전, 살짝 몸을 틀어 다진을 쳐다봤다. 자리에 앉으려던 다진은 다시 제대로 서서 준열을 쳐다봤다. 아주 잠깐 어떤 말도 없이 시선을 마주치고 있었을 뿐인데 고요한 서점의 분위기가 직원인 다진에게 무슨 이야기든 하라고 등을 떠미는 것 같았다.

"뭐 더 필요한 거 있으세요?"

다진을 향하고 있던 준열의 시선이 아래로 내려갔다. 다진 역시 그의 시선을 좇았다. 카운터 안쪽, 책상 위의 책을 보고 있었다. 이 책을 찾는 걸까. 다진이 물으려는데 준열은 이미 돌아선 뒤였다. 인사를 할 새도 없이 그가 서점에서 나가 버렸고, 다진은 멍하니 그가 나가고 난 뒤의 빈자리만을 보고 있었다.

무얼까. 이 책에 대해서 얘기하고 싶었던 걸까. 혹시 그도 이 책을 읽은 지 얼마 지나지 않았던 걸까. 그랬다면 그가 서점에 들어왔을 때 다진이 흘렸던 눈물을 이해해 주는 걸까.

서서히 밀려오던 여운이 갑자기 다진의 마음속에서 거센 파도를 일으켰다. 그저 남자의 시선이 책 표지에 닿았을 뿐이었는데 그 사람의 눈에 자신이 받은 감동이 제대로 비쳐진 것 같았다. 비약이 심한 것 같기도 했지만 어차피 생각이란 자신이 좋을 대로 해도 된다는 장점이 있었다. 그래서 다진은 그 감동이 통했으면 좋겠다는 생각을 했다.

준열이 사라진 자리를 한참 쳐다보던 다진은 미끄러지듯 의자에 주저앉았다. 그리고 주문장에 적힌 준열의 이름과 연락처를 바라보다가 서랍에 주문장을 넣고 다시 읽던 책을 집어 들었다. 하지만 클라이맥스를 확인하고 흐름이 끊긴 책의 내용은 쉽게 눈에 들어오지 않았다.

책을 내려놓고 자리에서 일어선 다진이 빈 서점을 둘러봤다. 그리고 몸을 틀어 창밖을 내다봤다. 여전히 햇살은 따뜻했는데 눈이 내리고 있었다. 창으로 다가간 다진이 하늘을 올려다봤다. 책 속 주인공처럼 저 광활한 하늘을 날 수 있다면, 오로지 자신이 원하는 것 하나만을 향해 달려갈 수 있다면. 다진의 가슴이 뜨거워졌다.

인연이 새롭게 시작된 줄도 모른 채 다진은 하염없이 하늘을 올려다볼 뿐이었다.

1

"무슨 벽화요?"

—카페 2층에 그리게.

"직접 그려요."

—치사하게. 좀 그려 줘!

"선배도 미대 나왔잖아요."

냉장고 문을 열고 물끄러미 쳐다보던 준열이 못마땅한 표정으로 냉장고 문을 닫았다.

—물론 내가 네가 졸업한 미대의 선배였으니까 네 선배가 되긴 했지. 그런데 난 싫어. 그림 그리는 게 적성에 맞았으면 내가 왜 여기서 카페 사장을 하고 있겠냐. 인생 선배가 하라면 재깍 '네, 알겠습니다. 선배님. 저에게 맡겨 주세요.' 해야지 뭐 이렇게 잔소리가 많아! 너 내가 여기 개업한 지가 언젠데 한 번도 안 왔잖아! 무조건 와.

안하무인. 막무가내. 차승태다웠다. 안 와도 된다고, 오면 남자 둘이 마주 앉아 있어야 하는데 술자리도 아니고 카페에서 그러긴 싫다고 진저리를 쳤던 건 승태였다.

"다음 주 중에 연락할게요."

퉁명스레 전화를 끊고 준열은 휴대폰을 소파에 휙 던져 버렸다. 그리고 싱크대 위 수납장을 열었더니 스파게티 면이 보였다. 면보단 밥이 먹고 싶은 마음에 잠시 고민하다가 마음의 결정을 내리고 수납장을 닫았다.

준열은 우선 날씨를 확인했다. 커튼을 걷으니 눈이 내리기 시작한 바깥 풍경이 보였다. 창을 열어 볼 필요도 없었다. 입고 있던 트레이닝복 위에 두툼한 야상을 걸쳤다. 한쪽 주머니엔 휴대폰을 다른쪽 주머니엔 지갑을 찔러 넣고 집을 나섰다.

저절로 어깨가 움츠러드는 추위에 얼굴이 구겨졌다. 마트까지 걸어서 10분이면 되지만 차를 가지고 나올 걸 그랬나, 하는 후회가 금방 밀려들어 왔다. 게다가 두툼한 야상을 챙겨 입었으면서 왜 슬리퍼를 신고 나왔는지 스스로도 이해가 가질 않았다.

아직 눈이 쌓이지 않은 걸 다행으로 생각하며 걸음을 재촉하던 준열이 길 건너 보이는 풍경에 멈춰 섰다. 청바지에 긴팔 티셔츠를 입은 여자가 보였다. 일러스트집을 사러 갔을 때 서점 카운터에 있던 여자였다.

서점은 2층에 위치하고 있었는데 철제 계단을 통해 오르내리게 되어 있었고 1층은 서점의 주차장으로 사용되었다. 주차장 앞에서 여자는 봉고차에서 웬 남자가 내려 주는 책 더미를 확인하며 종이에 사인을 하고 있었다. 그러곤 주저 없이 양손에 하나씩 책 더미를 들었다. 보기에도 한 덩이에 20권 이상 될 것 같은 책 더미를 든 여자는 빠르게 계단을 올랐다. 철제 계단을 쿵쿵 오르는 씩씩한 소리가 겨울바람을 가르고 준열의 귓가에 울렸다.

2주 전, 책이 도착했다는 연락을 받은 이튿날 서점에 갔을 때 여자는 자리에 없었다. 별로 신경 쓰지 않고 서점을 나왔다.

책을 주문하러 갔을 때, 그녀의 볼을 타고 흐르는 말간 눈물방울이 어떤 의미일까 궁금했다. 그런데 카운터 위에 그녀가 내려놓은 책의 표지가 눈에 띄었다. 준열도 얼마 전에 읽은 책이었다. 겉으로 드러날 정도로 감정이 요동치진 않았지만 읽고 나서 주인공을 부러워하긴 했었다. 정신병원에 갇혀서도 잃지 않은 자유에 대한 갈망을 두려움 없이 드러내고 하늘로 날아가 버린 남자 주인공이 부러웠다.

그런데 그녀가 그 책을 보고 울고 있었다. 자유에 대한 갈망은 아닐 것 같았다. 그만큼 몰입해서 책을 읽었다는 뜻일 터였다. 그저 얼마 전 읽었던 책이었기 때문에 내용을 떠올리는 동안 그녀를 보고 서 있었을 뿐이었다.

다른 책 더미를 가지러 여자가 1층으로 내려오고 있었다. 길 건너이긴 하지만 차 한 대가 겨우 지나갈 법한 일방통행 길이었다. 그래서 준열의 눈엔 여자의 손이 꽤 자세히 보였다. 추위에 언 손엔 책 더미를 묶은 노끈을 들었던 자국이 남아 있었다.

요즘 서점은 남자 직원은 안 뽑나?

서점에서 하는 일이란 가만히 앉아 있다가 손님이 찾는 책을 찾아 주고, 여유 있게 책을 보며 편안하게 시간을 보내는 거라 생각했었다. 하지만 씩씩한 걸음으로 책 더미를 들고 나르는 여자를 보니 세상에 쉬운 일은 없다는 걸 새삼 알았다.

추운 날씨였다. 슬리퍼를 신긴 했지만 두툼한 야상을 입고 있는 준열도 절로 어깨를 움츠릴 정도의 날씨였다. 그녀 역시 추운지 두 발을 동동 굴렀다. 티셔츠 한 장만 입고 있으니 추울 법도 했다. 그런데 봉고차에서 책 더미를 전부 내려놓은 남자가 뭐라고 말을 걸자 그녀는 동동 구르던 발을 멈추고 곧은 자세로 섰다. 몇 마디 얘기를 주고받는 그녀의 입에서 하얀 입김이 새어 나왔다.

남자가 봉고차에 다시 오르자 여자는 꾸벅 고개를 숙여 인사를 했다. 그녀는 싱그러운 봄 햇살과 같은 미소를 짓고 있었다. 잠시 동안 곧은 자세로 선 몸가짐과 그 미소 때문에 그녀가 서 있는 곳은 겨울이 아닐 것 같다는 착각이 일 정도였다. 그녀의 등 뒤로 닿는 햇살이 유독 더 눈부시게 부서지는 것 같아 보였다.

준열은 야상 양쪽 주머니 안의 손을 더욱 깊이 찔러 넣고 어깨를 쭉 폈다. 그리고 마트로 가던 걸음을 다시 옮겼다. 그녀가 철제 계단을 씩씩하게 오르던 소리가 멈췄지만 준열은 돌아보지 않고 가던 걸음을 계속했다.

양손에 하나씩 책 더미를 들고 계단을 오르던 다진은 걸음을 멈췄다. 길 건너에 보이는 준열 때문에 자신도 모르게 멈춘 걸음이었다. 책을 묶어 놓은 노끈을 통해 책 더미의 무게가 손가락 마디마디에 적나라하게 느껴졌다.

다진은 잠시 책 더미를 내려놓고 슬리퍼를 신은 채 걷고 있는 준열의 뒷모습을 쳐다봤다. 순간, 서늘한 바람이 다진의 온몸을 휘감았다. 등을 돌리고 점점 멀어지는 준열에게서 뿜어 나온 바람인 듯 그의 등 뒤로 눈발이 소용돌이쳤다.

겨우 한 번, 서점에 손님으로 왔던 그를 한 번 보고 뒷모습까지 기억하고 있다니, 자신이 조금 우스웠다. 그럼에도 다진은 아예 난간에 기대 준열의 모습이 보이지 않을 때까지 한참을 보고 있었다. 추위를 많이 타서 싫어하는 계절인 겨울이지만 추운 것도 잊은 채 그렇게 그를 바라볼 뿐이었다.

✻

퇴근하고 집에 들어선 다진이 하품을 하며 목도리를 풀었다.

"왔어?"

"응."

방 안에서 들리는 소리에 다진은 대답을 길게 늘였다. 추운 날씨엔 젬병인 탓에 매일매일이 고단했다. 겨울잠이라도 잘 수 있으면 얼마나 좋을까.

"우리 휴가 갈까?"

희경이 방에서 나오며 물었다.

"무슨 휴가?"

다진이 소파에 털썩 주저앉으며 되물었다.

"따뜻한 나라 가고 싶어. 너무 추워."

"보일러 온도 조금 더 높일까?"

기다렸다는 듯 희경이 반색을 하며 거실 보일러 온도를 조정했다.

"정말 물놀이하고 싶다."

희경의 따뜻한 나라라는 말에 다진은 절로 야자수 나무에 에메랄드빛 바다가 떠올랐다. '갈까?' 라고 물으려는데 희경이 먼저 질문으로 다진의 말을 막았다.

"오늘도 서점 한가했어?"

"응. 지금은 딱히 바쁠 시즌 아니니까. 참, 카페 갔다 왔어?"

"아침에 잠깐. 다음 주에 카페 인테리어 바꾼대. 그럼 겨울 마지막 촬영 하고, 봄 신상으로 넘어가자."

"그럼 그거 끝나고 여행 갈까?"

"좋지. 그런데 그땐 이미 여기도 따뜻해지기 시작할 텐데. 아, 지금 당장 떠나고 싶다!"

당장 떠나지 못하는 게 서운한 건 다진도 마찬가지였다. 씻기 위해 욕실로 들어간 다진은 거울에 비친 자신을 들여다봤다. 서점에 일하러 갈 땐 가급적 화장을 하지 않았다. BB크림만을 바를 뿐이었는데 오늘은 유독 칙칙해 보였다.

희경이 늘 다진에게 '졸린 눈' 이라 부르는 눈매는 약간 처져 있었다. 작은 눈은 아닌데 쌍꺼풀도 없이 아래로 처진 눈매 때문에 희경은 다진의 눈이 졸려 보인다고 했다. 그게 다진의 인상을 순하게 보이도록 하지만 맹해 보이게도 했다. 검지로 양쪽 눈매를 쭉 치켜 올린 다진이 입술을 비죽였다. 아무리 그래도 다진은 자신의 맹한 인상이 좋았다.

샤워를 마치고 나온 다진을 기다렸다는 듯 희경이 맥주 캔을 땄다.

"살쪘다며."

"살은 돌고 도는 거야. 겨울엔 좀 쪄 주고, 여름엔 다시 빠져 주고."

"나보고는 살 빼라고 저녁도 닭가슴살이랑 파프리카만 먹으라며."

"나는 디자이너고, 너는 모델이잖아. 입장이 다른 걸 어쩌겠어."

희경이 샐러리를 마요네즈에 찍어 아삭 씹었다. 다진은 희경의 옆에 앉아 오이를 한 입 베어 물었다. 아삭한 질감은 좋았지만 차가워서 어깨가 부르르 떨렸다.

희경과 다진은 여성 의류 쇼핑몰 'OH.Story'를 운영하고 있었다. 각자 직장에서 1년 동안 모은 적금을 깨서 무턱대고 시작한 사업이었다. 독특한 센스로 의상 디자인과를 졸업한 희경과 타고난 몸매를 가지고 있는 다진은 고등학교 때부터 친구였다. 직장 생활은 도저히 못 해 먹겠다는 두 사람의 일관된 푸념이 추진력이 되었다.

처음엔 발품을 팔아 여기저기서 산 흔하지 않은 아이템과 희경이 직접 디자인한 몇 개의 의상들로 시작한 쇼핑몰이었다. 웹디자인 자격증을 가지고 있는 다진이 홈페이지를 개설하고, 아마추어치곤 괜찮은 사진을 찍을 줄 아는 희경이 직접 사진을 찍었다. 그리고 어느덧 2년 반, 두 사람의 쇼핑몰은 2, 30대 여자들에겐 꽤 알려진 쇼핑몰이 되었다. 이제는 따로 사무실을 두고, 직원을 데리고 있을 정도였다.

희경의 남자친구인 승태가 운영하는 신사동 가로수길 카페 '바람'에는 가게 인테리어로 희경이 디자인한 옷 몇 벌을 진열해 놓고 있었다. 카페는 오프라인 매장이기도 하고, 희경과 다진의 스튜디오이기도 했다. 날이 좋지 않은 때엔 카페에서 촬영을 했으며, 날이 좋을 때 가로수길에서 촬영을 하면 카페의 스태프 방이 다진의 탈의실이 되었다.

"예전엔 소주에 맥주를 말아먹어도 몸매에 이상 없더니 이젠 라면 먹고 자면 다음 날 바로 퉁퉁 부으니 널 계속 모델로 써야 할지 고민이다."

"그래도 너보단 붓기 금방 빠지잖아. 촬영 전날 뭐 먹고 잔 적도 없고."

희경은 이미 다진의 얘기는 들리지 않는지 TV 드라마에 넋을 놓고 있었다.

다진은 테이블 위의 노트북을 끌어다 전원을 켜고 희경이 푹 빠져 있는 드라마를 잠시 시청했다. 과거의 상처로 마음을 닫은 남자 주인공이 여자 주인공에 의해 다시 사랑에 눈을 뜨는 줄거리였다.

지금 방영되고 있는 회차에선 다시는 사랑을 하지 않으리라 다짐했던 남자 주인공이 자꾸만 신경 쓰이게 하는 여자 주인공 때문에 갈등하고 있는 장면이었다. 여자 주인공이 망설이지 말라며 울부짖고 있었다. 그리고 그 여자 주인공 못지않게 희경도 눈물짓고 있었다.

"슬퍼?"

"당연하지. 완전 애절하잖아."

원래 보던 드라마도 아니고 드라마에 몰입하는 편이 아니라 다진은 이해할 수 없었다.

"난 좀 더 가벼운 게 좋아."

"가벼운 건 가벼운 대로, 무거운 건 무거운 대로 각자 매력이 달라."

드라마 마니아다운 대답이었다. 다진은 TV에서 노트북으로 시선을 옮겼다. 인터넷 창을 열어 즐겨찾기에서 블로그를 찾았다. 1년 전쯤 우연하게 찾은 [밝게, 기쁘게]라는 제목의 블로그였다. 남자가 운영하고 있고, 직업은 일러스트레이터. 프리랜서인 남자는 꽤 자유롭게 블로그를 끌어가고 있었다.

일주일에 두세 번 정도 포스팅이 올라오는데 늘 아무런 코멘트도 없이 오로지 일러스트만을 게재했다. 그림은 잘 모르지만 괜히 자꾸 생각나서 들락거리다 보니 어느덧 즐겨찾기에 블로그 주소가 담겨 있었다.

블로그의 제목과 다르게 그림은 다소 차갑고 어두웠다. 실제 일을 할 때 그리는 그림과는 분위기가 다른 그림을 블로그에 게재한다고 했다. 코멘트는 거의 없이 일러스트만 대부분인 블로그에 몇 번 짧게나마 코멘트가 있었던 적이 있는데 그중 한 번 그런 코멘트가 적혀 있던 게시물이 있었다.

〈거짓을 계속 말하다 보면, 결국엔 그게 거짓인지 참인지 분간이 안 간다고 하지.

지금 나는 참일까, 거짓일까.〉

코멘트의 아래 첨부되어 있는 그림은 새카맣게 칠해진 커다란 캔버스였다. 붓의 거친 질감 때문에 몇 번이고 덧칠한 걸 알아볼 수 있었다. 단 한 곳도 빈 곳이라곤 찾을 수 없는 새카만 캔버스의 사진을 다진은 몇 시간이고 쳐다봤다. 그날이었을 거다. 남자의 블로그를 즐겨찾기에 등록한 게.

새로운 포스팅이 올라와 있어서 다진이 게시글을 클릭했다. 평소 남자의 블로그에선 상상도 할 수 없었던 느낌의 그림이었다.

새하얀 배경 위에 여자가 옆모습을 보이며 서 있었다. 까맣고 긴 머리칼은 하나로 묶고 청바지에 긴팔 티셔츠를 입은 여자였다. 앞으로 내민 손바닥 위로 눈송이가 떨어지고 있었다. 꼭 멀리서 찍은 사진처럼 여자의 얼굴은 묘사되어 있지 않았다. 그리고 여자의 등 뒤에 햇살 한줄기가 닿아 있었다. 눈발 속에 두꺼운 외투가 없음에도 여자는 추워 보이지 않았다.

〈씩씩한 사람.

추위도 거뜬하게 이길 수 있고, 어떤 무거운 것도 번쩍 들 수 있는 사람.

순수하고 깨끗한 느낌의 사람.

어쩌면 돌아서고 난 뒤 조금쯤 생각날지도 모르는…… 여자.〉

다진이 눈을 동그랗게 뜨고 그림 아래의 코멘트를 다시 한 번 읽었다. 그리고 피식 미소를 지었다. 지난 1년간 그는 블로그에 연애관 같은 건—연애관뿐 아니라 블로그의 주인이 남자라는 것 외에 개인적인 건 알 수 없었다— 일체 드러내지 않았다. 미혼인지, 기혼인지, 솔로인지, 커플인지 눈치챌 만한 소소한 것 하나 없었다. 그런데 갑자기 무슨 심경의 변화일까. 게다가 그림의 느낌이 너무나 달라서 더더욱 호기심에 불을 지폈다.

"또 그 남자 블로그 봐?"

희경의 물음에 다진이 고개를 끄덕였다. 곁눈질로 모니터를 훔쳐 보던 희경이 두 눈을 동그랗게 뜨고 모니터 앞으로 불쑥 몸을 기울였다.

"그 사람 블로그 맞아?"

평소엔 볼 수 없었던 그림 탓인지 희경도 블로그 제목을 확인해 그 사람의 블로그가 맞는지 살폈다.

"이런 그림도 그릴 줄 알아?"

"몰라. 나도 오늘 처음 봤어."

희경과 다진은 나란히 모니터 속 여자를 넋 놓고 쳐다봤다.

"왠지 이 사람은 연애를 해도 뭔가 멋있을 것 같아."

매번 블로그의 그림이 차갑고 어두워서 기분 나쁘다고 했으면서 희경은 꿈에 가득 차서 얘길 했다. 다진은 희경이 갑자기 왜 그런 생각을 하는지 이해할 수 없었다.

"모순 아냐? 너 이 사람 그림 싫다며."

"나랑 연애한다면 싫겠지만 그 흔한 차도남일 것 같은 느낌이야. 이 그림만 봐도 그렇잖아. 코멘트도 그렇고."

"차도남 흔한 거였어?"

"알 게 뭐야. 내 사람 아닌데."

희경이 고개를 팩 돌렸다. 다진은 옅게 웃고 오늘 포스팅 된 그림을 하염없이 바라봤다. 정말 같은 사람이 그린 게 맞을까 의심될 정도로 다른 느낌이었다.

"연애가 멋있는 건 뭐야? 감정 얽히면 유치해지는 게 사랑 아니야?"

멍하니 흘러나온 다진의 얘기에 희경이 크게 한숨을 내쉬었다.

"이 불쌍한 중생을 누가 구제할까."

희경이 안타까워하며 과장된 행동으로 눈물을 닦는 척했다. 다진은 희경을 무시하고 다시 모니터에 시선을 고정했다. 희경도 TV에 집중했다.

지나간 포스팅 중 다진은 자신이 좋아하는 그림을 몇 개 더 찾아봤다. 그런 그림을 찾아보면 찾아볼수록 오늘 남자가 그린 그림은 도저히 그의 그림이라고 믿기가 힘들었다. 블로그에선 늘 차갑고 날카로운 그림들만 봐 왔기 때문인지 남자가 그린 따뜻한 느낌의 그림이 거짓 같았다. 지난 1년, 블로그를 봐 오면서도 개인적인 건 궁금하지 않았던 사람이 조금은 궁금해졌다.

✳

준열은 승태가 하는 카페 '바람' 앞에 도착했지만 들어가진 않고 카페를 빤히 쳐다봤다. 대학 땐 그리 친하지 않았던 승태는 오히려 졸업하고 난 뒤에 더 친해진 케이스였다.

안으로 들어선 준열은 놀라서 잠시 멈칫했다. 자유분방한 승태와 어울리지 않게 내부는 모던하고 러블리한 인테리어였다.

"어서 오세요."

하얀 남방에 검은색 앞치마를 두른 남자 직원이 테이블 정리를 하며 말뿐인 인사를 했다. 준열은 신경 쓰지 않고 승태를 찾았다. 하지만 승태는 눈에 들어오지 않았다.

"사장님 안 계세요?"

준열의 물음에 직원이 홀을 둘러봤다.

"잠시만요."

그러곤 승태를 찾아 나섰다. 준열은 기다리며 커피숍을 다시 한 번 둘러봤다. 아무리 봐도 승태에게 어울리는 곳은 아니었다. 복층으로 되어 있는 카페는 2층에서 1층의 좌석이 전부 눈에 들어오는 구조로 되어 있었다.

"이준열! 올라와."

왼쪽에 2층으로 오르는 나선형 계단이 있었는데 그 중간에 선 승태가 준열을 향해 손짓을 했다. 그래도 근 1년 만의 만남인데 승태에게서 반가움의 표시는 없었다.

2층으로 올라온 준열은 생각보다 넓은 공간에 또 한 번 놀랐다. 벽화를 그리기 위함인지 테이블과 의자는 전부 한쪽으로 치워 둔 채였다.

"봤으면 인사 정도는 해요."

"정신이 없어서. 잘 지냈어?"

"네. 결혼 안 해요?"

"인사 정도는 하자며. 너는 왜 예의 없게 인사도 없이 그런 걸 물어?"

승태가 구시렁거리며 2층 불을 켰다.

"뭐 마실래?"

"아이스 아메리카노요."

승태는 2층 테라스에서 1층을 향해 커피 두 잔을 달라고 소리쳤다. 안에 들어서면서부터 느꼈지만 카페의 분위기는 승태와 어울리지 않았다.

"술집을 하지 왜 카페를 해요?"

"여자친구가 술집은 싫대."

"그러니까 왜 결혼 안 하냐고요."

"우린 둘 다 자유연애주의자거든. 결혼이 목적이 아니야. 넌 나만 보면 꼭 '왜'가 붙더라. 내가 그렇게 궁금하냐?"

어깨를 으쓱한 준열이 하얀 페인트가 칠해져 있는 벽을 물끄러미 바라봤다.

"벽화는 어떻게 그려요?"

"2차원 드로잉으로 3차원 표현해 줘. 색은 칠하지 말고, 펜 선으로만, 명암도 넣지 말고."

"꽉 채워요?"

"아니. 사진 배경으로 들어갈 텐데 꽉 채웠다가 자칫 잘못해서 조잡해 보이면 안 되잖아."

"무슨 사진 배경이요?"

"여자 옷 쇼핑몰."

승태의 여자친구가 이 카페를 자신이 운영하는 쇼핑몰의 오프라인 매장으로 사용한다는 건 알고 있었다. 말은 자유연애라고 하지만 이렇게 신경 쓰는 걸 보면 결혼만 안 했을 뿐 꽉 잡혀 사는 애처가로 보였다.

"밥은 먹고 왔어?"

준열이 가방에서 태블릿PC를 꺼내며 고개를 끄덕였다.

"혼자 살아도 밥 잘 챙겨 먹는 건 여전하구나."

"누가 챙겨 주지도 않는데 알아서 잘 해야죠."

"얼른 좋은 여자 만나서 결혼해. 넌 독신은 별로 안 어울려."

"어울려서 하는 거 아니잖아요. 편하니까 하는 거지."

"편해 보이지도 않거든."

준열은 승태의 얘기를 모른 척하며 어떤 그림을 그릴지 구상을 시작했다. 태블릿PC 위로 천천히 펜을 움직이는데 종업원이 아이스 아메리카노 두 잔을 가지고 올라왔다.

"한은이 일러스트집 냈더라."

"그래요?"

준열이 커피를 마신 뒤 전혀 몰랐다는 듯 승태를 바라봤다. 준열의 반응에 승태가 그를 빤히 쳐다보다가 고개를 끄덕였다.

"여전하더라."

"사람이 뭐 그리 쉽게 변하나요."

"그나마 너랑 있을 땐 날카로운 게 좀 덜했었는데."

준열은 승태의 말을 깔끔하게 무시하고 시선을 태블릿PC에 고정시켰다. 학교 사람들 중에 준열에게 일부러 한은의 얘기를 꺼내는 사람은 승태뿐이었다. 참 괜찮은 사람인데 가끔씩 이런 식으로 일부러 자신을 도발하는 건 마음에 들지 않았다.

"혼자 작업하는 게 편하지?"

"네. 이어폰 끼고 할 거니까 할 얘기 있으면 올라와서 얘기해요. 밥은 배고프면 내려가서 먹을게요."

"알았어. 방해 안 해, 인마."

커피를 한 모금 더 마신 승태가 제 잔을 들고 계단으로 향했다. 그가 계단 한 칸을 내려가는 순간, 준열이 승태를 불러 세웠다.

"선배, 한은 선배랑 연락 되는 건 아니죠?"

잠시 준열을 바라보던 승태가 고개를 저었다. 한은이가 한은 선배가 되어 있었다. 시간 탓일까. 감정 탓일까.

"연락은 안 되는데. 왜? 연락처 필요해?"

"아니요. 혹시 한은 선배가 연락해 오면 저 결혼했다고 해 줘요."

"애도 하나 있다고 해 줄 테니까 걱정 마."

승태가 너무 진지하게 얘기해서 준열은 약간 걱정이 되었다.

그가 1층으로 내려가고 난 뒤, 이어폰을 꽂은 준열의 귀로 Jason Mraz의 'Geek In The Pink'가 울려 퍼졌다. 요동치는 마음을 심호흡으로 가라앉힌 준열은 두 눈을 감았다. 그리고 완벽한 평정심을 찾고 나서야 눈을 떴다. 하얀 벽이 제일 먼저 눈에 들어왔고, 입으론 작은 허밍으로 노래를 따라 부르고 있었다. 그리고 한쪽 벽면을 차지할 벽화의 전체적인 틀이 잡히기 시작했다.

✻

다리를 꼬고 앉은 다진의 시선은 한시도 벽에서 떨어질 줄을 몰랐다.

"벽화 마음에 들어, 다진 씨?"

파니니와 커피를 가지고 올라온 승태가 만족스러워하며 물었다. 그가 그린 그림도 아닌데 마치 자신이 잘한 일을 자랑하고 싶어 하는 것처럼 들렸다. 다진은 미소를 짓고 고개를 끄덕였다. 그리고 다시 벽화로 시선을 옮겼다.

운치 좋은 호숫가 앞에 앉아 있는 느낌이었다. 색도 없이 그저 밑그림만 그려진 벽화였다. 널따란 호수와 그 주위엔 꽃과 풀이 무성

했고, 하늘엔 구름이 떠 있었다. 양 사이드에는 키가 큰 나무들이 서 있었고 가운데엔 손을 잡고 호수를 바라보고 있는 남녀의 뒷모습이 있었다. 보고 있는 것만으로도 여유로워지는 그림이었다.

"이런 것보다 화사한 그림으로 하지 그랬어."

희경이 파니니를 한 입 베어 물고 못마땅한 표정을 지었다. 하지만 다진은 다른 의견이었다.

"1층이 좀 러블리한 느낌이니까 2층은 이런 느낌도 괜찮잖아. 난 좋은데."

"이거 그려 준 사람 쉽게 부탁할 수 있는 사람 아니야. 나 정도 되니까 할 수 있는 거라고."

으스대는 승태를 보며 다진이 미소를 짓고 커피를 한 모금 마셨다. 승태의 카페에 오는 건 늘 기분이 좋았지만 오늘은 왠지 더 기분 좋게 느껴졌다.

"기찬 씨랑 진연 씨는 언제 온대?"

"곧 올 거야."

승태와 희경이 대화를 나누는 동안에도 다진은 벽화에 넋을 놓고 있었다.

초등학교 시절 피아노 학원, 컴퓨터 학원, 보습 학원 등등 여러 학원을 다녀 봤지만 미술 학원은 다녀 본 적이 없었다. 다진은 잘 기억나지 않는데 부모님 말씀에 의하면 그림 그리는 걸 지독히도 싫어했다고 한다. 왜 그랬을까. 중, 고등학교 미술 수업이 별로 재미가 없긴 했다. 워낙 재주가 없는 탓이었다. 그래도 보는 것만큼은 좋았다. 재주가 없었던 터라 보는 걸로 대리만족을 하는지도 몰랐다.

"안녕하세요."

쇼핑몰 직원인 기찬과 진연이 뒤늦게 도착했다. 희경과 얘길 나누던 승태가 두 사람과 인사를 나누고 자리에서 일어났다.

"촬영할 거지? 나는 내려가 있을게."

승태가 1층으로 내려간 뒤, 다진은 메이크업을 시작했다. 카페 촬영 땐 집에서 기초 베이스만 하고 나와서 카페에서 포인트 메이크업을 했다. 다진의 메이크업은 그녀의 인상을 많이 달라 보이게 했다. 특히 눈매를 강조하는 스모키 메이크업을 하면 알아보기 힘들다는 소릴 들을 정도였다.

다진이 메이크업을 하는 사이 희경과 진연은 의상과 액세서리를 보며 촬영 순서를 정했다. 기찬은 조명을 설치하고 새로운 벽화를 배경으로 어떻게 촬영을 할지 이쪽저쪽 옮겨 다니며 사진을 찍어 보고 있었다.

"벽화 느낌 괜찮은데요."

마음에 드는 각도를 찾았는지 기찬이 방금 찍은 사진을 희경에게 보여 줬다. 희경도 만족스러운 것 같았다. 메이크업을 마친 다진은 진연이 헤어드라이를 해 주길 기다리며 다시 벽화를 살폈다. 그런데 발견하지 못했던 그림이 눈에 들어왔다. 빠르게 자리에서 일어난 다진이 벽에 바짝 붙어 서서 그림을 확인했다.

구름 외엔 아무것도 떠 있지 않은 줄 알았던 하늘엔 한 남자가 패러글라이딩을 하고 있었다. 아주 멀리서 날고 있는 듯 작은 그림에 펜 선도 얇아서 자세히 봐야 알아볼 수 있을 정도였다.

다진은 가슴 한쪽이 뭉클해지는 게 느껴졌다. 서점에서 봤던 준열이 떠올랐다. 그린 것 같은 글씨체를 가진 그, 그녀가 감동받은 책을 잠시 응시하고 돌아서서 가 버린 그, 반듯해 보이는 이미지와 달리 겨울바람을 직접 일으키는 것 같은 착각이 일 정도로 차가운 뒷모습을 가진 그.

"뭐 해요, 언니?"

다진이 진연에게 가까이 오라고 손짓했다. 그리고 옆으로 다가온 그녀에게 이것 좀 보라는 듯 손가락으로 패러글라이딩 하는 남자를 가리켰다.

"우와. 이거 숨은그림찾기예요?"

"그러게. 뭐 또 다른 거 있나 찾아볼까?"

다진과 진연이 구석구석 벽화를 살폈다. 하지만 그 외에 별다른 건 없었다.

"딴짓하지 말고 촬영 준비해."

"사장님, 이거 봐요."

진연이 희경의 팔을 잡아당겼다. 다른 직원들끼리의 호칭은 편해도 희경에겐 깍듯하게 사장님 호칭을 쓰게 했다. 쇼핑몰은 다진과 희경이 공동 명의로 함께 운영했지만 실질적인 사장의 역할은 희경이 대부분 도맡고 있었다. 그리고 희경은 실제로 사장님의 카리스마를 지니기도 했다.

지금만 해도 희경은 진연이 가리키는 그림을 보고도 시큰둥했다. 다진과 진연은 더 이상 아무 말도 하지 않고 얌전히 촬영 준비를 했다.

스태프 룸에서 옷을 갈아입고 나오자 승태가 올라와 있었다. 키위와 딸기, 레드글러브를 하얀색 접시에 담아 온 걸 희경에게 건네며 전화 통화를 하고 있었다.

"맛있겠다."

신연의 감탄에 다진이 동의하며 고개를 끄덕였다. 확실히 색소를 넣은 듯 선명하고 예쁜 색의 과일들이 먹음직스러워 보였다. 하지만 과일은 촬영이 끝난 다음에야 먹을 수 있었다. 지난밤 다진과 희경은 마트와 백화점을 다니며 소품으로 쓸 과일을 골라 왔다. 그걸 승태가 예쁘게 접시에 담아 온 거였다.

"계속 한국에 있었어? 난 너 어디 다른 나라로 뜬 줄 알았지."

승태의 통화 내용에 희경이 그를 힐끔 쳐다봤다. 다진은 과일이 담긴 접시를 접사 촬영하고 있는 기찬을 구경했다. 전화 통화에 방해가 될까 모두 조용히 하는 바람에 승태의 불퉁스런 통화 내용을 고스란히 다 들을 수밖에 없었다. 승태는 통화를 하고 있는 상대가 마음에 들지 않는 것 같았다.

"걘 왜 찾아. 결혼해서 애 낳고 잘 살고 있으니까 들쑤시지 마."

신경질적인 승태의 음성에 희경이 어깨를 으쓱했다. 평소 승태의 말투가 고운 건 아니지만 저런 식으로 신경질을 부리는 건 별로 본 적이 없는 터라 다진은 의아했다.

희경과 기찬은 승태의 통화를 방해하지 않으면서 벽화 쪽에 테이블 하나와 의자 두 개를 마주 보게 옮겨 놓았다. 테이블 위에 과일 접시를 올려놓고 조명을 조절했다. 다진이 테이블 앞에 놓인 의자에 앉자 진연이 잡지의 코스메틱 소개 페이지를 펼쳐 다진에게 건넸다. 하지만 카메라 렌즈를 통해 다진을 확인한 기찬이 잡지를 뺄 것을 요구했다. 눈짓과 입 모양만으로도 모두 척척 움직였다.

"내가 너한테 걔 연락처를 줄 거라고 생각하는 것 자체가 참 재밌다. 끊어."

차갑게 얘길 하고 전화를 끊은 승태는 잠시간 매서운 시선으로 벽화를 쳐다봤다.

"누구야?"

여기에 지금 사람이 있다는 걸 알려 주려는 듯 희경이 무심하게 물었다. 그제야 승태의 표정이 좀 풀어졌다.

"여자."

승태의 대답에 희경의 두 눈이 동그래졌다. 그러나 기찬, 다진, 진연은 그저 그러려니 각자 일을 할 뿐이었다.

"이 벽화 그려 준 사람 옛 여자."

그 바람에 모두의 시선이 벽화로 향했다. 희경이 그 사람이 왜 승태에게 연락을 해 온 거냐고 묻는 사이 다진도 벽화를 쳐다봤다. 이 그림을 그린 사람의 옛 여자라니 어떤 사람일까 궁금해졌다. 그림을 그린 사람에 대한 호기심은 없으면서 옛 여자에 호기심이 일다니 좀 우스웠다.

"좀 복잡해. 결혼해서 애 낳고 산다고 했으니 더는 안 묻겠지."

이미 끝난 사람을 왜 찾느냐며 희경이 입을 비죽였다.

"어른의 사정이야. 수고해."

승태가 미소를 지어 주고 1층으로 내려가자 희경이 못마땅한 표정을 하고 인상을 찌푸렸다. 다진과 희경은 스물여덟, 승태는 서른 다섯. 그가 보기엔 희경이나 다진이 어려 보일 수 있다지만 희경은 승태의 저런 태도를 가장 싫어했다.

"나이 들어 봐. 내가 아주 홀대해 줄 거야!"

희경의 혼잣말과 다름없는 외침에 모두 웃었다. 결혼은 하지 않을 거라고 하면서도 승태도 희경도 자신들의 미래에 서로가 빠지는 일은 없었다.

본격적으로 촬영이 시작됐다. 기찬이 사진을 찍고, 진연은 기찬이 요구할 때만 반사판을 원하는 위치에 가져다 댔다. 오늘은 카페 벽화가 생겼기 때문에 새로운 촬영 느낌을 보여 주기 위해 희경이 메이킹 필름 촬영을 했다. 쇼핑몰 홈페이지에 게재하기도 하지만 희경이 SNS에 홍보용으로 올리기도 했다.

"다진 씨, 턱 살짝 내려."

"다진 씨, 오른손 위치 바꿔 봐."

기찬이 무언가를 요구할 때마다 다진은 어렵지 않게 포즈를 바꿨다. 세세히 일러 주지 않아도 그가 무언가를 불편해하면 어떻게 바꿔야 할지 알았다.

쇼핑몰 촬영 때 다진은 카메라 앞에서 웃거나 밝은 표정을 하지 않았다. 항상 카메라 렌즈가 아닌 다른 곳에 시선을 두고 무심한 표정을 지었다. 시선은 내리뜨고 입은 일자로 꾹 다문 채 도도한 매력을 뿜냈다. 그게 자신이 입고 있는 옷, 들고 있는 가방을 더욱 빛낸다는 걸 알았다. 어떤 포즈가 옷이나 소품을 더욱 부각시키는지도 정확히 캐치했다.

다음 의상인 회색 티셔츠에 검정색 스키니진을 입은 다진이 의자에 다리를 꼬고 앉았다. 티셔츠 오른쪽 가슴께엔 희경이 수작업으로 달아 놓은 은빛 스팽글 나비 장식이 반짝이고 있었다.

"스카프는 안 두르는 게 낫겠지?"

희경이 고개를 갸웃하자 진연이 다진의 목에 스카프를 대충 둘러 놓고 유심히 쳐다봤다. 그리고 스카프를 빼내고 또 살폈다.

"머리 올려 묶을까요?"

"응. 장식 보이는 게 훨씬 예쁘니까 그러자."

희경의 말이 끝나기 무섭게 진연은 머리끈이 담긴 파우치를 꺼냈다. 어떤 머리끈으로 할지 희경과 고민하는 사이 다진은 기찬이 원하는 대로 창가 쪽에 자리를 잡고 섰다.

"이 옷 예쁘다."

"사진 잘 나와?"

"응. 다진 씨 느낌이랑 잘 맞아."

"희경이가 만들 때부터 마음에 들었던 옷이야. 공장에선 장식 때문에 싫어했어."

"불량 많이 나왔다며."

"응. 반응은 괜찮을 것 같아."

"그럼 더 잘 찍어야겠네."

기찬과 두런두런 얘기를 나누고 있는데 머리끈을 골랐는지 진연이 다진을 불렀다. 진연의 앞에 있는 의자에 앉자 그녀가 다진의 머리칼을 손으로 빗어 높게 올려 돌돌 말아 동그랗게 묶었다. 그 모습을 보고 다진을 제외한 세 사람 모두 만족스럽게 미소를 짓고 고개를 끄덕였다. 그 바람에 다진은 거울을 볼 새도 없이 바로 카메라 앞에 서야 했다.

촬영이 끝나고 기찬과 진연은 바로 사무실로 돌아갔다. 희경은 봉제 공장에 가야 했고, 다진은 어제 홈페이지 봄 개편 리뉴얼을 마친 덕에 이른 퇴근을 할 수 있었다.

"차 내가 가져가?"

"응. 공장에서 끝날 시간 맞춰서 승태 오빠가 그리로 올 거야."

"그럼 공장에 내려 줄게."

다진이 운전을 하는 동안 희경은 태블릿PC로 홈페이지에 새로 올라온 게시글을 확인했다.

"거기 또 연락 왔네."

"어디?"

"삼청동 가방집. 여기 가방 불편했지?"

"응. 디자인은 예쁜데 가죽 소재도 가격에 비해 좀 떨어지는 거 같고, 실용성이 별로였어."

지금 두 사람의 쇼핑몰은 기반이 잡혀 있는 상태였다. 그래서 여기저기서 자기네 물건을 넣어 달라는 요청이 들어오고 있었다. 하지만 두 사람은 질을 확실하게 보장할 수 없는 제품은 절대 받지 않았다. 희경은 의상 디자인만 하고 있어서 가방이나 신발, 액세서리 등은 따로 구입을 해야 했는데 매번 꼼꼼하게 확인하고 믿을 수 있는 제품들만 소품으로 썼다.

"너는 어디로 가?"

"글쎄. 오랜만에 영화나 보러 갈까."

"혼자?"

"혼자 보는 것도 볼만하다니까."

"취미도 유별나. 혼자 영화 보고, 혼자 밥 먹고, 혼자 커피숍 가고."

"가끔은 그게 편해. 너한테 하라는 거 아니니까 태클 걸지 말아 줘."

"안 걸어. 극장 가서 너처럼 혼자 영화 보러 온 남자 있으면 곱게 잘 물어 오기나 해."

"물긴 뭘 물어."

"혼.자.영.화.보.러.온.남.자."

또박또박 한 글자씩 톡톡 끊어 얘기하는 걸로 희경은 다시 한 번 강조했다. 그녀와 말로 실랑이를 하면 늘 다진의 손해였다. 이런 부분은 승태와 꼭 닮아 있었다. 막무가내.

희경을 공장에 내려 준 다진은 우선 영화 시간표를 확인했다. 어떤 걸 볼까 고민 끝에 영화를 고르고 곧장 극장으로 차를 몰았다.

처음부터 혼자 영화관에 간다거나 공연을 보는 게 쉬운 건 아니었다. 처음엔 누군가와 약속이 있는 척하기도 했고, 조조 영화나 심야 영화 시간대로 사람이 없는 시간을 찾아다녔다. 하지만 어느덧 익숙해지자 가끔씩 혼자만의 시간을 갖는 게 좋아졌다.

극장에 도착한 다진은 영화표를 예매하고 해당 영화의 팸플릿을 찾았다. 평일인 터라 극장엔 사람이 별로 없었다. 다진은 자신이 영화를 볼 7관 입구 앞 창문 쪽에 마련되어 있는 의자에 앉았다. 팸플릿을 한 번 훑어본 뒤 천천히 주위를 둘러봤다. 그러던 중 에스컬레이터를 타고 올라오는 한 남자와 눈이 마주쳤다.

꼬고 있던 다리를 푼 다진이 창틀에 기대고 있던 등을 떼고 고개를 숙이는 순간, 남자의 시선이 다른 쪽으로 돌아갔다. 당황함에 두 눈을 끔뻑이던 다진의 시선이 움직이는 남자를 좇았다. 분명 준열이었다.

그가 자신을 못 봤을지도 모른다는 생각을 하면서도 민망함을 감출 수는 없었다. 다진은 다시 팸플릿으로 시선을 옮겼다. 서점 난골 손님도 아니고, 딱 한 번 왔던 손님이었다. 자신의 기억에 깊이 남았다고 먼저 알은척을 하려고 한 자신이 바보처럼 느껴졌다.

음료를 산 준열은 잠시 멍하니 서 있다가 창가 쪽을 쳐다봤다. 창가 쪽에 있던 누군가와 눈이 마주쳤다. 모르는 사람이라 그냥 지나치고 말았는데 찜찜함이 남았다.

기분 탓이라고 생각하고 7관 관람객은 입장하라는 전광판의 안내에 따라 상영관으로 들어갔다. 개봉 일자를 놓치고 빨리 보러 오지 못한 탓에 상영하는 곳을 찾기 힘들어진 '우리도 사랑일까'라는 영화였다.

운이 좋게 집 근처 극장에서 상영하는 곳을 찾았다. 백만 관객을 돌파한 대박 영화가 몇 개의 관에서 상영하고 있는데 그 사이에 하루에 두 타임, 끼워 넣기로 상영 시간이 들어가 있는 영화였다. 준열이 좋아하는 영화 평론가가 극찬한 영화이기도 했지만 여주인공 역을 한 배우 미쉘 윌리엄스를 좋아해서 꼭 극장에서 보고 싶었다.

사람들이 찾지 않는 영화라는 건 상영관 안으로 들어가면 제대로 알 수 있었다. 평일 낮 시간대에 잡혀 있는 두 타임의 상영 시간도 그렇거니와, 아무리 작은 상영관이라 해도 군데군데 앉은 관객은 스무 명도 채 되지 않았다.

영화를 보기 전엔 조금 특별한 '불륜' 영화라고 생각했다. 하지만 영화를 보며 준열은 점차 의자에 편히 기대앉았던 자세를 바로 했고, 영화가 끝나 갈 때엔 자신의 생각이 민망해졌다. 등장하는 모든 이는 물론, 햇살, 바람, 물 등등 영화 속에 나오는 모든 게 연기를 하고 있는 듯했다. 두 시간이 채 안 되는 러닝 타임 동안 장면 하나하나가 지독하게 준열의 가슴과 머리를 파고들었다.

영화가 끝나고 상영관을 나온 준열은 잠깐 의자에 멍하니 앉아 있었다. 도대체 사랑이 뭐기에 영화 한 편에도 이토록 가슴이 답답해야 하는지 모르겠다. 그래, 결국 사랑은 바람에 흩날려 사라지는 연기처럼 잡을 수 없는 부질없는 것이구나. 결론을 내린 준열은 자리에서 일어났다.

백화점 위층에 있는 극장에서 에스컬레이터를 타고 내려오던 준열이 스포츠 매장이 있는 층에서 걸음을 멈췄다. 그렇지 않아도 운동화를 한 켤레 살 생각이었던 터라 자신이 선호하는 브랜드 매장으로 걸음을 옮겼다.

"어서 오세요."

직원의 인사를 고갯짓으로 받아 주고 진열되어 있는 운동화를 한 번 훑었다. 요즘 운동화는 형형색색으로 예쁘게도 나왔지만 준열은 늘 흰색 운동화를 고집했다. 학창 시절엔 피곤한 고집이라고 어머니께 잔소리도 들었다. 흰색 운동화를 참으로 하얗게도 신었으니 피곤한 고집이긴 했다.

원하는 운동화의 사이즈를 얘기하고 직원이 창고에 운동화를 가지러 간 사이 준열은 매장에 있는 의자에 걸터앉았다. 오늘 저녁은 뭘 먹을까 고민하고 있는데 손님이 온 듯 카운터를 지키던 직원이 자리를 비웠다.

"어서 오세요. 뭐 찾으시는 거 있으세요?"

"운동화 좀 보려고요."

준열은 대답하는 목소리만으로도 서점의 그 여자임을 알아챘다. 그녀의 목소리는 조금 낮지만 맑고 깨끗했고 차분했다. 얼마간은 쉽게 잊지 못할 목소리라고 생각했기 때문에 확실히 그녀의 목소리라는 걸 알았다.

진열된 운동화를 둘러보며 점점 안으로 들어오는 여자가 모습을 드러냈다. 그 순간, 준열은 멈칫 얼어 버렸다. 목소리는 그녀였는데 모습은 그녀가 아니었다. 아니, 자세히 뜯어보니 그녀가 맞지만 그의 기억과는 전혀 달랐다. 극장에서 눈이 마주쳤던 사람이 그녀라는 걸 깨달았다.

여자의 변신은 무죄라고 했던가. 준열과는 별 상관없는 사람임에도 저렇게 이미지가 달라질 정도의 화장은 놀랍도록 그녀를 전혀 다른 사람처럼 느끼게 했다. 하지만 준열은 이내 관심을 버리고 자신의 사이즈에 맞는 운동화를 가지러 간 직원을 기다렸다. 그런데 매장 안으로 들어온 그녀가 이쪽저쪽을 둘러보다가 준열과 시선이 닿았다. 서점에 한 번 갔을 뿐이고 벌써 몇 주 전 일이었다. 그녀가 자신을 기억할 리가 없었다. 하지만 준열의 예상은 빗나갔다.

잠시 마주쳤던 시선을 내리뜨며 그녀는 살짝 고개를 숙였다. 준열도 그녀를 따라 고갯짓으로 인사를 했다. 그녀의 시선은 다시 진열된 운동화로 향했고, 준열은 앉은 자리에서 그녀의 동선을 시선으로 좇았다.

마음에 드는 운동화를 찾았는지 그녀가 운동화를 집어 들었다. 그녀가 집어 든 운동화는 남자 운동화였다.

"선물하실 거예요?"

직원이 묻자 그녀가 고개를 끄덕였다. 그녀가 찾는 신발을 가지러 그 직원 역시 창고로 향했다. 매장엔 준열과 그녀만 남았다. 어색한 공기가 감돌았지만 그 어색함을 지우기 위해 억지로 말을 꺼내는 건 준열답지 않았다. 하지만 그녀에겐 그런 상황에 말을 꺼내는 게 그녀다운 일인지 먼저 입을 열었다.

"영화 보셨어요?"

극장에서 마주쳤다가 못 알아본 걸 서운하다고 표시하고 싶은 걸까.

"네."

준열은 그제야 그녀와 자신의 손에 들린 영화 팸플릿이 같은 걸 확인했다. 우리도 사랑일까. 두 개의 팸플릿을 번갈아 보던 여자의 표정에 잠시 아릿한 무언가가 스쳤다.

"슬프죠."

"슬프다고요?"

슬프다고 말하고 있지만 그녀의 목소리와 표정은 담담했다.

"루가 너무 안됐잖아요."

그녀는 극 중 여자 주인공 마고의 남편 루를 안쓰러워하고 있었다.

"마고는 왜 익숙함을 사랑으로 받아들이지 못했을까요. 루는 평생 마고가 샤워할 때마다 찬물을 뿌려 줬을 텐데."

바로 옆에서 얘기하고 있음에도 그녀가 아주 멀찍이 떨어져 있는 듯 목소리가 아득했다. 준열도 영화를 보고 가슴이 답답하긴 했지만 루가 안쓰럽지도, 마고가 원망스럽지도 않았다. 그저 사랑은 그렇게 떠도는 거라고 생각했다.

몇 년은 지속되더라도, 시간이 지나면 익숙함으로 변질된다. 그 익숙함이 지겨움이 되면 끝나는 게 사랑이었다. 아름답지도 순수하지도 않았다. 그저 사람이 가진 수많은 감정 중 하나일 뿐. 준열에게 사랑은 그 감정들 중에서 특별히 꼽는 게 아니었다.

준열이 생각에 잠긴 사이 운동화를 가지러 갔던 직원 둘이 함께 돌아왔다. 준열은 신발을 신어 보고, 그녀는 곧바로 계산을 했다.

각자 원하는 운동화를 산 두 사람이 함께 매장을 나왔다. 걸음을 옮기던 두 사람은 자연스럽게 시선이 마주쳤다. 에스컬레이터 앞에서 먼저 내려갈까 다진이 주춤하는 사이 준열이 말을 꺼냈다.

"마고도 어쩔 수 없었을 거예요. 익숙함은 더 이상 사랑이 아니니까."

말을 마친 뒤 준열은 인사도 없이 먼저 에스컬레이터에 올랐다. 잠시 멍하니 있던 다진은 에스컬레이터에 올랐지만 준열보다 한참 뒤에 있었다. 준열은 허리를 곧게 세우고 어깨를 반듯하게 펴고 있었다. 다진의 시선은 그의 어깨 끝에 미동 없이 닿았다. 준열은 에스컬레이터 계단을 성큼성큼 내려갔다. 그는 금방 모습을 감췄고, 다진은 평소 자신의 걸음걸이대로 느긋하게 주차장으로 향했다.

지하 주차장에 주차되어 있었는데도 차 안은 찬 공기가 감돌았다. 양손을 모아 따뜻한 입김을 불어넣고 시동을 켰다. 잠시 예열을 하는 동안 다진은 이런저런 생각을 했다.

차를 출발시키고, 아파트 단지 안으로 들어가고, 주차를 하고, 공동 현관 문을 열고 엘리베이터를 기다리고, 현관문을 열려던 찰나, 다진은 모든 행동과 생각을 멈췄다. 자신이 내내 준열을 떠올리고 있었다는 걸 깨달았다. 그런데 떠오른 게 준열의 뒷모습뿐이라는 게 왠지 마음에 걸렸다.

✳

향긋한 커피 향을 맡으며 벽에 세워진 캔버스를 물끄러미 쳐다봤다. 한쪽 벽면의 2/3를 차지하고 있는 캔버스에는 새카만 물감이 거친 붓의 질감을 여실히 드러내며 캔버스를 가득 메우고 있었다. 그리고 그 앞에 있는 그보다 반 정도 작은 캔버스에는 한 여자가 그려져 있었다.

준열은 고개를 갸웃했다. 자신이 그린 그림이지만 어째서 그런 기분이 들었는지 아직도 몰랐다. 일로 의뢰가 들어오는 건 주로 따뜻하거나 밝은 느낌의 그림들이었다. 그러나 개인적으로 그리는 그림은 어둡고 차가운 느낌이 많았다. 양립이 쉽진 않았다. 하지만 처음 그림을 그리기 시작했을 때부터 버릇이 되었기에 갈수록 더욱 극명하게 반대되는 느낌의 그림을 그리게 되었다.

그런데 여자의 등 뒤로 따스하게 내리쬐는 햇볕은 의도와 다르게 손이 멋대로 움직였다. 추위를 타지 않는 듯 책 더미를 양손에 나눠 들고 씩씩하게 계단을 오르는 여자를 보고 집에 돌아오자 견딜 수 없이 그림이 그리고 싶었다. 밥이 먹고 싶어서 재료를 사기 위해 마트에 갔으면서 밥 먹는 것도 잊은 채 몇 시간을 몰두했다. 색감이 조금만 어두워질 것 같으면 지체 없이 손을 멈췄다. 그리고 마침내 마무리를 지은 그림은 이런 느낌이 되었다.

부정할 수가 없었다. '그리고 싶은' 여자를 만났다는 걸. 지금껏 실재하는 누군가를 그리는 건 흥미가 없는 일이었다. 초상화를 하나 그려 달라는 부모님에게도 늘 다음을 기약했다. 그런데 그 여자의 그림은 밥도 거르며 몇 시간을 몰두해서 단박에 그렸다. 그것도 어둡고 날카롭고 차가운 공기 속이 아니라, 보드랍고 따뜻하며 싱그러운 햇볕 안에 선 그녀를 그렸다.

준열은 입가에 자조적인 미소를 걸었다. 허튼 꿈은 빨리 깨는 게 좋았다. 준열에게 있어 깨고 싶지 않은 꿈이라는 건 없었고, 깨지 않는 꿈도 없었다. 산산조각 난 꿈의 파편은 그의 심장에 고스란히 박혔다.

2

표지 일러스트 작업을 하던 준열은 팔짱을 끼고 모니터를 뚫어져라 쳐다봤다. 출판사 측에서 요구한 느낌이 표현되지 않아서 며칠째 골머리를 썩고 있었다.

작가가 원하는 느낌이 있었다. 무심하고 느릿한, 맑고 깨끗하며 호기심을 당기는 여자를 원했다. 글의 내용도 몽환적이라고 했다. 작가가 원하는 이미지대로 여자를 그리려고 노력했지만 그리는 그림마다 영 마음에 들지 않았다.

적어도 이번 주 내로 초안을 보내 줘야 하는데 작업 진도가 나가질 않았다. 인물 그림을 잘 그리지 않는 준열이지만 작가가 직접 준열의 인물 그림을 지목했다고 했다.

작가가 말한 이미지라는 게, 준열은 떠올리는 것조차도 잘 되질 않았다. 그런 느낌의 배우라도 찾아볼까 했지만 눈에 차는 이가 없었다. 기한은 넉넉하게 받았지만 이대로 막힌 게 뚫리지 않는다면 넉넉한 기한도 소용이 없었다. 지끈거리는 관자놀이를 매만지던 준열은 자리에서 일어났다.

커피가 담긴 머그잔을 들고 작업실에서 나온 준열이 거실 테이블에 머그잔을 내려놓고 기지개를 켰다. 며칠 작업에만 몰두했더니 온몸이 찌뿌듯한 게 바깥 공기가 쐬고 싶었다. 이대로 집에만 박혀 있어 봐야 안 풀리는 일이 갑자기 술술 풀릴 리가 없었다.

오늘 저녁에 친구들과 약속이 있었지만 해가 지기 전에 밖에 나가 햇볕을 쬐고 찬 바람을 맞고 싶었다. 커피를 마저 마시고 어디든 나갈 준비를 마친 준열이 분리수거로 내놓으려고 뒀던 종이 사이에서 일러스트집을 꺼냈다. 사 온 날 휘리릭 넘겨 보고 곧장 쓰레기통에 처박은 것이었다.

준열은 일러스트집 표지에 박힌 한은의 이름을 매섭게 쳐다봤다. 잊으려고 노력해서 잊히는 건 아니지만 생각보다 꽤 많이 잊고 살았다. 그런데 그녀가 일러스트집을 냈다는 소식을 접했고, 호기심을 이기지 못하고 구입했다. 하지만 이내 후회를 했다. 미련은 없지만 소식을 접하고 완전하게 모른 척할 수가 없었다. 그래서 후회가 됐다. 어째서 완전하게 모른 척할 수 없는 걸까.

생각은 지난 시간 자신이 겪었던 괴로운 순간으로 들어가려 했다. 준열은 고개를 세차게 젓고 나서 분리수거 통을 들고 나왔다. 가차 없이 한은의 일러스트집을 종이 쓰레기와 함께 버렸다. 쓰레기 틈으로 한은의 이름이 보였다. 왠지 그녀를 쓰레기 취급한 것 같아졌다. 그렇지만 그 속에서 꺼내고 싶은 생각은 들지 않았다.

찬 바람과 함께 준열의 심장에도 차가운 눈덩이 같은 게 내려앉았다. 뜨거운 피를 공급해야 하는 심장이 차게 식고 있었다. 사는 게 그리 힘차고 즐겁진 않았다. 그래도 그 일이 있고 난 후로는 무엇에도 의미를 두기가 힘들어졌다. 새삼 억울해졌다. 과거를 잊겠다고 했으면서 얽매이고 있었다. 자신이 생각했던 서른한 살은 이런 순간들이 아니었다. 준열은 주머니에 넣은 손에 잡히는 차 키를 무시한 채 무작정 걷기 시작했다.

모임을 마치고 집으로 돌아가는 길, 준열은 길게 한숨을 내쉬었다.

원래 술을 잘 마시는 편이었다. 그런데 어느샌가 아무리 마셔도 취하지 않는 경지에 이르렀다. 술에 취해 타인에게 민폐를 끼치는 게 싫어서 정신을 바짝 붙들고 있긴 했지만 조금도 몽롱해지지 않는 건 때때로 화가 나기도 했다.

근래에 작업 때문에 잠을 제대로 못 잔 탓에 피곤했다. 일이 많이 밀렸을 때가 아니면 정해 놓은 시간을 벗어나면서까지 일을 하진 않았다. 매일 똑같은 시간에 출근하고 퇴근하는 일이 아닌 만큼 더욱 철저하게 생활했다. 그런데 이번 일은 시작부터 막막해진 탓에 아무리 일을 손에서 놓고 다른 일을 하려고 해도 그리 되질 않았다.

약속 장소에 갈 때는 걷고 싶고 버스가 타고 싶어서 그냥 나섰는데 돌아올 땐 역시 차를 가져가지 않은 게 후회되었다. 그럼에도 버스에서 두 정거장 전에 미리 내렸다. 오늘 밤엔 죽은 듯 잠들 수 있을 것 같았다.

느긋하게 걷고 있는데 신호등 앞에서 옥신각신하는 남녀의 소리가 들렸다. 늦은 시간, 어느 커플이 길에서 저렇게 싸움을 하고 있는지 절로 시선이 갔다. 신호가 바뀌고 여자는 길을 건너려는데 여자의 팔목을 잡은 남자는 요지부동이었다. 점점 거리가 가까워지고 가로등 아래에 있는 두 사람이 선명히 보였다. 남자는 모르는 사람이지만 여자의 얼굴을 확인하는 순간 준열의 미간이 좁아졌다.

"왜 이러세요!"

불퉁하고 날카로운 여자의 말에도 남자는 꼼짝하지 않았다. 서점에서 봤을 때와는 다르게 여자는 단호한 모습이었다.

"저 진짜 이상한 사람 아니라니까요! 아까부터 그쪽이 마음에 들어서 번호 좀 알려 달라는 건데 왜 이렇게 사람을 스토커 취급해요!"

뻔뻔한 남자의 말소리에 준열은 피식 웃었다.

"아까도 얘기했지만 저는 길에서 만난 분한테 제 개인적인 걸 말씀드릴 생각이 없어요."

거절임이 분명했다. 그녀의 표정은 괴로워 보였고, 남자에게 붙들린 팔을 빼내려고 계속 팔목을 비틀고 있었지만 남자의 힘을 당해 낼 수 없는 것 같았다. 결국 준열은 성큼성큼 두 사람 곁으로 다가갔다. 그리고 남자가 잡고 있는 여자의 팔을 잡았다.

"무슨 일이시죠?"

어떤 표정도 없이 차갑게 묻는 준열의 말에 남자는 당황한 듯했다. 하지만 놀란 건 남자보다 그녀가 더한 것 같았다. 준열이 팔을 붙들기 무섭게 어깨를 움찔하며 준열을 올려다보고 그대로 멈춘 상태였다.

"누, 누구세요!"

준열보다 키도 작고 몸도 왜소한 남자는 지지 않겠다는 듯 외쳤지만 말을 더듬고 있었다.

"이 사람 애인인데요."

준열이 여자 쪽은 쳐다보지도 않고 답했다. 남자와 마주친 시선엔 그만 꺼지라는 경멸도 담았다. 주춤하던 남자가 여자의 팔목을 잡고 있던 손을 느슨하게 풀자 준열이 잽싸게 그의 손에서 그녀의 팔목을 빼냈다. 그리고 그녀를 자신의 등 뒤로 감췄다.

"저는 그냥……."

"변명 필요 없고, 그만 가라고."

준열에 의해 말이 막힌 남자는 더 이상 아무 말도 하지 못했다. 그 와중에도 준열의 등 뒤로 숨은 여자를 힐끔힐끔 쳐다보려 해서 준열이 그의 앞으로 반 발짝 다가갔다. 다가선 준열의 몸 때문에 시야가 완전히 가려지자 남자는 뒷걸음질을 치다가 결국 빠른 걸음으로 두 사람에게서 멀어졌다. 남자가 완전히 보이지 않게 된 뒤에 준열은 그녀의 팔을 잡고 있던 손을 놨다.

"고맙습니다."

준열의 뒤에서 나온 그녀가 그를 향해 고개를 꾸벅 숙였다. 무서웠는지 불안해 보였다.

"진짜 싫었던 거 맞죠?"

그녀가 고개를 끄덕였다. 제 집으로 향하려던 준열이 걸음을 멈췄다. 아파트 단지가 밀집해 있는 주택가는 시간이 조금만 늦어져도 생각보다 길가에 사람이 없었다. 이 상태로 그녀를 혼자 보내는 게 영 마음이 편치 않았다. 왜 이런 것까지 신경 써야 하나, 한숨이 나왔지만 모른 척할 수가 없었다.

"집이 어디예요?"

그녀는 대답 없이 준열을 빤히 쳐다봤다.

"왜요? 나도 스토커 취급하게요?"

"아니에요. 바래다주려고 물어본 거죠?"

준열이 고개를 끄덕였다.

"죄송해서요. 그런데 막상 혼자 가려니까 조금 무섭기도 해서."

"그러니까 집이 어딘지 앞장서요. 여기서 멀지 않은 거라면 나도 집에 가는 데 무리 없으니까."

조금 더 머뭇거리던 그녀는 마음을 굳혔는지 걸음을 옮겼다.

"정말 고맙습니다. 이 은혜는 꼭 갚을게요."

은혜를 꼭 갚겠다니. 박 씨라도 물어 올 건가.

"그럼 아이스크림 사요."

준열이 상가 모퉁이에 있는 편의점을 쳐다봤다. 답도 없이 그녀는 편의점 쪽으로 먼저 발길을 돌렸다. 수다스러운 타입처럼 보이지 않긴 했지만 어쩌면 필요한 말도 안 하는 사람일 수도 있겠단 생각이 들었다.

편의점 안으로 들어간 준열이 아이스크림이 있는 냉동고 안을 살피고 있는데 그녀는 온장고를 보고 있었다. 준열은 개의치 않고 아이스크림을 꺼냈다. 그제야 그녀의 시선이 준열에게로 향했다.

"안 추울까요?"

"춥겠죠. 겨울에 아이스크림인데."

통명하게 답을 한 준열이 카운터로 향하자 그녀는 조금 더 고민하던 끝에 준열과 같은 아이스크림을 꺼내 왔다. 계산을 마치고 다시 편의점 밖으로 나오자 매서운 바람이 두 사람을 훑고 지나갔다. 어깨를 바짝 움츠리는 그녀를 보며 준열은 아이스크림을 한 입 먹었다. 추위는 전혀 안 탈 것처럼 보였는데 그렇지 않은 듯했다.

아무 말 없이 걷고 있는데 그녀가 계속해서 준열을 힐끔힐끔 쳐다봤다.

"할 말 있으면 해요."

"아니요. 안 추워 보여서요. 이 겨울에 아이스크림을 무슨 빵 먹듯 먹는 게 신기하기도 하고요."

불이 붙은 링을 재주넘기로 통과하는 서커스도 아닌데 신기하다니 그녀의 말이 더 신기했다. 준열은 겨울을 좋아했다. 온몸의 신경이 바짝 곤두설 정도의 추위에 아이스크림을 먹으면 그 느낌이 배가 되었다. 그게 좋을 뿐이었다.

그녀의 손엔 아직 반이나 남은 아이스크림이 들려 있었다. 아주 작게 한 입 먹으면서도 그녀는 치를 떨었다. 추운 게 지독히도 싫으면 아이스크림을 안 먹었으면 될 텐데.

"궁금해서 따라 샀는데 역시 사람은 살던 대로 살아야 되나 봐요."

말을 마치고 그녀가 옅게 웃었다. 짙은 어둠의 밤, 흐릿한 가로등 불 밑에서 그녀의 미소가 반짝 빛이 났다. 낯선 이가 쫓아와서 휴대폰 번호를 알려 달라고 조르고 싶을 만했다. 이 여자, 예쁘구나.

"여기예요. 바래다주셔서 고맙습니다."

아파트 공동 현관 앞에서 그녀가 다시 한 번 고개를 꾸벅 숙였다. 곧 집에 들어갈 생각에 불안도 사라지고, 추위도 덜 느껴지는지 그녀의 목소리가 담담하게 울렸다. 준열은 가볍게 목례로 인사를 대신하고 그녀에게서 돌아섰다. 그리고 점점 그녀에게서 멀어질수록 그토록 좋아하는 계절, 겨울의 바람이 매섭게 차갑다는 걸 느껴야 했다.

✳

"파프리카 사?"

다진의 물음에 희경이 오이를 집다 말고 그녀를 돌아봤다.

"요새 계속 먹어서 좀 질렸는데."

고개를 끄덕이며 다진은 파프리카를 지나쳤다. 주말, 한가한 시간을 틈타 희경과 다진은 마트에 왔다. 일 때문에 바빠서 집에서 음식을 해 먹을 수 있는 시간이 많진 않았다. 그래도 두 사람 모두 직접 해 먹는 걸 좋아해서 기본적인 식재료가 떨어지지 않도록 했고, 시간이 나기만 하면 서로 누가 먼저랄 것도 없이 요리를 했다.

"오늘 저녁에 보쌈 해 먹을까?"

정육 코너 앞을 지나려다가 다진이 걸음을 멈췄다.

"요즘 고기가 좀 부족하긴 했지? 이따 오빠도 잠깐 온다고 했는데 같이 먹을까?"

"잘됐네. 고기 사고, 와인 사 가자."

"홍다진이. 이제 곧 봄 될 텐데 관리 안 해? 먹어도 안 찐다고 자부하다가 훅 간다!"

"내가 혹 가면 그건 순전히 네 저주 탓이야."

희경이 신나게 웃더니 다진의 어깨를 툭툭 쳤다.

"네 덕에 이렇게 먹고 사는데 내가 왜 널 저주하겠어요. 우리 하나뿐인 모델님."

"날 극진히 섬겨."

"아무렴요."

희경이 얄밉게 비꼬는 말투로 답을 했지만 다진은 그녀를 쳐다보지도 않고 정육 코너를 신중하게 살필 뿐이었다.

"고기 사니까 배고프다."

"얼른 살 거 사서 가자."

두 사람은 더 빠르게 움직였다. 마트에 오기 전엔 사야 할 걸 항상 메모지에 적어 왔다. 각자 따로 다니며 메모를 참고해 필요한 것들을 챙기고 마지막에 와인 코너로 향했다.

"지난번에 샀던 거 이거 맞지?"

희경의 물음에 그녀 쪽으로 향하던 다진의 걸음이 멈췄다. 카트를 밀고 느릿하게 와인 코너 안쪽으로 들어오는 준열을 발견했기 때문이다. 왜 저 사람은 아무것도 관심 없는 듯 무심해 보일까. 처음 서점에 와서 자신이 원하는 책을 주문할 때도 그랬다. 필요해서 주문은 하지만 딱히 관심은 없다는 듯.

점점 다진 쪽으로 다가오던 준열이 사람의 기척을 느꼈는지 고개를 돌렸다. 그리고 다진과 눈이 마주쳤는데도 잠시 그녀를 쳐다보고만 있었다. 다진 역시 인사를 해야 한다고 생각했지만 그와 눈이 마주치자 그대로 멈춰 버렸다. 결국 준열이 먼저 가볍게 목례를 했다.

그제야 다진도 고개를 꾸벅 숙였다.

"스토커 아닙니다."

이미 그녀에게서 시선을 떨어뜨린 준열이 얘기했다. 농담이었지만 표정이나 말투가 사뭇 진지한 탓이있는지 그녀는 낮게 웃을 뿐이었다. 그 낮은 웃음소리에 준열이 다시 그녀를 쳐다봤다. 그런데 그녀보다 그녀의 뒤에서 준열을 뚫어져라 쳐다보고 있는 다른 이가 먼저 보였다.

"전 다진이 친구, 오희경이에요."

희경의 인사에 준열은 잠시 고민했다. 뭐, 소개를 하고 인사를 할 정도의 사이는 아닐 텐데. 그보다 몰랐던 그녀의 이름을 알았다. 다진이라고.

"이준열입니다."

두 사람이 통성명을 하는 사이 다진은 와인 한 병을 자신의 카트에 담았다. 희경은 다진에게 어떤 사이인지 설명하지 않을 거냐고 차근거렸다.

"서점 손님이셔."

간략하지만 지금 다진과 준열의 사이를 그보다 적절하게 설명할 순 없었다. 단골은 아니지만 최근 자주 본 손님과 점원.

준열은 다진이 카트에 담은 와인을 쳐다봤다. 시큼한 맛이 강한 와인병을 보자 절로 인상이 찌푸려졌다. 그의 시선을 눈치챘는지 다진이 불쑥 물었다.

"뭐 찾으세요?"

직업병인가. 물으니 답은 해 줘야겠지.

"가볍게 마실 수 있는 와인이요. 무난하게 잘 어울리는 레드와인으로."

준열의 시선은 다시 와인 진열대로 향했다. 다진 역시 와인을 둘러보다가 바롱 드 레스탁 2011(Baron de Lestac 2011)을 집었다.

"이거 몇 번 마셔 봤는데 무난하더라고요."

준열이 와인병을 들고 라벨을 확인했다. 다진은 또 다른 걸 찾으려고 진열대를 둘러보는데 준열이 와인병을 카트에 담았다. 그리고 다진과 희경을 향해 인사를 했다.

"고마워요."

다진은 그대로 와인 코너를 벗어나는 준열의 뒷모습을 바라보고 있었다. 그때 옆에서 희경의 한숨 소리가 들렸다.

"저 손님, 결혼했어?"

"모르지."

"애인 있어?"

"그런 걸 어떻게 알아."

"현실에서 로맨스는 쉽지 않구나."

희경이 무슨 얘기를 하고 싶은 건지 요점을 알 수 없어 다진은 미간을 찌푸렸다.

"일반적으로 드라마나 영화, 심지어 순정만화에선 저렇게 훈훈한 남자가 서점에 손님으로 오고, 이렇게 마트에서까지 마주치면 로맨스가 싹튼다고! 그런데 지금 여기서도 너는 점원이고 저 남잔 손님이잖아!"

"내가 점원이라고?"

"무난한 와인을 좋아하는 손님에게 원하는 상품을 찾아 주는 건 점원이 하는 일 아니야?"

그제야 다진은 희경이 이토록 흥분하는 이유를 알았다. 희경이 보기엔 그렇게 보였던 걸까. 하지만 다진은 삼시나마 두근거렸다. 우연히 준열을 만난 게 반가워서, 그가 스토커가 아니라는 사뭇 진지한 농담을 해서, 자신이 무난한 와인을 알려 줄 수 있어서.

"가서 물어!"

"뭘 자꾸 물으래? 내가 개야?"

"우리 홍다진이 얼굴은 이렇게 예쁘고 몸매는 기가 막힌데 도대체 뭐가 문젤까?"

"문제가 없는 거?"

다진의 담담한 소리에 희경이 어깨를 축 늘어뜨렸다.

"심지어 이런 소릴 해도 재수 없지 않잖아. 정말 문제가 없는 게 문젠가?"

"그만해."

"저 남자 놓치기 아쉽지 않아?"

"서점 손님이야. 두어 번 본 게 전분데 그런 걸 어떻게 알아. 저 사람 내 이름도 몰라."

"이름이 중요해?"

"김춘수 시인께서 말씀하셨지. 이름을 부르기 전엔 하나의 몸짓에 지나지 않았다고."

"좋은 시가 널 망치는구나."

두 사람은 시답잖은 농담을 주고받으며 계산대를 향했다. 계산을 마치고, 주차장까지 가는 내내 다진은 주위 사람들에게 모든 신경이 쏠려 있었다. 혹여 다시 준열과 마주치진 않을까 했지만 결국 마트를 빠져나올 때까지 그를 볼 순 없었다. 하지만 서운하지 않았다. 오히려 다음번엔 그를 어디서 마주치게 될지 기대가 됐다. 분명 또 만나게 될 거라는 확신이 다진의 마음에 새겨지고 있었다.

❋

아동서가 쪽에서 떠들고 장난치는 꼬맹이들에게 소리를 좀 낮추라고 얘기하고 카운터로 향하던 다진이 걸음을 멈췄다. 준열이 들어오고 있었다. 성큼성큼 걸음을 내딛는 그는 언제, 어떤 상황에서도 당당할 것 같은 느낌이 들게 하는 모습이었다.

"어서 오세요."

다진의 인사에 준열이 살짝 고개를 까딱였다.

"소설책은 어느 쪽에 있어요?"

"찾는 책이 있으신 거예요?"

"아니요."

"베스트셀러나 신간은 저쪽 매대에 있고요, 그 외의 소설책은 이쪽 벽 끝 서가에 있어요."

준열은 다진이 설명한 안쪽 서가를 찾아 갔다. 지난번 마트에서 마주치고 일주일이 지났다. 그사이 쇼핑몰에 신상품을 올리고 곧 다가올 구정 연휴에 택배가 밀릴 걸 대비해 공지를 올리고 고객 상담을 하느라 정신없는 나날을 보냈다. 그러던 중에도 자꾸만 준열이 생각났다. 그런 탓에 오늘 준열을 본 게 괜히 반가웠다.

"다진 씨, 이거 매입 끝난 건데 진열 좀 해 줘요. 서가 번호는 적어 놨어요."

카운터에 있던 진영이 카트 위의 책을 가리켰다. 쌓아 올린 책 위에는 책이 꽂혀야 하는 서가 번호가 적힌 포스트잇이 붙어 있었다.

다진이 벽 쪽 서가부터 책을 꽂다가 바닥에 주저앉아 책을 읽고 있는 준열을 발견했다. 이어폰을 꽂고 집중하고 있는 표정이 꽤 심각했다. 그가 책 읽는 걸 방해하지 않으려고 좀 더 조심스럽게 책을 꽂았다.

인기척에 준열이 고개를 들어 옆을 바라봤다. 언제 왔는지 다진이 준열에게서 다섯 발자국쯤 떨어진 곳에서 책을 꽂고 있었다. 제일 위에 있는 서가에 책을 꽂으려고 까치발을 세우고 있었다. 서점에 올 땐 화장을 하지 않는지 다진은 수수한 차림에 화장기 없는 얼굴이었다. 어떤 모습이 더 예쁘다, 라고 할 수 없게 둘 다 그녀와 잘 어울렸다.

책을 꽂고 다른 책을 꽂으려고 카트로 몸을 돌리던 그녀와 준열의 눈이 마주쳤다. 준열은 마치 그녀를 쳐다본 게 아니라 우연히 고개를 돌리다가 눈이 마주친 것처럼 자연스럽게 그녀와 마주쳤던 시선을 돌렸다. 그런데 다진이 손에 들린 포스트잇을 확인하고 그의 옆으로 다가왔다.

"잠시만요."

이어폰을 꽂고 있었지만 소리가 크지 않아서 그녀의 소리가 들렸다. 준열이 그녀를 올려다보다가 자리에서 일어서자 다진이 그가 가리고 있던 서가에 책을 꽂았다. 준열은 다진이 책을 꽂는 걸 물끄러미 바라봤다. 그때 다진과 같은 빨간색 앞치마를 두른 남자가 책 더미를 한아름 안고 다가왔다.

"누나!"

책을 꽂던 다진은 물론 준열도 함께 고개가 돌아갔다.

"이거 어디 꽂아요?"

남자의 물음에 다진이 남자의 품에 안겨 있는 책 더미를 훑었다.

"고등학생 문제집은 저쪽."

다진이 반대편 서가를 가리키자 남자가 고개를 끄덕였다.

"진영이 누나한테는 물어보고 싶어도 아직도 서가 못 외우냐고 혼낼까 봐 무서워서 못 물어보겠어요."

"그거 무서우면 얼른 서가 외워."

다진의 무심한 태도가 무안할 법도 한데 남자는 큰소리로 '네!' 하고 대답하더니 자신이 찾는 서가 쪽으로 걸음을 옮겼다. 남자가 돌아가고 난 뒤 다진은 다시 책의 제자리를 찾아 꽂았다.

다른 서가로 이동하기 위해 카트에 손을 얹은 다진이 준열에게 고개를 까딱여 인사를 했다. 준열도 같은 방식으로 인사를 하고 다시 원래 앉아 있던 자리에 앉았다. 그리고 읽던 책을 덮어 두고 크로키 북을 펼쳤다. 서가 사이로 보이는 다진을 보며 재빠르게 뼈대를 잡았다.

여전히 표지 일러스트 때문에 골치를 썩고 있었다. 그래서 무작정 크로키 북을 들고 밖으로 나왔는데 절로 서점으로 걸음을 하게 됐다. 그리고 다진을 보는 순간 깨달았다. 인물 그림은 싫지만, 어쩔 수 없이 그려야 한다면 저 여자를 그려야겠구나.

집중해서 그림을 그리던 준열의 손이 멈췄다. 그리고 다진이 어디에 있는지 찾기 위해 자리에서 일어났다. 이리저리 시선을 돌리던 끝에 서가 너머로 다신을 본 순간 그녀와 정확하게 눈이 마주쳐 버렸다. 그런데 다진은 준열의 시선을 피하지 않았다. 준열 역시 시선을 피하지 않았다.

아주 잠깐이었지만 정확하게 마주친 시선은 꽤 오랜 시간이라고 오해할 정도로 정확하게 서로를 응시하고 있었다. 먼저 시선을 돌린 건 다진이었다. 어색하게 마주친 시선이 민망해서 피한 게 아니었다. 자연스럽게 시선을 돌렸다.

준열은 다시 자리에 앉았다. 이런 식으로 시선에 갇히는 사람은 없었다. 그러나 무심결에 돌린 시선 속에 다진은 자꾸만 걸렸다. 준열의 의도와 상관없이 그녀는 그의 시선 속으로 들어왔다.

크로키 북에 담긴 다진을 보던 준열이 낮게 한숨을 쉬었다. 그리고 다음 장으로 넘겼다. 백지를 마주하니 머릿속도 마찬가지로 새하얘졌다.

준열은 의미 없이 손을 움직였다. 날카롭게 그어진 선은 뾰족뾰족한 얼음산을 그려 냈다. 얼음산은 손끝만 대도 붉은 피를 나게 할 듯 사나웠다. 무얼 이토록 할퀴고 상처 주고 싶은 걸까.

크로키 북을 덮고 자리에서 일어난 준열은 다진을 찾지 않으려 애썼다. 하지만 문 앞에 다가갔을 때 사무실에서 나오던 다진이 꾸벅 인사를 했다.

"감사합니다, 안녕히 가세요."

형식적인 인사에 준열은 형식적인 답도 하지 않고 서점을 나왔다. 찬 바람이 시원했지만 시리게 날카로웠다.

✳

오랜만에 넥타이를 맸더니 목이 갑갑했다. 결국 넥타이를 풀어 조수석으로 던져 버리고 끝까지 잠갔던 와이셔츠의 단추를 하나 풀었다. 그제야 숨통이 트였다.

동갑내기 사촌의 결혼식이 있었다. 가깝게 지내는 친척이라 참석하지 않을 수 없었다. 여느 때라면 가서 무슨 얘기를 듣든 개의치 않고 갔을 거다. 그런데 오늘은 왜 이리 모든 게 귀찮은지 모르겠다.

신호에 걸려 차가 멈추자 준열은 한숨을 내쉬며 창밖을 내다봤다. 다진이 보였다. 보행자 신호에 맞춰 길을 건너는 다진의 걸음은 가벼웠다. 준열이 차창을 내렸다. 조용하고 지나다니는 사람이 없는 탓에 그녀의 구두가 내는 또각또각 소리가 선명하게 들렸다. 어깨 뒤로 넘겼던 목도리가 흘러내려 오자 코트 주머니에 있던 손을 빼 목도리를 다시 어깨 뒤로 넘겼다.

왜 저 여자가 움직이면 그 주변 공기가 모두 멈추는 것 같은 걸까. 왜 저 여자의 움직임은 슬로 모션처럼 동작 하나하나가 세세히 전부 보이는 걸까. 왜 자꾸 저 여자가 보이는 걸까.

신호등을 건너고 점점 멀어지는 다진을 보던 준열은 뒤차가 울리는 클랙슨 소리에 신호가 바뀐 걸 알았다. 창을 열어 놓은 채 차를 움직이자 차디찬 바람이 차 안으로 거침없이 들어왔다. 찬 공기를 만난 준열의 입김이 새하얗게 부서졌다. 창을 닫을 생각은 들지 않았다.

예상치 못하게 다진을 본 순간부터 귀찮았던 모든 게 말끔히 사라졌다. 하지만 그게 다진 때문이라고는 생각지 못했다. 그저 허리를 꼿꼿이 세우고 걷는 그녀의 걸음걸이, 목도리를 어깨 뒤로 넘기는 손동작, 구두의 또각또각 소리. 그런 걸 하나하나 되짚을 뿐이었다.

예상보다 빠르게 도착한 다진은 예식장 건물 옆에 있는 편의점에 들어갔다. 온장고에서 따뜻한 커피를 하나 꺼냈다. 계산을 마치고 길가가 내다보이는 창 앞에서 커피의 뚜껑을 열고 한 모금 마셨다. 따뜻한 커피를 한 모금 마시니 추위에 굳었던 몸이 노곤하게 풀어지는 느낌이었다.

대학 선배의 결혼식이 있었다. 동기들이나 선후배들을 만나면 피로연에 끌려가 술을 마시게 될 가능성이 높았다. 그래서 차를 두고 대중교통을 이용해서 왔는데 날이 워낙 춥다 보니 후회가 되었다.

다시 커피 한 모금을 마신 다진은 지금 자신이 보고 있는 게 진짠지 확인하기 위해 목을 앞으로 쭉 뺐다. 편의점 앞 길가에 준열이 서 있었다. 차도를 한 번 내다보더니 손목시계를 확인하는 게 분명 그였다. 정장 위에 코트를 입고 한쪽 손은 바지 주머니에 넣고 있었다.

다진의 심장은 물론, 온몸의 맥이 정신없이 뛰어 댔다. 편의점 밖으로 나가 그를 잡고 싶었다. 그런데 그의 앞에 택시 한 대가 멈춰섰다. 그는 뒷좌석의 문을 열더니 머리가 하얗게 센 할머니를 부축했다. 택시비를 계산한 그가 할머니를 모시고 예식장 건물로 들어섰다. 멍하니 서 있던 다진은 편의점을 나와 그가 들어간, 자신도 가야 하는 그 예식장 건물로 들어갔지만 그는 이미 엘리베이터를 타고 올라간 듯 1층 홀엔 보이지 않았다.

몇 층 예식장에 온 걸까. 혹 나와 같은 곳에 온 건 아닐까.

다진은 3층에 내려 주위를 둘러봤지만 어디에도 준열은 보이지 않았다. 층마다 예식홀과 피로연 뷔페가 따로 마련되어 있는 예식장이었다.

"홍다진! 언제 왔어?"

막 도착했는지 엘리베이터에서 내린 대학 동기생들이 다진에게 알은척을 해 왔다. 오랜만의 만남이었기에 다진도 금방 그녀들과 얘기를 나누느라 정신이 없어졌다. 하지만 계속해서 주위를 두리번거리게 되는 건 어쩔 수 없었다.

피로연장에서 겨우 빠져나온 다진은 시간을 확인했다. 이제 겨우 6시였다. 하지만 하늘은 깜깜했고, 스스로에게서 나는 술 냄새가 지독하게 느껴졌다. 택시를 타야겠다고 생각하며 우선 희경에게 전화를 걸었다.

—여보세요?

"저녁 먹었어?"

—아니. 점심도 안 먹었어.

"왜?"

—일하다가 때를 놓쳤네. 네 전화 받으니까 배고프다.

"뭐 좀 사 갈까?"

—넌 저녁 먹었어?

"안 먹었는데 술을 하도 먹여서 생각이 없어."

—너 대학 사람들 무서워.

"응. 오늘은 신랑 친구들이 더 무서웠어."

—술 많이 마셨으면 그냥 와.

"가다가 좀 깨면 뭐든 사 갈게."

—알았어.

전화를 끊으며 다진은 곧바로 택시를 잡아탔다. 목적지를 얘기하고 기사님께 양해를 구한 뒤 차창을 열었다. 지독하게 추웠지만 술을 깨기엔 좋았다.

멍하니 지나치는 풍경을 보고 있으니 절로 준열이 떠올랐다. 그를 볼 거라고 예상치 못했는데 같은 시간, 같은 예식장 건물 안에 있었다고 생각하니 자꾸 웃음이 났다. 그는 상상도 못 했겠지. 말을 걸어 볼 수 있었다면 좋았을걸.

"기사님, 저기 내려 주세요."

"아파트로 안 가고요?"

"네. 여기서 내릴게요."

다진은 백화점 앞에서 내렸다. 점심도 못 먹었다는 희경에게 요깃거리를 사다 줄 생각이었다. 그리고 지금 당장 다진이 먹고 싶은 과일도 사고 싶었다.

백화점 안으로 들어서자 택시 안에서 깼다고 생각한 술이 전혀 깨지 않았다는 걸 알 수 있었다. 아무래도 술 냄새가 희미하게 날 것 같아 걸음을 돌렸다. 그런데 백화점 입구로 준열이 다가오고 있었다. 다진이 멍해져서 그를 쳐다보고 있는데 그도 다진을 발견했다.

준열이 먼저 고개를 까딱여 인사를 했다. 그제야 다진도 놀라서 꾸벅 인사를 하다가 양손으로 제 입을 가렸다. 갑자기 술 냄새가 지독하게 풍기는 것 같았다.

그냥 지나치려던 준열은 부자연스러운 다진의 행동이 이상해서 그녀의 앞에 멈춰 섰다.

"어디 아파요?"

양손으로 제 입을 꾹 틀어막은 다진은 고개를 저었다. 속이 좋지 않은 걸까. 얼굴도 평소보다 훨씬 창백해 보였다.

"속 불편해요?"

이번에도 다진은 고개를 저었다. 하는 수 없이 준열은 주위를 둘러봤다.

"저기 약국 있어요."

여전히 입을 가린 채 다진의 고개가 준열이 가리키는 곳으로 돌아갔다.

"아니면 화장실 갈래요?"

고개를 젓는 것 외엔 할 수 있는 게 없는 사람인 것처럼 다진은 또 고개를 저었다. 그리고 입을 가린 채 말했다.

"술 냄새, 안 나요?"

준열은 다진을 빤히 쳐다봤다. 이 여자, 낮술 마시고 다시는 거야? 왜 울컥하고 화가 났는지 모르겠다.

"안 나요."

"손 떼면 날 거예요."

아까 낮에 봤던 차림새 그대로였다. 어딜 다녀온 걸까.

"누구 예식이었어요?"

준열은 두 눈을 끔뻑였다. 지금 자신이 다진의 목소리로 다진에게 뭘 물은 건가?

"뭐라고요?"

"아까 예식장 앞에서 준열 씨 봤어요."

기가 막혔다. 어떻게 거기에서.

"예식장 다녀오는 거예요?"

"네. 피로연 끌려갔다가 겨우 빠져나온 거예요. 술 잘 못하거든요."

여전히 다진의 두 손은 제 입을 가리고 있었다. 준열을 본 시간에 예식이 있었다면 1시 예식이었다. 그때부터 지금까지 붙들려 있었다면 누구라도 힘들 시간이다. 준열은 백화점으로 들어가려던 걸음을 돌렸다. 다진은 멍하니 그 자리에 서서 준열을 쳐다보고 있었다. 따라오라는 뜻으로 그녀를 보며 고갯짓을 하자 다진이 그의 뒤를 쫓았다. 또각또각. 구두 소리를 내며.

편의점으로 들어간 준열은 꿀물 음료를 하나 샀다. 그리고 다진에게 건넸다. 입을 가리고 있던 손을 내리자 그녀는 흡, 하며 숨을 참았다. 준열에게서 등을 돌리고 음료수를 마셨다.

"고마워요."

입술을 최대한 작게 움직이며 얘기했다. 준열 혼자만 그녀를 본 줄 알았다. 그런데 그녀도 준열을 봤다. 그리고 기어이 이렇게 마주쳐 버렸다. 무얼까. 왜 무언가가 이렇게 쉴 틈 없이 밀려들어 오는 걸까.

준열이 빤히 보는 시선이 민망했다. 자신도 그를 보고 싶은데 지금은 왠지 부끄러워서 똑바로 눈을 마주칠 수가 없었다. 예식장 앞에서 그에게 알은척을 하지 못한 게 계속 후회되고 신경이 쓰였다. 하루 종일 그렇게 그만 생각해서 이렇게 마주친 걸까. 그렇담 앞으로도 그런 식으로 그만 생각하면 언제, 어디서든 이렇게 만날 수 있는 걸까.

풀 수 없는 의문과 설렘이 함께 가슴속에 차오르고 있었다. 의문이 먼저 터지게 될까, 설렘이 먼저 터지게 될까. 알 수 없어서 다음 번 만남이 더욱 기다려지는지도 몰랐다.

❋

"벌써 끝났어?"

승태가 놀라서 물으며 시간을 확인했다. 전화 반대편의 준열은 뭘 그리 놀라냐는 반응이었다. 이준열의 작업 속도는 정말 기괴할 정도였다. 한 번 집중하면 그 어떤 어려운 작업이라도 남들은 반쯤 끝낼 시간에 그는 작업을 마쳤다.

좋아하는 일을 즐겁게 한다면 다행이었지만 준열은 꼭 그림 그리는 일에 점점 더 열중하고 미치려는 것 같아 걱정도 되었다. 게다가 오늘은 기대하고 있던 일이 있어서 그의 작업 속도가 마음에 안 들었다.

"천천히 좀 하지."

―눈도 저렇게 많이 오는데 천천히 했다간 오늘 집에 못 가요.

"군호한테 커피 한 잔 내려 달라고 해. 로스팅은 나보단 걔가 잘해."

―작업하면서 마셨어요. 다음에 술 한잔해요, 선배.

"그래. 수고했다."

전화를 끊고 승태는 괜히 혀끝을 찼다. 승태의 친구 군호는 도예를 전공했다. 이천에 자신의 공방을 가지고 있었는데 얼마 전 승태의 카페에 와 보곤 준열이 그린 벽화를 마음에 들어 했다. 그리고 공방에도 벽화가 있었으면 하고 바랐다. 벽화 일은 별로 좋아하지 않는 준열이라는 걸 알기에 지나는 말로 가볍게 물었다. 거절해도 된다는 의미였다. 그런데 준열은 고민할 것도 없이 일을 승낙했다.

'왜? 너 벽화 일 싫어하잖아.'

'할게요.'

본인이 하겠다는데 못 하게 할 이유는 없었다. 이후의 일은 군호와 준열이 연락을 하며 일정을 정했기에 승태는 어떻게 진행되는지 전혀 알지 못했다. 그런데 그 당시 희경이 쇼핑몰 실내 촬영이 가능한 곳을 찾는 게 마음대로 안 된다며 힘들어했다. 군호와 준열을 연결시켜 주느라 자주 연락을 하던 때라 그런지 자연스럽게 군호의 공방이 떠올랐다.

군호의 공방이라면 예쁜 도자기도 많았고, 군호 역시 오프라인,

온라인을 통해 도예품을 판매하고 있었기 때문에 촬영 장소로 괜찮을 것 같았다. 군호에게 물으니 쇼핑몰 촬영을 흔쾌히 수락해 줬다.

우선 사전 답사를 하기로 했다. 군호의 공방이 매주 월요일이 휴무라 월요일로 날짜를 정했다. 희경은 쇼핑몰에 액세서리를 협찬하기로 한 타 쇼핑몰 사장을 만나는 일 때문에 갈 수가 없었다. 결국 다진과 기찬이 가기로 했는데 오늘 아침, 기찬이 다진을 픽업하러 가는 길에 경미한 접촉 사고가 생겼다. 그래서 다진 혼자 가게 되었다. 쇼핑몰 촬영 일정도 있었고 군호와 다시 날짜를 맞추는 일도 만만치 않을 것 같아서 어쩔 수가 없었다.

승태가 일부러 일을 그렇게 만든 건 아니었지만 준열과 다진을 우연히 만나게 해 주기엔 좋은 기회였다. 둘 다 미리 일러두면 상대를 알기도 전에 질색할 게 뻔했다. 그래서 말하고 싶은 걸 꾹 참고 있었다. 그런데 준열이 다진은 도착도 하지 않았는데 작업을 마쳤다.

"제 복을 지가 차는 놈."

인상을 찌푸린 승태는 카페를 둘러보고 직원들에게 화풀이를 했다. 이미 윤이 반짝반짝 날 정도로 깨끗한 바닥을 닦으라는 둥, 테이블 정리를 좀 하라는 둥. 하지만 이렇게 된 이상 두 사람을 오기로라도 꼭 만나게 해 주리라 마음을 먹었다.

⁂

차가운 바람이 굵은 눈발을 감아 올렸다. 눈발이 너무 거세서 차를 몰고 오는 내내 긴장을 한 탓에 온몸이 다 쑤셨다. 서울 근교에 이렇게 폭설이 내리는 게 얼마 만인지 모르겠지만 무서웠다. 집에 돌아갈 땐 어떻게 해야 할지 벌써부터 걱정이 되었다.

다진은 추위를 많이 타는 탓에 겨울을 싫어했다. 겨울을 싫어하는 바람에 눈까지 오는 날은 더더욱 싫었다. 올 겨울엔 눈이 별로 없는 것 같아 다행으로 여기고 있었는데 하필이면 이렇게 눈이 많이 오는 날 취소하기 곤란한 약속이 있다니 운이 나빴다.

공방에 도착한 다진은 차에 눈이 쌓이지 않도록 최대한 처마 가까이 주차했다. 지금은 다른 무엇보다 어서 공방을 둘러보고 무사히 집에 돌아가고 싶을 뿐이었다.

건물의 느낌과 어울리지 않는 초록색 나무 문에 노크를 했다. 안에서 남자의 낮은 목소리가 들렸고 다진은 문을 열었다. 도예 공방이라고 했는데 생각지 못한 물감 냄새가 훅 하고 다진의 코를 찔렀다. 그리고 공방을 제대로 둘러볼 새도 없이 정면에 보이는 벽화에 다진은 넋을 잃었다.

다양한 크기의 캔버스가 여기저기 걸려 있었다. 벽화와 캔버스의 그림들이 이어져 있었다. 다양한 크기의 캔버스에 그려져 있는 그림 때문에 입체감이 살아 있어 공방 안에 커다란 꽃밭이 펼쳐져 있는 듯 보였다. 하지만 어떠한 그림도 정확한 꽃의 형상을 하고 있진 않았다. 그저 형형색색의 물감이 서로 어우러져 섞인 모양이 활짝 핀 꽃을 연상케 했다.

"저기."

머릿속에서 톡 하고 물방울이 터지는 것같이 정신이 번쩍 든 다진이 어느새 다가온 군호를 바라봤다. 그제야 다진은 그림에 넋을 잃어 인사를 안 한 게 생각났다.

"안녕하세요. 승태 오빠 소개로 온 홍다진이에요."

"어서 오세요."

미소를 지은 군호가 다진에게 고갯짓으로 인사를 하고 들어오길 권했다. 공방 안으로 들어선 다진은 생각보다 아기자기한 분위기에 놀라서 공방을 한 바퀴 둘러봤다.

"오시기로 한 시간보다 늦어서 걱정했어요. 눈이 워낙 많이 와서요."

"조심해서 오느라 좀 늦었어요."

군호가 다진이 앉을 의자를 빼 주고 커피를 마시겠냐고 물었다. 그러겠다는 대답에 군호가 커피를 내리는 동안 다진은 공방을 더 자세히 둘러봤다. 도자기 체험 신청을 받아서 운영하기도 하고, 직접 만든 도예품을 팔기도 한다고 했다. 벽화 때문인지 공방은 화사한 느낌이었다. 여기서 촬영할 생각을 하니 괜스레 벌써부터 설레었다.

"눈이 점점 더 많이 오네요."

군호가 건네는 머그잔을 받으며 다진도 밖으로 시선을 옮겼다. 확실히 훨씬 더 굵어진 눈발에 더럭 겁이 났다. 그때 희경에게서 전화가 걸려 왔다.

"여보세요?"

—잘 도착했어?

"응. 지금 막 도착했어."

―걱정돼서. 여기 눈이 너무 많이 오는데 거긴 어때?

"여기도 그래. 안 그래도 어떻게 가야 하나 좀 무서워."

―승태 오빠 얘기 들어 보니까 공방 근처에 펜션 있대. 그 공방에 도자기 체험하러 가는 사람들이 1박 일정으로 가는 경우도 있어서. 오늘은 아예 거기서 자고 오는 게 어때?

"일단 상황 봐서 결정할게."

―응. 무리하지 말고, 자고 올 거면 연락해. 승태 오빠가 그분한테 방 구해 달라고 하겠대.

알겠다고 답한 뒤 전화를 끊고 다진은 군호와 공방에서 어떤 일정으로 촬영을 하게 될 건지에 대한 이야기를 나누었다.

"매주 월요일이 쉬는 날이에요. 서로 월요일로 스케줄을 맞춰 보죠."

"네. 미리 스케줄만 맞추면 저희는 요일은 크게 상관이 없거든요. 쉬는 날 저희 때문에 일부러 나오시는 건 괜찮으세요?"

"바로 뒤쪽에 집이 있어요. 전원생활 하고 싶어서 이쪽으로 온 거라 작게 전원주택 지었거든요. 집 배경으로 찍어도 좋아요. 오늘은 눈이 너무 많이 와서 제대로 못 볼 테니까 촬영 때 보고 그때 결정해도 돼요."

"정말요? 그렇게 해 주시면 저희야 감사하죠."

"승태 얘기 들어 보니까 장소 대여료를 톡톡히 쳐 준다더라고요."

다진과 군호가 같이 웃었다.

"그건 저희 사장님이 잘 해 주실 거예요."

"사장님이 승태 여자친구죠?"

"네."

"한 번도 못 봤는데 드디어 보겠네요. 그럼 오늘 일정까지 확실히 정하는 건가요?"

"번거롭지 않게 그랬으면 하는데 장소를 저 혼자 결정할 수가 없거든요. 제가 사진을 찍어 가서 저희 직원들이랑 같이 보고 결정해서 연락 드렸으면 하는데 괜찮으세요?"

"그래요. 그래도 돼요."

디테일한 부분들은 희경과 군호가 직접 통화하기로 하고 다진은 공방 내부 사진을 찍었다. 한참 사진을 찍고 있는데 공방 문이 열리더니 사내아이 둘이 후다닥 뛰어 들어왔다.

"아빠!"

군호에게 덥석 안긴 아이 둘은 큰 소리로 '다녀왔습니다.' 하고 인사를 하더니 곧바로 벽화가 있는 쪽으로 달려갔다. 그리고 연신 우와, 우와 하는 감탄을 내뱉었다.

"다녀왔습니다."

뒤이어 군호의 아내가 공방으로 들어왔다. 그리고 환하게 웃으며 다진에게 인사를 했다. 군호의 소개로 제대로 인사를 나누고 셋이 함께 촬영에 대한 얘기를 했다. 군호의 아내가 촬영하는 걸 구경해도 되는지 물었고 다진은 별거 없을 거라며 상관없다고 답했다.

활발한 군호의 아내가 편안히 대해 줘서 생각보다 조금 더 머물렀다. 그러는 사이 눈은 계속 내려 제법 쌓인 상태였다.

"이대론 가는 길도 쉽지 않겠는데요. 자고 가요. 여기 펜션 괜찮아요."

다진은 잠시 바깥 상황을 주시했다. 눈은 그칠 기미가 보이질 않았고, 이런 폭설 속에서 운전을 하려니 겁이 났다. 결국 어쩔 수 없이 다진이 펜션에 방이 있는지 알아봐 줄 것을 부탁했다.

"펜션이 여러 동이라 방은 충분히 있을 거예요. 금방 알아봐 줄게요."

군호가 펜션에 연락을 하러 간 사이 다진은 희경에게 연락을 했다. 군호는 곧장 펜션에 방이 있다고 알려 주었고, 펜션까지 바래다주겠다고 나섰다. 발이 푹푹 빠지는 눈길이라 걷기가 힘들었지만 펜션은 멀지 않은 곳에 있었다.

"그럼 쉬어요."

"네, 고맙습니다."

다진은 군호에게 인사를 하고 방으로 들어섰다. 저녁은 펜션 한쪽에 식당이 마련되어 있다고 하니 걱정할 일이 없었다. 아니, 걱정할 일은 언제 이 눈이 그치고 녹느냐 하는 것이었다.

눈발이 약해지긴 했지만 좀체 그칠 것 같진 않았다. 우선 저녁을 먹어야 할 것 같아서 다진은 식당으로 향했다. 눈이 이렇게 많이 내리지 않았더라면 마음에 쏙 드는 곳이었을 듯싶었다.

뽀드득뽀드득 소리를 내는 눈을 밟으며 식당이 있는 건물로 들어서니 열 명 남짓 되는 사람들이 있었다. 대부분 무리를 지어 앉아 있었고, 웬 남자 한 명만 혼자 앉아 있었다. 그 옆을 무심히 지나치려던 다진의 걸음이 멈췄다.

"어?"

다진의 시선을 느끼고 고개를 든 준열은 말문이 막혔다. 그리고 잠시 아무 말도 없이 서로를 응시했다. 누가 먼저랄 것도 없이 헛웃음을 웃었다.

"스토커예요?"

다진이 그가 그랬던 것처럼 사뭇 진지하게 농담을 건넸다.

"누가 할 소릴."

톡 쏘는 준열의 소리에 다진은 미소 지었다. 그리고 그의 맞은편 빈자리를 쳐다보자 준열이 앉아도 된다는 듯 고개를 끄덕였다.

"혼자 오셨어요?"

다진의 물음에 준열이 그녀를 쳐다봤다.

"마찬가지인 것 같은데요."

"일 때문에 왔는데 저 눈 속에 가다간 사달이 날 것 같아서요."

두 사람이 마주 앉아 별 얘기를 할 새도 없이 식사가 나왔다. 식사를 하면서도 다진은 괜히 나오는 웃음을 참을 수가 없었다. 낯선 곳에서 만나게 되었는데도 '왜' 이곳에 있는지 물을 생각조차 하지 못했다. 그저 이 우연이 어째서 이렇게 반가운지 고민하느라 다른 걸 생각할 틈이 없었다.

다진보다 먼저 식사를 마친 준열이 창밖을 내다보고 있었다. 눈발은 다시 굵어지고 있었다. 그런데 다진의 시선이 자신에게로 닿는 느낌이 들었다. 고개를 돌리니 아니나 다를까 두 눈을 동그랗게 뜬 채로 그녀가 자신을 보고 있었다.

"아직 제 이름도 모르시죠?"

그녀가 직접 자신의 이름을 말하며 소개를 한 적은 없었다. 그녀의 친구가 얼결에 그녀의 이름을 말했을 뿐. 준열은 그녀의 이름을 알게 된 걸 구구절절 설명하고 싶지 않아 무심하게 고개를 끄덕였다.

"홍다진이에요."

제 이름을 말한 뒤 다진이 옅게 미소를 지었다. 뭔가 더 다른 말을 할 거라고 생각했지만 다진은 남은 밥을 마저 먹기 시작했다. 잠시 다진을 물끄러미 쳐다보던 준열은 다시 시선을 창밖으로 돌렸다.

다진이 마지막 남은 밥 한 숟가락을 입에 넣는 순간, 전화가 울렸다. 발신자를 확인하니 기찬이었다.

"여보세요?"

─다진 씨, 눈 엄청 오는데 괜찮아?

"괜찮아. 기찬 씨는? 병원 갔다 왔어?"

─병원은 안 가도 돼. 차만 공업소에 맡겼어.

"차 공업소에 맡길 정도면 병원 가야지. 나중에 고생해."

─내 걱정은 말고. 다진 씨는 어떻게 오려고?

"자고 갈 거야. 나 저 눈 속에서 운전 못 하겠어."

─같이 갔어야 하는데 미안해.

"그런 소리 말고. 꼭 병원 가, 기찬 씨."

─응. 오면 내가 진짜 맛있는 거 사 줄게.

"알았어. 무사히 가길 기도나 해 줘."

─걱정 마. 나 기도발 엄청 잘 받아.

"내일 도착하는 시간 봐서 사무실로 가든가 할게. 오늘은 쉬어."

편안하게 들리는 다진의 목소리를 들으며 창밖을 내다보던 준열의 시선이 다진을 향했다. 준열의 앞에서 웃던 것과는 달랐다. 서비스용이 아닌, 진짜 웃음. 입가에 띤 옅은 미소만이 아니라 두 눈도 반달이 되어 만면이 웃음 짓는 모양. 그리고 그 얼굴로 부르는 이름, 기찬 씨.

다진은 전화를 끊고 나서 물을 한 모금 마셨다. 통화하느라 입안에 있던 밥을 그대로 삼킨 탓에 가슴 언저리가 뻐근했다. 다진이 식사를 전부 마친 걸 확인하자 준열은 바로 자리에서 일어났다. 지체하고 싶은 마음은 있지만 이유가 없어서 다진도 그를 따라 일어나야 했다. 식당 밖으로 나오자 여전히 굵은 눈발이 흩날리고 있었다.

"맥주 한잔할까요?"

불쑥 튀어나온 다진의 말에 눈 쌓인 주위를 둘러보던 준열의 시선이 그녀에게 닿았다.

"그냥 가볍게 한 잔만요."

다진은 준열이 거절하지 않길 바라며 그를 바라봤다. 준열은 무슨 생각을 하는지 전혀 읽을 수 없는 눈빛으로 다진을 보고만 있었다. 그리고 결국엔 고개를 끄덕였다.

두 사람은 다시 식당 안으로 들어섰다. 매점에서 맥주 두 캔과 피스타치오와 아몬드를 사서 자리를 잡고 앉았다. 식당에서 식사를 한 손님들의 대부분도 그 자리에서 술을 한두 잔 하며 시간을 보내고 있었다.

"쉬러 오신 거예요?"

"일 때문에 왔다가 겸사겸사 쉬어 가려고 들어왔어요."

"눈길에 운전은 위험하기도 하니까요."

그런 이유는 없었다. 눈이 제법 오기에 그저 조용히 쌓이는 눈을 보고 싶을 뿐이었다. 맥주를 마시자고 했지만 다진은 귀찮게 이것저것 얘기를 강요하지 않았다.

준열은 정적이 찾아오면 창밖을 내다봤다. 소복이 쌓였다고 하기엔 상당한 양이었지만 아무도 밟지 않은 새하얀 눈이 켜켜이 쌓이고 있었다. 온 세상이 잠기도록 한없이 눈이 내렸으면 했다. 그렇게 모두 사라졌다가 다시 시작할 수 있다면.

눈이 내리는 걸 바라보던 준열이 조용한 다진 쪽으로 시선을 옮겼다. 그녀는 맥주 캔을 쥔 자신의 손을 내려다보고 있었다.

"눈 안 좋아해요?"

다진이 고개를 들어 준열을 쳐다봤다. 그리고 창밖을 내다보고 눈이 쌓인 걸 확인하곤 고개를 갸웃 기울였다.

"계속 저렇게 눈이 내리면 내일 어떻게 가야 되나 걱정이 돼서요. 전엔 몰랐는데 여기 있으니까 소리 없이 쌓이는 게 무섭네요."

그 말이 꼭 준열이 무섭다는 말로 들렸다. 온 세상이 잠기도록 눈이 내리길 바라는 그의 마음을 그녀가 알아 버린 것 같았다. 그래선지 준열은 얘기의 주제를 돌리고 싶었다.

"서점 일할 땐 화장을 안 하더니."

혼잣말처럼 흘린 그의 말에 다진은 괜스레 제 볼을 어루만졌다. 쇼핑몰 촬영 장소를 보는 일이라 화장에 신경을 쓴 터였다. 티가 나긴 하지만 준열이 단박에 알아채는 게 괜히 민망했다.

"오늘은 일 때문에 화장을 좀 해야 해서요."

"일?"

"서점은 아르바이트고 본업은 따로 있거든요. 서점에서 제가 너무 추레했나요?"

그녀를 처음 본 건 서점에서였다. 단지 처음 본 모습과 달라서 궁금했던 것이지, 추레하다는 식으로 느꼈기 때문에 한 얘기가 아니었다.

"확 달라 보여서 하는 얘기예요."

"못 알아볼 정도로요?"

준열의 눈썹이 비스듬히 올라갔다. 못 알아본 적은 없다고 하려는데 그녀를 극장에서 마주쳤던 날이 떠올랐다.

"확실히 단박에 알아볼 수 있는 정도는 아니었죠."

"남들이 볼 때 못 알아볼 정도로 많이 다르구나, 했어요."

"본업이 뭔데요?"

지금껏 어디에서도 자신이 하는 일을 말하는 데 머뭇거린 적은 없었다. 그런데 왜 그에게 '모델'이라고 말해야 하는 게 이토록 부끄러운 걸까.

"쇼핑몰 모델이요."

모델. 준열은 고개를 주억거렸다. 모델이라는 소리를 듣자마자 납득을 하고, 그래서 예쁘구나, 하는 생각이 들었다.

"무슨 일 하세요?"

"그림 그려요."

다진의 두 눈이 반짝였다.

"화가요?"

"화가랑은 좀 다르죠. 일러스트레이터요."

그와 잘 어울리는 직업이라는 생각이 들었다. 처음 서점에 왔을 때 가져왔던 쪽지, 그의 글씨. 선과 선을 이어 그림을 그리듯 써진 그의 필체가 떠올랐다.

"혹시 제가 알 만한 작품 있어요?"

서점에서 일하니까 준열이 표지 일러스트 작업을 한 책을 알고 있을지도 모른다. 게다가 요즘 준열이 애니메이션 작업을 한 국내 모 기업의 이미지 광고가 TV에서 방영하고 있었다.

"사람이 중요하다."

다진이 고개를 갸웃했다. 무슨 얘긴지 설명을 해 줬음 했는데 준열은 가만히 다진을 쳐다보고만 있었다. 알아서 이해하라는 건가. 뜬금없이 내뱉은 그 말을? 점점 다진의 미간이 좁아졌다. 그러다가 뭔가 번뜩이듯 '사람이 중요하다'라는 슬로건을 내세운 모 기업의 광고가 생각났다.

"그거 직접 작업한 거예요?"

준열이 고개를 끄덕였다. 다진의 두 눈에 조금씩 무언가가 차올랐다. 그 시선을 고스란히 받는 입장에선 조금 곤란한 무엇이었다. 동경 같은.

"엄청나네요."

무엇이? 본인의 그 눈빛과 표정이?

"저 그 광고 좋아해요. 그림을 그렇게 잘 그린다니 부럽네요."

부러운 것과 수줍은 것의 연관성이 무얼까. 다진은 얘길 하며 수줍어 보이는 미소를 지었다.

"잘 그리잖아요."

준열의 답에 다진이 두 눈을 동그랗게 떴다. 다진은 그림엔 소질이 없었다. 영문을 알 수 없다는 다진의 표정에 준열이 다진의 얼굴을 가리켰다.

"얼굴에 그림."

다소 진지한 그의 농담에 다진은 선뜻 웃을 수가 없었다. 하지만 참을 수도 없었다. 결국 웃음이 터지자 준열도 옅게나마 미소를 지었다.

"제가 좀 잘 그리죠?"

"그러네요, 홍 화백."

상당히 부끄러운 말이라는 생각이 들었다. 하지만 다진은 그저 부드럽게 미소만 지었다. 그리고 부끄러운 게 드러나진 않을까 신경 쓰며 얘기의 주제를 돌렸다.

"그림 그리는 거 재미있어요?"

재미. 준열은 고개를 갸웃했다.

"좋아서 하는 일이긴 해요. 재미는 모르겠지만."

"어려서부터 화가가 꿈이었어요?"

"그렇죠. 그림 그리는 걸 좋아했고, 꾸준히 해 왔어요. 예나 지금이나 화가가 꿈이고요. 그쪽은요?"

맥주를 마신 뒤에도 다진은 선뜻 답을 하지 않았다. 뭔지 모르지만 머뭇거리고 있었다.

"목표는 있지만 꿈은 없어요."

"어려서는요?"

"장래희망은 주로 선생님을 적었는데 내 꿈이라기보단 제일 무난

해서 그랬던 것 같아요. 사실 뭐가 되고 싶은지 모르는데 일단 적어 내라니까 적어 냈던 거거든요. 그러다가 친구랑 쇼핑몰 일을 하게 됐고, 지금은 충분히 즐겁고 욕심도 부리고 있어요. 본업을 두고 좋아하는 서점에서 아르바이트도 할 수 있으니까 만족해요."

말을 하는 동안 다진의 표정은 사뭇 진지했다. 그런데 말의 중간중간 한 템포 쉴 때면 꼭 옅게 미소를 지었다. 버릇일까. 그 미소가 자꾸 보고 싶어서 그녀가 말을 많이 멈추었으면 했다.

"그래도 가끔 꿈이 있었더라면 더 좋았을 것 같다는 생각은 해요. 그럼 지금의 나는 얼마나 달라졌을까 궁금하기도 하고요."

후회인 것처럼 말하지 않았지만 후회였다. 준열은 자신의 표정이 굳는 줄도 모르고 다진과 마주쳤던 시선을 피했다. 맥주를 마시고 창밖으로 시선을 옮겼다. 후회는 인간에게 있어서 가장 필요한 무엇이라고 생각했다. 다만, 후회만 있어선 안 되었다. 후회를 하고 후회하게 된 계기의 일이 다시는 일어나지 않도록 하는 게 중요했다.

"어차피 사람은 계속 달라지니까요. 앞으론 꿈도 꾸고, 더 열심히 살면 지금 같은 후회는 없겠죠."

나직한 음성에 옅은 미소, 진솔한 눈망울. 준열은 다진이 머쓱해하는데도 불구하고 다진에게 꽂힌 시선을 거둘 수 없었다.

종종 느꼈던 건데 준열은 한 번 쳐다보기 시작하면 모든 걸 꿰뚫어 버릴 것 같은 눈을 하고 있었다. 눈동자는 전혀 흔들리지 않았고, 지금 현재 자신이 보고 있는 게 무언지 그를 보는 사람이라면 누구라도 알 수 있게 정확한 시선이었다. 하지만 속을 알 수 없이 꽉 막히고 서늘했다. 저 눈에 감정이 깃든다면 어떤 느낌일까.

다진은 준열의 시선이 아무리 아프게 꽂혀도 피하지 않았다. 오히려 준열의 시선을 어루만지듯 부드럽고 따뜻한 시선으로 대응했다.

"내일 몇 시에 출발해요?"

"눈 오는 상황 좀 보고 출발하려고요."

"같이 가죠. 뒤에서 쫓아갈 테니까 겁낼 거 없어요."

거짓이라 생각될 정도로 그의 말에서 신뢰가 느껴졌다. 내내 걱정하던 다진의 마음이 한결 편안해졌고, 늦은 밤 그가 자신을 집에 바래다주었던 때가 생각났다.

"고맙습니다. 이번에도 아이스크림 사면 될까요?"

크게 상관없다는 듯 준열이 고개를 끄덕였다.

"밥 살게요. 무사히 서울에 도착하면."

"그건 본인 운전 실력에 달린 일이죠."

"가드가 중요하죠."

짙고 해사한 미소에 따라 웃지 않을 수가 없었다. 준열이 옅게 미소를 지으며 고개를 끄덕였다.

웃는 게 멋있네요.

다진은 깜빡 입 밖으로 말을 뱉을 뻔했다. 했어도 크게 상관은 없었을 거다. 오히려 그가 더욱 짙게 미소를 지었을지도 모른다. 반면에 희미한 미소를 거둬 버렸을지도 모른다. 그래서 말하지 않은 걸 다행으로 여기고, 그의 미소를 시야에 가득 채웠다.

이 밤의 시간이 앞으로 어떻게 흘러갈지 모른다. 부디 마주 보고 더 많이 웃을 수 있는 시간이 되길, 다진은 자각하지 못한 채 그렇게 바랐다.

＊

두 눈을 가늘게 뜬 용우가 다진을 위아래로 훑어봤다.

"너 그거 엄청 기분 나쁘다."

베스트셀러 매대를 정리하며 다진이 책으로 용우의 배를 툭 쳤다. 과장되게 욱 소리를 내며 허리를 굽힌 용우가 책이 비어 있는 매대에 걸터앉았다.

"오늘 저녁에 무슨 약속 있어요?"

"왜 말해야 하는데?"

"서점에 올 땐 이렇게 화장하고 예쁜 옷 입고 안 오잖아요. 사무실에 보니까 누나가 벗어 놓은 것 같은 구두도 있던데."

근무 중에 힐은 불편하니까 슬리퍼를 신고 있었다.

"남자 생겼어요?"

"아니."

"거짓말."

다진은 용우를 밀어내고 그가 걸터앉아 있었던 곳에 책을 진열했다.

"남자는 차근차근 잘 살펴보고 만나야 돼요, 누나."

다진이 낮게 웃었다. 용우는 다진의 남동생인 재훈의 친한 친구였다. 재훈보다 먼저 입대를 한 탓에 제대도 빨랐다. 그래서 학교 복학 때까지 서점에서 아르바이트를 하는 중이었다. 다진이 보기엔 아직 어린 것만 같은데, 재훈도 그렇지만 용우도 이렇게 어른처럼 굴고 싶어 했다.

"어떤 걸 잘 살펴보면 되는데?"

"그게 참 어려운 건데, 일단 너무 잘해 준다고 혹하는 게 제일 위험한 거예요."

"왜?"

"남자는 다 똑같으니까요."

어째서 용우나 재훈이가 이런 식으로 말하는지. 다진은 그럴 때마다 피식 웃음이 났다.

"너랑 재훈이는 보통 여자들한테 어떻게 하는 거니? 어떻게 하기에 나한테 남자는 다 똑같다고 매번 똑같이 말하는 거야?"

"저희야 엄청 잘하죠."

"잘하는 남자는 좋은 거 아냐?"

"누구한테나 똑같이 잘한다는 게 문제죠."

이해한 다진이 고개를 끄덕였다.

"충고 고마워."

"별말씀을요. 근데 진짜 남자 생긴 거 맞죠?"

다진은 어깨를 으쓱했다. 용우는 다 알겠다며 실실 웃었다. 매대 정리를 마저 하며 다진은 준열과 어떤 형태로 관계가 이루어질 수 있을지 생각했다. 하지만 이미 마음이 움직인 이상 절망적인 생각은 할 수 없었다.

근무를 마치고 서점에서 나온 다진은 코트 깃을 여몄다. 고개를 뒤로 젖히고 하늘을 올려다봤다. 어둠이 밀려오고 있었지만 하늘은 맑았다. 바람이 차지만 괜스레 웃음이 났다.

준열이 직접 겨울을 좋아한다고 말한 적은 없지만 다진이 보기에 그는 겨울을 즐기는 사람이었다. 찬 바람을 맞으며 어깨를 움츠리지도 않고, 미간을 좁히지도 않는다. 아이스크림을 무덤덤하게 먹으며, 소리 없이 쌓이기에 무서운 눈을 더없이 잔잔한 시선으로 바라본다.

웃음이 나지 않을 수가 없었다. 지금까진 가을에서 겨울로 넘어가는 시기에 바람이 바뀌기만 해도 진저리를 쳤다. 추위에 버티려고 하도 몸에 힘을 주고 다녀서 겨울엔 늘 온몸이 두드려 맞은 듯 찌뿌듯하기만 했다. 그런데 지금은 의외로 겨울바람이 상쾌하다는 걸 깨닫고 있었다. 코트 깃을 여몄지만 어깨를 쭉 펴고 미소를 짓고 있었다.

사람은 사람으로 변한다. 무언가를 좋아하게 되는 것도, 싫어하게 되는 것도, 미워하는 것도, 원망하는 것도, 사랑하는 것도.

약속 장소에 10분 먼저 도착한 다진은 준열이 어느 쪽에서 올까 주위를 두리번거렸다. 그를 기다리는 게 설레었다. 이 감정을 부정하고 싶지 않았다. 그가 자신으로 인해서 자신과 같은 걸 좋아하고 혹은 싫어하게 되었으면 했다.

약속 장소에 도착했지만 준열은 다진에게 다가가지 않았다. 멀찍이 서서 다진을 지켜봤다. 누가 봐도 다진은 누군가를 기다리고 있었다. 그리고 준열은 그게 자신인 걸 알고 있었다. 그녀와 한 약속이고, 약속 시간이 다 되었음에도 준열은 그녀에게 다가가려고 생각하지 않았다. 그저 자신을 기다리고 있는 다진을 바라볼 뿐이었다.

준열은 다진에게서 시선을 뗐다. 팔짱을 끼고 발치를 내려다보며 생각에 잠겼다. 기다림. 익숙함. 그 뒤에 이어지는 배신. 배반. 그 후에 느낄 수 있는 좌절. 절망. 그리고 포기.

관계의 변질을 차례대로 훑고 있을 때 발치에 그림자가 드리워졌다. 고개를 들자 다진이 생글 웃고 있었다.

"언제 왔어요? 온지도 모르고 저쪽에 있었는데."

다진이 제가 서 있던 자리를 가리켰다. 준열은 마치 다진이 거기 있었는지 몰랐다는 듯 그 자리를 쳐다봤다.

"식사하러 갈까요?"

인사도 없이 입을 꾹 다문 채 시선만 옮기고 있는 준열의 분위기는 지금껏 느꼈던 것과는 또 달랐다. 무언가에 화가 난 것 같았다. 하지만 다진이 빤히 쳐다보자 표정을 풀었다.

자신은 설레서 근무시간을 마치기도 전부터 서점에서 나오고 싶었다. 그리고 그를 기다리는 내내 그와 식사를 하며 무슨 얘기를 할까, 저녁을 먹고 나서 커피 한 잔 같이 할 수 있는 시간이 있을까 등을 고민했다. 약속 시간이 되도록 그가 나타나지 않아서 연락을 해 볼까 고민하다가 멀찍이 서 있는 그를 발견했다. 반가운 마음에 한달음에 그에게로 다가왔다. 그런데 그는 미소 한 번 짓지 않았다.

웃고 있던 다진의 표정이 점차 굳어 갔다. 준열은 그녀가 계속해서 웃었으면 했는데 표정이 굳는 걸 보니 괜스레 섭섭한 마음이 들었다.

"뭐 먹을래요?"

드디어 준열이 입을 열었다. 굳어지던 다진의 표정이 움찔하더니 다시 미소를 지었다. 하지만 조금 전에 생글 웃던 것과는 달랐다. 마치 서점에서 손님을 맞이하는 것 같은, 서비스직에 종사하기 때문에 버릇처럼 새겨진 그런 미소였다.

"파스타 괜찮아요?"

다진의 물음에 준열이 고개를 끄덕였다. 음식은 뭐든 상관없었다.

다진이 안내한 식당은 약속 장소에서 멀지 않았다. 그곳까지 가는 동안 별다른 대화는 없었다. 그저 다진이 앞서 걸으며 살짝 뒤를 돌아보며 이쪽이에요, 저쪽이에요 하는 안내의 말들뿐이었다.

두 사람이 들어선 식당은 준열도 가끔 찾던 곳이었다. 그녀는 집도 가깝고 서점에서 근무한 지 2년 정도가 되었다고 했다. 준열이 이곳으로 이사를 온 건 3년 전이었다. 같은 동네에서 종종 찾는 곳들도 같았다. 그럼에도 지금껏 그녀를 본 적은 없었다. 봤다면 기억했을 거다. 그런데 그렇게 볼 수 없었던 그녀와 한 번 마주치기 시작하니까 걷잡을 수 없이 그녀만 보였다.

"여기 와 본 적 있어요?"

자리에 앉아 메뉴를 보고 있는데 다진이 물었다. 메뉴에서 시선을 뗀 준열이 고개를 끄덕였다.

"피자, 샐러드, 파스타 다 괜찮죠."

"다행이네요. 뭐로 먹을까요?"

준열과 다진은 각자 원하는 파스타를 고르고, 샐러드를 주문했다. 식전 빵, 샐러드와 와인이 순서대로 준비되었고 두 사람의 잔이 부딪히자 다진이 미소를 지었다.

"잘 먹겠습니다."

딱히 준열을 향한 인사는 아니었다. 준열이 식사를 하기 전 인사를 하는 건 본가에 있을 때만이었다. 그래서 다진을 따라 인사를 해야 하나 고민하는 사이 그녀는 이미 와인을 한 모금 마셨다. 타이밍을 놓쳤다.

다진은 깔끔하고 맛있게 음식을 먹었다. 입을 꼭 다물고 바쁘게 오물오물 움직였다. 맛이 마음에 들면 언뜻언뜻 미소를 짓는 것도 잊지 않았다. 다진의 속도에 맞춰 느긋하게 음식을 먹으며 준열도 맛을 음미하고 잠시나마 미소 띤 얼굴을 했다.

"그 커피숍 자주 가요?"

다진이 종종 간다는 동네의 아담한 커피숍 얘기를 꺼냈다. 자주는 아니지만 준열도 가끔씩 찾는 곳이었다.

"라떼가 맛있죠. 가끔 단 게 먹고 싶으면 찾아요."

"겹치는 데가 많네요."

다진의 입매가 부드럽게 곡선을 그렸다. 준열의 마음을 사르르 녹이는 미소였다. 그저 다진의 웃는 얼굴만으로도 마음이 편안해졌다.

식사를 마친 뒤 다진은 다시 한 번 나직하게 속삭였다.

"잘 먹었습니다."

버릇인 모양이다. 그녀는 아마 혼자 식사를 할 때도 두 번의 인사는 절대 잊지 않을 것 같았다. 다진이 코트와 백을 챙기는 동안 준열이 계산을 마쳤다.

"제가 사는 거 아니었어요?"

"잘 먹겠습니다, 잘 먹었습니다. 그거 압박 아니었어요?"

되묻는 준열을 빤히 쳐다보던 다진이 웃었다. 그러곤 준열이 짓
궂은 장난이라도 친 듯 그를 가볍게 흘겼다.

"그냥 버릇인데 그런 식으로 받아들이면 앞으로 조심해야 할 것
같잖아요. 단 거 먹고 싶지 않아요?"

"라떼?"

"뭐 어쩔 수 없죠. 제가 살게요."

준열은 다진을 따라 미소 지었다. 그리고 커피숍은 두 사람이 모
두 알고 있는 곳이었기 때문에 그곳까지 가는 동안에는 나란히 걸
었다. 이쪽저쪽 길을 설명할 필요도 없기에 대화도 순조로웠다.

다진은 잘 웃었다. 진짜로 웃는 얼굴을 준열에게 고스란히 보여
줬다. 추위를 많이 타서 겨울이 싫다고 했지만 여전히 추위를 타는
것처럼 보이진 않았다.

따뜻한 커피를 한 잔씩 마시며 두 사람은 서로에 대해 조금 더
알게 되었다. 좋아하는 작가, 책, 뮤지컬, 화가 등등. 준열은 때때로
대답만 했고 다진은 차근차근 얘기를 풀었다. 말은 그녀가 더 많이
하긴 했지만 군더더기가 없이 깔끔했다. 오랜만에 편안하고 즐거운
대화였다.

다진을 집에 바래다주고 돌아가는 길, 전화번호를 주고받은 걸
다시 한 번 상기시켜 주듯 다진에게서 메시지가 왔다.

[주말에 아까 얘기했던 뮤지컬 보러 갈까요?]

직접 물었다면 그녀는 생글 웃으면서 물었을까. 준열은 답을 망
설이지 않았다.

[티켓 예매는 제가 하죠.]

카페로 들어간 준열은 당연하다는 듯 2층으로 올랐다. 2층엔 몇 몇 손님이 있었는데 승태는 군호와 함께 있었다. 군호가 있다는 소 린 못 들었던 터라 준열은 의아한 표정으로 두 사람에게 다가갔다.

"어, 왔어?"

승태와 먼저 인사를 하고, 군호와도 인사를 나눴다. 승태와 군호 는 잘 아는 사이여도 준열에게 군호는 그저 4학번 위의 선배일 뿐 이었다. 벽화 일도 의뢰가 들어왔기 때문에 했을 뿐이고, 작업 당시 에도 군호와 크게 얘기를 나누거나 하진 않았다.

"약속 있다더니 준열이랑 만나는 거였어?"

군호의 물음에 승태가 고개를 저었다.

"얜 잠깐 들른 거야. 잠깐만 기다려."

승태가 1층으로 내려가고 준열은 어쩔 수 없이 군호와 같은 테이 블에 앉았다. 오늘은 오후에 다진과 뮤지컬을 보러 가기로 했다. 그 전에 승태에게 잠깐 들러 받을 게 있었다.

"점심 먹었어?"

"네, 먹고 왔어요."

커피를 한 모금 마시며 군호가 준열을 유심히 쳐다봤다. 벽화를 그릴 때도 그의 이런 시선을 느꼈는데 준열은 깔끔하게 무시했다. 대거리를 해 봐야 군호는 친하지 않은 연장자가 흔히 하는 잔소리 를 할 게 뻔했다. 그런 잔소리는 꼭 군호가 아니어도 해 줄 사람이 많았다.

"만나는 사람 있어?"

준열은 자신도 모르게 한숨을 내쉬었다. 군호도 충분히 눈치챘을 테지만 아는 척을 하진 않았다. 자신이 한 소리가 한숨을 불러일으킨다는 걸 아는 눈치였다.

"승태가 널 아끼니까 나도 너 생각해서 하는 소리야. 잔소리로 듣지 말고 얼른 좋은 사람 찾아봐."

준열의 눈매가 서늘해졌다. 그때 승태가 2층으로 올라왔다. 준열이 개인 전시회를 열 생각인데 승태가 지인들이 하고 있는 화랑의 자료를 살펴볼 수 있도록 해 주겠다고 했다. 그가 건네는 서류봉투를 받자 승태를 따라 2층으로 올라온 직원이 주문하지도 않은 아이스 아메리카노를 준열의 앞에 놔 주었다.

"커피 한 잔 하고 갈 시간은 있지?"

시간은 있지만 같은 테이블에 있는 사람이 마음에 들지 않았다. 그래도 준열은 고개를 끄덕였다.

"이 추운 날 웬 아이스 아메리카노?"

군호가 준열의 앞에 놓인 잔을 놀란 토끼 눈을 하고 쳐다봤다.

"열 뻗칠 일이 많은 놈이라 찬 거 아님 안 마셔."

찬 걸 좋아하긴 하지만 열 뻗칠 일이 많은 놈은 아니었다. 그래도 준열은 승태의 말엔 피식 웃었다. 퉁명스럽고 배려 같은 건 없고 제멋대로인 것 같았지만 준열은 차라리 그런 승태가 편했다.

"자료 보고 마음에 드는 화랑 몇 개 골라 봐."

"고마워요."

테이블 위에 내려놓은 서류봉투를 보며 인사를 했다. 군호가 승태와 준열을 번갈아 쳐다봤다.

"넌 얘가 좋은 사람 만났으면 한다면서 소개 같은 건 주선 안 해?"

군호가 승태를 보며 물었다. 준열은 뻐근하게 당기는 목을 옆으로 꺾었다.

"얜 그런 거 안 좋아해. 제 복을 제가 차는 놈이야."

혀를 끌끌 차는 승태를 모른 척하고 준열은 자리에서 일어났다.

"가 봐야 할 데가 있어서 먼저 일어날게요."

준열이 군호를 향해 고개를 살짝 숙였다.

"빈말이라도 다음에 뵙죠, 같은 인사는 안 해?"

"거짓말은 안 하는 편이라서요."

그대로 돌아선 준열이 가 버리고 군호는 씩 웃었다. 그리고 준열이 1층으로 내려가 시야에서 사라진 뒤에 승태가 못마땅한 표정을 지어 보였다.

"잔소리했지? 빤해."

"너도 쟤 만나면 잔소리하는 거 아냐?"

"옛날에나 그랬지."

"네 옛날의 기준은 일주일 전쯤이냐?"

"지나간 시간은 다 옛날이야."

군호가 피식 웃었다.

"다진 씨 소개해 줘. 사람 괜찮던데. 이준열한테 소개해 주기엔 다진 씨가 너무 아까운가?"

"내가 보기엔 둘이 딱이야. 그런데 다진 씨도 소개팅 안 좋아하고, 이준열 저놈도 극도로 싫어한다는 게 문제지. 어떻게든 내가 만나게 할 거야. 네 공방에서 만날 줄 알았는데 이준열 작업 속도는 빠르고, 다진 씨는 눈 많이 와서 늦고."

"어긋난 거 보면 인연이 아닌가."

승태와 군호는 더 이상 준열에 대한 얘기를 하지 않았다. 하지만 억지로 끼워 맞추려는 인연이 저절로 맞물리고 있다는 건 절대로 알 수가 없었다.

*

국립 극장 앞에 다다른 다진은 휴대폰을 확인했다.

[그럼 차 가져오지 말아요. 내 차 가져갈 테니까.]

지난밤 준열과 주고받은 메시지의 마지막이었다. 그가 국립 극장까지 함께 가자고 했지만 다진의 일 때문에 함께 갈 수가 없었다. 그나마 토요일이라 오전 근무만 도우면 됐다. 쇼핑몰 사무실에 출근했다가 약속 시간까지 국립 극장에서 만나기로 했다. 차를 가져오지 말라는 그의 말에 가슴이 어찌나 설레었는지 모른다.

준열은 먼저 도착해 있었다. 그가 기다리고 있는 모습에 다진은 괜스레 가슴이 뭉클했다. 그가 자신을 기다리고 있었다. 그의 앞으로 다가가자 준열의 얼굴에 옅은 미소가 서렸다. 다진은 준열보다 조금 더 짙게 웃었다.

"들어가죠."

그를 따라 공연장으로 들어가자 실내의 따뜻한 공기가 다진을 감쌌다. 찬 바람을 즐기는 법을 서서히 익히는 중이었지만 아직까진 이렇듯 따뜻한 공기가 더 좋았다.

"날이 많이 풀리긴 했지만 아직 춥죠?"

"얼른 봄이 왔으면 좋겠어요. 준열 씨는 싫으려나요?"

"싫진 않아요. 겨울이 가장 좋을 뿐."

좌석을 찾아 그와 나란히 앉자 평소보다 훨씬 그가 가까이 있었다. 절로 그가 앉은 오른쪽에 모든 신경이 쏠렸다. 오른쪽 팔이 간지러웠고, 오른쪽 귀가 예민하게 반응했다. 다진은 느릿하게 오른쪽 머리칼을 귀 뒤로 쓸어 넘겼다.

준열은 다진의 행동을 최대한 모른 척했지만 아주 작은 움직임도 놓칠 수 없었다. 귀 뒤로 머리칼을 쓸어 넘기는 몸짓은 아름다웠다. 그녀에게 어울리는 몸짓이었다.

뮤지컬이 시작되고 두 사람은 무대 위의 배우들에게 집중했다. 하지만 두 사람 중 누구든 조금이라도 움직이면 집중은 흐트러졌다. 다진은 그와 옷깃이 살짝 스치기라도 할 때면 괜히 온몸이 경직됐다.

준열은 계속해서 다진을 살폈다. 그녀의 표정을 제대로 볼 수 있을 만큼 몸을 앞으로 내밀 수는 없었지만 어깨, 손, 숨결을 따라 움직이는 가슴, 옆얼굴만큼은 계속해서 살필 수 있었다. 점점 눈을 떼기가 어려웠다.

"보고 싶었던 공연인데 준열 씨 덕에 정말 잘 봤어요."

생글생글 웃는 다진의 얼굴을 보니 준열도 만족스러웠다. 준열은 손목시계를 확인했다. 5시 반. 저녁을 먹기엔 조금 이른 시간일 터였다.

"저녁 먹기엔 좀 이른가요?"

준열의 마음을 읽은 것처럼 다진이 물었다.

"난 관계없는데. 다진 씨는요?"

"저도요. 사실 브런치 먹었더니 지금 배가 고프기도 하고요."

"그럼 바로 저녁 먹으러 가죠."

준열과 다진은 주차장으로 향했다. 그의 차는 깔끔했다. 다진과 희경의 차에 소품이 많은 탓도 있겠지만 그의 차 안에는 마치 어제 갓 새 차를 받은 것처럼 아무것도 없었다. 그의 분위기와 닮아 있어서 다진은 준열이 모르게 살짝 웃었다.

"저녁은 제가 아는 곳으로 갈까 하는데 괜찮겠어요?"

"메뉴가 뭔데요?"

"오늘은 스테이크요."

"오늘은, 스테이크요? 오늘이 아니면 스테이크는 안 하는 곳이에요?"

"예약할 때 원하는 메뉴 얘기하면 그걸 해 주는 곳이거든요."

다진의 얼굴에 기대감이 가득 찼다.

"무슨 메뉴든 맛은 보장해요."

"스테이크 먹고 싶었어요."

왼팔을 창틀에 대고 관자놀이를 괴고 있던 준열이 옅게 미소를 지었다. 공연을 관람하고 저녁을 먹을 예정이었다. 그럼에도 다진에게 메뉴를 묻지 않고 예약을 했다. 그런데 그녀가 스테이크를 좋아한다는 게 아닌, 먹고 싶었다고 얘기하는 게 예뻤다.

어떤 식당인지, 준열이 거기엔 주차장이 없어서 큰길가에 있는 공영 주차장에 주차를 하고 걸어야 한다고 했다.

"추워요?"

걷던 도중 다진이 제 귀를 살짝 감싸 쥐자 준열이 재빠르게 물었다.

"괜찮아요. 날도 많이 풀렸고, 요즘 겨울을 즐기는 중이거든요."

"지금까진 안 즐겼어요?"

"뭐가 즐거운지 몰랐거든요. 몸이 덜덜 떨리고, 추워서 움츠리다 보면 온몸이 다 아프기만 하고. 그런 계절이 즐거울 리 없잖아요. 그런데 지금은 생각보다 겨울바람이 상쾌하다는 것도 알았고, 허리를 쭉 펴고 있으면 온몸의 감각이 곤두서는데 그게 생각보다 괜찮더라고요."

준열은 걷던 걸음을 멈췄다.

"왜 즐기기 시작했는데요?"

신이 나서 얘기하던 다진이 입을 꾹 다물었다. 거짓을 말하면 그가 바로 알아챌 것 같았다. 솔직하게 얘기한다면……. 말을 고르고 또 골라서 다진이 입을 열었다. 입술이 바짝 마르는 느낌이었다.

"최근에 새로 알게 된 사람이 겨울을 즐기는 것 같아서 따라 하게 됐어요."

"아이스크림 따라 먹었을 땐 괜히 따라 했다고 하지 않았어요?"

다진의 두 눈이 동그래졌다. 그러곤 시무룩한 표정으로 바뀌었다.

"최근에 따라 하기 시작했다니까요. 게다가 아직도 아이스크림은 못 먹어요."

고개를 비스듬히 내리며 준열이 웃었다. 부드럽게 울리는 그의 낮은 웃음소리는 아주 듣기 좋았다.

"저녁 먹고 나와서 아이스크림 먹죠."

그의 장난은 진지했다. 그래도 웃음이 났다. 웃음기를 전부 지우지 못한 채 식당 앞에 다다랐다. 아니, 다진은 그가 말해 주기 전까진 그곳이 식당인 줄도 몰랐다. 그 식당은 간판도 없었다. 하늘색 나무 문에 작은 유리창이 달려 있었다. 안에서 주황색의 빛이 창을 통해 나오고 있었다.

"여기예요?"

준열이 문을 열어 주고 다진이 안으로 들어섰다. 양쪽으로 그림 액자가 걸린 짧은 통로를 지나자 화분의 꽃들이 무성한 홀이 나타났고 그 가운데 딱 한 개의 테이블이 자리를 잡고 있었다.

원 테이블 레스토랑. 잡지에서 본 적이 있었다. 단 한 개의 테이블을 두고 예약 손님만 받는 특별한 레스토랑이었다. 희경과 가 보고 싶다고 얘길 했었다. 잡지에서 본 곳과는 다른 곳 같았다. 창이 하나도 없어서 외부와 완전히 차단된 공간이었다. 그런데 답답하다는 느낌보다는 세상과 떨어진 다른 세계로 온 기분이었다. 아늑하고 따뜻한 곳. 내가 중요하고 함께 온 이가 가장 소중한 공간.

다진이 레스토랑 내부를 훑어보는데 준열은 다진에게 앉기를 권했다. 그때, 안쪽 주방에서 나온 남자가 다진을 향해 고개를 꾸벅 숙였다.

"권승호입니다. 오늘 주문하신 메뉴는 포테이토 수프와 연어 샐러드, 등심 스테이크, 디저트는 수플레 치즈 케이크입니다."

다진이 준열에게 설명을 원한다는 듯 그를 바라봤다. 하지만 설명은 승호가 이었다.

"저는 하루에 딱 한 팀만 예약 받거든요. 오늘은 점심에 한 팀 예약을 받았었는데 저녁에 들이닥치겠다는 형 때문에 특별히 모시게 되었습니다. 메뉴도 형이 신경 쓰라고 강압한 최고급 스테이크입니다."

강압했다는 말에 힘을 주며 승호가 다진을 보고 미소 지었다. 준열은 이제 그만하고 가라는 듯 한쪽 눈썹을 치켜뜨고 승호를 쳐다보고 있었다. 결국 승호가 주방으로 들어가고 다진은 잠시 준열을 바라보기만 했다.

"놀랐어요. 원하는 메뉴를 예약하기만 하면 해 준다는 것도 놀라웠는데 이렇게…… 특별한 곳일 줄은 몰랐어요."

"고등학교 후배예요."

준열이 고갯짓으로 주방 안의 승호를 가리켰다. 벽돌 벽은 반원형으로 뚫려 있어서 주방 안에서 움직이는 승호를 그대로 보여 줬다. 그는 와인 잔 두 개와 와인을 한 병 가지고 나왔다. 다진과 준열의 앞에 와인 잔을 내려놓고 와인을 따랐다.

"테이스팅 해 보시겠어요?"

와인 잔을 들고 테이스팅을 하려던 다진이 준열을 쳐다봤다. 그는 이미 와인을 한 모금 입에 담고 있었다.

"차 가져왔잖아요."

와인 맛이 마음에 들었는지 그가 승호를 보고 고개를 끄덕이던 걸 멈추고 다진에게로 시선을 옮겼다.

"와인 한 잔에 안 취해요."

다진은 못 미더운 표정을 지어 보였다. 승호가 낮게 웃으며 테이스팅을 다시 권했다. 입안에 와인을 머금고 굴린 뒤 부드럽게 삼킨 다진이 미소를 지었다.

"좋은데요."

"엄선했거든요. 그럼 식전주는 지금 드신 뻬리에 쥬엣, 벨 에포크(Perrier Jouet, Belle Epoque)로 준비하겠습니다."

잔을 들고 빙그르 돌리던 다진이 손을 멈췄다.

"식전주요? 그럼 식사 땐……."

"그에 맞는 걸 준비해 드려야죠. 얘기 나누고 계시면 수프와 샐러드 준비해 드릴게요."

승호가 다시 주방으로 들어가고 다진은 아랫입술을 살짝 깨물었다. 웃음이 나려는 걸 참으려 애쓰는 것처럼 보였다. 준열은 모른 척 와인을 한 모금 마셨다.

"조금 부끄러운데요."

의외의 반응이었다.

"뭔가 특별한 사람이 된 기분이에요."

이 정도에 특별하다면 특별하다는 건 별게 아닐지도 몰랐다. 그래, 특별한 건 별게 아니었다. 다진을 웃게 하고 그 웃는 얼굴을 보며 자신의 마음이 편안해지고, 그녀와 맛있는 식사를 한 끼 하는 것. 지극히 평범한 일이었다. 그런데 그 평범함이 지금 준열과 다진에게 특별함을 주고 있었다. 서로와 함께 있기 때문에.

"참, 인터넷에서 준열 씨 찾아봤는데 개인전 두 번 했었더라고요.

또 해요?"

"여름에 하려고 계획하고 있어요. 그런데 날 검색해 봤어요?"

"앞으로가 더욱 기대되는 예술가로 뽑혔던데요."

"작은아버지가 그 잡지사 사장님이에요."

다진이 낮게 웃었다.

"농담 아닌데."

"그 외에도 준열 씨 칭찬하는 기사 많았어요. 팬이었는데 전시회에서 살갑지 못한 준열 씨 태도 때문에 기분 상했다는 악플도 더러 있었지만 나름 팬도 있던데요?"

준열은 인터넷이 싫었다. 어쩔 수 없이 작은아버지의 잡지사와는 인터뷰를 했지만 개인적인 프로필은 철저하게 드러내지 않도록 했다. 그럼에도 준열에 관한 수많은 얘기가 인터넷 속에서 떠돌았다. 그중 진짜는 준열이 찾기도 어려울 정도로 적었고 루머가 대부분이었다. 다진은 무얼 봤을까. 그녀가 자신을 인터넷에 검색할 줄은 몰랐지만 조금 실망스러웠다.

"잡지 기사 말미에 '봄 같은 남자'라고 표현이 되어 있더라고요."

승호가 메인 요리를 가져오는 바람에 다진의 말이 끊겼다. 다진은 수프와 샐러드를 칭찬했다. 승호가 스테이크와 어울릴 거라며 케이머스 카베르네 쇼비뇽 스페셜 셀렉션(Caymus Cabernet Sauvignon Special Selection)을 가져왔고 테이스팅을 권했다. 준열도 다진도 만족했고, 스테이크를 맛본 뒤 얘기가 이어졌다. 얘기를 잇기 전에 또 한 번, 다진은 만족스러운 미소를 짓고 음식을 칭찬하는 것도 잊지 않았다.

"그 기사 때문에 인터넷에 있는 준열 씨에 관한 얘기 전부 못 믿게 되었어요."

"무슨 뜻이에요?"

"지금까지 제가 본 준열 씨는 '겨울 같은 남자' 거든요. 나는 인터뷰 속에 있는 거리가 먼 일러스트레이터가 아니라 내 눈앞의 준열 씨를 보고 있잖아요. 뭐가 진짠지는 내가 보고 결정해야지 않겠어요?"

준열은 나직하게 웃었다. 실망할 틈이 없었다. 설령 실망하더라도 그녀는 그걸 깔끔하게 메울 만큼의 매력을 갖고 있었다.

"겨울 같은 남자라는 건 내가 차갑다는 거예요?"

"서늘하죠."

다진이 답할 새 없이 승호가 불쑥 끼어들었다. 준열의 빈 잔에 와인을 따라 주러 온 듯했다. 승호와 시선을 마주치고 미소 짓는 다진을 보고 있으니 정말 준열의 표정이 서늘해졌다.

"고등학교 때 형 친구들이 형을 뭐라고 불렀는지 알아요?"

준열이 낮게 한숨을 내쉬었다. 다진은 그런 준열을 한 번 쳐다보곤 다시 승호에게로 시선을 옮겼다.

"뭐라고 불렀는데요?"

"동장군이요."

다진의 웃음이 터졌고, 그녀는 준열에게 미안하다며 양손으로 입을 가리고 웃었다. 코와 입가는 가린 채 두 눈이 반달이 되어 있는 게 보기 좋았다. 다만, 그 웃음을 선사한 게 자신의 지난 별명이고 그걸 승호가 고했다는 게 마음에 들진 않았다. 승호가 다시 주방으로 들어갔고 다진은 잔웃음을 웃었다.

"동장군은 안 어울려요."

"겨울 같은 남자의 상징인데 왜요?"

다진이 또 한 번 웃었다. 이번엔 자신이 웃게 했다는 게 준열의 마음을 풀어지게 했다.

"동장군은 겨울의 지독한 추위만 상징하는 느낌이잖아요. 겨울 같은 남자라는 건 추운 날 속에 따뜻하게 비추는 햇볕도 포함하고 있는 거고요."

턱을 살짝 아래로 내린 다진이 미소 지은 입술을 꼭 닫았다. 무슨 말을 참고 있는 걸까 궁금하게 만들었다.

"저 이상하게 준열 씨만 만나면 말이 많아져요."

여전히 입가엔 미소가 걸려 있는데 미간을 좁히고 곤란함을 드러냈다. 준열은 그녀의 말을 더 많이 듣고 싶은데 그녀에겐 그게 왜 곤란한지 몰랐다.

"듣기 좋아요, 홍 화백."

다진의 미간에서 절로 힘이 빠졌다. 그녀는 짧게 탄식을 내뱉고 결국엔 해사하게 웃었다.

디저트를 모두 먹을 때까지 웃음은 끊이지 않았다. 준열도 여느 때와 다르게 계속해서 미소 짓고 있었다. 승호의 요리 솜씨가 좋은 건 알고 있었지만 오늘은 유독 맛있었다. 즐거운 한 끼 식사를 그렇게 마쳤다.

3.

　진영이 총판에서 들어온 책의 입고를 잡고 다진은 진열을 하고
있었다. 문제집 진열을 마치고 카운터로 돌아왔는데 진영의 표정이
심상치 않았다.

　"이게 뭐야?"

　진영이 기가 막혀 어쩔 줄을 몰라 하며 입고장과 들어온 책의 목
록을 살피고 있었다.

　"다진 씨, 어제 마감 누구였지?"

　"용우하고 희영 씨였는데요."

　"못 살아."

　다진이 진영을 살피며 매입 목록을 확인했다. 진영이 이토록 기
가 막혀할 수밖에 없었다. 반품이 안 되는 전문 서적들이 하나 가득
이었다. 진영은 곧바로 총판에 직원의 실수니 반품을 부탁하는 전화

를 했다. 하지만 소용없는 일이었다.

하루 이틀 거래한 총판도 아닌데 이렇게 반품 불가한 전문 서적을 구매하면 확인 전화 한 통은 해 줘야 하는 게 아닌가 싶었다. 그래 봐야 그런 생각은 일을 처리해야 하는 진영과 다진의 입장이었다. 총판은 생각보다 개인업자가 하는 서점을 크게 신경 써 주지 않았다.

결국 이대로 반품 불가 책들을 떠안게 되자 진영의 화가 폭발해 버렸다. 진영은 곧바로 용우에게 전화를 걸었고, 다진은 이 책들을 어떻게 해야 하나 고민했다. 고민한다고 해결될 일은 아니었다.

어떻게 이런 책들만 골라서 주문을 했는지 신기할 정도의 목록이었다. 주로 발주는 그 당일 판매된 책의 부수를 확인하고 재고를 맞추는 형식이었다. 게다가 반품 불가 책들은 매입을 잡을 때 따로 표기를 해 두었기 때문에 조금만 신경을 쓰면 실수를 할 일이 없었다.

"아무리 그래도 일한 지가 5개월이 다 되어 가는데 아직도 이런 실수를 한다는 게 말이 돼?"

용우에게 노발대발 한참 소리를 지르고 전화를 끊었는데도 화는 풀리지 않았는지 진영이 한숨을 푹푹 쉬었다. 확실히 다진도 절로 한숨이 나오는 상황이긴 했다.

"이거 전문 서적들이라 받을 때 단가도 센데. 이걸 다 어쩌냐고."

이렇다 할 방도가 없어 그저 진영의 얘기에 고개를 끄덕이며 분위기를 맞추던 다진의 눈에 책 한 권이 들어왔다. 유한은 일러스트집.

"일단 진열은 할게요. 혹시 누가 살 수도 있잖아요."

"사장님 보시면 용우 씨 바로 잘려."

한 달에 한 번, 서점에 올까 말까 한 사장님이었다.

"좀 나눠서 군데군데 꽂아 놓으면 모르세요."

"진짜 답답하다. 어떻게 믿고 일을 맡기니. 직원을 한 명 더 뽑든 가 해야지."

절대로 용우를 내보내야 한다는 소리를 하지 않는 걸 보니 확실 히 진영이 용우를 무작정 미워하고 있는 건 아니었다. 나중에 용우 와 둘이 근무하는 동안 진지하게 얘길 나눠야겠다고 생각하며 다진 이 책을 카트에 실었다.

곳곳에 책을 숨기듯 꽂아 놓은 다진이 카운터로 향하려다가 서가 구석에 앉아 있는 준열을 발견했다. 언제 왔는지 기척도 없이 이어 폰을 끼고 앉아 그림을 그리고 있었다.

그대로 멈춰 서서 준열을 바라보던 다진은 왠지 가슴 한쪽이 아 릿해졌다. 처음 연애를 했던 스무 살, 어른이 된 것 같았고 세상이 다르게 보였다. 그 사람 하나면 뭐든지 할 수 있을 것 같았다. 하지 만 상대방은 자꾸만 다진을 지치게 했다. 제멋대로 다진에게 집착을 하다가 어느 순간 다진을 방치했다.

지금 돌이켜 보면 왜 그런 사람과 4년이나 되는 시간을 함께했는 지 의아했지만 그 당시엔 어떻게든 헤쳐 나갈 수 있을 것 같았다. 하지만 결국 지치고 지쳐 연애를 끝내자 마음이 편안해졌다. 감정의 소모가 얼마나 사람을 지치게 하는지 알 것 같았다. 그 뒤론 사람을 품는 게 쉽지 않았다.

하지만 준열에 대해선 머뭇거리지 않고 있었다. 오히려 혹여 놓치게 될까 걱정도 했다. 준열은 표정 한 번 변하지 않고 집중해서 그림을 그리는 손을 쉬지 않고 움직였다.

잠시 망설이던 다진이 카트를 한쪽으로 밀어 놓고 조심스럽게 준열에게로 다가갔다. 그는 그림에 열중한 탓에 다진이 다가오고 있는 걸 모르는 듯했다. 다진이 거의 그의 앞에 다다랐을 때 기척을 느꼈는지 준열이 천천히 고개를 들었다. 그리고 다진임을 확인하고 이어폰을 뺐다.

"소란스럽던데요."

진영이 총판에 전화하고, 용우에게 전화를 걸어 소리치는 걸 들은 모양이었다.

"그럴 일이 좀 있었어요."

준열이 뻐근한지 목을 한 바퀴 빙그르르 돌렸다.

"뭐 그리고 있었어요?"

다진이 준열의 옆에 쪼그리고 앉았다. 준열은 크로키 북을 다진이 볼 수 있도록 내밀었다. 준열이 앉아 있는 자리에서 보이는 서점 내부 그림이었다. 러프 스케치인데도 거리감과 구도가 잘 잡혀 있어서 입체적으로 느껴졌다.

"준열 씨는 일러스트집 안 내요?"

"생각 없어요. 앞으로도 계획 없고."

"왜요?"

"인쇄물은 출판 표지만으로도 충분해요. 전단지처럼 내 그림 똑같이 찍어서 책으로 엮는 건 싫으니까."

다진의 표정이 시무룩해졌다. 준열은 그녀에게 어떤 그림을 보여 줄 수 있을까 생각했다. 개인전 때 전시하는 그림은 대외적인 그림이었다. 밝고 따뜻한 느낌의 그림이 많았다. 하지만 개인적인 그림은 어둡고 날카로웠다.

잡지 인터뷰에서 '봄 같은 남자'라고 칭할 만한 그림, 다진이 직접 느꼈다는 '겨울 같은 남자'라는 걸 드러낼 수 있는 그림. 그녀는 그의 양면을 어디까지 받아들일 수 있을까.

"그럼 개인전 때까지 기다려야겠네요."

"그림에 관심이 많나 봐요, 홍 화백?"

다진이 생글 웃었다.

"수고하세요."

다진은 끌고 왔던 카트를 밀며 다른 서가로 움직였다. 준열은 크로키 북을 쳐다보다가 희미하게 미소를 지었다. 그리고 다시 이어폰을 꽂고 그리던 그림을 마저 그렸다.

다진은 한참 근무를 하다가 준열을 찾았지만 그는 언제 돌아갔는지 보이질 않았다. 눈인사조차 하지 않고 가 버린 그가 야속했다. 손님들이 다른 곳에 아무렇게나 두고 간 책을 살피느라 서점을 구석구석 다니던 다진의 눈에 한 권의 책이 들어왔다. 유한은 일러스트집을 꺼내 든 다진이 카운터로 걸음을 옮겼다.

✳

퇴근하고 집에 돌아와 샤워를 마친 다진은 침대에 엎드려 일러스트집의 비닐을 벗겨 냈다. 빳빳한 표지를 넘기자 한은의 사진이 나왔다. 상당히 날카로운 인상이었다. 미소 짓고 있는 얼굴이 어찌나 어색한지 다진은 그녀의 간략한 프로필을 읽고 얼른 페이지를 넘겼다.

강렬한 붉은색 세상이 눈에 들어오는 순간 누워 있던 몸을 일으켜 세워 앉았다. 구름도, 나무도, 풀도 전부 붉은색 세상이었다. 하지만 뜨겁고 열정적인 느낌보다 차갑고 냉정한 느낌이 더 강했다. 붉은색의 차가운 느낌이라니, 낯설면서도 가슴이 뛰었다.

일러스트집은 대체로 강렬한 느낌이었다. 실제 어떤 장소나 인물에 대한 직접적인 묘사가 강렬한 그림이 대부분이었다. 장소도 인물도 추악함을 더욱 거세게 드러내고 있었다. 페이지를 넘길수록 긴장으로 어깨에 힘을 니무 준 탓에 반 정도 봤을 땐 뒷목이 당길 정도였다. 결국 다진은 전부 보지 못하고 일러스트집을 덮었다. 두 눈에 피로가 몰렸다.

순간, 준열은 어떤 느낌을 받으며 이 일러스트집을 봤을지 궁금해졌다. 인터넷에서 봤던 그의 대표작이라 일컫는 그림들을 떠올렸다. TV 광고 일러스트 때도 그랬고, 그의 대표작을 봤을 때 생각보다 따뜻한 느낌들이라 깜짝 놀랐다. 겉보기와 다르게 그의 마음속, 머릿속엔 그런 색채의 세상이 가득 차 있는 걸까.

침대에 모로 쓰러져 누운 다진이 멈춘 부분부터 일러스트집을 다시 살펴보기 시작했다. 이 그림을 그린 사람은 자신의 그림을 보는 사람들에게 무엇을 전달하고 싶었을까 생각해 보려 애썼다. 하지만 그림을 보는 눈이 없는 다진에겐 그저 두 번은 보고 싶지 않은 그림들이었다. 추악하고 더러운 세상과 삶. 새삼 자신의 삶이 순탄했다는 걸 깨달을 뿐이었다.

[뭐 해요? 오늘 서점에서 '유한은 일러스트집'을 샀거든요. 지금 막 다 본 참인데 준열 씨는 이거 보고 어땠어요?]

메시지를 전송하고 다진은 휴대폰을 뚫어져라 쳐다봤다. 사실 그림을 보는 세계를 넓히고 싶기도 했지만 이렇게 그에게 연락할 핑계를 만들려고 서슴없이 일러스트집을 샀다. 준열에게 전화가 걸려왔다. 메시지를 보내면 그는 꼭 이렇게 전화를 걸었다. 다진이 미소를 짓고 전화를 받았다.

따뜻한 물에 몸을 담그고 나와서 휴대폰을 확인한 준열은 온몸의 열기가 확 날아가는 게 느껴졌다. 차갑게 식은 몸과 머리가 아무 생각도 할 수 없게 했다. 그는 지금까지 충동적으로 그녀가 근무하는 서점에 들어가서 한은의 일러스트집을 산 게 잘한 짓인 줄 알았다. 그녀를 알게 됐으니까.

서늘하게 식은 머리로 준열은 다진에게 전화를 걸었다.

—네, 준열 씨.

"왜 샀어요?"

—네?

"그 일러스트집 왜 샀어요?"

—궁금해서 샀어요. 일러스트집 한 번도 본 적 없으니까. 게다가 준열 씨가 사 간 거였으니까 내가 그림 이해를 못 해도 준열 씨한테 물어보면 알려 주지 않을까 해서요. 뭐 기분 상하는 일 있었어요?

소파에 털썩 주저앉은 준열이 휴대폰을 귀에서 떼고 깊은 숨을 내쉬었다.

"컨디션이 별로라서요."

―어디 아파요?

다진의 목소리에 걱정이 묻어났다. 준열이 화를 내고 있다는 걸 상상조차 할 수 없겠지. 다진이 생각하기엔 그럴 만한 이유가 없을 테니까.

"자고 일어나면 괜찮을 거예요. 신경 쓸 거 없어요."

―그럼 얼른 쉬어요.

그대로 전화를 끊을까 망설이던 준열이 나직하게 다진을 불렀다.

"다진 씨. 그 그림 보고 어땠어요?"

―솔직히…… 좀 놀랐어요.

"어떤 점이?"

―무서웠거든요. 한 권이 전부 그렇게 스산한 그림들만 있을 줄 몰랐어요. 그 그림을 그린 사람, 어떤 생각으로 그렸을까 생각해 보려고 했는데 잘 안 되더라고요. 그림을 그릴 줄 알고, 모르고의 문제가 아니었어요. 나는 그런 그림과 같은 생각을 계속 하면서 살 수 없겠더라고요. 지금껏 내가 살아온 시간도 그런 시간들은 아니었고요.

준열도 느꼈다. 잠깐이지만 다진은 빛이었다. 한은의 그림을 받아들이기 힘든 빛과 같은 사람이었다.

―준열 씨는 어땠어요?

"몇 페이지 안 봤어요."

─무서웠어요?

묻는 다진의 말에 옅은 웃음이 실려 전해졌다.

"나랑 안 맞는 그림이었어요."

─다 안 봤으면 준열 씨한테 물어볼 수도 없겠네요. 내가 그림 보는 눈이 없어서 좋은 그림인데도 못 보고 놓치는 게 아닐까 궁금했거든요.

한은의 그림을 좋아하는 이도 있겠지만, 그녀는 누군가가 알 만한 그림을 그리진 않았다.

"다진 씨가 보고 마음에 들면 다진 씨한테 좋은 그림인 거예요. 그 사람 그림은 다진 씨한테 안 맞았던 거고요."

─그렇게 말해 줘서 고마워요. 그림 보고 우울했던 마음, 풀렸어요.

그 여자 그림을 보고 우울해하지 말아요. 그 여자를 잊어요. 그 일러스트집을 버려요. 다시는 그 여자 얘기를 하지 말아요.

준열은 두 눈을 감았다.

"쉬어요."

─아, 준열 씨 쉬어야 하는데 전화 너무 오래 붙잡고 있었네요. 푹 쉬고 혹 어디 아프면 병원 가요. 잘 자요.

전화를 끊고 준열은 다시 욕실로 향했다. 찬물 샤워가 필요했다.

❋

카페 '바람'에서 노트북으로 사진 포토샵 작업을 하던 다진이 기지개를 쭉 켰다. 오랜 시간 모니터를 뚫어져라 쳐다보고 있었던 탓에 눈이 뻑뻑했다. 잠시 눈을 감고 있으니 긴장이 풀어지면서 어깨와 팔이 쑤셨다. 다진은 희경을 기다리고 있었다. 동대문에 원단을 떼러 간 희경이 돌아오면 함께 저녁을 먹을 계획이었다.

목을 빙그르르 돌리던 다진의 눈에 한 여자가 들어왔다. 어디서 본 듯한 얼굴이었는데 생각이 나질 않았다. 분명 여자가 풍기는 차가운 느낌을 알고 있었다. 여자는 벽화를 진지하게 훑어보고 있었다. 여느 손님들과는 다른 눈빛이었다. 그림 전체보다는 선 하나하나를 따라가는 느낌이었다. 그리고 그 눈빛은 날카로웠다. 누가 봐도 여자가 벽화를 마음에 들어 하지 않는다는 걸 알 수 있는 표정이었다.

다진이 보기엔 더없이 좋은 그림인데 저 여자의 눈에는 도대체 어떤 부분이 마음에 들지 않는지 궁금했다. 그때, 나선형 계단을 통해 승태가 올라왔다. 외출했다더니 방금 돌아온 모양이었다. 1층에서 매니저에게 다진이 왔다는 얘기를 들었는지 승태는 당연하다는 듯 다진을 보고 다가오고 있었다. 그런데 갑자기 여자가 승태의 팔을 잡았다. 승태가 놀란 건 말할 것도 없고 다진도 두 눈이 동그래졌다.

"뭐야, 너."

여자를 확인한 승태는 표정을 굳혔다. 그리고 평소에도 다정한 투로 얘기하는 편은 아니지만 그보단 훨씬 차가운 음성을 했다.

"누가 보면 내가 선배랑 사귀다가 도망간 줄 알겠네. 뭘 그렇게 쌀쌀맞아요."

승태보다 몇 배는 더 차갑고 날카로운 여자의 말투에 다진은 괜히 기분이 나빴다.

"여긴 어떻게 알고 왔어?"

"여기 아는 게 어려웠을 것 같아요? 잠깐 얘기 좀 해요."

테이블이 가까운 탓에 듣지 않으려 해도 두 사람의 대화가 자연스레 들렸다. 다진은 두 사람이 어떤 대화를 나누든 계속해서 쳐다보는 건 예의가 아닌 것 같아 시선을 모니터로 돌렸다. 하지만 어쩔 수 없이 대화가 들렸다.

"남자가 매력 없이 왜 저렇게 부드러운 그림을 그리나 몰라. 성격은 그렇지도 않으면서."

승태에게서 대답은 들리지 않았다. 여자는 개의치 않고 혼자 말을 이어 갔다. 상당히 듣기 싫은 말투였다. 날카롭게 쏘아 대는 데다가 상대방을 무시하는 투였다.

"연락처 좀 알려 줘요."

"뭐하게?"

"할 얘기가 있어서요. 사정 설명도 좀 필요할 테고."

승태가 코웃음을 쳤다.

"사정 설명? 3일 전이나 3주 전에 일어난 일로 착각하는 거야?"

"선배. 선배가 왜 화를 내요? 화는 당사자가 내야죠."

승태에게선 아무 소리도 들리지 않았다. 모르긴 몰라도 승태가 무언가를 억누르고 있기 때문에 찾아온 고요일 것이다.

"걔 연락처 알아보려고 여기저기 들쑤시고 싶지 않아요. 선배라면 다른 데 말 전하지 않을 테니까 찾아온 거예요. 적당히 연락하고 지낼 거라고 생각하긴 했지만 저 그림 보니까 확신이 드네요. 번호 알려 줘요."

"안 알려 주기로 약속했어. 그리고 결혼해서 잘 살고 있는 애 들쑤셔서 뭘 어쩌려고."

"들쑤실 생각 없어요. 얘기만 좀 하려는 거예요."

"유한은."

승태의 굳은 목소리에 다진은 자신도 모르게 고개를 들었다. 유한은. 일러스트집에서 봤던 사진이 떠올랐다.

"화는 당사자가 내야 된다고 했지. 나도 피해받은 당사자야. 귀한 내 시간 빼서 특별히 너희를 축하하러 하객으로 참석했다가 네가 사라지는 바람에 허탕 쳤다고. 내가 화내는 이유 알겠어? 그러니까 그만 가."

한은은 꼼짝도 하지 않았다. 승태는 침착해 보였지만 이를 악물고 있었다. 그리고 자리에서 일어나 다진의 맞은편으로 다가와서 앉았다. 다진이 승태를 바라보며 그의 뒤로 보이는 한은을 힐끔 쳐다봤다. 그녀 역시 다진을 바라보고 있었다. 다진은 자연스럽게 승태에게로 시선을 옮겼다. 그리고 최대한 태연한 척, 두 사람의 얘기를 모르는 척 눈을 마주쳤다.

"책 잘 봤어요."

다진이 가방에서 승태에게서 빌렸던 책을 꺼냈다. 승태는 책을 받더니 무의미하게 페이지를 휘릭 넘기며 책을 한 번 훑었다. 등 뒤의 한은을 의식한 거라고밖에 느껴지지 않았다. 지금 이 자리에 희경이 없는 게 잘된 건지 아닌지 분간할 수가 없었다.

"이 작가 책 또 있는데 읽고 싶으면 말해."

승태의 목소리가 낮았다. 억지로 대화하고 싶지 않지만 다진에게 폐를 끼칠 수 없다고 생각하는 것 같았다. 그리고 한은이 대화를 못 듣길 원하는 것 같았다. 다진 역시 승태에게 맞춰 목소리를 낮췄다.

"희경이 지금 오고 있대요."

승태는 고개를 끄덕인 뒤 더 이상 아무 얘기도 하지 않았다. 한은이 돌아가길 기다리는 것 같았다. 다진은 모른 척 다시 포토샵 작업에 열중했고, 승태는 책의 중간쯤을 펼쳐 놓고만 있었다.

어느 정도 시간이 지났을 때 승태가 책을 덮는 소리에 다진은 고개를 들었다. 승태의 뒤로 보이던 한은은 보이지 않았고 승태는 깊은 숨을 내쉬더니 마른세수를 했다.

"불편했다면 미안해, 다진 씨."

"아니요."

다진이 비어 있는 머그잔을 들었다 내려놓았다. 승태가 마침 2층 테이블을 정리하러 올라온 직원에게 커피 두 잔을 부탁했다.

"피곤해 보이네."

다진이 제 볼을 어루만졌다. 계속해서 서점도 바빴고, 쇼핑몰도 봄 개편 준비로 정신이 없었다. 잠이 부족했다.

"희경이 오면 희경이 듣게 얘기해 줘요."

승태는 미소를 짓고 직원이 가져온 머그잔을 받아 커피를 마셨다. 한은과의 짧은 대화였지만 그 잠깐 사이에 승태도 지친 듯 보였다.

"유한은 씨…… 어떻게 아는 사인지 물어도 돼요?"

다진의 조심스러운 질문에 승태가 놀라서 다진을 쳐다봤다. 묻지 말아야 한다고 생각했지만 어째선지 호기심을 감추기 어려웠다.

"다진 씨는 쟤를 어떻게 알아?"

"일러스트집 봤거든요."

"쟤 그림을 좋아해?"

선뜻 그렇다고 답할 수 없었다. 그 뒤로 일러스트집은 책꽂이에 꽂혀 한 번도 그 밖으로 나오지 못했으니까.

"우연히 서점에 입고된 걸 샀어요. 일러스트집은 어떤 건가 궁금한 마음에."

"뭐, 쟤 그림을 좋아할 수도 있지만 내가 보기엔 다진 씨가 좋아할 그림 그리는 애는 아니거든. 학교 후배야."

승태의 말은 거기에서 그쳤지만 그게 전부가 아닐 것 같았다.

"저 벽화 그린 사람이랑 유한은 씨랑 연관되어 있어요?"

"옛날에. 누구나 다 과거는 있잖아."

모호한 답이었음에도 추측은 충분히 가능한 말이었다. 다진은 벽화 쪽으로 고개를 돌렸다. 영문을 알 수 없는 불안함에 가슴이 일렁였다.

"학교 때도 별로 친해지고 싶은 스타일 아니었고, 엮이고 싶지 않았던 사람이거든. 그런데 내가 아끼는 후배랑 만난다니까 어쩔 수 없이 엮였지."

다진은 승태의 얘기를 들으며 커피를 한 모금 마셨다. 이곳의 커피는 늘 부드럽고 맛있는데 지금은 쓴맛이 강했다.

당장 희경이 없는 게 조금 아쉬웠다. 희경이 있었다면 다진은 모르는 척 가만히 있고 희경이 승태에게 캐물었을 거다. 벽화를 그린 사람과 한은이 어떻게 만났고, 어떻게 헤어졌고, 얼마만큼의 시간이 지나 그렇게 찾고 있고, 왜 찾고 있는지. 그리고…… 벽화를 그린 사람은 누구인지.

✳

한 번에 소주를 털어 넣은 준열의 표정은 평온했다.

"오늘 소주 유난히 쓰네요."

물 마신 것 같은 표정으로 얘기해 봐야 공감할 수 없었지만 승태는 고개를 끄덕였다.

"안주가 유한은이니까."

지금 준열의 표정으로는 어떤 것도 읽어 낼 수가 없었다. 일단 입을 열 때마다 한숨이 먼저 새어 나오는 걸 보아 속이 꽤 답답한 것 같았다.

"그래서 절 왜 찾는대요?"

"하고 싶은 얘기가 있대."

"결혼했다는 데도요?"

"그런 게 무슨 상관이냐는 태도던데. 결혼했어도 할 얘기는 하고 살아야지 않겠냐, 뭐 그런."

준열의 입매가 한쪽만 씰룩 움직였다.

"그래도 한때 평생을 같이 살 생각까지 했던 사람인데 이렇게 질릴 수도 있네요."

"사람에 따라 다른 거지, 뭐. 너랑 유한은 평생 갈 사이가 아니었던 거야."

그래도 한 번 실패한 인연으로 인해 싹튼 불신의 마음은 쉽게 사그라지지 않았다.

"도리어 나한테 왜 화를 내냐고 따지더라."

"뭐, 그럴 만하죠. 선배 남 일에 화내고 그런 스타일 아니니까요."

"내 귀한 시간을 할애해서 결혼식장에 갔다가 허탕 쳤는데 왜 내일이 아니야? 엄연히 내 일이지."

그럴 수도 있겠다며 준열은 다시 소주를 들이켰다. 한은의 일러스트집이 나왔다는 소식에 사서 보기도 했지만 그녀를 꽤 잊고 지냈다. 이렇게 그녀에 대한 주제를 술인주 삼아 얘기를 하게 될 줄 몰랐다.

"걔 처음 봤을 때 무섭지 않았어?"

"제 첫인상도 그렇다면서요."

"너 무서운 거랑 걔 무서운 건 좀 다르지. 넌 혼자 죽을 것처럼 보이니까 무서웠던 거고, 걘 같이 죽자고 덤빌 것처럼 보이니까 무서웠던 거고."

"안 무서웠어요. 관심 없었으니까."

한은에 대한 사람들의 첫인상은 그러했다. 무섭고, 두렵고, 가까이하고 싶지 않은 사람. 하지만 준열은 그녀에 대해 이렇다 할 어떤 느낌도 갖고 있지 않았다. 대학에 입학했을 때, 준열은 누구에게도 관심을 가질 수 없는 상태였다. 지금도 그러하지만 당시엔 더욱 심하게 타인을 배척했다. 그러니 다른 이의 그림에 관심 두지 않은 건 당연했다.

2학년 1학기를 마치고 군대를 다녀왔다. 복학한 뒤에도 준열의 무심함은 여전했다. 그런데 졸업한 선배 몇 명이 함께 전시회를 연다며 단체로 관람을 가게 되었다. 그곳에서 한은의 그림을 처음 봤다.

그림 속 여자는 자신과 똑같이 생긴 인형으로 마리오네트를 하고 있었다. 그런데 여자도 인형도 똑같이 서늘한 인상이었다. 대부분 이런 식의 연출은 인형의 표정은 거짓된 걸 보여 주는데 이 작품은 그렇지 않았다.

준열은 그 그림 앞에 한참을 서 있었다. 누구 그림인지 확인도 하지 않았다. 그때 준열의 옆으로 한은이 다가왔다.

"마음에 들어?"

준열은 그제야 작가를 확인했다. 유한은. 그리고 한은을 쳐다봤다. 목례로 가볍게 인사를 전했다. 그림 속 여자의 서늘한 인상은 한은의 인상이었다.

"너 이준열이지?"

"네."

"너 나랑 닮았더라."

왜냐고 묻지도 않고, 그녀의 말에 대해 긍정도 부정도 하지 않았다.

"민호랑 같이 작업실 썼었지? 네 그림 봤거든."

입대 전에 연습용으로 썼던 크로키 북을 박스에 담아 작업실 구석에 가져다 놨었다. 누가 보라고 가져다 놓은 게 아니었다. 집에서 혹여 부모님이 보게 될까, 준열에겐 일기장과 같은 혼자만의 것이라 가져다 놓은 거였다. 민호가 자신의 물건 외에는 전혀 손대지 않을 걸 믿었기에 가져다 둔 것이었다. 그런데 그는 본인이 손대지 않을 뿐 작업실을 드나드는 사람이 무얼 건드리든 관리는 하지 않은 모양이었다.

연습용 크로키 북에는 준열의 어둡고 서늘한 내면을 그대로 투영한 그림들이 그려져 있었다. 평소 대외적으로 사람들에게 보이는 그림은 밝고 따뜻한 그림을 그리려고 노력했기에 준열의 연습용 크로키 북을 보는 사람들은 놀라곤 했다.

한은이 본 건 그 크로키 북이었다. 그녀는 놀린 것보다 준열과 자신이 닮았다고 생각하고 기뻐하는 것 같았다. 하지만 준열은 그런 느낌 때문에 한은의 그림 앞에서 걸음을 멈춘 게 아니었다. 그림의 내용과 어울리지 않는 색채 때문이었다. 어차피 이런 식으로 표현하고 싶었다면 짙고 어두운 계열이 더 어울렸을 거다. 그런데 그림은 필요 이상으로 밝아 보이는 색들을 골랐다. 그 부조화가 억지스러워서 한참을 들여다봤을 뿐이었다.

"지금 민호 유학 가서 작업실 너 혼자 쓴다며?"

"네."

"둘이 임대료 반반 내던 거 혼자 내려면 힘들지 않아?"

"저도 곧 가는데요."

"가기 전까지만이라도 반만 낼 수 있으면 좋은 거 아냐?"

"마음대로 해요."

한은이 미소를 지었다. 누군가의 웃는 얼굴을 보고 별로라는 생각을 해 본 건 처음이었다.

그게 한은과의 첫 만남이었다. 그녀와 작업실을 함께 쓴 기간은 반년 정도였다. 준열은 수업이 끝나고 과제를 하기 위해 저녁 시간에만 이용했고, 한은은 아침부터 준열이 오기 전까지 사용했다.

마주치는 때는 별로 없었다. 반년 뒤에 준열은 2년간 영국에 있으며 아르바이트를 하고 그 외의 시간엔 박물관을 샅샅이 뒤지고, 길거리에서 그림을 그렸다. 최대한 돈을 아껴 갈 수 있는 유럽 전역을 여기저기 다녔다. 유학이라기보다 2년간의 배낭여행과 같은 느낌이었다. 한은과는 그 이후에 다시 만났다. 그리고 그때 그녀에 대해 자세히 알게 되었다.

준열은 한은의 그림에 도움이 되었다. 그는 그녀의 그림이 제게 맞는 색을 찾도록 해 줬다. 한은은 상당히 만족했다. 하지만 준열이 자신을 숨기고 부드럽고 따뜻한 느낌의 그림을 그리면 한은의 히스테리는 이루 말할 수 없이 극에 치달았다.

한은은 불안정한 상태였다. 이름만 대면 알 법한 소설가 아버지, 유명 예술 대학교의 음대 교수 어머니, 영국 로열 발레스쿨에서 발레를 전공하고 있는 언니. 그 틈에서 한은은 잠시도 견디지 못하고 스트레스를 받고 있었다. 그 당시 한은은 입버릇처럼 말했었다. 예술가 틈에서 예술가가 되지 못한다면 죽는 게 낫다고.

당시에 준열은 자신도 제대로 돌보지 못하는 상태였다. 한은은 종종 히스테리를 부리긴 했지만 자신을 제대로 받아들이고 개선의 의지를 또렷이 보였다. 그래서 준열은 그녀가 알아서 스스로 나아질 거라고 생각했다.

한은이 내린 결론은 결혼이었다. 자신도 준열도 안정적이 되면 더 나아질 수 있다고 했다. 그때도, 지금도 그녀를 사랑했는지는 모르겠다. 그럼에도 그저 흘러가는 대로, 준열은 방관했다.

3년 전 봄. 두 사람의 결혼식장에 한은은 나타나지 않았다. 아무리 생각해도 자기는 한 남자의 인생에 얽매이려고 살아가는 게 아니라는 메모를 남겨 둔 채였다. 찾을 수 없는 한은에 대해서 다른 남자와 도망을 갔다는 설도, 외국으로 도피 유학을 갔다는 설도, 심지어는 죽었다는 설도 있었다. 그렇게 3년 동안 나타나지 않던 그녀가 두 달 전, 일러스트집을 냈다.

결혼식장에 나타나지 않은 그녀에 대한 감정은 분노와 배신감으로 똘똘 뭉쳐 있었다. 그런데 얼마 지나지 않아 거짓말처럼 그런 감정들이 무감각해졌다. 분노도 배신감도 들지 않는 게 더욱 준열을 화나게 했다.

한은이 일러스트집을 냈다는 소식을 들었을 땐, 단순한 호기심이었다. 하지만 일러스트집을 보고 난 뒤엔 실망했다. 그녀가 왜 결혼식장에 나타나지 않았는지 이젠 궁금하지 않았다. 그저 다시는 자신의 인생에 끼어들지 않기만을 바랐다.

"한 번 치 떨리게 경험했으니까 이제 그러지 마."

"뭘요?"

"잘 선택하라고. 세상의 어떤 여자를 만나든 네가 부족할 게 뭐냐?"

형제가 없는 준열에게 승태는 진짜 형과 같을 때가 많았다. 특히 이렇게 무슨 짓을 해도 준열의 편에 서 줄 것처럼 얘기할 때면 더 많이 그가 가깝게 느껴졌다.

"네가 마음을 좀 열어야 내가 누굴 소개도 시켜 주고 하지!"

"그렇게 얽히는 거 싫어요."

"인연이 원래 얽히고설키는 건데 안 얽히면 무슨 수로 사람을 만나?"

그런가요, 라고 그의 말에 공감을 하려던 준열은 입을 다물었다. 자신도 전엔 그렇게 생각했다. 길 가다 마음에 드는 사람을 쫓아가 연락처를 알아내지 않는 이상 누군가의 소개를 받아서 얽히지 않는 형태로 사람을 만날 수 있을까. 하지만 지금은 그게 가능하다는 걸 알아 버렸다. 다진. 누구에게 소개를 받은 것도 아니고, 무턱대고 길을 가다 쫓아가서 알아낸 사람도 아니었다. 자연스럽게 우연이 닿고 또 닿아서 만들어진 인연이었다.

"우연이 세 번 이상 겹치면 필연이라잖아요. 선배, 그런 거 믿어요?"

"뜬금없이 무슨 소리야?"

준열은 다시 설명하지 않았다. 그저 대답을 할 건지 말 건지 결정하라는 듯 승태를 쳐다보기만 했다.

"무슨 우연을 말하는 거야?"

"전혀 모르던 사람을 전혀 다른 곳에서 세 번 이상 마주치는 우연이요."

"그런 게 어디 있어? 사람 사는 게 한 치 앞도 모를 일이라지만 그러긴 쉽지 않지. 왜? 그렇게 우연히 만난 사람이 있어?"

준열이 고개를 저었다. 관계도 명확하지 않고, 아직 다진에 대해 얘기하긴 일렀다.

"자리 옮기죠. 지난번에 먹다 남은 술 킵 해 둔 거 있는데 그거 마저 마시러 가요."

준열과 승태는 각자 잔에 있던 소주를 깔끔하게 비우고 자리에서 일어났다. 취하고 싶었다. 늘 취하지 않았지만 오늘은 술기운을 빌려 다진에게 묻고 싶은 게 있었다.

정신은 말짱했다. 자신 못지않게 술을 잘 마시는 승태도 알딸딸해져서 돌아갔는데 준열은 조금도 취하질 않았다. 대리 기사를 부르기 전, 차 조수석에 앉은 준열은 생각에 잠겨 있었다.

사실 오늘 승태에게 연락이 오지 않았다면 서점에 다진을 보러 가볼 참이었다. 며칠 그녀에게서 연락 한 통이 없었다. 전화는 잘 걸지 않아도 하루에 두세 통 문자 메시지는 꼬박꼬박 보냈었다. 지금껏 연락을 먼저 해 왔던 것도 그녀였고, 매번 다음을 기약하는 것도 그녀였다.

무슨 일이 생긴 걸까. 준열은 다진에게 무슨 일이 생긴 거였음 했다. 그런 게 아니라면, 그저 이제 그만 준열에게 흥미가 떨어진 거라면, 자신이 먼저 연락을 했다가 그걸 확인하게 된다면.

한숨이 나왔다. 가슴이 답답해서 자꾸만 숨을 몰아쉬게 되었다. 승태가 한은을 술안주로 삼아 마음이 그렇게 무겁냐고 물었던 순간에도 어째서 다진에게서 연락이 뚝 끊긴 걸까 고민하느라 한숨이 나왔다고 할 수가 없어 더욱 답답했다. 타인을 마음에 품는다는 게 답답하고 무거운 일이라는 걸 이제 처음 알았음을 밝히고 싶지 않았다.

준열은 마른세수를 한 뒤 휴대폰을 꺼냈다. 새벽 2시가 다 되어 가고 있었다. 그럼에도 움직이는 손가락을 멈출 마음이 없었다.

[잘 지내요?]

메시지를 보내고 5분을 기다리기로 마음먹었다. 그사이 그녀에게서 연락이 없으면 대리 기사를 불러 집으로 돌아갈 생각이었다. 그녀에게서 답이 온다면……

1분이 이토록 긴 시간인 줄 몰랐다. 준열이 집중해서 쳐다보고 있는 손목시계의 초침은 세상에서 가장 느리게 움직이고 있었다. 그냥 흘러가는 1초, 1분이 아니었다. 기다림은 그러했다. 이렇게 무언가를 기다려 본 적이 있었던가.

겨우 2분이 지나갔다. 준열은 자신이 숨을 멈추고 있는 줄도 몰랐다. 오랜 시간 잠수 끝에 물 밖으로 머리를 내밀고 허파가 터질 것처럼 차 있던 숨을 뱉어 내듯 숨이 터져 나왔다. 뇌에 산소가 부족했는지 머리가 핑 돌았다.

숨을 몰아쉬고, 겨우 안정을 찾았을 때 막 3분을 넘어섰다. 시간이 시간인 탓에 생각은 자연스럽게 다진이 잠들어 있는 모습을 떠올렸다. 고요히 새근대는 숨소리를 뱉으며 잠들었을 그녀. 자면서 뒤척이다 보면 모로 누워 몸을 잔뜩 웅크리진 않을까. 그럼에도 너무나 편안해 보이는 표정으로 언뜻언뜻 미소도 띤다. 흑발의 머리칼이 볼을 가리고 있는 걸 치워 주려고 손을 대면 보드라운 볼의 감촉이……

준열이 감고 있던 두 눈을 떴다. 그리고 제 손에 딱딱한 감촉으로 쥐어져 있는 휴대폰을 쳐다봤다.

[홍다진]

액정에 떠 있는 세 글자에 정신이 번쩍 났다.

"여보세요?"

—흠! 준열 씨?

잠에서 깨려고 무던히 노력을 한 모양이었다. 그럼에도 다진의 목소리는 잠겨 있었다.

"자는 거 깨웠어요?"

—깊이 잠들었으면 문자 소리 못 들었을 거예요. 괜찮아요. 무슨 일이에요?

무슨 일?

"무슨 일 나한테 있는 거였어요? 연락 한 통 없기에 다진 씨한테 무슨 일 난 줄 알았는데."

—요즘 바빴어요. 게다가 몸살도 겹쳐서 좀 나으면 연락하려고 했죠.

잠에서 깨서 목소리가 잠긴 게 아니었나 보다.

—준열 씨는 잘 지냈어요?

날 찾지 않았으면 하는 이가 날 찾는다는 소식을 들었어요. 날 찾았으면 하는 이는 연락 한 통 없었고요. 잘 지냈느냐고요? 글쎄요.

"그럭저럭. 약은 먹었어요?"

—네. 다른 때 같으면 약 먹고 병원 가서 주사 맞았으니까 금방 나았을 텐데 어제, 그제 연달아 야외촬영을 했더니 감기가 잘 안 떨

어지는 것 같아요.

준열은 자신이 뱉어 내는 숨결에서 나는 술 냄새가 지독하게 느껴졌다. 창문을 열자 찬 바람이 안으로 밀려 들어왔다.

─무슨 일 있어요, 준열 씨?

"아니요. 왜요?"

─시간도 그렇고, 목소리도 힘이 하나도 없는 것 같아서요. 집이에요?

다진은 말을 마치는 순간 마른기침을 연거푸 터뜨렸다. 기침을 하며 휴대폰을 귀에서 뗐는지 소리가 잠깐 멀어졌다. 그럼에도 기침이 좀체 멈추질 않아 힘든 게 느껴졌다.

"괜찮아요?"

─네. 말을 안 하고 있었더니 목이 건조해서요.

"쉬어요."

─준열 씨, 괜찮은 거죠?

"아픈 건 다진 씬데 내가 왜요?"

─하긴…… 그런가요.

다진의 목소리에서 생기가 사라졌다. 어떻게 해야 그녀가 웃을까. 다시 괴로운 기침 소리가 울렸다.

"다 나으면 연락해요. 몸보신 좀 합시다."

다진이 웃었다. 웃음을 터뜨리자마자 다시 기침이 터져 나왔지만 분명 웃었다. 그제야 준열의 마음이 편안해졌다.

─몸보신이요? 좋아요. 좀 괜찮아지면 연락할게요. 시간도 늦었는데 쉬어요, 준열 씨.

"푹 자요."

통화를 하는 동안 발열한 휴대폰이 뜨끈뜨끈했다. 여전히 감촉은 딱딱했지만 지금 다진의 이마를 짚으면 이 정도 열을 내고 있을 것 같았다.

아프지 말길. 왜 타인의 아픔이 자신에게도 아픔으로 스미는지 모른 채 그저 다진이 아프지 않기만을 바랐다.

※

"모델이 병가가 말이 돼!"

버럭 소리는 질렀지만 희경은 편도선이 부어 음식을 넘기기 힘든 다진을 위해 죽을 쑤어 줬다.

"고마워."

쉰 소리를 내는 다진을 흘겨본 희경이 그녀의 귀에 체온계를 쑥 넣었다.

"기침하느라 계속 잠을 못 자서."

결국 기침 때문에 또 말이 막혔다.

"말하지 않아도 알아요."

흥얼흥얼 유명 CF의 로고송을 읊은 희경이 체온을 확인했다.

"열은 좀 내렸네. 이거 먹고 약 먹고 푹 자. 오늘 특별히 바쁘지 않을 테니까 일 마치는 대로 올게."

입을 꾹 다물고 미간을 좁힌 채 다진이 두 눈을 빠르게 깜빡였다. 말하지 않고 고마움을 표현하기 위함이었는데 희경은 아는지 모르는지 다진의 머리를 툭 밀었다. 희경이 출근 준비를 하는 동안 힘겹게 죽을 먹은 뒤 다진은 소파에 그대로 뻗었다. 중간에 깨지 않고 깊게 잠을 자고 싶었다.

충분히 깊었던 잠에서 깬 다진은 멍하니 눈에 들어오는 풍경을 살폈다. 희경은 이미 출근한 뒤였는지 집 안은 고요했다. 다진의 몸엔 담요 두 겹이 덮여 있었다.

이틀 전 새벽, 준열에게서 메시지가 왔다. 기침 때문에 제대로 잠도 못 자고 몽롱한 상태에서 메시지를 확인한 다진은 꿈이라고 생각했다. 그래서 메시지를 계속 들여다보고 있었다. 꿈이 아니라는 걸 인지한 순간 주저 없이 그에게 전화를 걸었다.

그는 어떤 마음일까. 통화하는 사이 그는 화가 난 것처럼 느껴졌다. 하지만 화가 났냐고 물을 수가 없어서 기운이 없는 것 같다고 했다. 화가 났냐고 물으면 그렇다고 답하고 왜냐고 물으면 그대로 전화를 끊어 버릴까 봐.

왜 이렇게 안달하게 되었을까. 그와 자꾸 마주치게 되면서 다진의 마음속에 그의 자리는 점차 넓어졌다. 마주칠 때마다 준열은 그녀를 피한 적이 없었다. 그럼에도 다진은 마주치는 그를 자신이 잡지 않으면 그를 몰랐던 때로 돌아가 버릴 것 같았다. 언제 알았냐는 듯이, 그런 말도 안 되는 우연 같은 건 있을 수 없다는 듯이.

몸이 고된 탓에 생각도 자꾸만 비생산적으로 돌아가고 있었다. 설거지를 마치고 샤워를 하고 나오니 점심때를 훌쩍 지나 있었다.

뭘 먹을까 고민하며 노트북을 켰다. 여타의 쇼핑몰을 참고 삼아 둘러봤다. 그리고 즐겨찾기에 있는 블로그를 하나씩 둘러보다가 [밝게, 기쁘게]에 접속을 했다. 마침 새로 올라온 글이 있어 보는 순간 목울대가 찌르르 울렸다. 봉오리가 반쯤 열린 커다란 연꽃 안에 웅크리고 누운 여자가 있었다. 직접 손으로 그린 그림을 사진을 찍어서 올렸다고 했다. 파스텔 톤의 유화는 다진을 설레게 했다.

〈잘 땐 웅크리고 잘 것 같은 여자.

하지만 불편해 보이지 않을 것 같은 여자.

노파심에 편히 자라고 깨우면 맑게 웃으며 '편해요.' 라고 말할 것 같은 여자.

마주 보고 있는 사람을 편하게 해 줄 것 같은 여자.〉

지난번 눈이 내리는 가운데 서 있던 여자와 연꽃 안에서 잠든 여자가 동일 인물일 거라는 건 누구나 알 수 있을 법했다. 인물 그림은 거의 없었던 블로그에 자꾸만 같은 여자로 추정되는 그림이 등장했다. 게다가 이렇게 따뜻한 그림을 그릴 수 있는 사람의 블로그일 거라고 상상도 못 했다. 블로그의 주인이 사랑에 빠진 걸까. 남자도 사랑에 빠지면 파스텔 톤으로 표현한다는 게 신기했다.

지금까지 블로그에서 봤던 그림 중 가장 마음에 들었다. 여태까지는 그 블로그의 차갑고 어두운 그림이 좋았다. 그런데 막상 따뜻한 느낌의 그림을 보고 나니 계속해서 그런 그림들을 볼 수 있었으면 했다. 게다가 연꽃 안의 여자를 그린 그림은 실제로 보고 싶다고 간절히 원할 정도였다.

이런 사랑을 받을 수 있다면 참 좋을 듯했다. 평소엔 절대로 이런 걸 상상할 수 없을 어두운 그림만 그리던 사람이 불현듯 밝고 화사한 그림을 그렸다. 그건 그 여자를 향한 마음이 너무나 강렬해서, 그 바람에 마음에 강렬한 빛이 들어와서, 그리지 않고는 배길 수 없음을 나타내는 거겠지. 그런 사랑을 받고 있는 여자라면 세상에서 가장 행복할 테지. 상대의 마음을 알 수 없어서 불안할 틈 같은 건 없겠지.

블로그를 알게 된 지 좀 되었지만 지금껏 다진은 흔적을 남긴 적이 없었다. 그런데 감기 기운 탓에 몽롱해서인지 처음으로 댓글을 남겼다. 그 후로도 다진은 밥을 먹는 것도 잊은 채, 기침 때문에 배가 당기는 고통도 무시한 채, 머리가 띵해서 점점 멍해지는 것도 모른 채 하염없이 그림을 보고 있었다. 보고 있으면 있을수록 준열이 보고 싶어졌다.

[감기 조심해요. 엄청 독해요.]

아파도 어리광은 부리지 않았다. 마음이 약해지더라도 누군가에게 표현한 적은 없었다. 그런데 그는 알아줬음 했다. 지금 아픈 게 그와는 전혀 상관없는 일이라 해도, 위안받고 싶었다.

전화가 걸려 왔다. 메시지에 메시지로 답해 줬음 하는 이런 때에도 그는 어김없이 전화를 걸었다.

"여보세요?"

—아직도 아파요?

"얼른 낫고 몸보신하러 가야 될 것 같은데 잘 안 떨어지네요."

기침을 참으려다 보니 호흡이 짧아져서 말끝이 희미해졌다.

—일해요?

"병가 냈어요."

―약은 먹고 있어요?

"네. 딸기맛 물약도 먹고 있어요."

웃었을까. 그는 좀체 소리 내 웃는 법이 없으니 전화로는 그의 표정을 가늠하기가 힘들었다.

―몸보신은 지금 필요하겠는데.

"목감기가 심한 거라 뭘 먹기가 힘들어요."

―그럴수록 더 잘 먹어야죠.

"그런가요. 목소리 갈라져서 듣기 힘들죠."

―말하지 말고 쉬어요.

그런 뜻은 아니었다. 말을 최대한 아끼고 쉬어야 하는 건 맞지만 통화를 그만하고 싶다는 건 아니었다. 역시 어리광은 못 부리겠다.

"네. 그럼 끊을게요."

다 나으면 연락할게요. 아니, 나중에 다시 연락할게요. 아니, 오늘 밤 자기 전에……

전화를 끊고 다진이 시선을 돌린 노트북 모니터에는 아직 연꽃 안에 잠든 여자의 그림이 있었다. 눈물이 날 것만 같았다.

다진의 아파트 단지에 들어선 준열은 그녀에게 전화를 걸었다. 그사이 잠들었는지 목소리가 더 잠겨 있었다.

"잠깐 내려올래요?"

전혀 못 알아들은 듯 다진이 되물었다.

"아파트 밑에 와 있어요."

허둥지둥 다진의 당황스러움이 여과 없이 준열에게도 전해졌다. 잠깐만 기다리라는 말을 몇 번이나 반복한 뒤에 전화는 끊어졌다. 준열은 그녀의 아파트 입구가 보이는 벤치에 앉아 그녀를 기다렸다.

벤치는 차가웠지만 햇살이 좋은 날이라 앉아 있기 힘들 정도는 아니었다. 잠시 후, 다진이 나타났다. 야윈 듯 보이는 그녀는 맨얼굴을 보이는 게 창피한지 계속해서 제 얼굴을 매만졌다. 그리고 준열에게 인사를 하려는 순간 기침이 터져 나왔다.

"이거 갖고 올라가요."

준열이 들고 있던 쇼핑백을 다진에게 건넸다. 삼계죽과 오렌지, 유자청이 들어 있었다.

"저……."

"고맙단 얘긴 다 나으면 해요. 자꾸 말하면 나을 것도 안 나아요."

자신을 빤히 쳐다보고 있는 다진의 눈가가 촉촉했다. 그 시선이 민망해서 준열은 슬쩍 그녀의 눈을 피했다. 뭔가 말하려던 다진이 주머니에서 휴대폰을 꺼냈다. 그리고 메시지를 찍어 준열에게 보여 줬다.

[고마워요. 생각도 못 했어요.]

"얼른 나아요."

다진이 고개를 끄덕였다. 그리고 또 메시지를 작성했다.

[올라가서 커피 한 잔 할래요?]

"아픈 사람 힘들게 하는 건 예의가 아니죠. 게다가 말도 못 하면서 무슨."

[할 수 있어요. 준열 씨가 못 하게 한 거죠.]

다진이 입술을 비죽 내밀었다. 그 표정을 보며 준열이 슬며시 웃자 다진도 함께 웃었다. 두 사람은 웃고 있던 부드러운 눈매로 잠시간 서로를 응시했다. 지금 이 순간 다진의 안에 있던 불안이 희미해졌다.

"저기."

다진이 다급하게 뭔가 말하려 해서 준열이 고개를 저었다. 그리고 다진의 휴대폰을 손으로 톡톡 두드렸다. 입을 꼭 다문 다진의 입가가 미소로 얼룩졌다.

[커피 한 잔만 하고 가요. 그냥 가면 내가 너무 미안할 것 같아요.]

그 얘기가 그토록 하고 싶었을까.

"딱 30분. 커피 한 잔만 마시고 나올 거예요."

다진이 고개를 끄덕였다. 눈가가 촉촉했던 탓에 그녀의 눈이 반짝하고 빛났다.

준열과 함께 집에 들어서기 무섭게 다진은 분주해졌다. 준열은 그녀가 손짓, 눈짓으로 시킨 대로 소파에 앉아 있었다. 노골적으로 그녀의 집을 두리번거리는 건 예의가 아닌 것 같아 어느 곳에 시선을 둘까 고민했다. 그러다가 테이블 위의 노트북이 보였고 그대로 시선이 굳었다.

커피를 타 온 다진이 바닥에 앉으며 테이블 위에 커피 잔을 올렸다. 그리고 준열의 시선을 확인하곤 테이블 위에 있던 노트에 글자를 적어 그의 앞으로 내밀었다.

[즐겨 찾는 블로그예요. 그림이 마음에 들더라고요. 그림 보는 눈은 없어도 자꾸 보고 싶으니까 이 그림은 나랑 맞는 그림인 거죠?]

다진을 닮은 글씨체는 정갈했다. 준열은 이럴 때 뭐라고 답해야 할지 몰랐다. 몇 번이고 다진이 적은 글자를 읽고 또 읽은 뒤 다시 모니터 속 그림을 봤다. 즐겨 찾는 블로그라고. 자꾸 보고 싶은 그림이니까 자신과 맞는 그림이 아니겠느냐고. 도대체 당신은 나와 어떻게 이런 거짓 같은 인연을 맺게 된 걸까.

"뭐가 좋아요, 이 그림?"

준열의 물음에 모니터를 지그시 바라보던 다진의 시선이 그에게로 향했다. 다진이 노트를 가져가 다시 글자를 적었다. 그사이 준열은 펜을 잡고 움직이는 그녀의 손, 흘러내린 머리칼 사이로 드러난 그녀의 목선, 러그 위에 앉은 자세를 천천히 훑어봤다.

[이전엔 차갑고 어두운 그림이었거든요. 그런데 얼마 전에 한번, 그리고 어제. 딱 두 번 지금 준열 씨가 보고 있는 그림같이 따뜻한 그림이 올라왔어요. 차갑고 어두운 그림일 때는 그 무게감이 좋았어요. 그리고 지금 저 그림은, 그림 속 여자가 부러워서 좋아요.]

"부럽다고요?"

다진이 고개를 끄덕였다.

[이전에 그렸던 그림이랑 비교할 수 없는 느낌의 그림이거든요. 색감도 그렇고, 그림체도 부드럽고요. 분명 그만큼 저 여잘 마음에 깊이 담은 게 아니겠어요?]

마우스를 손에 쥔 준열이 그림 밑에 작성된 댓글들을 살폈다. 다진에게 오기 전 확인했던 댓글이 전부였다. 마지막 댓글은 '홍 화백'. 설마 다진이려나 했다.

[예쁜 사랑 하세요. 응원할게요!]

짤막한 그 메시지를 보고 그저 피식 웃었다. 여타의 댓글들도 그런 식으로 추측성 댓글이 많았다. 무슨 일이세요. 연애하시는 거예요. 솔로 천국, 커플 지옥. 부러우면 지는 거니까 전 부러워하지 않을 거예요, 등등. 그럼에도 닉네임 때문인지 유독 '홍 화백'의 댓글이 눈에 띄었다.

"왜요?"

결국 다진이 참지 못하고 말을 뱉었다. 준열은 모니터에 시선을 박은 채 고개를 저었다.

"준열 씨가 보기엔 별로인 그림이에요? 잘 그리던데."

다진은 작은 소리로 한 마디, 한 마디 조심스럽게 말했다.

"내가 어떻게 보는지는 중요하지 않다니까요."

자신이 마실 차로 유자차를 끓여 온 다진이 찻잔을 양손으로 감쌌다.

"그래도 준열 씨는 그림 그리는 사람이잖아요. 준열 씨가 보고 괜찮은 그림이라고 하면 내가 좋은 그림을 보고 있었구나, 하게 되는 거. 뭔지 알아요?"

준열은 커피를 한 모금 마셨다. 그리고 입안에서 굴러다니던 그 말을 다진에게 전했다.

"괜찮죠. 내가 그린 그림인데 안 괜찮을 리가 없죠."

말하는 준열의 입술을 빤히 쳐다보던 다진의 동공이 커다래졌다. 그리고 그의 얼굴을 전체적으로 살폈고, 그 다음엔 모니터를 뚫어져라 쳐다봤다. 마지막엔 다시 준열의 얼굴로 시선이 돌아왔다. 놀란 표정은 그대로였다. 아무 말도 못 하고 입만 벙긋거리는 게 귀엽게 보였다.

"말 아껴요."

준열이 노트를 다진의 앞으로 밀어 줬다. 노트를 내려다보고도 다진은 펜을 잡지 못했다.

"저 블로그!"

"내 블로그예요."

양손으로 제 입을 가린 다진의 눈에 점점 경이로움이 차올랐다. 전시회 때나 혹은 그 외의 상황에 자신의 그림을 좋아한다며 과한 감정을 표출하며 다가오는 사람에겐 거부감이 들었다. 그런데 지금 다진의 표정은 오래도록 보고 싶었다.

"거짓말 같아요."

웅얼거리는 다진의 말을 들으며 준열은 노트를 자신의 앞으로 가져왔다. 소파에서 내려와 바닥에 앉아 펜을 들고 재빠르게 스케치를 했다. 블로그와 똑같이 연꽃 안에 잠든 여자 그림이었다. 색채를 넣기 전, 다듬어지지 않은 펜 선이었지만 준열의 그림임은 분명했다.

준열의 손이 움직이는 동안 다진은 시선을 한 번도 떼지 않았다. 숨도 쉬지 않고 있는 것처럼 느껴질 정도의 집중력이었다. 준열이 그림을 마무리 짓고 펜을 내려놓자 다진의 손이 노트 끝에 닿았다.

그리고 닿을 듯 말 듯 애태우는 손길로 그림을 훑었다.

"뭐라고 해야 할지 모르겠어요."

그건 다진의 표정만으로도 알 수 있었다. 그녀는 이 상황에 대해 뭐든 말하고 싶어 했지만 반면 아무 말도 할 수 없는 것처럼 보였다. 꼭 말을 해야 할 이유는 없었다. 준열은 커피를 마시고 자신이 노트에 그린 그림을 계속해서 뚫어져라 보고 있는 다진을 보고만 있었다.

예쁜 사랑을 하라고. 그림 속의 여자를 마음 깊이 담은 게 아니겠냐고.

다진을 보거나, 생각하면 그림을 그리고 싶었다. 그녀의 분위기를 담을 수 있는 그림이 그리고 싶을 뿐이었다. 그런데 정말 그뿐이라고 말할 수 있을까. 그때, 다진이 고개를 들어 준열을 쳐다봤다. 하지만 아무런 말도 하지 않았다.

그녀의 두 볼이 발그레했다. 그제야 다진이 지금 감기에 걸렸다는 게 생각나 버렸다. 시간을 확인한 준열이 마지막 한 모금의 커피를 마시고 벗어 두었던 외투를 집어 들었다.

"가려고요?"

"30분 됐어요. 쉬어요."

준열이 현관에서 신발을 신는 동안 다진은 등 뒤에서 그를 기다리고 있었다.

"고마워요."

"홍 화백."

난데없는 준열의 부름에 다진이 눈을 동그랗게 떴다. 그리고 이

내 그 호칭이 웃음을 불러일으킨 듯 맑게 웃었다. 할 말은 없었다. 그 호칭으로 부르면 다진이 웃을 테니까, 웃는 얼굴이 보고 싶었을 뿐이다. 준열이 아무 말도 하지 않자 다진이 눈짓으로 왜 불렀느냐고 되물었다.

"커피 잘 마셨어요."

싱겁기 짝이 없는 인사였다. 그래도 다진은 또 한 번 웃어 줬고 준열도 미소 짓고 그녀의 집에서 나왔다. 집 안까지 들어올 생각은 없었다. 가져온 것만 전해 주고 돌아갈 생각이었다. 다진이 아무리 고집을 부려도 뿌리칠 생각이었다. 하지만 언제나 일은 준열이 생각하는 대로 진행되지 않는다.

집으로 돌아가던 준열은 다시 한 번 다진이 어서 낫기를 바랐다. 그리고 그녀에게 차마 해 주지 못하고 나온 그 말을 메시지로 전송했다.

준열이 돌아가고 난 뒤 그가 앉아 있던 자리에 그대로 앉은 다진은 노트와 노트북 속 그림을 번갈아 확인했다. 어떻게 표현해야 할지 몰랐다. 그가 블로그 주인이었다니 반갑기도 하고, 신기하기도 하고, 가슴이 마구 뛰었다. 그런데 준열이 어떤 감정의 동요도 드러내지 않으니 혼자 호들갑을 떨 수가 없었다.

무엇보다 그림 속 여자가 누군지 묻고 싶었다. 하지만 확인하고 싶지 않기도 했다. 그 누구도 아니라고, 그냥 그림일 뿐이라는 대답이었으면 했다. 준열이 어떤 답을 할지 몰라 물을 수 없었다.

차를 마신 잔을 정리하고 그가 사 온 죽을 데워 먹고 있는데 메시지가 왔다. 준열이었다. 그다운 짧막한 메시지. 그 메시지가 다진을 걷잡을 수 없는 설렘 속으로 빠뜨려 버렸다.

　[그림 속 그 여자, 홍 화백이에요.]

4.

다진과 집 근처의 커피숍에서 만나기로 한 준열은 약속 시간보다 이르게 도착했다. 전시회 준비가 완전하게 끝났다. 그래서 요즘은 어떤 일도 받지 않고 있었다. 전시회를 마치면 여행도 다녀올 계획이었다. 준열은 여유가 생기는 걸 용납하지 않는 편이었다. 바쁘게 자신을 다그치고 잠시라도 무언가를 하며 몰두해야 했다. 그런데 이번엔 억지로라도 쉬고 싶어졌다.

"어서 오세요."

여직원의 낭랑한 목소리에 시집을 보던 준열이 고개를 들었다. 자연스럽게 준열과 눈을 맞춘 다진이 그의 맞은편으로 다가와 앉았다.

"언제 왔어요?"

다진은 손목시계를 보고 자신이 늦지 않았음을 확인했다.

"조금 전에요."

재킷을 벗으며 다진은 준열이 방금 전까지 보고 있던 책을 확인했다. 로버트 프로스트의 시집 '불과 얼음'이었다. 표제를 확인하고 미소 짓는 다진을 보며 준열이 책을 가리켰다.

"좋아해요?"

"가지 않은 길. 외울 줄 아는 몇 안 되는 시 중 하나예요."

시집은 여러 번 본 흔적이 고스란히 묻어 있었다. 접었다 펴고, 한 페이지에 오래도록 머무르고, 자주 가지고 다닌 탓에 표지며 속지의 색이 바래져 있었다.

"고등학교 때 학교 축제에서 시화전을 했는데 나 그 시로 했었어요."

'가지 않은 길'에 맞춰 그가 그림을 그리고 그 위에 그린 것 같은 글씨체로 썼을 그 시가 보고 싶었다.

"지금도 가지고 있어요?"

"부모님 댁에 있어요."

그가 [밝게, 기쁘게] 블로그 주인이라는 걸 안 뒤로 그의 그림이 더욱 보고 싶어졌다. 언제쯤이면 그 모든 그림의 실물을 직접 확인할 수 있게 되는 걸까.

"피곤해 보여요."

다진이 까칠한 제 볼을 어루만졌다. 감기로 호되게 앓고 난 뒤 바빠서 쉴 틈이 없었다. 서점은 신학기가 시작하고 학교며 학원들이 교제로 사용할 문제집을 지정하는 바람에 늘 학생들로 북적였다. 쇼핑몰 역시 봄 신상품과 여름 신상품을 준비하는 데 바빠서 신경을 쓰고 있었더니 오히려 피곤한데도 잠을 잘 못 이루는 지경이었다.

"요새가 바쁠 때예요. 서점도, 쇼핑몰도."

그녀의 연락으로 바쁜 건 알고 있었다. 그 전주까지만 해도 준열의 전시회 준비로 그가 바빴다. 그리고 이제 그가 한가해지니 그녀가 바빠서 오늘 겨우 2주 만에 만날 수 있었다. 중간에 만나려면 잠깐이라도 얼굴을 볼 수는 있었을 거다. 하지만 둘 중 누구도 무리하게 상대에게 강요하지 않았다.

호감은 있지만 완전하게 표명하지 않은 관계. 모호한 경계는 어느 한쪽이 완전하게 넘어서지 않는 한 늘 제한적인 거리를 두게 했다.

"아, 준열 씨. 초콜릿 먹을래요?"

다진이 가방에서 초콜릿을 꺼냈다. 금색 박스 위에는 'GODIVA' 상표가 새겨져 있었다. 정말 힘들고 피곤하거나 우울할 때가 아니면 초콜릿은 잘 먹지 않는다고 했던 다진이었다. 그녀가 먹으려고 샀을까. 아니면 준열에게 주려고 샀을까.

"웬 초콜릿이에요?"

"오늘 서점에서 받았어요."

"누구한테?"

순간 말투가 딱딱해졌다. 말을 해 놓고 준열도 아차 하고 있는데 다진이 답은 하지 않고 준열을 멀거니 바라봤다.

"단골손님이요."

다진이 박스 뚜껑을 열고 초콜릿 상자를 준열 앞으로 내밀었다. 말하지 않아도 알 것 같았다. 얼마 전에 지나간 화이트 데이. 단골손님은 남자겠지. 다른 남자에게서 받아 온 초콜릿을 아무렇지도 않

게 자신에게 권하는 건, 아무 뜻이 없어서일까. 아니면 일부러 알아
채 주길 바라는 걸까.

"잘 먹을게요."

이번엔 고의적으로 퉁명스레 말했다. 마치 준열의 초콜릿을 다진
이 얻어먹는 것처럼 그녀는 준열의 눈치를 보다가 초콜릿 하나를
집었다. 동그란 초콜릿이 다진의 입안으로 들어가 그녀의 한쪽 볼을
톡 튀어나오게 했다.

"서점 옆 건물 상가에 영어 학원 있는 거 알아요?"

지나다니며 본 적이 있다. 준열이 고개를 끄덕이며 초콜릿을 사
탕처럼 씹어 먹었다.

"그 학원이 저희 서점에서 문제집을 정기적으로 주문해서 받거든
요. 꾸준히 거래하는 학원이어서 다른 서점보다 할인을 조금 더 해
드려요. 그래서 학원 원장님이 저희 직원들한테 롤케익이나 이런 초
콜릿을 선물로 종종 주시거든요. 마침 지난주가 화이트 데이였다고
특별히 GODIVA 초콜릿으로 준비하셨대요. 여자 원장님이라 센스
가 좋으세요."

말을 마치고 다진이 생글 웃었다. 그녀의 볼 안에 있던 초콜릿은
사르르 녹아 이미 사라진 뒤였다. 지금 이 순간 센스가 좋은 건 그
여자 원장이 아니라 다진이었다. 눈치가 빨했다. 아니, 눈치를 챌
수밖에 없게 준열이 표가 나게 굴고 있는 것이리라.

"지난번에도 얘기했잖아요. 난 초콜릿 별로 안 좋아하거든요. 그
래서 준열 씨 만나는 날 가지고 오려고 서점에 뒀었어요."

준열도 초콜릿을 좋아하진 않았다. 다진은 별로 안 좋아한다고

했고, 준열은 그럭저럭이라고 했다. 좋아하지 않는 다진보다는 좋아하는 걸지도 모른다. 어쨌거나 단골손님에게 받은 초콜릿은 썼는데, 센스 좋은 여자 원장님에게 받은 초콜릿은 그럭저럭 먹을 만했다. 그리고 다진이 일부러 준열을 만나는 오늘 챙겨 왔다는 초콜릿은 꽤 달았다.

"준열 씨가 가져가요."

"다진 씨 건데 내가 왜요."

"나는 가져가도 안 먹어요. 주신 분 성의 생각해서 지금 하나 먹었으니까 그걸로 됐어요."

준열은 대꾸 없이 초콜릿을 또 하나 집어 먹었다. 다진의 표정엔 준열이 잘 먹는 게 보기 좋다는 흐뭇함이 또렷이 드러났다. 집에 가져가면 분명 이런 맛이 안 날 터였다.

"이제 바쁜 건 끝났어요?"

"당분간은 바쁠 거예요. 여름, 겨울옷은 양이 많아서 촬영도 오래 하거든요."

"지금 여름옷 촬영해요? 아직은 추울 것 같은데."

"춥긴 해요. 그래도 이젠 면역이 돼서 카메라 앞에선 절대 안 떨어요."

다진을 빤히 쳐다보던 준열이 가방에서 노트북을 꺼냈다. 그녀의 의아한 표정을 뒤로하고 준열이 인터넷 창을 열었다.

"쇼핑몰 이름이 뭐예요?"

"보려고요?"

"안 돼요?"

다진은 주저했다.

"좀 부끄러운데요."

"누구나 볼 수 있는 거잖아요."

차라리 누군지도 모르는 이가 보는 건 부끄럽지 않았다. 그런데 준열이 자신의 앞에서 보겠다니 민망했다.

"옷이 예뻐야 보는 사람도 사고 싶어지잖아요. 그래서 보정 작업도 조금 하거든요."

준열은 무심하게 고개를 끄덕였다. 인터넷 쇼핑몰에서 구입은 물론, 관련한 사이트도 본 적이 없어서 준열은 더욱 궁금해졌다. 자신이 모르는 세계였다.

오히려 다진은 그가 아무 말도 없이 자신을 쳐다보고만 있는 게 더욱 괴로웠다. 빨리 알려 달라고 하면 이런저런 얘기를 해서 상황을 피해 보고 싶었다. 하지만 준열은 키보드 위에 손을 얹고 그저 기다리고 있었다.

"OH.Story요."

"무슨 뜻이에요?"

그가 키보드를 두드리며 물었다.

"희경이 성이 오 씨거든요. 저는 홍다진이니까 O, H. Story는 저희 둘의 옷 이야기라고 해서 지었는데 지금은 종종 어떤 뜻으로 지었었는지 잊어요."

다진도 볼 수 있게 노트북은 틀어져 있었다. 준열이 더욱 보기 좋은 위치였지만 다진도 힐긋 볼 수 있었다. 검색 사이트에서 나온 OH.Story 주소를 누르자 새로운 창이 떴다.

봄의 싱그러운 풀잎이 살랑대는 사진 위로 OH.Story라는 글자가 떠올랐다. 스크롤바에 마우스를 대고 아래로 내리자 차례차례 다진의 사진이 보였다. 작은 사진은 다진의 얼굴보다는 옷이 클로즈업되어 있었다.

제일 처음에 있던 사진을 클릭했다. 아이보리 색상의 니트를 입고 검정 스키니진을 입은 다진이 몸을 살짝 옆으로 틀고 있는 전신 사진이 나왔다. 다진과 잘 어울리는 색감의 의상이었다.

앉아 있는 사진, 걷고 있는 사진, 머리를 쓸어 넘기는 사진 등등 어떤 사진 속에서도 다진은 정면으로 카메라를 보고 있지 않았다. 그게 오히려 더욱 좋은 분위기를 냈다. 화면 속의 여자가 자신의 앞에 있다는 게 신기해졌다.

준열이 몇 개의 사진을 계속해서 보는 동안 다진은 아무 말도 할 수 없었다. 그의 눈빛이 너무 진지했다. 꼭 검열을 당하는 기분이었다.

"여자 옷 쇼핑몰이라 준열 씨가 보기엔 좀 그렇죠?"

"뭐가 좀 그래요?"

"그냥. 옷이든 소품이든 별로 눈에 안 들어올 거 아니에요."

"글쎄요. 옷 보는 건 아니라."

준열의 시선은 여전히 모니터에 박혀 있었다. 결국 다진은 양손을 뻗어 모니터를 가렸다. 그제야 준열의 시선이 실물 다진에게로 닿았다.

"그만 봐요."

"다진 씨도 내 블로그 계속 봤다면서요."

"그거랑은 다르죠."

"뭐가 달라요? 보여 주려고 하는 건 마찬가진데."

"나는 진짜 나잖아요. 블로그는 준열 씨 그림이지만."

"그 그림도 진짜 나예요. 내가 그리는 건데."

왜 그에게 반박하고 싶을 땐 이렇다 할 말들이 떠오르지 않는지 몰랐다. 말문이 막혀 입을 꾹 다물고 야속해하는 마음을 담아 그를 바라봤다. 옅게 미소를 지은 준열이 고개를 끄덕였다. 그리고 인터넷 창을 닫았다.

"집에 가서도 보지 말아요."

"왜요?"

"그냥 보지 말아요."

"스토커 취급하지 말아요."

인터넷 창이 꺼진 걸 다시 한 번 확인하고 다진이 모니터를 가렸던 손을 거둬들였다.

"보면 스토커 취급할 거예요."

"봐도 안 봤다고 하면 되죠."

"보면 티 날 거예요."

"무슨 티?"

"알 수 있을 것 같아요."

새치름하게 말하더니 피식 웃으며 다진이 밀크티 한 모금을 마셨다. 정말 티가 날지도 몰랐다. 그리고 다른 이는 몰라도 다진은 그걸 알아챌지도 모르겠다는 생각이 들었다.

"거짓말은 못 하겠네."

"하려고 했어요?"

준열이 멈칫했다. 농담이었는데 그가 잠시 주춤하는 모습을 보이자 다진의 시선도 굳었다. 무슨 거짓말을 하려고 했어요? 시선으로 물었지만 준열은 이내 평정심을 되찾았다.

"뭐하러 거짓말을 하겠어요."

"할 수도 있죠. 상황에 따라, 여의치 않으면."

"안 해요."

"안 했으면 좋겠어요."

준열이 고개를 끄덕였고 그를 보며 미소 짓는 걸로 다진도 다른 모든 말을 숨겼다.

"모델은 다진 씨 혼자예요?"

그가 말을 돌리는 상황이 반갑진 않았다. 그래도 다진은 모른 척 자연스럽게 분위기를 바꾸는 그에게 맞췄다.

"네. 결혼해서 애기 갖기 전까진 제가 계속 할 거예요."

"그럼 결혼은 최대한 늦게 하고 싶겠네요."

"반반이에요. 결혼해서 애기 갖는다고 아예 내 일이 없어지는 건 아니지만 할 수 있는 한 하고 싶긴 하거든요. 근데 애들 좋아하니까 빨리 결혼하고 애기 낳고 싶기도 하고요. 준열 씨는요?"

"그냥 그래요. 결혼 욕심도 크게 없고, 애들은 안 좋아해요."

"결혼하라는 잔소리 괜찮아요?"

"잔소리하는 사람 없어요."

다진이 두 눈에 의외라는 빛을 띠었다. 서른이 넘으면 여자든 남자든 결혼하라는 잔소리가 뒤따르는 건 당연지사. 그녀의 눈이 저런 빛을 띠는 것도 어찌 보면 당연했다.

"잔소리를 잔소리로 잘 안 들어요."

그제야 이해가 갔다는 듯 다진이 웃었다. 틀린 말은 아니었다. 만나면 인사치레로 하는 소리들에 결혼을 하라는 소리는 섞여 있었다. 다만 다른 이에게 얘기하는 것과는 조금 다른 뉘앙스였다. 준열이 지난날에 얽매여 있다고 단정을 지은 이들이 주로 잔소리를 했다. 이제 그만 지난 일은 잊어야지. 잊고 더 좋은 사람 만나 결혼해야지.

"다진 씨는 결혼이 왜 하고 싶어요? 단순히 애기가 좋아서?"

"그런 것도 있지만, 좋아하는 사람이랑 같이 살게 되는 거잖아요. 무슨 일이든 양면은 있으니까 결혼이 무작정 좋을 거라고 생각하거나 꿈에 부푼 로망을 갖고 있진 않아요. 다만, 사는 게 아무리 고되고 힘들어도 그중에 웃을 수 있는 일도 있고, 기쁘고 즐거운 일들이 있는 것처럼 결혼도 그럴 테니까요. 서로 평생을 약속할 수 있다는 건 멋진 것 같아요."

그 순간, 준열은 자신이 했던 결정에서 무엇이 가장 크게 어긋났는지 깨달았다. 한은과 결혼하기로 했을 뿐, 평생을 약속한 적은 없었다. 자신도 한은도.

"멋지겠네요."

준열의 말투가 이상했다. 마치 다진이 무언가 쉽지 않은 새로운 경험을 해서—예를 들면, 암벽 등반이나 스카이다이빙 같은— 그걸 부러워하는 것 같은 말투였다. 다진이 평생을 약속하는 게 멋지다고 한 말에 알맞은 대답의 어투는 아니었다.

잠시 멍하던 다진은 테이블 위에 있던 준열의 손을 향해 자신의 손을 뻗었다. 그리고 그의 새끼손가락에 자신의 검지를 걸었다. 생각에 잠겨 있던 준열이 놀라서 다진을 쳐다봤다. 그리고 다음엔 그의 새끼손가락에 자신의 새끼손가락이 얽혔으면 좋겠다고 생각했다.

준열은 자신의 새끼손가락을 꼭 붙들고 있는 다진의 검지를 보고 있었다. 언젠가 저곳에 진짜 약속을 하는 손가락이 걸릴 수 있을까 궁금했다.

다진은 그가 거짓말을 할까 아무 말도 할 수 없었고, 준열은 진실을 말하게 될까 아무 말도 할 수가 없었다. 각자의 손가락이 단 한 개씩 얽힌 채 두 사람은 말없이 미소를 지었다.

＊

희경의 설움이 좀 잦아들었는지 티슈를 뽑는 속도가 줄어들었다. 전에도 승태와 희경의 싸움은 종종 있었다. 서로 다른 남녀가 만나 사귀는데 어찌 충돌이 없겠는가. 두 사람의 교제 기간이 몇 년에 걸친 만큼 사소한 싸움은 줄었지만 큰 싸움은 사소한 걸 참아 낸 것까지 더해서 크게 터졌다.

이번 싸움의 시작은 희경이 결혼 얘기를 하면서 시작됐다. 승태가 결혼에 호의적이지 않은 건 알고 있었다. 그래도 결혼 의사를 비치는 희경에게 적당히 하라고 말하는 승태의 태도는 다진이 보기에도 충분히 화가 나는 일이었다.

"헤어질 거야."

얼굴은 퉁퉁 붓고 두 눈은 새빨갛게 충혈이 된 채로 희경이 굳게 얘기했다. 어떤 싸움이 있어도 희경과 승태는 절대 헤어지겠다는 소리는 하지 않았다. 두 사람 모두 그 말만큼은 한 번 뱉으면 돌이킬 수 없다는 약속 같은 걸 한 모양이었다.

"결혼을 안 하겠다는 것까진 그렇다 쳐. 그래도 그렇게 말할 필요 없잖아. 적당히 어르고 달래도 넘어갈 텐데 나를 모르는 것도 아니고, 왜 그렇게 날을 세워서 얘길 하냐고."

승태의 말투가 곱지 않은 건 처음부터 그랬다. 하지만 지금 그 얘길 해 봐야 승태의 편을 드는 꼴이니 다진은 그저 입을 다물고 있었다.

"서러워. 사귀고 있다고 그게 100% 사랑받는다는 건 아니잖아. 결혼한다고 완전하게 믿을 수 있는 건 아니지만 알게 해 줘야 할 거 아냐."

말해 줘도 말할 때뿐, 상대의 감정은 늘 불확실하다. 그건 연인들에게만 한정된 게 아니었다. 친구들끼리도 네가 내 제일 친한 친구야, 라는 소리를 주기적으로 얘기해서 확인하는 이들도 있으니까.

문득 사랑하고 사랑받는다는 건 무얼까 생각했다. 혼자서는 외롭지만 함께 있으면 상대의 마음을 전부 알 수 없어서 불안하다. 인간은 왜 이토록 불완전한 존재일까.

"난 승태 오빠랑 처음 사귀어 본 거고, 앞으로도 오빠 말고 다른 사람 만나는 건 생각도 안 해 봤어. 결혼이 진짜 목적도 아니고. 그런데 이젠 자신 없어."

어깨를 축 늘어뜨리며 희경이 양손으로 제 얼굴을 가렸다.

"나는 어떤 상황에서든 네 결정에 힘을 실어 줄 거야, 희경아. 힘내."

다진은 희경의 어깨를 토닥이고 등을 쓸어내렸다. 힘내라는 말뿐이지만 정말 힘이 되었으면 했다. 희경이 고통받고 아픈 만큼 똑같이 느낄 순 없지만 함께 힘들며 그녀의 마음을 조금이나마 가볍게해 주고 싶었다. 난 언제나 네 편이라는 걸, 희경이 알아줬음 했다. 감정의 불안은 연인들에게만 한정된 게 아니니까.

"도대체 어떻게 해야 될까."

"내가 알고 있는 거면 나도 좋겠다."

"오빠가 먼저 헤어지자고 하면 어떻게 해?"

"설마. 오빠 그런 생각 안 할 거 같은데."

"이렇게 불안한 것도 싫어. 그러니까 차라리 내가 먼저 헤어지자고 하는 게 나을 거 같아."

"헤어지면…… 괜찮겠어?"

"어떻게 괜찮아."

겨우 그친 것 같았던 희경의 울음이 다시 터졌다. 생각하는 것만으로도 이토록 힘들어하는데 실제로 헤어진다면 더욱 괴로워질 거다. 그걸 옆에서 지켜보는 다진도 가슴이 아플 거다.

다진은 희경의 푸념을 들으며 그녀가 지쳐 한숨을 몰아쉬고, 얕은 잠에 들 때까지 옆에 있었다. 그게 희경에게 도움이 되길 바라는 마음으로.

✽

난데없이 술을 마시자고 연락을 한 승태는 자신이 말한 대로 술만 마시고 있었다. 뭐라고 물을까 잠깐 고민했지만 그냥 두기로 했다. 무슨 일이든 자기 자신이 수습해야 한다는 걸 준열은 누구보다 잘 알고 있었다. 그저 얘길 들어 주고 공감을 하거나 말거나, 딱 거기까지. 해결해 줄 수는 없었다.

그렇다면 얘길 하는 시기는 말하고 싶은 사람이 그런 마음이 들었을 때 해야 했다. 그 전까진 그저 고민하고 있는 이가 혼자가 아니라는 걸 알 수 있도록 옆을 지켜 주는 것밖에 할 수 있는 일이 없었다.

승태에게 배운 거였다. 준열이 힘이 들 때 승태는 그런 식으로 버팀목이 되어 줬다. 그게 도움이 되는 이도 있고, 아닌 이도 있겠지만 준열에겐 도움이 되었다. 그리고 승태가 그런 식으로 도와준 건 본인이 힘들 때도 그런 도움을 받고 싶음이라고 생각했다.

"후우."

깊고 짙은 한숨이었다. 승태는 호탕한 성격답게 어떤 일이든 마음에 깊게 두지 않았다. 그가 이런 식으로 한숨을 내쉬는 건 처음 보는 일이었다.

준열은 말없이 승태의 빈 잔을 채웠다. 만난 지 1시간 남짓이 지났다. 마치 승태는 내내 혼자 있다가 이제 준열이 도착한 것처럼 그를 바라봤다. 꼭 '왔어?' 하고 물을 것 같은 모습이었다.

"한심하지?"

"뭐가요?"

"여자랑 싸우고 이러고 있는 거."

이제 이유를 알았는데 한심할 게 무어란 말인가.

"부럽네요."

"빈말이라도 고맙네."

진심이었는데. 오늘은 준열의 얘기가 아니라 승태의 얘기를 들으러 왔기 때문에 준열은 반박하지 않았다.

"난 결혼이 싫어."

"싫어하는 거 알고 있어요."

"내 인생엔 없는 일이야."

"그런데 왜 자꾸 다른 사람한텐 결혼하래요."

"대부분의 사람은 인생에 결혼을 한 번쯤은 해야 한다고 생각하니까. 난 그렇게 생각하는 사람한테만 얘기해. 어차피 하게 될 텐데 적극적으로 나서라는 거지. 특히 너 같은 사람은 말이야."

이번에도 할 말은 있었지만 준열은 어깨를 으쓱하는 걸로 대신했다.

"내가 내 여자친구 나이 얘기했었나?"

"어린 것만 알고 있어요."

"스물여덟. 내가 보기에 걔는 지금 한창 좋을 때야. 그렇다고 한창때 좋은 사람 만나서 연애하고 결혼하라고 할 생각은 없어. 지금까지는 자기도 어리고 결혼이 현실처럼 다가오지 않으니까 내가 결혼하고 싶어 하지 않는 걸 너그럽게 봐줄 수 있었겠지. 그런데 이젠 조금씩 현실이 보이기 시작했을 거야. 친구들 중에 결혼이 이른 친구들이 생기기 시작했으니까. 그렇게 부딪히는 거야. 나랑 연애하려면 결혼 생각하지 말라는 나랑, 진짜 자기를 사랑하긴 하냐고 묻는 그 사람이랑."

사랑의 문제는 아닐 거다. 그의 여자친구를 본 적은 없지만 승태는 나름의 최선으로 그녀를 사랑하고 있을 터였다. 같은 마음으로 만난 사람들이 여전히 같은 마음인데 어디서부터 엇갈렸을까.

"왜 선배 인생에 결혼은 없어요?"

"주위에 실패한 사람이 너무 많거든."

"저도 포함이에요?"

승태는 답하지 않았다. 아니라고 할 수 없을 테니까.

"성공한 사람은 없어요?"

"있어. 그런데 결혼의 성공이 뭐야? 죽을 때까지 같이 사는 거? 티격태격하면서 평생 계속 맞춰야 하는 거?"

"연애도 그렇지 않아요?"

"그렇지. 다만 파급이 적지. 갈라섰을 때."

"역시 제 경험에 바탕을 둔 것 같은 얘기네요."

"내 부모가 그랬어. 내 형이 그랬고, 내 이모, 고모가 이혼했어. 전부는 아니지만 다수가 그랬어. 난 결혼이 싫어. 자식을 낳는 건 더더욱 그렇고."

"선배, 지금 그 여자친구랑 평생 갈 생각이지 않아요?"

"결혼하지 않는다면."

준열도 자신이 입양아인 것 때문에 혼전순결을 고집하고 있으니, 승태가 결혼을 제대로 받아들일 수 없는 입장인 게 이해가 갔다.

"이해시키는 거 힘들겠네요."

"이런 충돌은 가끔 있었는데 이번엔 좀 컸어. 답답해지니까 언성이 높아졌고……."

승태는 다시 한 번 깊은 한숨을 내쉬었다. 그 답답함을 조금 알 것 같아서 준열도 나직하게 한숨을 내쉬었다.

"걔가 없으면 죽겠다, 뭐 이런 심정은 아니야. 그런데 없이 살고 싶지가 않아."

머리를 한 대 얻어맞은 듯한 충격이 일었다. 준열도 늘 가지고 있던 생각이다. 사람이 그렇게 목숨을 걸도록 무언가에 몰두할 수 있는가. 그건 나약한 게 아닌가. 언제든 혼자가 될 수 있는데. 그런데 지금 승태의 말을 들으니 알 것 같았다. 없다고 죽지 않는다. 하지만 없지 않길 바란다. 그건 적어도 승태와 준열 안에선 정답이었다.

이런 식의 비교가 좋은지 나쁜지는 알 수 없었다. 그런데 요즘 준열은 한은과의 일이 있었기에 더욱 다진을 대하는 게 다를 수 있다는 걸 알았다. 준열은 한은의 말대로 자신과 한은이 정말 닮아 있는 줄 알았다. 둘 다 사랑하는 법을 몰랐기에 거리를 좁힐 줄도 몰랐다. 결혼을 하면 다 되는 걸로만 알았다. 하지만 다진을 향해 흔들리는 마음을 알고 그녀가 자신에게 주는 마음을 받아 보니 한은과 다진이 얼마나 다른지 알 수 있었다.

"나한텐 선택권이 없을 거야. 무작정 내 생각을 세뇌시킬 수 없으니까. 그래도 하는 데까진 해야 후회가 덜하겠지."

후회는 얼마만큼 무얼 했느냐에 따라 오는 게 아니었다. 실패하고 좌절하면 정도와 상관없이 뒤따르는 게 후회였다. 그래도 준열은 그렇게 해 보라며 고개를 끄덕였다.

"그런데 하는 데까지라는 건, 뭘 말하는 거예요?"

"무릎 꿇고 비는 거?"

"선배가요?"

"얘기했잖아. 없이 살고 싶지 않다고."

절대 상상할 수 없는 일이었다. 결국 그도 사랑을 하고 있는 사람이었다. 목숨을 못 걸 뿐. 결혼을 할 수 없을 뿐.

"잘되길 바랄게요."

"힘이 난다."

건성으로 얘기하며 승태가 준열과 잔을 부딪쳤다. 승태의 지난 5년의 연애를 축약적으로 들었다. 그저 평범한 연애였다. 그런데 준열은 자리가 끝나고 집에 돌아갈 때, 자신이 그를 부러워하고 있다는 걸 알았다.

✻

화랑으로 들어서는 다진은 혼자였다. 준열은 다른 손님과 대화 중이어서 눈인사만 나눴다. 다진은 미소를 짓고 천천히 화랑을 둘러봤다.

그토록 보고 싶었던 준열의 그림이 수십 점 다진의 눈앞에 있었다. 그림 옆에는 그림을 그린 연도와 제목, 사용된 재료, 사이즈가 간략하게 적혀 있었다. 하지만 그런 건 별로 눈에 들어오지 않았다. 지금 다진에겐 오로지 준열의 그림만이 중요했다.

종종 미술관에 유명 화가의 작품 전시회를 관람하러 간 적이 있었다. 하지만 이렇게 세세하게 살펴본 적은 없었다. 준열의 그림은 전체적으로 살피고 자세히 하나하나 뜯어보고 다시 한 번 멀찍이서 전체를 보는 식으로 들여다봤다.

보는 것만으로도 정성과 성의가 들어간다는 걸 처음 깨달았다. 아껴서 보고 싶었다. 천천히 느릿하게 유심히 살피다가 벽 너머의 다음 공간으로 발을 디딘 다진의 걸음은 그대로 굳어 버렸다. 한쪽 벽을 단 두 개의 그림이 차지하고 있었다. 다진의 키와 비슷한 캔버스의 그림은 그 벽만 다른 세계인 것처럼 만들었다.

바른 자세로 서서 등 뒤로 햇살을 받는 여자와 연꽃 안에서 웅크리고 잠든 여자. 두 개의 그림 사이엔 단 하나의 제목 표시만이 존재했다. 〈우연히, 그녀〉 눈물이 날 것 같았다. 이 그림을 실물로 보고 싶었다. 하지만 전시회에 있을 거라곤 상상하지 못했다. 제목 표시 옆에는 빨간색의 동그랗고 작은 스티커가 붙어 있었다.

"왜 혼자 왔어요?"

등 뒤에 준열이 다가와 멈춰 섰다. 돌아보고 그가 묻는 말에 답을 해야 하는데 움직일 수가 없었다. 마음을 가다듬고 돌아보지 못한 채 물었다. 빨갛고 동그란 작은 스티커를 가리키며.

"저건 뭐예요?"

"팔렸다는 표시예요."

화들짝 놀란 다진이 동그래진 눈으로 준열을 돌아봤다. 금방이라도 울 것 같은 그 표정이 왜 준열에게 이토록 만족감을 주는지 모르지만 준열은 미소를 지었다.

"안 팔겠다는 표시이기도 하고."

잠시 숨 쉬는 것도 잊은 듯 멈춰 있던 다진이 크게 숨을 몰아쉬었다.

"안 파는 거예요?"

준열이 고개를 끄덕였다. 비로소 완전히 마음을 놓았는지 다진의
표정이 편안해졌다.

"아까 왜 혼자 왔냐고 물었죠? 희경이가 기분이 별로예요. 기분
전환하러 오자고 했는데 오히려 화랑 전체를 자기 우울한 기분으로
덮어 버릴 것 같다고 해서요. 전시회 끝나기 전에 마음 추스르고 준
열 씨 그림 보러 꼭 오겠대요."

"무슨 일인지 잘 추스르길 바란다고 해 줘요."

함께 미소 지은 뒤 다진은 다시 관람을 시작했다. 준열은 다진의
옆에서 함께했다. 그러는 중에도 화랑에 들어오는 사람들을 확인했
다. 전시회가 시작한 지 며칠이 지났고, 평일 저녁 시간인지라 화랑
엔 사람이 많지 않았다. 그래도 꾸준히 누군가가 드나들었다.

준열은 다진이 진지하게 그림을 살피는 모습을 살폈다. 블로그에
게재한 그림을 전시회에 사용하는 일은 없었다. 그래서 많이 고민했
고 결국 다진을 그린 두 점의 그림을 전시하기로 결정했다.

전시된 그림 중 가장 반응이 좋았다. 그림을 사겠다는 사람은 물
론, 전시회 관련 인터뷰를 하러 온 기자도 메인 작품을 둘 중 하나
로 기사화하겠다고 했다. 그 순간 전시를 하겠다고 결정한 게 잘못
됐다는 걸 알았다. 기자와는 논의해서 다른 작품을 메인으로 정했
고, 아무리 비싼 값을 매겨 준다고 해도 두 점의 그림은 절대 팔지
않을 거라고 의사 표명도 했다.

다진이 무슨 생각을 하며 그림을 보고 있을까 궁금했다. 누구도

그녀처럼 이렇게 관람하지 않았다. 가끔 특정 그림에 유독 오래 머무는 사람이 있었지만 다진이 보고 있는 눈과는 달랐다. 웃음이 났다. 그녀의 눈빛엔 애정이 담겨 있었다. 준열이 웃은 이유는 그녀의 눈에 애정이 담겨 있었기 때문이 아니었다. 애정이 담긴 걸 볼 수 있는 자신이 흥미로워서였다.

그녀가 쇼핑몰 사진을 집에 가서도 보지 말라고 한 이유를 알 수도 있을 것 같았다. 당시 다진의 사진을 보던 자신의 눈에도 애정이 담겼겠지. 그걸 보고 있는 건 꽤 민망하고 부끄러웠을 거다.

그림을 전부 둘러보고 난 뒤 다진은 다시 자신을 그린 두 점의 그림 앞에 섰다. 얼마나 집중하고 있는지 준열은 쉽게 말을 붙일 수도 없었다. 잠시 그녀를 혼자 두고 화랑에 들어오는 지인과 인사를 나누러 갔다.

준열은 다진을 그린 거라고 했지만 볼수록 다진은 그림 속 여자가 자신 같지 않았다. 더군다나 그의 전시회 그림 속에서 보니 더욱 이질감이 느껴졌다. 그런데 그 느낌이 좋았다. 자신이 아닌 것 같지만 그가 그린 자신이었다. 이렇게 보고 있구나. 사람들은 타인에게 자신이 어떻게 비쳐지는지 신경 쓰고 궁금해한다. 알고 싶지만 알고 싶지 않기도 하다. 특히 마음에 특별하게 담은 사람에겐 어떻게 보이고 있을까 알고 싶다.

어찌나 몰입했는지 눈도 제대로 깜빡이지 않았다. 그 바람에 눈이 뻑뻑했고 잠시 두 눈을 감았다 떴다. 그런데 불쑥 나타난 얼굴에 깜짝 놀랐다. 차마 소리도 내지 못하고 뒷걸음을 친 다진이 마른침을 삼켰다.

"오빠."

그리고 가까스로 소리를 냈다. 다진을 빤히 쳐다보고 있던 승태
가 미소를 지었다.

"놀래켜서 미안."

"진짜 놀랐어요."

커다랗게 숨을 내쉬며 다진은 양손으로 제 가슴을 꾹 눌렀다. 아
직도 심장이 거세게 뛰고 있었다.

"뭐 해?"

"그림 보고 있었죠."

"눈 감고?"

"잠깐 쉰 거예요. 오빠 무슨 일이에요?"

"그림 보러 왔지. 혼자 왔어?"

"네. 희경이는 집에 있어요. 오늘 일찍 퇴근했거든요."

"좀 어때?"

승태는 까칠해 보였다. 잠도 제대로 못 자고, 많이 고민하고 있는
것 같았다. 희경 역시 그랬다. 승태가 그렇게 희경에게 열심히 변명
하고 그녀의 마음을 돌리려 노력하는 건 처음 봤다. 희경은 화가 났
고, 앞으로 어떻게 해야 할지 모르겠다고 했지만 절대로 승태에겐
헤어지고 싶다는 말을 하지 않았다.

두 사람은 지금 각자 상처 입은 자신을 돌보는 시간을 갖고 있었
다. 함께할 수 있는 두 사람이 따로 자신의 시간을 갖는 건 이토록
각자를 힘들게 했다.

"오빠랑 비슷해요."

"밥도 잘 안 먹고?"

"대신 희경이는 술도 안 마셔요."

"그건 원래 좀 다르지. 괜찮아질 거야. 그래도 다진 씨가 옆에 있어서 다행이야."

"아시잖아요. 제가 도움이 안 된다는 거."

"나중에 괜찮아지면 다진 씨가 도움이 된 거 알게 될 거야. 미안해. 덩달아 고생하게 해서."

"왜 꼭 안 볼 것처럼 말해요?"

"아닌데? 그렇게 들렸어?"

"네."

"아니야. 안 보긴 어떻게 안 봐."

승태가 깊게 한숨을 내쉬었다. 답답함이야 승태나 희경만 하진 않겠지만 다진도 덩달아 한숨이 나올 것 같았다.

"기분 전환하러 왔어요?"

"이 전시회 하는 친구가 학교 후배야."

귓속이 멍해졌다. 승태는 다진의 놀란 눈을 못 보고 그림 쪽으로 시선을 돌렸다. 고개를 이리저리 갸웃거리며 그림을 보던 승태가 미소 짓고 다시 다진을 돌아볼 때까지 다진은 멍한 상태에서 헤어 나오지 못하고 있었다.

"왜 그래?"

바로 옆에서 하는 승태의 말이 동굴 속 울림처럼 들렸다.

"준열 씨가 오빠 학교 후배라고요?"

다진이 물은 말에 승태 역시 멍해진 것 같은 표정이었다.

"이준열을 알아?"

그 물음에 다진이 답할 틈이 없었다. 어디론가 사라졌던 준열이 나타났다. 그리고 두 사람을 번갈아 쳐다봤다. 셋의 표정은 모두 같았다. 어떻게 서로를 아냐고 묻는 그 표정.

상황을 정리하려고 나선 건 승태였다. 정리보단 먼저 나선 것뿐이긴 했지만.

"두 사람 어떻게 알아?"

"우연히요."

준열이 답했다. 그 대답이 만족스러운 건 아니지만 다진이 답했어도 그 외의 다른 답은 어려울 것 같았다.

"선배는 어떻게 아는 사인데요?"

"내 여자친구 친구야. 그런데 둘이 우연히 어떻게 알게 된 거야?"

역시 그 말로는 부족했다.

"서점 손님이에요."

다진의 답에 준열은 어깨를 으쓱했다.

"서점 손님이 점원을 전시회에 부른 거야?"

"우연히 알게 된 계기를 말한 거잖아요."

쏘아붙이는 준열의 말투는 처음이라 다진은 놀랐다. 하지만 승태도 준열도 개의치 않았다. 준열이 자신이 아닌 다른 이와는 이런 형태로 대화를 이어 가는 게 재미있었다. 물론, 가장 재밌는 건 이렇게 얽혀 있는 관계이지만.

"좁네. 좁아."

준열도 다진도 동의한다는 표시로 고개를 끄덕였다.

"희경이랑 싸우지만 않았어도 여기 오는 거 알았을 텐데."

"희경이도 준열 씨 알아요. 마트에서 우연히 본 적 있거든요."

"그런데 나한텐 아무 말도 안 했단 말이지?"

"뭐라고 말해요?"

"다진 씨가 서점 손님이랑 선을 넘었다고."

다진은 웃었고 준열은 고개를 설레설레 저었다.

"오빠도 오빠 얘기 희경이한테 잘 안 해 주잖아요. 친한 대학 후배에서 희경이 소개시켜 줬으면 마트에서 마주쳤을 때 희경이가 준열 씨 알아봤을 텐데요."

"희경이한텐 말하지 마. 지금 안 그래도 분위기 안 좋은데 이거 알면 나 진짜로 버림받아."

준열은 다진과 승태가 주거니 받거니 대화하는 걸 가만히 듣고 있었다. 누구에게나 공평하게 살갑지 못한 승태가 다진에겐 친절했다. 여자친구의 친구니까 예의를 지킨다고 생각할 수 있었지만 그건 다른 사람들이 그럴 뿐, 승태는 그런 사람은 아니었다. 하지만 준열에겐 두 사람의 대화를 막아설 명분이 없었다. 점점 못마땅해지는 제 마음 때문에 스스로만 괴로울 뿐이었다.

"얘기 안 했다가 나중에 알게 되면 저도 미움받으라고요?"

"저도? 나 지금 미움받고 있어?"

승태가 전혀 모르는 투로 묻자 다진이 웃었다. 결국 준열은 막을 수밖에 없었다. 마주 보고 있는 두 사람 사이로 불쑥 끼어들었다.

"그림 보러 온 거 아니에요?"

준열이 세운 날은 승태에게로 가서 꽂혔다. 의미심장한 미소를 지은 승태가 글쎄, 라고 나직하게 읊조렸다. 그러더니 잠깐 무슨 생각에 잠긴 듯 다진을 쳐다봤다.

"다진 씨, 그림 보고 있어. 나 얘랑 할 얘기도 있어서 왔거든."

준열은 할 얘기가 없었다. 승태가 오늘 올 줄도 몰랐다. 그가 하려는 얘기가 뭔지 궁금하지도 않았다. 하지만 어쩔 수 없이 그에게 잡혀 화랑 밖으로 나섰다.

"사귀는 거야?"

"아직은 아니에요."

"네 일 모르는 거지?"

"얘기한 적 있어요?"

승태가 낮게 한숨을 쉬고 화랑 입구를 힐끔 쳐다봤다. 그리고 목소리를 더욱 낮췄다.

"카페에서 한은이 본 적 있어."

"제대로 설명해 줘요."

"한은이가 네 연락처 알려 달라고 카페 왔을 때 다진 씨 거기 있었거든. 한은이를 알더라고. 일러스트집 봤다면서. 그냥 간략하게 설명해 줬지. 벽화 그린 놈 옛날 여자라고."

준열은 기가 막혀 허, 하고 숨을 뱉었다. 이게 무슨.

"다진 씨 쇼핑몰 모델인 거 알아? 내 여자친구랑 동업하는 거거든. 카페에서 촬영 자주 하는데 너랑 통화하는 것도 들었을 거야. 네가 한은이한테 너 결혼했다고 해 달라고 해서, 내가 애도 하나 있다고 해 주겠다고 한 거. 기억할지 못할지는 모르지만 생각이 꼬리를 물다 보면 기억해 낼 수도 있으니까."

준열은 자꾸만 벌어지려는 입을 힘을 줘서 꾹 다물었다. 그렇지 않아도 다진에게 어떤 식으로 자신의 얘기를 해 줄까 고민하던 중이었다. 그녀가 한은의 일러스트집을 보긴 했지만 과거 자신의 얘기 속 한은을 실체로 드러내진 않을 계획이었다. 지나간 일은 설명하더라도 그 일의 상대가 한은임은 말하지 않을 생각이었다. 그저 그런 일이 있었다고 알고 있는 것과 그 사람이 구체적으로 누구라고 아는 건 달랐다.

"너 내가 몇 번 소개팅하고 싶은 마음 생기면 얘기하라고 한 거 기억하지?"

지금 그게 중요한가?

"그거 다진 씨였어. 내가 몇 번이고 너랑 다진 씨 만나게 해 주려고 했는데 네가 죽어도 소개팅 싫다니까 소개 못 한 거잖아. 그런데 이미 알고 있었다니, 인연 아냐?"

말투며 표정은 그런 걸 절대 안 믿는 모습이었다. 그럼에도 승태는 너희는 그런 게 아니냐고 하고 있었다.

"선배는 아무 소리 말아요."

"안 해. 잘 얘기해 봐. 다진 씨 현명해."

"왜 그렇게 잘 안다는 투예요?"

"잘 아니까."

당연하다는 승태의 대답에 준열의 얼굴이 확 구겨졌다. 그 표정을 보며 승태는 만족스러웠다.

"내가 다진 씨 잘 아는 게 싫으냐?"

준열은 승태의 물음을 무시하고 다시 화랑으로 들어섰다. 다진은 다시 화랑을 한 바퀴 돌고 있었다. 이제 막 처음 그림을 보는 사람처럼 또 신중하게 보고 있었다. 준열이 다진을 물끄러미 보고 있는데 승태는 준열을 지나쳐 성큼성큼 다진에게로 다가갔다.

"뭘 그렇게 자세히 봐?"

"그림요."

"저녁 먹으러 가자."

저 사람 일부러 그러는 거다. 알고 있음에도 준열은 이가 갈렸다.

"여자친구 만나러 안 가요?"

또 날이 선 말투는 승태를 푹 찔렀다. 문제는 찔린 사람이 간지러워하지도 않는다는 것뿐.

"냉전 중이야."

"접근금지 처분받았어요."

다진이 생글 웃으며 승태를 놀리듯 말했다.

"그거 어감 너무 안 좋다니까."

"그래도 희경이가 그랬는걸요. 접근금지니까 1m 이내로 못 오게 막으라고. 저에게 맡긴 막중한 임무예요."

"그렇게 열심히 안 막아도 돼."

"저도 그러고 싶어요. 그러니까 얼른 화해하세요."

못마땅한 승태의 표정을 보던 준열은 두 사람이 눈치채지 못하길 바라며 다진의 옆에 섰다. 근데 그 다진의 옆이 라는 게 승태와 다진의 사이여서 절로 두 사람이 반대쪽으로 밀려나야 했다. 눈치를 못 챈 이는 없는 듯 보였다.

"그럼 셋이 저녁 먹자. 둘이 약속 있었던 건 아니지?"

"있었어요."

"뭐 어때. 다진 씨, 나 끼어도 되는 거지?"

다진은 고민하지도 않고 고개를 저었다. 그 모습에 승태도 준열
도 똑같이 놀란 모양이었다.

"희경이한테 말 못 할 일의 무게를 늘리지 말아 주셨으면 해요."

준열이 원하는 답은 아니었지만 확실하게 얘기하는 게 마음에 들
었다. 승태는 어쩔 수 없다며 화랑을 둘러보겠다고 했다. 다진에게
서 돌아서며 치사하다고 한마디 던지긴 했지만 다진은 모른 척 미
소만 지었다.

승태가 돌아가고 난 뒤 다진과 준열은 저녁을 먹기 위해 화랑 근
처에 있는 한정식집으로 왔다. 얘기는 자연스럽게 승태에 관한 걸로
시작되었다.

"생각도 못 했어요. 사실 지금도 안 믿겨요."

"나도 놀랐어요."

놀라고 안 믿기긴 했지만 그게 싫지는 않은 것 같았다. 다진은 화
랑에서 식당으로 이동하는 동안, 식사가 반 정도 진행되는 내내 웃
고 있었다.

"카페에 자주 왔어요? 어떻게 한 번도 못 봤지?"

"두어 번 가 본 게 다예요."

"승태 오빠랑 친한 거 아니에요?"

"친해요. 거기 안 간다고 안 친한 건 아니니까요."

"그런가. 아무튼 신기하네요."

인연인가 봐요. 우리 결국 어떻게든 만났을 거 같아요.

다진의 시선이 그렇게 말하고 있었다. 그 시선에 답을 해 줘야 할 것 같았다.

"거기서 촬영 자주 해요?"

"주로 해요."

"쇼핑몰 사진에도 거기서 찍은 사진 있어요?"

"못 봤어요?"

"보지 말라며."

다진이 활짝 웃었다. 저렇게 예쁘게 웃는 사람한테 자신이 혹여 상처를 주게 되진 않을까. 준열의 가슴이 서걱거렸다.

"진짜 안 봤어요?"

"보면 티 날 거라면서요."

다진이 웃는 소리가 낮게 울렸다.

"봤을 거라고 생각했어요. 하긴, 봤으면 승태 오빠 카페에서 사진 찍은 거 알겠네요. 벽화 때문에."

"그랬겠죠."

"진짜 신기하다."

"더 신기한 거 알려 줄까요?"

동그랗게 뜬 눈이 반짝거리고 있었다. 이보다 더 신기할 일이 있 겠냐는 표정이었다. 그 표정과 마주하고 있는 자신의 표정이 어떠할 까 궁금했다. 심정은 문드러지는 것 같은데 표정도 그러려나.

"그 벽화, 내가 그렸어요."

다진은 여전히 웃고 있었다. 아니, 웃은 채로 굳었다.

"벽화를 준열 씨가 그렸다고요?"

고개를 끄덕이며 준열은 다진이 뭐라고 말을 이을까 기다렸다. 무슨 말을 막고 싶은 건지 다진의 곱게 겹쳐진 양손이 그녀의 입을 가렸다.

"패러글라이딩 하는 남자!"

준열은 다진이 한은을 떠올리고 있을 줄 알았다. 그런데 패러글라이딩 하는 남자라니? 의아함을 뒤로하고 준열도 기억을 더듬었다. 그리고 단박에 알아듣지 못함이 미안해졌다. 다진 때문에 그려 넣었던 건데 한은에 관한 얘기를 하기 위한 긴장이 그의 생각을 잠시 마비시켰던 모양이다.

"맞아요."

여전히 다진의 두 손은 그녀의 입을 가리고 있었지만 그 어느 때보다 해사하고 맑은 미소는 가릴 수가 없었다. 그녀의 눈은 웃으며 휘어질 때 가장 예쁜 곡선을 그렸다.

"그 그림 보면서 준열 씨 생각했었어요. 벽화 그리기 며칠 전에 서점 다녀갔었잖아요. 책 읽다가 우는 거 들켜서 창피하기도 했고, 준열 씨가 그 책 읽는 날 보고 간 후에 벽화에 패러글라이딩 하는 남자가 있어서 괜히 생각이 나더라고요. 그랬는데 준열 씨가 그렸다니 정말……."

감격에 의해 말이 멈춘 게 아니었다. 말을 하다 보니 자연스럽게 떠오른 무엇 때문에 절로 말이 나오지 않았다.

떠오른 것은 한은의 얼굴과 승태의 목소리. 벽화를 그린 이의 옛 여자에게 벽화를 그린 이가 결혼해서 애도 하나 낳고 잘 살고 있다고 전했다. 카페에서 승태와 얘기를 하는 한은은 막무가내였다. 상대에 대한 배려는 없던 모습. 잠깐 대화를 했음에도 승태는 피곤해하며 한은이 벽화를 그린 이의 옛 여자. 바로 그 여자라고 말해 주었다.

"유한은 씨 알죠?"

준열이 담담하게 물었다. 다진의 말이 멈춤과 동시에 굳어 버린 표정으로 미루어 준열은 그녀가 드디어 벽화를 그린 이와 한은을 결부시켰다는 걸 알아챘다.

"승태 오빠가 얘기했어요? 나 유한은 씨 카페에서 본 적 있다고?"

준열은 차분하게 고개를 끄덕였다. 과거에 누군가를 만난 게 잘 못한 일은 아니었다. 다진도 이전에 사귀었던 사람이 있었다. 그런데 왜 준열은 그 이상을 가진 것처럼 비장해 보이는지 몰랐다. 다진이 놀란 건 그냥 이 모든 우연이 겹친 게 놀라워서였다. 하지만 준열은 분명 다른 무언가를 가지고 있음이 분명했다.

"차례대로 얘기할게요."

무슨 차례?

"나 4살 때 입양됐어요."

테이블 위에 올려두었던 다진의 손이 동그랗게 말려 주먹을 쥐었다. 왜 그랬는지는 모른다. 두 손을 테이블 밑으로 내리고 힘을 빼려 했지만 쉽지 않았다.

"생물학적 부모가 누군지는 모르고 길러 주신 부모님이 진짜 부모님이에요. 그런데 유한은 씨는 그걸 이해하지 못했어요. 그래서

173

결혼식장에 나타나지 않았어요."

다진의 손톱이 손바닥을 찔렀다. 찔린 손바닥은 아프지 않았다. 손바닥을 뚫을 기세로 찌르고 있는 손톱이 빠질 것처럼 아팠다.

"나, 다진 씨 좋아해요."

차례대로 자신의 일을 얘기한 것처럼 그는 담백하고 차분하게 얘기했다. 그래서 다진은 어떻게 반응해야 할지 몰랐다.

"노력하고 애쓸 생각이에요. 지금 내 얘길 듣고 다진 씨가 어떤 반응을 보이든, 앞으로 나를 대하는 태도가 어떻게 달라지든. 날 보게 할 생각이에요."

그에게 좋아한다는 말을 듣게 되는 날을 기다렸다. 생각하는 것만으로도 날아갈 듯 행복했다. 웃음이 실실 나오고 떨려서 답을 제대로 할 수 있을까 걱정했다. 세상 그 어떤 말보다 달콤하고 사랑스럽고 행복한 말일 거라고 생각했다.

하지만 실제로 들은 고백의 말은 순식간에 지나갔다. 기쁘고 행복할 틈도 없이. 방금 들은 말이 지나간 과거가 되었다. 아무 답도 하지 못하고, 어떤 표정을 지어야 할지 몰라 머뭇하는 사이에도 시간은 계속해서 흐르니까.

5

준열이 열 살, 초등학교 3학년 때였다. 무슨 일인지 외가 친척들이 모두 준열의 집에 모였다. 어른들끼리 할 얘기가 있다며 아이들은 나가서 놀라고 밖으로 내보냈다.

준열의 부모님은 두 분 다 맏이였는데 준열은 사촌들 중 가장 나이가 어렸다. 그땐 왜 그런지 몰랐다. 그저 자신의 부모님 나이가 많다고만 생각했다. 대부분 중고등학생인 사촌 형, 누나들은 사촌들 모임에 모두 오지 않았다. 그날도 부모님을 쫓아온 건, 둘째 이모네 작은누나와 막내 외삼촌네 형뿐이었다.

누나도 형도 준열을 놀이터에 두고 각자 여기저기를 어슬렁대며 돌아다녔다. 준열은 혼자서 놀고 있었는데 형, 찬영이 준열에게로 다가왔다. 사촌들 중에 가장 어려운 사람이 막내 외삼촌이었고 찬영 역시 불편했다.

"야."

찬영도 외삼촌도 준열을 부를 땐 이름이 아니라 꼭 '야' 하고 불렀다.

"나 이준열인데."

"너 원래 이준열 아니야."

뜻 모를 소리에 준열은 빤히 찬영을 쳐다봤다.

"너도 몰랐지?"

"뭘?"

"너 원래 이준열 아닌 거. 너, 너희 엄마 아빠가 주워 왔대."

"원래 애기는 다리 밑에서 주워 오는 거랬어."

그런 정도의 얘기인 줄 알았다. 준열은 찬영을 무시하고 미끄럼틀 쪽으로 가려고 몸을 틀었다. 그런데 찬영이 억세게 준열의 팔을 잡아당겼다. 그 바람에 준열은 엉덩방아를 찧었고 당황해서 어쩔 틈도 없이 찬영을 올려다봐야 했다.

"멍청아. 넌 진짜로 주워 왔다고. 너희 엄마 아빠가 진짜 너희 엄마 아빠가 아니라고. 고모부가 애기를 못 낳는 병이 있어서 자기 애를 낳을 수가 없으니까 널 주워다 키우는 거라고. 널 진짜로 낳은 사람은 네가 싫어서 널 버렸대."

도무지 알아들을 수가 없었다. 준열은 슬금슬금 엉덩이를 뒤로 빼며 도망가려 했지만 찬영은 준열을 뚫어져라 쳐다보며 그가 뒤로 물러날 때마다 한 걸음씩 다가왔다.

"너 이거 아무한테도 말하면 안 돼. 네가 이 비밀을 안 걸 고모랑 고모부가 알면 너 또 갖다 버릴걸."

준열의 심장이 쿵쾅쿵쾅 요란하게 뛰었다. 뭐라고 해야 할지도 몰랐고, 아무 소리도 나오지 않았다.

"난 우리 아빠 진짜 자식이고, 넌 주워 기르는 앤데 왜 이렇게 불공평하냐? 너 고모랑 고모부한테 진짜로 혼나거나 맞아 본 적 없지?"

찬영의 눈매가 매섭게 빛났다. 두려웠다. 머릿속이 복잡한 가운데 찬영이 자신을 어떻게 해 버릴 것만 같았다.

"난 너 싫어. 어디서 온 앤지도 모르잖아. 더럽게."

누군가가 준열의 귓속에서 망치질을 해 대는 것 같았다. 점점 그 소리가 커져서 찬영이 뭐라고 하는지 들을 수가 없었다. 찬영은 겁에 질려 자신을 보고 있는 준열을 보며 비릿하게 웃었다. 준열은 자꾸 숨이 가빠졌다.

그때, 주변을 어슬렁거리던 누나가 넘어져 있는 준열을 보고 놀라서 다가왔다.

"왜 그래? 윤찬영! 너 뭐 했어?"

"내가 뭘. 지 혼자 넘어진 거야. 바보같이."

누나는 준열을 일으켜 세워 바지에 묻은 흙을 털어 냈다. 그리고 찬영을 힘껏 흘겨봤다.

"준열아, 누나가 과자 사 줄게. 가자."

준열은 멍하니 누나의 손에 이끌려 놀이터를 빠져나왔다. 계속해서 놀이터에 있는 찬영을 돌아봤다. 찬영은 여전히 비릿하게 웃으며 멀어지는 준열에게 여유롭게 손을 흔들었다.

그 뒤로도 가끔씩 만나는 찬영의 준열을 향한 괴롭힘은 끊이지 않았다. 중학교 3학년 때, 찬영보다 키가 더 크기 전까진 덤빌 수도 없었다. 하지만 키가 작아서 대들 수 없었던 것보다 소란을 일으켰다가 자신이 그 사실을 알고 있음을 부모님이 알게 될까 두려웠다.

부모님은 한결같이 준열에게 잘해 주었다. 하지만 준열은 그 마음에 똑같이 응할 수가 없었다. 말수가 줄어들고, 웃을 수가 없고, 부모님을 똑바로 쳐다볼 수가 없었다.

부모님에게 직접 입양 사실을 들은 건 고등학교 때였다. 부모님이 얘기하기 전, 술에 잔뜩 취한 외삼촌이 무작정 집으로 쳐들어왔다. 그리고 준열을 향해 폭언을 퍼부었다.

"저딴 새끼 데려다 키우느라고! 자기 동생 사업이 망했는데 돈 몇 푼 쥐어 주는 것도 못 하겠다고 하고! 쟤 미대 갈 거라며? 그게 돈이 얼마나 드는지 알아요, 누나? 매형! 그러는 거 아닙니다."

혀가 꼬부라져 고래고래 소리 지르는 외삼촌을 준열은 한심하게 쳐다봤다. 아버지 중헌은 그에게 뭐 하는 거냐며 성을 냈고, 영이는 준열에게 듣지 말라고 울며 사정했다. 기어이 경찰에 신고를 해서 외삼촌을 집에서 내쫓은 뒤 부모님은 준열과 마주 앉았다.

"우린 한 번도 네가 남의 자식이라고 생각해 본 적 없다. 넌 혹시 그렇게 느낀 적 있었니?"

준열은 고개를 저었다. 남의 자식이라고 알고 있는데 느낌 같은 건 필요 없었다. 이미 알고 있었기 때문에 상황은 늘 그 사실을 부각시켜 주기 위한 장치일 뿐이라고 생각되게 했다. 영이가 유독 준열이 막내 외삼촌과 잘 어울리지 못하게 한 것, 가족 모임에 그만 나타나면 눈치를 보느라 애쓰는 것, 준열이 잘 때 그의 방에 들어와 그가 깨 있는지 모르고 '넌 내 아들이야, 내 아들.'이라고 버릇처럼 속삭이던 것.

이렇다 할 반항의 시기는 없었다. 늘 살갑지 못했고, 늘 가까워질 수 없었다. 이미 그렇게 쌓이는 시간들이 중헌과 영이에겐 아픔의 시간들이었을 거다.

준열에겐 항상 두 개의 마음이 공존했다. 진짜 부모도 아닌걸. 하지만 나를 이렇게 열심히 키워 주시는 분들인걸. 그 이율배반적인 마음은 언제나 준열로 하여금 부모님께 죄송한 마음을 들게 했다. 그래서 두 개의 그림을 그리려고 노력하게 되었다. 부모님께 보여 드릴 수 있는 그림은 밝고 따뜻하게. 긴장을 풀고 자신을 그대로 드러낼 수 있는 그림은 어둡고 서늘하게.

한은에게 그 모든 이야기를 하진 않았다. 그저 자신이 입양아임을 밝혔을 뿐이었다. 그런데 그녀는 준열이 입양아라는 사실을 받아들이지 못하고 떠나갔다. 부모님께 아무리 감사하고, 두 분을 존경하는 마음을 가지려고 해도 주위에선 자꾸 준열을 상처 줬다. 두 분은 아무 잘못도 없는데 마치 준열을 입양한 게 죄라도 되는 양, 준열을 괴롭게 했다.

❋

서점 계단 아래에 준열이 있었다. 그를 보고 어떤 표정을 지어야 할까 고민하며 다진은 계단을 내려왔다. 발소리를 듣고 고개를 든 준열과 눈이 마주쳤다.

 며칠 전까지만 해도 그를 생각하는 것만으로도 웃음이 났다. 그런데 지금은 그를 보고도 미소를 짓는 게 어려웠다. 서점에서 오래도록 근무했고, 쇼핑몰 촬영 때 카메라를 보고 웃진 않아도 부드러운 표정을 짓는 건 어렵지 않았다. 하지만 지금 그에겐 그런 거짓 표정조차 지을 수 없었다.

 준열에게 지난날 그와 한은의 관계에 대한 얘기를 들었을 때. 다진은 어떻게 해야 할지 몰랐다. 생각하려 애쓸수록 머릿속은 점점 더 하얗게 변해서 마비가 되었다.

 "생각할 시간을 좀…… 주세요."

 준열은 답하지 않았다. 그래서 다진은 가까스로 다시 말했다.

 "생각할 시간이 필요해요."

 "얼마나요?"

 그 기간을 누가 알 수 있겠는가.

 "그냥. 당분간."

 준열은 또 답하지 않았다. 결국 다진은 그의 답을 듣지 못하고 일어설 수밖에 없었다. 바래다주겠다는 걸 아무리 뿌리쳐도 소용이 없었다. 준열은 다른 말은 못 하는 사람처럼 바래다준다는 소리만 반복했다. 결국 그와 아무 말도 하지 않고 집까지 돌아왔다. 그리고 그를 모른 척하고 집으로 들어왔다.

 집에 들어와 멍하니 있는데 그에게서 메시지가 왔다. 먼저 메시지를 보내는 법은 별로 없던 사람인데. 그게 더욱 다진을 서글프게 했다.

[미안해요.]

딱 한마디. 너무나 그다워서 차마 뭐라 할 수도 없는 딱 한마디.

그날 이후로 3일이 지났다. 그사이 다진의 생각은 쉬지 않았다. 하지만 어떤 생각을 해도 괴로울 따름이었다. 그중 가장 괴로운 건 준열과 한은이 나란히 있는 모습을 떠올릴 때였다. 쉽게 상상이 되지도 않을뿐더러 그런 걸 억지로 생각하려 하니까 고통스러웠다.

"끝났어요?"

묻는 목소리도 표정도 예전과 다르지 않았다. 다른 건 그가 자신을 기다린 것.

"네. 지나가는 길이에요?"

답을 알고 있음에도 그렇게 물을 수밖에 없었다.

"아니. 기다렸어요."

그의 목소리로 확인을 받는다고 달라지는 건 없었다. 더욱 가슴이 아릿할 뿐.

"바래다줄게요."

저녁을 먹자거나, 차를 마시자는 것도 아니고 그저 바래다주겠다니.

"그러려고 기다렸어요?"

그럼 다른 무슨 일이 있겠냐는 듯 준열이 고개를 끄덕였다. 다진은 아무 말 없이 그와 나란히 걸었다. 봄이 왔다. 곧 여름이 올 터였다. 그런데 마음만큼은 꼭 다시 겨울이 올 것만 같았다.

신호등 빨간불 앞에 두 사람이 나란히 멈춰 섰다. 다진은 아무래도 준열에게 그냥 돌아가라고 하는 게 편할 것 같았다. 그래서 고개를 돌려 그를 쳐다봤다. 그는 이미 다진을 보고 있었다.

"왜요?"

혼자 갈게요. 지금은 준열 씨가 옆에 있는 게 더 불편해요.

소리가 되어 나오질 않았다. 엉뚱한 질문만 뱉었다.

"준열 씨는 불편하지 않아요?"

"어떤 게?"

"이렇게 아무 말도 안 하고…… 나랑 있는 거요."

"말하고 싶지 않을 때도 있는 거잖아요. 그럴 때 말 붙이는 게 더 불편하지 않겠어요?"

"말하는 것도, 말하지 않는 것도 불편해요."

"알아요."

다진의 미간이 좁아졌다. 준열은 어떤 표정도 짓지 않으려 애썼지만 드러내지 않기 위해 참는 마음이 쓰라렸다. 웃게 하고 싶은데 그런 재주가 없는 자신이 싫었다. 애초에 유머감각 같은 건 갖고 태어나질 못했다. 이럴 땐 능청스럽게 굴어 보고 싶은데 자신이 하는 짓은 그저 막무가내일 뿐이었다.

"그만 가요, 준열 씨."

결국 다진은 그 말을 하고야 말았다. 기껏 온 사람에 가라니. 말을 해 놓고도 괴로움이 터져 나올 것 같아서 아랫입술을 물었다.

"바래다주기만 하고 갈게요."

다진이 고개를 저었다. 그리고 신호가 바뀌기 무섭게 재빨리 걸음을 재촉했다. 그가 뒤에서 쫓아오는 걸 알았지만 돌아보고 가라고 떠밀 수도 없었다. 그와 보폭을 맞춰 걸을 수도 없었다.

준열은 앞서 가는 다진과 일정 거리를 떨어져 걸었다. 어깨를 움 츠리고 걸음을 재촉하는 다진의 뒤에서 성큼성큼 걸음을 내딛는 자 신. 그녀가 아파트 단지 안으로 들어서고 공동 현관에 들어가는 걸 지켜보고 난 뒤에야 준열은 커다랗게 숨을 내쉬었다. 정말 스토커라 도 된 것 같은 모양새였다.

누군가의 마음을 얻기 위해 노력을 해 본 적이 없었다. 그래서 지 금 노력하겠다는 마음은 앞서 있는데 방법은 몰랐다. 다진의 아파트 를 올려다볼 수 있는 벤치에 주저앉았다. 감기에 걸렸다던 그녀에게 죽이며 오렌지, 유자청을 사다 줬던 그날이 아주 멀고 먼 날이었던 것처럼 느껴졌다.

조금 더 다정다감하게 대해 줄걸. 그때 마음을 조금 더 쏟았더라 면 지금 그녀도 저토록 차갑기 전에 망설이진 않았을까. 그녀와 완 전히 끝난 것도 아닌데. 그렇게 생각하고 싶지 않은데. 괴로워진 것 만으로도 후회는 찾아왔다. 아무리 큰 숨을 몰아쉬어도 가슴 위로 답답한 숨은 차곡차곡 쌓여만 갔다.

집으로 들어선 다진은 희경의 인사도 무시한 채 방으로 들어가 방바닥에 털썩 주저앉았다.

"왜 그래?"

다진을 따라 방으로 들어온 희경이 그녀의 옆에 앉아 걱정스레 물었다. 파르르 떨리던 입술을 다무는 순간, 왈칵 눈물이 쏟아졌다.

"다진아."

뭐라고 해야 할까. 그에게 등을 돌리고 내내 쫓아오는 걸 알았음에도 뒤도 한 번 돌아보지 않고 빠르게 걷는 동안 숨이 막혀 답답해진 이 마음을 뭐라고 해야 할까.

방울방울 떨어지는 다진의 눈물을 보며 희경은 그녀의 등을 토닥였다.

"준열 씨 만났어?"

다진이 고개를 끄덕였다. 울음을 참아 내려 애쓰고 있었다. 안쓰러웠다. 그냥 좋아하게 된 것뿐일 텐데. 이런 식의 가슴 아픈 일을 만나게 될 줄은 상상도 못 했을 텐데.

다진에게 준열의 지난날 이야기를 듣고, 희경은 승태에게 전화를 걸었다. 할 수 있는 말도 없었다. 희경이 승태에게 따질 일은 아니었다. 그럼에도 화가 나서 그를 몰아붙였다. 둘의 좋지 않던 사이가 더 악화될지도 모른다는 생각이 없었던 건 아니지만 그래도 그에게 화를 냈다. 그는 그저 희경의 얘기를 들어 줬고, 그만의 방식으로 희경을 다독였다. 사는 게 다 그렇지, 뭐. 그 태도가 또 화를 불렀다.

'사는 게 다 그렇긴! 누가 다 그렇게 살아? 어떻게 이런 일이 있을 수가 있어! 그 사람도 그래! 그럼 애초에 다진이한테 다가오질 말았어야지!'

──그런 일이 있었다고 이준열은 평생 아무도 못 만나야 돼?

결국 승태도 버럭 하고야 말았다.

'다진인 아니지!'

희경은 다진의 친구로, 승태는 준열의 선배로 입장이 달랐다. 다진에겐 말할 수 없었다. 승태와 통화를 끝내고 가만히 생각해 보니 그의 말이 틀린 것도 아니었다. 하지만 아무리 그래도 다진에게 계속 만나 보라고 등을 떠밀 수는 없었다.

괜히 희경도 울컥하고 서러움이 치밀었다. 자신이 좋아하는 이는 결혼은 죽어도 안 하겠다는 사람이고, 가장 친한 친구인 다진이 좋아하는 이는 결혼의 시작에서 실패를 경험한 사람이라니. 희경이 다진을 부둥켜안았다. 그리고 울음을 참고 있는 다진과 다르게 엉엉 소리 내어 울었다.

✳

준열이 오랜만에 본가에 들렀는데 중헌과 영이가 보이질 않았다. 두 내외가 산책을 좋아하니 근처 공원이라도 나간 듯했다. 거실에는 준열이 고등학교 때 중헌, 영이와 함께 찍은 가족사진과 전국 고등학생 사생대회에서 금상을 받은 그림이 함께 걸려 있었다. 사진은 준열이 부모님을 통해 입양아임을 듣고 난 다음에 찍은 것이었다.

괴롭고 힘든 시간 동안 부모님은 끊임없이 준열과 대화를 나눴다. 처음엔 준열보다 더 어린 나이의 아이를 원했지만 준열을 보자마자 자신들의 자식이란 생각이 들었다고 했다. 4살. 데리고 온 준열은 잘 웃지도 않고, 말도 거의 할 줄 모르는 아이였다고 했다. 울며 떼쓰는 법도 없었고, 늘 의젓했는데 그게 가슴이 아파 더 밝게 키우고 싶었다고 했다.

초등학교에 입학하며 서서히 웃기도 하고, 조금씩 밝아지는 것 같더니 이내 다시 조용한 아이가 되었다고 했다. 찬영에게 자신이 데려다 키운 아이라는 걸 듣고 난 뒤로는 그럴 수밖에 없었다.

사정을 모르는 부모님은 비록 활기차게 말이 많은 아이로 자라진 않았지만 그래도 언제나 부모님에겐 제일 자랑스럽고, 사랑하는 아들이라고 했다. 오히려 묵묵히 아들의 자리를 지켜 주는 준열에게 고맙다고 했다.

한은이 결혼식장에 나타나지 않았던 그날, 하객들에게 일일이 사과하고 난 뒤 어안이 벙벙해 정신을 놓고 있는 영이를 부축해 집으로 돌아왔다. 중헌은 말없이 한숨만 내쉬었고 영이는 멍하니 허공만 응시할 뿐이었다. 뭐라 말할 수가 없었다.

입양 사실을 처음 알고 혼자 생각하고 싶어 부모님을 피했을 때와는 비교할 수 없는 괴로움이 밀려들었다. 친인척은 물론, 준열의 지인들에게서도 계속 연락이 왔다. 한은의 소식을 알려 주던 사람들은 아무 말이 없었고, 그녀의 가족들도 형식적인 사과와 함께 한은이 놓고 갔다는 '한 남자의 인생에 얽매이려고 살아가는 게 아니다.' 라는 메모 외에는 한은에 대한 건 일절 모른다는 답뿐이었다.

'괘씸한 녀석!'

기어이 중헌에게서 짓이기는 것 같은 말이 튀어나왔다. 영이는 눈물을 찍어 냈고 준열은 고개를 들 수가 없었다.

'네가 잘못한 거 없다. 어디 감히 내 아들을!'

'한은이가 애교 많은 성격은 아니어도, 내 손 꼭 붙들고 너랑 잘 살겠다고 했었는데…….'

영이는 말을 잇지 못했다. 결혼하겠다는 의사를 밝혔을 때 부모님은 준열에게 아직 어린데 결혼이 급할 이유가 따로 있느냐고 물었었다. 스물여덟이었다. 한은의 나이 서른한 살. 스물여섯 살부터 이어져 온 시간이 그렇게 급작스럽게 멈추게 될 줄 몰랐다. 어려서 어리석었던 게 아니었다. 다른 건 생각하지 않으려 하는 우물 안 개구리 식의 사고(思考)가 사건을 만들었다.

다음 날 새벽 5시, 한은에게서 문자 메시지가 왔다.

[단도직입적으로 말할게. 너 입양아인 거 나 아무래도 안 되겠어.]

그게 다였다. 전화를 걸었더니 이미 없는 번호라는 안내만 나왔다. 그녀의 가족들은 한은에게서 연락이 왔느냐고 오히려 준열에게 되물었다. 그렇게 한은은 어디론가 사라졌다. 차라리 준열이 싫다고 하지. 그의 다른 성격적인 무엇을 탓하지.

그녀의 돌발 행동이 충격적인 건 당연했다. 그럼에도 메시지를 보고 난 뒤 준열의 마음속에선 그게 당연한 일처럼 여겨지려 했다. 버려짐이 익숙해지려 했다. 부모에게도 받은 버림, 한 여자에게 또다시 버려진다고 뭐 그리 대단한 일이 되겠는가.

지난 3년 누구도 만나지 않은 건 의도적이었다. 이제 그만 마음을 추스르고 누구라도 만나 보라는 주위의 말이 귀에 들어오지 않았다. 무슨 마음을 어떻게 추스르라는 걸까. 애초에 사랑이라는 게 모호했다. 결혼도 아이를 낳는 것도 부모님께 평범하게 살아가는 자신을 보여 드리기 위함이었다. 미룰 수 있을 때까지 미뤄 보자 생각했다.

'널 다 이해하고, 받아 줄 수 있는 좋은 사람 만나게 될 거야.'

연신 준열의 등을 쓰다듬으며 영이가 주문을 외듯 얘기했다. 한은이 왜 식장에 나타나지 않았는지 그 이유를 말하지 않아도 두 분은 모두 알고 있다는 듯 그랬다. 준열도 그 소릴 들으며 그럴 거라고 동의했지만 알고 싶었다. 제대로 사랑하지 못하는 자신. 사랑은 받을 수 있을까.

다진의 맑은 웃음이 떠올랐다. 사랑을 주면 받을 수 있을 것 같았다. 웃게 해야겠다고 생각했다. 자신 외의 다른 남자와 너무 친근하지 않았으면 했다. 다정하고 포근하게 자신을 보는 그 시선을 고정시키고 싶었다.

현관문이 열리는 소리에 준열이 고개를 돌렸다. 현관에 놓인 준열의 신발을 보고 부모님은 그가 와 있음을 알아챘다.

"다녀오셨어요."

준열의 인사에 두 분이 웃었다.

"연락도 없이. 오래 기다렸어?"

"방금 왔어요. 어디 다녀오세요?"

"산책. 나간 김에 꽃도 좀 샀고."

중헌의 품에 프리지아가 한 다발 들려 있었다. 일주일에 한 번씩, 거실 화병의 꽃을 갈아 준다. 영이를 위해 중헌이 평생 꾸준히 해 오는 일.

"전시회 중이라 한가해?"

전시회 중간엔 일을 거의 받지 않는 준열이었다.

"네. 어제 화랑에 최 교수님 내외분 다녀가셨어요."

"응. 알아. 전시회 한다고 얘기했더니 네 그림 선물하고 싶은 데 있었다고 득달같이 달려갔더라고."

준열이 중헌에게서 꽃다발을 받아 들었다.

"근데 얼굴이 왜 이리 까칠해? 전시회가 뭐가 못마땅해?"

"제가 보기엔 똑같은데요. 뭐가 달라요?"

"눈 주위가 때꾼하네."

영이의 걱정스런 시선이 닿았다. 준열은 아무렇지도 않다고 했지만 이미 부모님의 눈길은 달라졌다. 걱정을 끼치러 온 게 아니었다. 게다가 아무리 거울을 봐도 준열이 보기엔 똑같았는데 부모님은 어떻게 눈치를 채는지 신기했다.

"무슨 일 있었어?"

"아무 일도 없어요."

결혼이 성사되지 않은 날도 준열은 괜찮다는 답으로 일관했다. 그 전에도 어떤 일에도 큰 내색을 하지 않는 아이였다. 마치 처음부터 적당히 받고, 적당히 되돌려 주는 아이처럼 그랬다. 그래서 영이에게는 더욱 아프고, 소중한 아이였다.

"그렇지 않아도 오늘 유독 네 생각이 많이 나더라. 저녁엔 네가 좋아하는 소고기 뭇국 해 먹을 참이었어."

"먹고 갈게요."

준열이 영이와 시선을 맞추고 미소를 지었다. 판교에서 마포까지 먼 거리는 아니지만 준열은 학교에서 작업하는 일이 많다는 걸 핑계로 대학 때 집을 나왔다. 부모님이 준열이 자취하는 곳을 찾는 일은 잦았지만 준열이 본가에 오는 일은 아주 가끔이었다. 그럼에도 두 분은 준열에게 무슨 일로 왔느냐고 묻는 법이 없었다.

본가에 오기 전, 서점을 찾았다. 하지만 다진은 없었다. 그래서 서점 아르바이트생을 통해 다진이 이번 주말, 마감 근무라는 걸 알아냈다. 주말에 또 다진을 만났을 때, 그녀가 준열에게 왜 왔느냐고 묻지 않았으면 했다.

※

요즘은 어딜 가나 벚꽃 나무를 심심찮게 볼 수 있었다. 벚꽃은 여전히 은은하게 봄의 소식을 가지고 찾아들었지만 다진도 희경도 벚꽃 나무 아래서 한숨을 내쉴 뿐이었다.

"이 봄에 꽃다운 처녀 둘이 너무 음침하다."

김밥을 하나 입에 넣으며 희경이 또 한숨을 내쉬었다.

그나마 다행인 건, 승태와 희경의 사이는 조금 나아졌다는 거다. 싸움의 형태가 바뀐 탓이었다. 이제 오빠의 주변 사람을 좀 봐야겠다는 희경의 발언과 개선하겠다는 승태의 의지가 절충점이 되었다. 희경은 이제 삐친 정도였고, 승태도 한시름을 놓은 상황이었다.

다진은 어떻게 해야 할지 아직 결정하지 못했다. 매번 다진의 근무시간을 어떻게 알았는지 서점을 마칠 때마다 준열이 계단 아래에 있었다. 그는 집으로 바로 올 때는 다진과 함께 걸었고, 다진이 촬영이나 다른 일 때문에 차를 가져갔을 때는 차가 사라질 때까지 그 자리에 있었다.

아무 말도 하지 않는 게 화가 나기도 했지만 그가 구구절절 변명을 하는 것도 좋진 않을 듯했다. 그에게 무슨 말이든 듣고 싶으면 다진이 물어야 했다.

"준열 씨가 나를 속인 건 아니지."

벚꽃 나무를 올려다보던 다진이 중얼거리며 혼잣말을 했다. 제대로 못 들었는지 희경이 다진을 쳐다봤다.

"뭐?"

"이런 얘기는 어느 타이밍에 해야 적절한 거야?"

"처음 서점에 왔을 때 하면…… 유한은 일러스트집 있어요? 나랑 결혼하려다가 식장에 안 나타나고 도망간 여잔데 일러스트집을 냈다고 해서 궁금해서요. 이렇게 되는 건가?"

"극장에서 만났을 때? 주문했던 유한은 일러스트집은 잘 찾아왔습니다. 결혼식장에 안 나타나고 도망간 여잔데 그림이 영 마음에 안 들더군요?"

"군호 씨 공방에서도 만났다고 했지? 아, 자꾸 우연이 겹쳐서 하는 말인데 나 결혼할 뻔했던 남잡니다. 그런데 여자가 결혼식장에 안 나타나고 도망갔어요. 유한은이라고. 알죠?"

다진과 희경이 마주 보고 피식 웃었다. 어이없고 기가 찬 웃음이었다.

"차라리 이혼남이면 얘기하긴 쉽겠다. 나 이혼했어요, 나 이혼남이에요. 그런데 이건 딱히 이혼도 아닌데 이혼처럼 느껴지게 하니까 말하는 사람도 듣는 사람도 애매해지는 것 같아."

희경의 말을 들으니 정말 애매한 것처럼 느껴졌다.

"준열 씨는 지금이 얘기해야 할 때라고 생각했을 거야."

"너한텐 그 어느 때도, 적당한 때는 아니지."

"일방적으로 상대방이 안 나타나서 할 수 없었던 결혼식인 거잖아. 화가 나기도 하겠지만 미련 같은 건 없을까? 유한은 씨는 지금 준열 씨를 만나고 싶어 하잖아. 만났을 때 다시 마음이 안 흔들린다는 보장은 어떻게 해?"

"너 같으면 결혼식장에 안 나타난 사람 또 만나고 싶겠어?"

"그거야 두 사람만 아는 거지."

"그렇긴 하지만 나라면 죽어도 절대 안 봐. 차라리 죽는 게 낫지. 생각만 해도 치 떨린다, 야. 식장에 온 하객들이며, 예물, 집, 가구 들어간 거…… 처리해야 될 게 한두 가지겠어? 근데 그 여자도 참 뻔뻔하다. 지난 3년간 코빼기도 안 보였다며 왜 이제서 준열 씨를 찾는 거야?"

이유를 무슨 수로 알 수 있겠는가. 준열에게 묻지 않았고, 한은에게 직접 물을 수도 없는 일이거늘.

"그런데 너 지금 뭘 걱정하는 거야?"

"응?"

"준열 씨가 그 여자한테 미련 있을까 걱정하는 거야?"

다진은 답하지 않고 희경을 멀거니 쳐다보기만 했다. 희경은 그런 다진의 표정을 쳐다보다가 한숨을 내쉬었다.

"지금 약자는 준열 씬데 왜 네가 약자인 것처럼 굴어? 계속 준열 씨를 보겠다는 생각인 거지?"

"이미 좋아하게 됐으니까."

"그럼 어깨 펴!"

희경이 찰싹하고 다진의 등을 때렸다. 다진이 놀라서 허리를 쭉 펴고 희경을 흘겨보았다.

"오로지 그것만 걸림돌이야? 준열 씨가 입양아인 건?"

"그게 뭐?"

오히려 다진이 되물었다. 내세울 일은 아니겠지만 숨길 일도 아니었다. 다진에겐 그것 때문에 결혼식장에 나타나지 않은 한은을 이해할 수 없었다.

다진이 개의치 않는다면 희경이 뭐라 할 수 없었다. 희경은 가만히 고개를 끄덕일 뿐이었다. 그리고 말을 이었다.

"내 일 아니라고 쉽게 말하는 거 아냐. 생각이 너무 많으면 아무것도 안 된다는 거 아니까 그러는 거야. 사귀다가 결혼 앞두고 얘기 들은 것도 아니잖아. 좋으면 그냥 만나 봐. 혹시 알아? 차승태처럼 연애는 해도 결혼은 안 하겠다고 할지. 너 지금 누구 안 만난 지도 좀 됐잖아. 결혼도 아니고 연앤데 뭐 어때."

다진이 고개를 저었다. 그런 식의 연애를 하고 싶은 게 아니었다. 벚꽃 잎이 팔랑팔랑 다진의 눈앞에서 느릿하게 떨어지고 있었다. 내민 손 위로 벚꽃 잎이 떨어지면 행운이 찾아온다고 했다. 하지만 지금 다진은 손안에 벚꽃 잎을 쥐고 싶은 게 아니었다. 연필과 붓을 많이 잡아 중지에 굳은살이 박인 준열의 손을 잡고 싶었다.

이미 마음 가득 그를 담았는데 이젠 그 어떤 생각이나 고민도 핑계가 될 수 없었다. 다른 이도 아니고 준열이니까. 그를 놓쳐선 안 된다는 마음과 머리가 다진을 재촉하고 있으니까.

"준열 씨랑은 이런 얘기 해 봤어?"

다진이 답하려고 했는데 두 사람의 앞으로 노란색 원복을 입은 유치원생이 줄지어 지나갔다. 병아리, 삐약삐약, 돼지, 꿀꿀 하는 소리를 내지르며.

"단지 내 꽃놀이가 더 여유롭고 좋을 줄 알았더니."

희경이 인상을 찌푸렸다. 그리고 다진과 시선이 마주하자 두 사람은 누가 먼저랄 것도 없이 마음껏 소리 내어 웃었다. 김밥이 먹고 싶어서 만들어 놓고는 단지로 내려왔다. 그리고 커다란 벚꽃 나무 아래에 있는 벤치에서 김밥을 먹고 있는 중이었다.

"나는 그동안 꽤 순탄하게 살았네."

웃음 끝머리에 한숨을 매달며 다진이 속삭였다. 웃어도 웃는 게 아닌 이 시간들이 지나가면 어떻게 변할까, 어서 지나갔으면 할 뿐이었다.

❄

건물 지하 주차장에 들어가 주차를 한 준열은 시간을 확인하고 차에서 내렸다. 오늘은 대학 동기 철민의 아이 돌잔치가 있는 날이었다.

한은과의 결혼이 성사되지 못한 뒤 준열은 자신과 한은을 아는 이들을 만나는 게 싫었다. 하지만 끊어 낼 수도 없었다. 싫다고 전부 피하고 도망갈 수도 없었다. 한은은 동기들 모임이나 어떤 자리에도 모습을 드러내지 않았고, 준열이 참석하는 곳에선 누구도 관련한 일을 언급하지 않았다. 시간이 지나면서 무뎌지기도 했지만 한은은 마치 없었던 사람처럼 취급되었다.

돌잔치를 전문으로 한다는 뷔페는 시장통 같았다. 가운데 홀에는 뷔페 음식이 차려져 있었고 홀 쪽으로 입구가 난 방들이 홀을 감싸고 나뉘어져 있었다. 철민의 이름으로 방을 찾은 준열이 안으로 들어섰다. 먼저 와서 자리를 차지하고 있던 대학 동기, 선후배들이 보였다. 종종 보던 이들도 있었지만 오랜만에 보는 사람들도 있었다.

"승태 선배는 아직 안 왔어?"

"오고 있대."

준열은 자리에 앉기 전 잠에 취해 칭얼대는 아이를 안고 다가온 철민과 인사를 나눴다. 인사를 나누고 나니 테이블에 앉은 사람들은 자연스럽게 술을 한 잔씩 권하고 있었다.

"한 잔 해야지."

한은과 동기인 선배 중 하나가 준열에게 잔을 건넸다.

"차 가지고 왔어요."

"대리 불러 줄게, 마셔!"

차는 핑계였다. 민경이 있었다. 한은과 동기인 선배인데 그녀와 친했던 사람이라 같이 술자리를 하고 싶지 않을 뿐이었다.

"그럼 잔만 받을게요."

그런 소리가 어디 있냐는 잔소리가 이어졌지만 준열은 대꾸 없이 술을 받았다. 그런데 준열의 옆에 앉아 있던 동기가 전화를 받더니 표정이 굳어져서 준열을 힐끔 쳐다봤다. 무언가 불쾌한 감각이 준열의 목 뒤를 슥 훑고 지나갔다.

"왜?"

전화를 끊은 동기가 준열의 물음에 모두의 눈치를 한 번 살폈다. 그러곤 조심스럽게 얘기를 꺼냈다.

"민준데, 밑에서 한은 선배 만났대. 같이 올라온다는데."

준열은 종이컵 안의 소주를 물끄러미 쳐다봤다. 준열과 같은 테이블에 앉은 이들은 순간 할 말을 잃은 듯 고요히 준열을 주시하고 있었다.

"괜찮겠어?"

술을 따라 준 선배는 대리를 불러 주겠다고 할 때와는 사뭇 다른 목소리로 물었다. 준열의 눈치를 살피느라 조심스러웠다.

한은과 만난 시간은 졸업하고 난 뒤였기 때문에 다들 두 사람이 어떤 형태로 만남을 이어 갔는지 자세히 몰랐다. 그렇기에 더욱 모두에겐 한은만이 나쁜 사람이었다. 준열도 그런 줄 알았다. 그렇게 생각했었다. 하지만 요즘은 자신도 한은도 누군가를 사랑할 줄 모르는 사람일 뿐이었다는 걸 깨달았다.

"걘 무슨 낯짝으로 여길 와?"

선배 중 한 명에게서 불만 섞인 소리가 나왔다. 준열은 '내 편'이 필요하지도 않았고, 편 가르기를 할 생각도 없었다. 하지만 그 한마디로 분위기는 극명하게 바뀌었다. 민경이 인상을 구겼다.

"한은이가 무슨 잘못을 그렇게 크게 했어?"

"그럼 안 했어?"

모두들 신경이 날카로워진 두 사람의 눈치를 봤다. 그리고 준열이 나서서 이 상황을 수습하길 바라는 것 같았다. 지금껏 이런 자리에서 민경이나 한은에게 우호적인 사람들이 불참한 건 아니었다. 하지만 누구도 한은의 얘길 꺼내지 않았기 때문에 이런 식으로 얼굴을 붉힐 일도 없었다.

"오죽했으면 그렇게 도망을 갔을까."

준열을 비난하는 투였다. 그때 한은이 들어왔고 모두의 시선이 한꺼번에 한은에게로 돌아갔다. 3년 만에 처음 보는 그녀는 달라 보였다. 당황해하는 철민은 개의치 않고 그에게 인사를 한 뒤 한은은 민경의 옆자리에 앉았다. 그리고 반쯤 넋이 나간 듯 자신을 쳐다보는 사람들을 둘러봤다.

"무슨 구경났어?"

탄성처럼 터진 헛웃음 뒤에 한숨이 새어 나왔다. 한은과 눈이 마주쳤다. 저 눈매만큼은 그녀와 사귀는 중에도 좋다고 생각한 적이 없었다.

"오랜만이네."

"반가워?"

준열의 차디찬 물음에 한은은 피식 웃었다.

"설마."

더 할 얘기도 없었지만 있었다 해도 얘기를 이어 갈 수는 없었다. 요란스레 등장한 승태가 테이블로 다가오기 전부터 큰 소리로 인사를 나누다가 한은을 본 탓이었다.

"뭐야."

"무슨 말이 그래요?"

한은이 승태를 향해 톡 쐈다.

"왜 왔어? 너 철민이랑 잘 알아?"

"축하하러 왔어요. 못 올 자리는 아닌 것 같은데 왜 이렇게 다들 나한테 날을 세워?"

한은이 모두를 한 번씩 쳐다봤다. 선배들이나 그녀의 동기들은 그나마 그녀와 마주치는 시선을 피하지 않았지만 후배들은 괜스레 다른 곳을 쳐다보거나 딴청을 피웠다.

"여기 대부분이 너 때문에 헛걸음한 사람들이거든."

승태가 설명을 해 줬다. 아무래도 그냥 둬선 안 될 것 같아 준열이 승태를 보고 고개를 저었다.

"그만해요, 선배. 오늘은 어쨌거나 다들 철민이 애기 돌 축하하러 온 거잖아요."

"이준열."

막지 말라는 듯 한은이 준열을 불렀다.

"그만해. 오랜만에 만난 사람들하고 얼굴 붉혀서 좋을 거 뭐 있어."

"너만 사람 좋은 척하지 마."

그런 척을 한 적은 없었다. 앞으로도 없을 거다. 좋은 사람이 되고 싶은 게 아닌데 그런 척을 왜 한단 말인가.

"내가 너랑 할 얘기 있어서 찾은 거 승태 선배한테 얘기 들었어, 못 들었어?"

준열은 답하지 않았다.

"왜 내가 죄인인 것처럼 대하는데? 내가 뭘 그렇게 잘못했니. 그게 꼭 나 혼자만의 잘못이었어? 내 인생의 기로에서 내가 한 선택이야."

승태는 물론 몇몇 선배들이 한은에게 할 얘기가 많다는 식으로 그녀를 매섭게 노려봤다. 하는 수 없이 준열은 자리에서 일어났다.

"일어나."

"뭐?"

"일어나. 나랑 할 얘기 있다며. 나가서 하자."

기다렸다는 듯 한은이 자리에서 일어나 먼저 밖으로 나갔다. 준열은 간단하게 인사를 나누고 철민에게도 미안함을 전했다. 모두들 걱정하는 기색이 역력했다.

한은은 엘리베이터를 기다리고 있었다. 하지만 준열은 비상계단 입구로 향했다. 무거운 철문을 열자 비상계단에 고여 있던 찬 공기가 준열을 맞이했다. 준열을 빤히 쳐다보던 한은은 어쩔 수 없다는 듯 그의 뒤를 따랐다.

"여기서 얘기하자고?"

"나랑 어디 들어가서 마주 보고 앉아 있고 싶어? 하고 싶은 얘기가 뭐야."

한은은 지독하게 추위를 많이 타는 사람이었다. 지금도 어깨를 잔뜩 움츠리고 오들오들 떨고 있었다. 추위 때문에 짜증이 났는지 인상을 찌푸린 탓에 그 눈매가 더욱 매섭게 보였다.

"나도 이제 이런 자리나 모임 다 나갈 거야."

"그런데."

"그러니까 너랑 남은 앙금 풀어야겠어."

앙금? 한은이 이렇게 재밌는 사람인 줄 몰랐다. 오늘 벌써 준열을 몇 번째 웃기는 건지.

"일단 미안해."

일단. 준열이 고개를 끄덕였다.

"내 선택이 틀렸다고 생각하진 않아. 그래도 말도 안 하고 그렇게 사라진 건 예의가 아니었어."

예의. 쓴웃음이 났다.

"이제 너도 사과해."

그게 끝? 한은의 얘길 듣던 준열이 한은을 쳐다봤다. 그녀는 자신은 할 도리를 다 했다는 듯 당당했다.

분명 준열이 잘못한 것도 있었다. 그녀에게 있어서 무책임했었다. 당시엔 그런 걸 돌아볼 수가 없었지만 어느덧 3년이라는 시간이 흘렀다. 그사이 그저 멍하니 시간만 흘려보낸 게 아니었다. 나이를 먹었고, 더 넓은 시야를 갖게 되었다.

예전엔 나이를 먹으며 점차 체념하고 순수함을 잃어 가는 것들이 속상한 일인 줄만 알았다. 하지만 이젠 나이를 먹는 게 순수함을 잃는 속상함만 있는 게 아니라는 걸 알았다. 어른스러워지고 성숙해져 나잇값이라는 걸 해야 했다. 오히려 나이는 먹었지만 그 나잇값을 하지 못하는 게 더욱 수치스러워야 할 일이라는 걸 알았다.

"그럼, 미안해."

이러면 다 끝나는 건가. 허무함이 밀려오는데 한은의 표정이 일그러졌다.

"왜 그렇게 성의가 없어? 너 단 한 번이라도 날 이해해 보려고 애쓴 적 있어?"

"서로 마찬가지였잖아."

"나는 노력했어! 결혼하자는 소리도 결국 내가 먼저 했잖아."

순간 말문이 막혔다. 그게 노력인 줄 몰랐다. 그게 어째서 노력이었을까.

"네 얘기 듣고도 나는 너랑 결혼하겠다고 했잖아. 내 입장에서 그게 얼마나 큰 용기고, 고민이었는지 알아?"

"내 얘기?"

"입양."

"그게 그렇게 걸림돌이 될 일이야?"

묻는 준열의 심장이 거세게 동요하기 시작했다. 상처였다. 하지만 상처인 것처럼 보이지 않으려고 애썼다. 그럼에도 한은은 어째서 매번 그 상처를 더욱 파헤치는 걸까.

"아무렇지도 않을 일은 아니잖아. 내가 결혼식장에 안 나타나고 한 달 만에 우리 집에 전화했을 때 무슨 얘길 들었는지 알아? '괜찮아, 예술가는 그래도 돼. 좀 괴짜 같아도 괜찮아.' 식장에 나타나지 않고 한 달이나 소식이 없던 날 걱정하는 위로가 아니라, 진심이었어. 예술가 집안에 그런 괴짜 녀석 하나쯤은 필요하다는 식. 친부모도 그런 마당에 왜 내가 친부모도 아닌 네 부모님께 잘해야 해?"

숨을 삼킬 수도 말을 할 수도 없었다. 준열은 그대로 굳어 버렸다.

"네 입양 얘기 듣고 나는 네가 부모님에 대한 애정이 없을 줄 알았어. 그래서 결혼까지 결심한 거고. 그런데 넌 너보다 너희 부모님이 우선이더라. 왜?"

그게 자식 된 도리니까. 네 말대로 친자식인 너를 그렇게 대하는 너희 부모, 친자식을 버린 내 부모와 다르게 날 거둬서 키워 주신 분들이니까.

그 모든 말이 소리가 되어 나오진 않았다.

"내가 그 정도 양보했으면 너도 양보를 해야지! 내가 내 그림 징그러워하고 싫어하는 거 알잖아. 흉측하고 보기 싫어도 난 그렇게밖에 못 그려! 내가 그런 걸로 머리 쥐어뜯을 때마다 너는 네 그림을 그렸어. 나보다 더 나락에 빠진 것처럼 보이다가도 필요할 때면 전혀 다른 스타일로 그렸잖아. 그래서 나는 네가 나를 그 구렁텅이에서 빼 줄 줄 알았는데 아니었잖아! 너도 결국 내 가족이랑 똑같아! 그렇게 방치할 거였으면 시작도 하지 말았어야지!"

입양아인 걸 확인하고 난 뒤부터 마음의 소용돌이는 멈출 줄을 몰랐다. 매일같이 태풍이 몰아쳤고, 갈가리 찢긴 마음이 너덜너덜해졌다. 그러다가 자신이 그림에 소질이 있음을 알게 되었다. 그래서 무작정 그림에 빠져 죽어라고 연습했다.

혹여 자신이 상처받진 않았을까 걱정하는 부모님에게 그림만이라도 밝게 보여 드리자. 남들에게 내가 친부모에게 버려진 놈이라 삐딱한 그림을 그리는구나, 라는 생각을 못 하게 하자. 상처받은 마음을 그림으로 뒤덮어 버리자.

지독하게 싫었다. 자신을 숨기려는 스스로가 미웠다. 매일 고뇌했다. 지금도 고뇌한다. 나는 무엇이 되고 싶은 걸까. 무엇 때문에 이렇게 필사적으로 살고 있는 걸까.

머릿속이 하얗게 질렸다. 이 다람쥐 쳇바퀴 도는 것처럼 반복되는 대화는 언제 끝날까. 당시에도 한은과 이런 대화를 해 본 적은 없었다. 그런데 3년이나 지난 지금 왜 이 모든 걸 하나하나 따져 잘 잘못을 가려야 하는지 이해할 수가 없었다.

"제대로 사과해."

"못 하겠어."

"뭐?"

"할까 생각도 했는데 못 하겠어. 결국 나나 선배나 똑같이 서로에 대한 배려도 관심도 없었어. 그런데 왜 나만 사과를 해야 해?"

"얘기했잖아. 나는 노력했다고. 그리고 사과도 했고."

"선배는 결혼식장에 나타나지 않은 거에 대한 사과를 한 거지. 근본적인 사과는 아니잖아. 그런데 왜 나한테는 근본적인 걸 강요하는 거야. 어차피 그런 마음이라면 형식적인 건 필요 없지 않아?"

"내 사과가 형식적이었다는 거야? 그럼 너도 형식적으로나마 해! 입양에 대한 거랑……!"

"자꾸 내가 입양아인 게 마치 무슨 잘못인 양 얘기하는데 그만해. 내가 속였어? 그걸로 무슨 사기를 치기라도 했어? 그게 왜 잘못인데! 나한테 정말 사과를 받고 싶으면 내가 잘못한 걸 따져. 내 부모님 들먹이지 말고."

"넌 지금도 네 부모님 편을 들고 있잖아."

"당연한 거야. 잘 키워 주셨는데 남한테 베풀고 남을 품어 줄 수 없는 사람으로 자란 내가 잘못이니까. 그분들은 아무 잘못 없어."

한은의 두 눈이 가늘어졌다. 날카롭게 빛날 때보다 더욱 대하기 어려운 눈매가 되었다.

"앞으로 이런 자리 나오겠다고 했지. 나와. 대신 다시는 나한테 이런 식으로 굴지 마."

내내 한 치의 흔들림도 없이 눈을 마주치고 있던 한은이 움찔하는 게 보일 정도였다. 더 이상은 참고만 있을 수가 없었다. 지난 일에 대한 화를 낼 기력도 없게 만들어 놓고 새삼 다른 화를 돋아나게 하고 있었다. 혹여 준열의 어떤 면이 그의 부모님을 욕보이게 할 정도였나 걱정이 되었다.

비상계단의 철문을 열고 건물 안으로 들어서자 따뜻한 공기가 뜨겁게 밀려왔다. 엘리베이터 버튼을 누르고 기다리는 사이 한은도 건물 안으로 들어왔다. 그리고 준열을 모른 척 지나쳐 돌잔치를 하는 홀 안으로 들어갔다.

한은과 교제를 시작하고 1년이 지났을 즈음 준열은 한 번도, 어디에도 얘기한 적 없는 자신의 얘기를 한은에게 들려줬다. 4살 때 입양되어 지금까지 친자식처럼 키워 주신 부모님에 대해 감사하는 마음, 평생 잘 살면서 갚고 싶은 마음.

처음 얘기를 들었을 때 한은은 준열을 이상하다는 식의 시선으로 봤다. 친부모도 아닌 사람들과의 유대 관계도 이해하지 못했고, 그 일 때문에 준열이 지금 부모님의 눈치를 보느라 진짜 그리고 싶은 그림을 못 그리고 산다고 생각했다.

하지만 그 뒤로는 딱히 그 일을 언급하지 않았고, 그 묵언이 준열로 하여금 그녀가 이해를 했다고 생각하게 했다. 그래서 그녀가 식장에 나타나지 않은 게 더욱 괘씸하고 화가 났다.

그런데 이제 알 것 같았다. 준열과 한은은 서로 대화를 한 번 한적도 없으면서 말하지 않으면 그게 이해된 거라고 각자 생각한 거다. 지금 생각하면 도대체 그런 시간을 어떻게 지냈을까 싶을 정도로 터무니없었다. 하지만 당시엔 그랬다. 그렇게 흘려보냈다.

멍하니 생각에 잠겨 있는데 엘리베이터 문이 열렸다. 내리는 사람들을 피해 비켜설 생각도 못 하고 그대로 서 있었다. 엘리베이터에서 내리는 사람들은 인상을 찌푸리고 준열의 어깨를 부딪치며 지나갔다. 사람들이 전부 내리고 난 뒤 엘리베이터에 올랐다. 층수 버튼을 누르지도 못하고 서 있는데 승태가 엘리베이터 안으로 뛰어들어오듯 다급히 들어왔다.

"닫히는 줄 알았네."

승태는 묻지도 않고 지하 1층 버튼을 눌렀다.

"괜찮나?"

"네."

"속일 사람을 속여라. 한잔하러 가자."

준열은 대구하지 않았다. 지금은 아무것도 하고 싶지 않았다. 그저 이대로 사라지고 싶을 뿐이었다.

"사람 입장이라는 게 참 그렇더라. 너랑 유한은 나가고 민경이랑 한은이 친구들 팻대 엄청 세웠어. 네가 잘했으면 유한은이 그런 결정 했겠냐고. 뭘 잘못했는지 모르더만."

알아도 얘기할 수 없을 거다. 자신의 잘못을 인정하면 진짜 죄인이 되는 걸 테니까. 문득 그런 자존심이 뭐 그리 대단한 건가 싶어졌다.

지하 주차장에 다다라서야 준열은 정신이 조금 났다. 지금 승태와 술을 마시고 얘길 해 봐야 다람쥐 쳇바퀴를 돌 게 분명했다. 그런 시간은 더 이상 필요 없었다.

"그냥 갈게요."

"왜? 너 지금 그 상태로 운전은 어떻게 하려고."

"괜찮아요."

"뭐가 괜찮은데?"

준열은 뭐가 괜찮은지 답하지 않았다. 승태는 지친 기색이 만연한 그의 눈빛이 안쓰러웠다. 할 수 있는 거라곤 같이 술을 마시고 한숨을 내쉬는 것뿐이겠지만 그렇게나마 힘이 되어 주고 싶었다.

"네가 가끔 망각하는 것 같아서 하는 얘긴데, 네가 너 스스로를 중요하게 생각하지 않으면 누구도 널 중요하게 생각 안 해. 정신 차려. 사람은 누구나 이기적이야. 내가 내 여자친구랑 그렇게 싸우면서도 결혼 안 하겠다는 의견을 굽히지 않는 것도 그렇고, 유한은이 저런 식으로 뻔뻔하게 굴 수 있는 것도 다 이기적이고 자기 자신을 우선으로 생각하니까 그럴 수 있는 거야."

준열도 딱히 남을 먼저 생각하며 살진 않았다. 자신이 중요하지도 않았지만 남도 중요하지 않았다.

"피해를 입은 사람은 억울하고 울화가 치밀 일이지만 정작 피해를 준 사람은 그 정도를 몰라. 고생하는 건 피해를 당한 사람이야. 피해를 준 사람은 미안한 줄도 모르는데 왜 너만 끙끙 앓아."

끙끙 앓는다, 라. 준열은 피식 웃었다.

"가 볼게요."

"정말 그냥 갈 거야?"

"고마워요."

낮게 잠긴 준열의 목소리가 걱정스러웠다. 하지만 저렇게 고집을 피우고 있는데 승태도 같이 고집을 피워 봐야 언성만 높아질 터였다.

"연락해라. 언제든."

조금 전엔 형식적으로 고맙다고 인사했을 뿐이었다. 그런데 언제든, 이라고 붙인 그의 말만큼은 정말 고마웠다.

"다음에 봐요."

인사를 남기고 준열은 주차장을 빠져나왔다. 다진의 웃는 얼굴이 보고 싶었다. 하지만 오늘도 그녀는 웃지 않을 거라고 생각하니 관자놀이가 지끈거렸다.

서점 근무를 마치기 전부터 다진은 초조했다. 무슨 일인지 승태에게서 메시지가 왔다.

[다진 씨, 이런 얘기 미안한데 오늘 준열이가 안 좋은 일이 있었어. 위로 좀 해 주면 안 될까?]

[무슨 일인데요?]

[얘기는 준열이한테 들었으면 하는데. 지금은 누구도 힘이 안 될 것 같거든. 그래도 다진 씨라면 괜찮을 것 같아서.]

답을 할 수가 없었다. 무슨 일이 있었던 걸까. 이럴 때 준열에게 힘이 될 수 있는 사람이 자신이라는 얘기를 듣고 마냥 기뻐할 수만은 없는 게 고통스러웠다. 좋다, 싫다. 딱 두 개로만 나눌 수 있는 마음이라면 훨씬 편하고 좋을 텐데.

마감을 마치기 무섭게 서점을 나왔다. 그런데 준열이 계단 아래에 있었다. 안 좋은 일이 있었다던 승태의 말처럼 그의 표정이 좋지 못했다. 다진을 보는 눈도 서걱거렸다. 말없이 걸음을 뗄 뿐이었다.

"무슨 일 있었어요?"

결국 다진이 어렵게 물었다. 다진을 보고 고개를 저었지만 그의 표정은 여전했다. 아무것도 없는 무감함이 아니었다. 무언가를 숨기고 싶은 무감함. 그러더니 처음 서점에 왔을 때처럼 건조하게 그가 말했다.

"미안해요. 힘들게 해서."

그의 미안하다는 말은 유독 가슴을 무겁게 짓눌렀다. 그 아릿함 때문에 코끝이 시큰거렸다. 왜 이렇게 아프고 힘들어졌을까 생각하면서도 그를 원망할 수가 없었다.

"나 보는 거 불편해요?"

그렇다고 하면 안 보려고요? 노력하고 애쓴다면서요. 이제 그만 포기하려는 거예요?

"나도 다진 씨가 날 보고 아무 말도 안 하고 웃지 않는 거, 불편해요. 그래도 안 보는 것보단 보면서 불편한 게 나아요. 그래서 오는 거예요."

그의 말이 너무나 애잔했다. 지금껏 다진이 본 준열은 어떤 말도 쉽게 하는 사람이 아니었다. 그래서 그의 말에는 무게감이 있었다. 말을 뱉고 그 말에 담긴 무게를 짊어지고 책임지는 사람이었다. 그의 말은 항상 담담했고, 크게 감정이 서리지 않았다. 그런데 지금 그의 말은 애잔했다. 유약하고 애처로웠다.

"결혼이 무산된 거. 나한테 있었던 일이에요. 그렇지만 나한테 있었던 일의 전부는 아니에요."

알고 있어요. 그래서 괴롭고 힘든 거예요. 그런 일을 겪은 당신에게, 그런 일이 일어난 당신을 좋아하는 나에게, 애달픈 마음이 들어서 그래요.

"오늘 대학 동기 애, 돌잔치가 있었어요. 거기 유한은 씨가 왔어요. 잠깐 얘기를 좀 했어요. 지난 일을 사과하려고 하나, 싶었는데 나한테도 사과를 강요하더라고요. 나도 잘못한 게 있으니까 사과하는 게 어렵진 않았어요. 그런데 나한테 원하는 사과가 내가 잘못한 것에 대한 게 아니더라고요."

준열이 한숨을 내쉬며 피식 웃었다. 허무하고 기가 막히고, 허탈함이 느껴지는 웃음이었다. 그 웃음이 다진의 가슴을 아릿하게 했다.

"내 부모님이 나를 입양한 건 누군가에게 잘못했다거나 미안하다는 소릴 해야 하는 일이 아니잖아요. 그런데 자꾸 사과를 강요해서 결국 사과를 하지도, 받지도 못했어요. 미안하다는 말이 뭐 그렇게 중요한가 싶어지더라고요. 하지만 다진 씨한테는 계속 미안한 마음이에요. 다진 씨한테 미안한 마음을 가진 것 자체가 다진 씨 덕이고요."

이해할 수가 없었다. 내 덕에 나한테 미안해졌다니.

"내가 유한은 씨를 만나면서 잘못한 일은 유한은 씨한테 진심으로 마음을 주지 못했다는 거예요. 유한은 씨 역시 나한테 그런 마음을 준 건 아니었고, 둘 다 사랑하는 법을 몰라서 그렇게 된 거죠. 그동안 나는 아무 잘못도 없다고 생각했는데 지금 다진 씨를 알고,

마음을 받고 베푸는 게 어떤 건지 알게 되니까 미안한 마음도 뭔지 알겠더라고요. 오늘 이런 생각들을 계속 하다 보니까 지금은 꼭 그 일이 나한테 있었던 전부의 일처럼 느껴져요. 게다가 그 일로 다진 씨가 이렇게 힘들어하니까, 더욱."

"그렇다고 아무렇지도 않을 수는 없잖아요."

"그러니까. 나한테 힘든 티를 좀 내 줘요. 나 때문에 힘든 거잖아요. 당신이 뭔데 나를 이렇게 힘들게 하냐고 소리쳐도 되니까. 내가 지금 다진 씨가 얼마나 힘들고 괴로운지 알게 해 달라고요."

"내가 얘기하지 않아도 준열 씨 알잖아요. 그리고 준열 씨도 지금 힘들잖아요."

"각자 하지 말자는 거예요. 힘들어도 같이 힘들자는 거예요."

눈물이 날 것 같아 눈에 바짝 힘을 주고 아랫입술을 잘근 물었다. 그런데 준열의 손이 다진의 볼을 살짝 스쳤다.

"울고 싶으면 내 앞에서 울고."

절대 울지 않을 거다. 다진이 고개를 저었다.

"유한은 씨가 일방적으로 식장에 나타나지 않은 건 맞아요. 하지만 앞서 말했듯이 그렇게 만든 건 나였는지도 몰라요. 두 사람이 만나다가 이별하는 일에 절대적으로 한쪽이 모두 잘못됐다는 건 없다고 생각해요. 난 두 번 실수하고 싶지 않아요. 게다가 지금 내가 보고 있는 사람, 다진 씨잖아요. 그러니까 더욱 실수하고 싶지 않아요."

아무리 참으려 애써도 눈물은 차올랐다. 그의 말의 무게가 흔들리던 마음에 추가 되었다. 여간해선 움직일 수 없도록 묵직하게 마음을 눌렀다.

"힘들······어요. 모르겠어요. 어떻게 해야 할지 모르겠어서······
더 힘들어요."

울음과 함께 터진 다진의 말들이 준열의 가슴에 쌓였다. 다진이
아무리 흐르는 눈물을 닦아 내도 소용이 없었다. 어깨를 들썩이며
서글픈 흐느낌을 내뱉으며 울었다.

준열은 말없이 다진의 어깨를 잡아 자신의 품 안으로 당겼다. 속
상함, 괴로움을 모두 이 울음과 함께 토해 냈으면 했다. 그리고 차
마 그녀에게 할 수 없는 그 말. 자신도 모르게 마음속 수면 위로 불
쑥 떠오른 그 말. 지금껏 이토록 간절하게 빌어 본 적 없는 그 말을
가슴으로 다진에게 전했다.

다진 씨는 나를 버리지 말아요.

*

촬영 때 카메라는 쳐다보지 않는다. 시선을 내리뜨거나 다른 곳
을 쳐다보지만 신경은 늘 카메라가 있는 쪽에 쏠려 있었다. 렌즈를
쳐다보지 않을 뿐, 완전하게 고개가 돌아가선 안 된다. 자신이 움직
이는 대로 기찬이 움직이기도 하지만 반면에 기찬이 움직이는 대로
다진이 움직이기도 해야 했다. 그런데 지금 다진은 넋이 나갔다. 기
찬의 뒤로 느긋하게 다가오고 있는 승태를 발견한 탓이었다.

"다진 씨, 왜?"

결국 기찬이 카메라를 내리고 뒤를 돌아봤다. 승태를 확인하더니

씩 미소를 짓고 진연과 쪼그리고 앉아 자신의 카메라로 찍은 사진을 보고 있는 희경을 쳐다봤다.

"사장님."

기찬의 부름에 희경이 고개를 들었다. 그리고 어느덧 기찬의 옆까지 다가온 승태를 보고 놀란 표정을 지었다. 승태는 절대로 촬영을 방해하는 법이 없었다.

"뭐야?"

가까이 다가오는 승태를 빤히 올려다보며 희경이 물었다. 알면서도 묻는 희경이 귀여워서 다진은 낮게 웃었다. 오늘은 희경의 생일이었다. 촬영이 끝나면 희경이 승태를 만나러 갈 줄은 알았다. 사귄 날짜도 잘 모르고, 평소 몇 주년이니 하는 이벤트는 없기에 그는 희경의 생일만큼은 잘 챙겨 줬다. 게다가 얼마 전까지 냉담했기에 이번 생일은 더욱 특별할 거라고 생각했다.

"촬영 잘 하고 있나 검사하러 왔지."

"너무 티 난다."

승태는 희경의 말은 무시하고 다진과 기찬, 진연을 번갈아 쳐다봤다.

"열심히 일하는 중에 다들 미안."

"괜찮습니다. 대신 저희도 오늘 일찍 마치는 건가요, 사장님?"

기찬의 장난 섞인 물음에 희경은 웃음을 꾹 참고 승태를 노려봤다.

"내 기강이 해이해지니까 직원들이 저렇게 기어오르잖아!"

"1년에 하룬데 봐줘."

승태가 기찬을 보고 엄지를 치켜세우며 얘기했다.

"지금 핏(fit)까진 제대로 마무리해."

"여부가 있겠습니까!"

경례를 하듯 쫙 편 손을 눈썹 끝에 가져다 댄 기찬이 기운차게 답했다.

"좋은 하루 되세요."

다진이 생글 웃으며 승태를 향해 파이팅의 의미로 두 주먹을 불끈 쥐어 보였다. 함께 미소를 짓던 승태가 무언가 생각이 난 듯 다진에게 물었다.

"촬영 일찍 끝나면 뭐할 거야?"

"글쎄요. 그냥……."

말끝을 흐린 다진은 그저 미소를 지어 보였다. 그냥, 다음에 나올 말이 뭐였는지 궁금하다는 모두의 눈빛을 모른 척해야 했다.

희경과 승태가 함께 가고 난 뒤 다진은 기찬, 진연과 함께 촬영을 마쳤다. 같이 맛있는 걸 먹으러 가자는 진연의 보챔에 다진은 미안하다며 다음을 기약했다. 그리고 홀로 차에 앉아 휴대폰을 만지작거렸다.

[오늘 뭐 해요?]

그의 품 안에서 울고 난 뒤, 다진은 준열에게 이틀의 시간을 부탁했다. 왜 이틀을 부탁했는지 모르지만 그 후엔 꼭 답을 하겠노라 약속했다. 그리고 삼 일째 되는 오늘 아침 그에게 메시지가 온 거다.

[촬영이 있어요.]

촬영은 금방 끝날 터였다. 주말인 데다가 희경의 생일이라 아침 일찍 움직였다. 그런데도 그에게 일찍 끝날 거라고 말하진 않았다.

[일찍 마치면 연락 줘요.]

지난 이틀. 다진은 생각을 정리했다. 이미 마음은 그를 좋아하고 있었다. 온종일 그의 생각만으로 여유가 없어진 시간이 얼만지 몰랐다.

이틀 전, 서걱거리는 눈과 건조한 음성으로 다시 한 번 한은에게 상처받고 온 그를 제대로 어루만져 주지 못하는 마음이 얼마나 아프고 괴로웠는지 모른다. 다른 이에게 받아 오는 상처마저도 모두 품고 안아 주고 싶었다. 지금 바로 코앞까지 다가온 그를, 손을 뻗으면 마주 잡을 수 있는 그 손을, 안기면 뜨겁게 품어 줄 그 품을 뿌리칠 수가 없었다.

다진은 휴대폰으로 지금 가고 싶은 곳의 주소를 검색했다. 내비게이션에 경로를 검색해 놓고 바로 준열에게 전화를 걸었다. 이제 막 11시를 넘어선 시각.

—여보세요?

"저예요."

—벌써 촬영 끝났어요?

"네. 뭐 하고 있었어요?"

—책도 보고, 그림도 그리고. 어디예요?

"준열 씨."

—네?

"스무고개 뭔지 알죠?"

―질문 스무 개 해서 생각하고 있는 게 뭔지 맞히는 거요?

"네. 우리 그거 할래요?"

바로 답이 들리지 않았다. 다진이 무슨 생각으로 이러는지 고민하는 것 같았다.

―좋아요. 생각했어요?

"네."

―하나. 먹는 거예요?

"아니요."

―둘. 특정한 장소예요?

"네."

―셋. 이떻게 갈 거예요?

"차로 직접 운전해서 갈 거예요."

―넷. 누구랑 가요?

"혼자요."

―다섯. 얼마나 있다 올 거예요?

"오늘 올 거예요."

―여섯. 바다예요, 산이예요?

"바다는 아니고 산도 아니지만, 산에 가까워요."

―일곱. 즉흥적으로 가는 거예요, 계획적으로 가는 거예요?

"즉흥적이에요."

―여덟. 가 본 적이 있는 데예요?

"가 본 적은 없어요."

―아홉. 가는 목적은?

"느긋하게 걷고 싶어서요."

—열. 어느 시에 속해 있어요?

"경기도요."

—열하나. 유명한 곳이에요?

"아마도…… 그럴 거예요."

—열둘. 다진 씨, 지금 어디 있어요?

"서울 북촌이요."

—열셋. 거기서 목적지까지 소요 시간은요?

"내비게이션에 1시간 30분 예상 시간 나와 있어요."

—열넷. 어느 고속도로 이용해요?

"춘천 고속도로요."

—열다섯. 수목원이에요?

코끝이 찡했다.

"네."

—열여섯. 국립이에요?

"아니에요."

—열일곱. 가평이에요?

목이 메어 선뜻 답이 나오질 않았다.

"네."

—열여덟. 내가 갈 때까지 기다릴 거예요?

아랫입술을 잘근 문 채로 다진은 고개를 끄덕였다.

—열아홉. 이따 봐요. 스물. 꼭 갈게요.

답도 하지 못하고 다진은 전화를 끊었다. 그리고 눈물이 차오르는 걸 참아 냈다. 부디 그가 다진이 생각한 그곳으로 향하기를 바랐다. 간절히. 온 마음을 다해. 그를 만나고 싶었다.

수목원은 봄꽃 축제가 한창이었다. 다진이 생각했던 것보다 훨씬 많은 사람들이 있었다. 준열이 도착하면 전화를 할 테지만 수목원 안으로 깊숙이 들어갈 수가 없었다. 다진과 비슷하게 출발했을 테니 그가 곧바로 온다면 곧 도착을 해야 했다.

그가 좀 늦더라도, 설령 다른 곳으로 가서 이곳에 오지 못한다 하더라도 실망하지 않기로 했다. 주문을 외우듯 계속해서 마음속으로 읊조렸다. 하지만 그럴수록 그가 왔으면 하는 마음은 더욱 간절해졌다.

사방에 만발한 꽃보다 감감무소식인 휴대폰만 들여다봤다. 가평에 수목원이 이곳 한 곳만 있는 것도 아니었다. 가평에 있는 수목원이라는 것만 알아낸 걸로도 그는 충분히 다진의 마음을 알아줬다. 이따 보자고, 꼭 오겠다는 말을 해 줬다. 그 말이 어찌나 가슴을 아릿하게 했는지 모른다. 그의 말의 무게를 알기에 더더욱 설레고, 더더욱 가슴이 아팠다.

뚫어져라 어두컴컴한 휴대폰 액정만을 쳐다보던 다진이 고개를 들었다. 그리고 자신의 앞에 올곧게 서 있는 그를 하염없이 바라봤다. 그 어느 때보다 가까이 서 있음에도 제일 멀리 있는 것처럼 느껴졌다. 그래서 손을 뻗을 수밖에 없었다. 손에 닿는 거리임을 감촉으로 알아야 했다. 다진이 뻗은 손끝이 준열의 손등에 닿고, 손바닥이 손등을 스치고, 그의 손을 잡았다.

"내가 히스테리 부리면 어떻게 해요?"

"내 과거에 대해서?"

처음 서점에 그가 한은의 일러스트집을 구하러 왔을 때, 그의 목소리는 낮고 건조했다. 지금도 낮은 음성은 여전했지만 부드러워졌다. 다진을 보고 있는 시선만큼이나.

"그런 기분이 들 땐 그래도 돼요."

"아직도 힘들어요?"

준열이 고개를 저었다.

"지금 내가 힘든 건, 다진 씨한테 어떻게 하는 게 최선인지 정답을 모르는 것 때문이에요."

"이제 그 사람…… 안 만날 거죠?"

옅게 미소 짓고 있던 준열의 얼굴이 굳었다. 결연한 의지 같은 게 보이는 표정이었다.

"절대로."

그의 말에 무게가 있는 게 이토록 듬직할 줄 몰랐다. 굳게 믿을 수 있도록 무게를 실어 줬다.

"나 준열 씨가 좋아요."

준열이 한 발짝 앞으로 내딛자 두 사람의 몸이 자연스럽게 닿았다. 다진에게 잡혀 있는 손은 그대로 둔 채 반대편 손을 그녀의 허리에 감았다. 그리고 다진의 이마에 살포시 입술을 댔다.

"고마워요."

금방 떨어진 입술과 몸이지만 다진은 그대로 굳었다. 마음을 먹은 이상 물러서지 않을 생각이었다. 잡고 싶었던 손을 잡았다. 마주서 있던 준열이 다진의 옆에 나란히 서서 손을 고쳐 잡았다. 서로의 손바닥이 마주 닿고 손가락이 얽혀 서로의 손가락 사이로 파고들었다. 우연이 자꾸만 겹쳐서 얽힐 대로 얽혀 버린 것처럼 지금 서로를 얽어 버린 이 손을 놓지 않으리라 다짐했다.

6.

카페로 들어서자 승태가 카운터 앞에 서서 늘어지게 하품을 하고 있었다. 주말이지만 이른 아침 시간이라 카페엔 구석 자리 두 테이블에 홀로 앉아 있는 손님 둘뿐이었다.

"왔어?"

하품을 한 뒤에 어울리는 나른한 목소리였다. 2층 계단은 오픈 준비 중이라는 팻말이 길을 막고 있었다.

"야외 촬영 가서 지금은 없어."

준열이 2층을 올려다보는 시선에 대해 승태가 답했다. 오늘 다진은 승태의 카페에서 촬영을 할 거라고 했다. 준열은 화랑에 가야 할 일이 있었다. 오후 늦은 시간에나 만날 수 있을 줄 알았다. 그런데 준열의 화랑에 온다던 손님이 갑자기 사정이 생겨 다음 주로 약속을 미뤘다. 화랑으로 가던 중에 연락을 받은 터라 곧바로 승태의 카페로 왔다.

"2층에 올라가 있어도 돼요?"

"응. 뭐 마실 거 줘?"

"커피 주세요."

고개를 끄덕인 승태가 직원에게 2층에 아이스 아메리카노를 한 잔 올려 주라고 한 뒤 다시 나른해 보이는 모습으로 카운터에 기대섰다.

아무도 없는 2층의 분위기는 준열의 마음에 쏙 들었다. 벽화 작업을 할 때도 혼자서 작업을 했지만 당시엔 페인트 냄새며 작업에 열중해 제대로 분위기를 즐길 수 없었다.

계단에서 올라오면 정면에 보이는 창이 있었다. 아직은 해가 들어오지 않지만 정오가 지나면 햇살이 창을 통해 들어와 테이블을 스포트라이트처럼 비춰 주는 자리가 있었다. 준열은 그곳에 앉았다.

직원이 아이스 아메리카노를 가지고 올 때까지 아무것도 하지 않고 가만히 앉아 있었다. 기분 좋은 여유로움이었다. 무엇 하나 불편한 기색이 없이 편안한 마음. 늘 자욱했던 안개가 걷혀 깨끗한 머릿속. 이런 상쾌함은 마치 생전 처음인 것처럼 생경하게 느껴졌다.

준열은 자신이 그린 벽화를 바라봤다. 무슨 생각을 하고 저 그림을 그렸더라. 아무것도 떠오르지 않았다. 패러글라이딩 하는 남자. 벽화를 전부 그리고 났을 때, 불현듯 다진을 처음 본 날 그녀가 읽고 있던 책이 생각났다.

당시엔 그것뿐이었다. 별 뜻 없이 그림을 그렸다. 하지만 지금 생각해 보면 이미 그 안엔 뜻이 담겨 있었는지도 몰랐다. 적어도 지금껏 그런 식으로 그림을 그려 본 적은 없었으니까. 누군가를 떠올려서 연상되는 그림을. 누군가와 관계되었다고 여길 수 있는 그림을.

크로키 북과 연필을 꺼낸 준열이 잠시 백지를 유심히 들여다봤다. 그리고 느릿하게 연필을 움직였다. 사각사각. 조용한 공간, 준열이 움직이는 대로 따라가는 연필의 소리만이 울렸다.

희경과 다진이 얘기를 나누며 나란히 카페로 들어섰다. 승태는 카운터 앞에 의자를 가져다 놓고 앉아 턱을 괴고 꾸벅꾸벅 졸고 있었다.

"참, 예쁘다."

승태를 보며 희경이 비꼬아 말했다.

"스태프 룸도 있고, 2층도 아직 오픈 전이면 거기 가서 자도 되잖아. 문 앞에서 떡하니 주인이 저러고 있는데 손님이 들어오고 싶겠어?"

"어차피 지금 사람 많을 시간도 아닌데, 뭐."

"먼저 올라가서 옷 갈아입고 있어."

희경이 승태를 깨우고, 다진은 먼저 2층으로 올라갔다. 진연은 오늘 촬영엔 동행하지 않았고, 기찬은 잠깐 들를 곳이 있다며 먼저 카페에 가서 준비를 하고 있으라고 했다. 기찬이 돌아올 때까진 조금 쉴 수 있을 줄 알았는데 생각지도 못했던 준열이 이곳에 앉아 있어 깜짝 놀랐다.

햇빛이 들어오는 창 아래, 의자에 편안히 기댄 그는 이어폰을 끼고 왼손으로 받치고 있는 크로키 북에 무언가를 그리고 있었다. 그가 저토록 집중하며 그림을 그리고 있는 모습은 처음 봤다. 그 어느 때도 보지 못했던 모습이다.

내가 좋아하는 사람. 나를 좋아하는 사람. ……내 사람.

다진은 괜스레 울컥 가슴이 뜨거워졌다. 어찌나 두근거리는지 긴장이 될 정도였다. 마른침을 삼키고 잠시 숨을 골랐다. 그리고 조심조심 준열에게로 다가갔다. 집중하고 있는 그를 흩트리지 않기 위해서 살금살금. 그리고 그를 깜짝 놀라게 하면 그가 어떤 표정을 지을까 기대하며. 천천히 느릿느릿.

"왔어요?"

"꺅!"

놀란 건 다진이었다. 그의 앞으로 약 세 발짝만 더 다가가면 되었을 즈음 준열이 고개를 들고 다진을 쳐다봤다. 다진은 그대로 주저앉아 버렸고 넋이 나가서 그를 쳐다볼 뿐이었다. 다진이 그토록 놀라는 모습에 준열은 살짝 미소만 지을 뿐이었다. 그리고 다진에게 다가와 그녀의 팔을 잡아 일으켜 주었다.

"이어폰 끼고 있었잖아요."

"원래 소리 크게 안 들어요."

"집중하는 것 같았는데."

"계단 올라오는 소리 들었으니까."

"놀래 주려고 했어요."

"놀랐어요."

"거짓말."

준열의 미소가 조금 더 진해졌다. 준열이 이끄는 대로 그가 앉아 있던 자리 맞은편으로 가서 앉은 다진은 크게 숨을 내쉬었다. 이제 조금 놀란 가슴이 진정이 되었다.

스태프 룸 옆에 마련되어 있는 테이블에서 얼음물을 한 잔 따라 온 준열이 다진에게 건넸다. 시원한 물을 한 모금 마시니 더욱 마음이 차분해졌다. 그랬더니 준열이 테이블 위에 둔 크로키 북이 눈에 들어왔다.

연필로만 그려 색이 없음에도 다진은 그의 그림이 청명한 하늘과 새파란 바다, 햇볕을 받아 반짝이는 모래사장, 그리고 푸르른 야자수로 보였다.

"봐도 돼요?"

준열이 고개를 끄덕였다. 크로키 북을 가져다가 제대로 보니 더욱 가고 싶어지는 해변이었다.

"다른 그림도 봐도 돼요?"

그는 조금 전과 다르게 잠깐 머뭇거렸다. 그가 싫다고 하면 보지 않을 생각이었다. 그래서 크로키 북을 그에게 다시 돌려주려는데 준열이 뒤늦게 봐도 된다고 얘기했다. 그리고 뒷말을 덧붙였다.

"놀라지 마요."

뭘 뜻하는지 몰라 다진은 고개를 갸웃했다. 그리고 크로키 북을 첫 장부터 살폈다. 첫 장을 펼치는 순간 그가 놀라지 말라고 한 말을 이해할 수 있었다. 그의 블로그에서 봤던 것과는 또 다른 그림이었다.

사실 전시회에서 본 그림들을 보고 놀라기는 했다. 블로그에선 주로 차갑고 어두운 그림만 봤었는데, 전시회에는 도무지 같은 사람이 그렸다고 볼 수 없을 정도로 부드럽고 따뜻한 그림들만 있었다.

그런데 크로키 북에는 블로그보다 더욱 어두운 그림들이 있었다. 색이 없고 거의 연필 스케치만으로 이루어져 있었는데 오로지 흑과 백으로만 표현되어 있어서 더더욱 그렇게 다가오는지도 몰랐다.

차례차례 넘겨 보던 다진의 손이 어느 순간 멈췄다. 웅크려 쪼그리고 앉은 여자의 그림이었다. 무릎에 얼굴을 대고 있어 머리카락이 흘러 내려와 있었다. 얼굴은 전혀 보이지 않았지만 다진의 눈엔 다진처럼 보이는 여자였다.

〈미안하다는 말의 무색함.

상처받지 않았으면, 울지 않았으면, 아프지 않았으면…….

좋지 않은 모든 게 그저 나만의 것이었으면.〉

그림 옆엔 그의 그린 것 같은 필체로 그렇게 쓰여 있었다. 언제 그린 그림일까. 다진이 어떤 그림을 보고 있는지 모르는 준열은 2층 구석에 마련되어 있는 책장에서 시집을 하나 꺼내 와 읽고 있었다. '좋지 않은 모든 게 그저 나만의 것이었으면.' 다시 한 번 그의 말의 무게감이 느껴졌다.

다음 장에도 또 그 다음 장에도 잔뜩 웅크린 채로 쪼그려 앉은 여자의 그림은 계속되었다. 그리고 마지막. 지금 준열이 그리고 있던 바다의 그림이 나왔다.

문득 궁금해졌다. 그가 마음속에 있는 것들 중 얼마만큼을 다진에게 보여 주고 있을지. 다진이 그에 대한 마음을 정하지 못하고 있을 때 그가 그랬다. 각자 힘들지 말자고. 어차피 힘든 거라면 함께 하자고.

좋은 것은 물론 좋지 않은 것도 함께 나눌 수 있어야 한다는 건 다진도 찬성이었다. 그렇다면 그는 정말 나누고 있을까. 그날. 준열이 한은을 만나고 왔다며 다진에게 지친 기색을 보였던 그날, 그때가 준열이 다진에게 가장 큰 감정을 보여 준 날이었다.

다진이 테이블에 크로키 북을 내려놓았다. 그러자 준열도 읽던 시집을 내려놓고 다진과 눈을 마주쳤다. 역시 크게 감정이 드러나지 않는 표정과 눈빛이었다. 다진이 생글 웃자 그의 얼굴에도 미소가 서렸다. 그리고 다진이 급격하게 표정을 굳히자 그의 얼굴에 옅게 서렸던 미소도 말끔히 사라졌다.

"왜?"

준열이 걱정스레 물었다. 다진이 고개를 젓고 다시 웃었다. 하지만 준열은 다진을 따라 미소 짓지 않았다. 오히려 더욱 미간을 좁혔다. 갑자기 표정을 굳힌 데는 이유가 있다고 생각하는 모양이었다. 무감한 줄 알았던 이 남자가 다진을 향해 감정을 드러내 보이고 있었다. 워낙 미미해서 다른 이는 모를지도 모르지만 그만 보고 있는 다진만큼은 충분히 알아챌 수 있도록.

"좋지 않은 모든 게 준열 씨 것이 되도록 두지 않을 거예요."

"무슨……. 아."

뒤늦게 눈치를 챘는지 그가 잠깐 시선을 내리뜨고 피식 웃었다.

"알았죠?"

확답을 받기 위해 다진이 몸을 살짝 앞으로 기울였다. 준열은 답은 없이 다진을 빤히 쳐다보기만 했다. 그러곤 그답지 않게 먼저 웃는 얼굴을 해 보였다.

"답해요, 준열 씨."

다진의 재촉에 준열이 마지못해 고개를 끄덕였다. 다진은 그를 더 많이 알고 싶어졌다. 그래서 그가 무슨 생각을 하는지, 어떤 감정일 때 표정이 어떻게 다른지, 그저 보는 것만으로 알 수 있게 되길 바랐다. 그렇게 되기 위해선 그와 함께 보내는 시간도 많아야 할 테고 대화도 훨씬 많이 해야 할 일이었다.

"준열 씨."

"응?"

"부모님은 어떤 분들이세요?"

"부모님? 우리 부모님이요?"

다진이 고개를 끄덕였다. 준열은 무얼 말해 줘야 할지 고민했다.

"아버지는 대학 교수님이셨어요. 국문과. 어머니는 요리 연구가셨고요. 아버지가 정년퇴직하신 뒤로는 어머니도 거의 일은 하지 않으세요. 두 분이 주로 여행 다니시고, 집에 계실 땐 산책도 하면서 아버지는 서예, 어머니는 여전히 요리를 즐겨 하세요. 아버지는 매주 한 번씩 어머니를 위해서 꼭 꽃다발을 사 오시고요. 적어도 내가 기억하는 한 평생을 하고 계신 일이에요."

"두 분 모두 멋지시네요."

"내가 가장 존경하는 분들이에요."

"저도 존경할게요."

다진의 마음이 담겨 있는 그 말이 준열의 가슴을 울렸다. 자신이 어떤 여자를 만났는지 실감이 났다. 사랑하지 않을 수 없는 여자. 무슨 수를 써서든 자신의 여자로 만들어야 할 여자.

준열이 자리에서 일어났다. 미소 짓고 있던 다진의 표정에 의아함이 서렸다. 다진의 옆으로 다가간 준열은 그녀가 앉아 있는 소파의 팔걸이에 걸터앉았다.

"왜요?"

"키스하려고."

심장이 쿵쾅거렸다. 준열의 얼굴이 서서히 내려오고 다진은 두 눈을 질끈 감았다. 그리고 입술에 그의 입술이 닿았다. 부드럽고 포근했다. 한 번 닿은 이상 절대로 떨어지고 싶지 않을 정도로 기분 좋은 감촉이었다. 키스가 본래 이랬던가. 두 사람이 같은 마음으로 서로를 조금 더 깊게 탐해 보려고 했다. 그때, 1층에서 승태의 목소리가 울렸다.

"올라간다!"

그 소릴 듣고 입술을 뗀 다진과 준열이 같은 모양의 곡선을 그리며 웃었다.

"왜 소리를 질러?"

승태의 뒤를 따라 올라오는 희경의 소리가 들렸고, 준열은 여전히 팔걸이에 걸터앉은 채로 허리를 곧게 세웠다. 먼저 모습을 드러낸 승태는 마치 그럴 줄 알았다는 듯한 표정이었다. 뒤이어 올라온 희경은 준열이 왜 거기 앉아 있냐고 표정으로 다진을 향해 묻고 있었다.

"이준열. 다음 주에 뭐 해?"

"왜요?"

"질문에 질문으로 답하지 마."

"왜 물어보는지 알아야 그에 맞는 답을 하죠."

"다음 주에 발리 가는 거 알지?"

승태가 눈짓으로 다진과 희경을 가리켰다. 다음 주, 희경과 다진은 발리로 여름 의상 촬영을 가기로 했다.

"네, 알아요."

"시간 되면 같이 가자."

그의 말을 듣고 준열이 다진을 쳐다봤다.

"단속반 떴다."

희경이 승태와 준열을 가리키며 과장되게 놀란 표정을 지었다.

"단속해야지. 여자 둘이 비키니 촬영하러 해외 가겠다는 걸 그냥 둬?"

준열의 눈이 커다래졌다. 그런 모습은 처음이라 다진도 덩달아 놀랐다.

"둘이 가기는 무슨. 사무실 직원들도 가는 거고 올해 처음도 아닌데 왜 이러나 몰라. 이제 와서 갑자기 왜 날 못 믿게 된 거야?"

"너 말고, 전 세계의 남자들을. 절대 안 믿어. 너 작년에 세부 다녀와서 메이킹 필름 보여 준 거에도 웬 근육질 외국인들이랑 찍은 거 있었잖아."

"촬영 도와준 사람들이라고 말했잖아!"

"촬영할 건물 짓는 것도 아닌데 왜 근육질 남자여야 돼? 아무튼 나 혼자 따라가는 건 진짜 민폐인 것 같아서 참았는데 올해는 이준열도 있으니까 나랑 재랑 놀러간다고 생각하면 되잖아."

승태와 희경의 소소한 실랑이가 이어지는 사이, 다시 담담해진 표정으로 준열이 다진에게 낮게 속삭여 물었다.

"비키니 촬영?"

"아니에요. 우리 쇼핑몰은 비키니 안 팔아요."

"가서 놀 때 비키니 입고, 기념하겠다고 사진 찍으면 그게 비키니 촬영이지."

다진의 말이 끝나기 무섭게 승태가 인상을 찌푸렸다.

"준열 씨도 그렇게 생각해요? 승태 오빠가 너무 보수적이죠?"

희경의 물음에 준열은 바로 답을 할 수 없었다. 이전엔 단 한 번도 생각해 본 적이 없는 문제였다. 요즘은 길거리에서 짧은 치마나 반바지로 다리를 드러내고 다니는 여자들을 쉽게 볼 수 있었다. 다리뿐인가. 상의도 작은 천으로 아슬아슬하게 몸을 가리고 다녔다.

그저 길에서도 마주칠 수 있는데 해수욕장에서 수영복 차림의 여자를 이상하게 생각할 리가 없었다. 길에서 그런 차림을 하는 여자가 이상할 뿐. 준열에게는 그저 그 사람의 차림새일 뿐이었다. 이렇다 저렇다 하는 생각 같은 건 없었다.

"같이 가도 되는 거예요?"

준열의 질문은 희경을 향해 있었다. 희경의 시선은 다진을 향했고, 다진의 시선은 준열을 향해 있었다.

"정말 촬영하러 가는 거라 잘 놀진 못할 거예요."

"난 승태 선배랑 놀러 가는 거라니까 신경 쓰지 말아요."

준열의 농담이 놀라웠는지 승태가 입을 턱 벌렸다. 그때, 2층으로 기찬이 올라왔다.

"안녕하세요."

승태를 향해 인사하는 그를 준열은 멀거니 바라볼 뿐이었다.

"우리 쇼핑몰 사진작가님. 신기찬 씨예요."

"이름 죽이지. 신기가 얼마나 차 있으면 이름까지 신기찬인지. 사진을 찍을 게 아니라 어디 길에 돗자리를 펴야 되는데."

다진의 소개에 승태가 부연 설명을 더했다. 다진도 희경도 웃었고, 기찬도 미소 지으며 누군지도 모르는 준열에게 손을 내밀어 악수를 청했다.

"문제는 실제 신기가 없어서 돗자리 깔면 바로 노숙자 된다는 게 문제죠. 신기찬입니다."

"이준열입니다."

"벽화 그린 사람."

승태가 고갯짓으로 벽화를 가리켰다.

"아! 뵙고 싶었어요. 벽화 덕에 촬영 느낌이 얼마나 좋은지 몰라요. 이천 공방 벽화도 그리신 분 맞죠?"

"네."

준열이 기찬과 잡았던 손을 놓고 벽화를 잠깐 바라봤다. 이천에서 다진을 만났을 때 귀에 거슬렸던 그 이름. 자신의 기억력이 이렇게 좋은 줄 몰랐다.

"그리고 제일 중요한 이력. 홍다진이 애인."

희경이 씩 웃었다. 다진 역시 생글생글 웃으며 준열의 팔을 잡고 나머지 손으로 브이 모양을 만들어 기찬을 향해 보였다.

"사귄 지 얼마 안 됐지."

"왜?"

"아까 촬영하는데 얼굴에 빛이 나는 게 어째 수상하다 했어."

그 말이 그렇게 기뻤을까. 다진이 해사하게 웃으며 준열을 쳐다봤다. 촬영 준비를 한다며 희경과 기찬은 바쁘게 움직였다. 다진은 스태프 룸에 들어가서 옷을 갈아입고 나온다고 했다. 준열은 촬영 방해를 하지 말자는 승태를 따라 1층으로 내려갔다. 하지만 머릿속엔 다진과 기찬이 편안하게 주고받은 대화만 가득 차 있을 뿐이었다.

*

발리에 도착해 숙소로 향하는 내내 다진은 설레는 마음을 주체할 수가 없었다. 그리고 드디어 별채로 구성된 곳으로 안내를 받아 안으로 들어선 다진은 기뻐서 어쩔 줄을 몰랐다. 떠나오기 전 인터넷에서 사진으로 확인했던 것보다 훨씬 멋진 룸이었다.

커다란 리빙룸을 가운데 두고 양쪽에 원목 미닫이문 너머로 침실과 욕실이 있었다. 몇 명이든 충분히 즐길 수 있는 바가 리빙룸 한쪽에 마련되어 있었다. 전면 창 너머에는 에메랄드빛 바다를 내다보며 수영을 할 수 있는 풀장의 물이 파랗게 빛났다. 무엇 하나 마음에 들지 않는 게 없었다.

뒤늦게 예약을 한 준열과 승태의 룸은 조금 멀리 있었다. 풀장도 작고 조금 더 아늑했다. 룸으로 향하며 승태는 불평을 잊지 않았다.

'도대체 내가 왜 이준열이랑 방을 써야 돼?'

하지만 누구도 답은 해 주지 않았다. 준열은 담담했다. 승태의 불평이 끈기 있게 이어져도 준열은 들은 척도 하지 않았다.

그 모습이 생각나 다진이 미소를 지었다. 그리고 다시 풀장을 내다봤다. 그림과 같은 풍경이 눈에 들어오니 가슴이 벅차도록 행복했다.

"여기 정말 너무 좋다."

반쯤 넋이 나간 다진의 얘기에 희경이 옆으로 다가왔다.

"돈이 좋은 거지."

희경의 이론이 틀리다는 생각은 하지 않았다. 그렇지만 지금은 그런 소리를 듣고 싶지 않았다.

"진짜 돈이 좋네요."

반쯤 넋이 나간 채로 진연이 들어오고 있었다. 직원들이 쓸 룸도 준열과 승태의 룸과 같은 쪽에 있었다.

"우와! 사장님, 우리 여기서 진짜 하룻밤씩 돌아가면서 자는 거맞지?"

진연의 뒤를 이어 들어오던 수정도 두 눈이 동그래져서는 요란하게 물었다. 전 직원을 다 데려오면 좋으련만 쇼핑몰을 며칠 동안 계속 비울 수도 없는 노릇이었다. 결국 이번 촬영에 함께 오지 못한 직원들은 여름휴가 외에 한 번 더 휴가를 쓸 수 있게 했다.

"신혼여행 가기 전에 이런 데를 먼저 와 볼 줄이야."

서로의 손을 꼭 붙든 채 진연과 수정은 두 눈을 반짝반짝 빛내며 구석구석을 살폈다. 또 한 번 소란스런 소리가 들린다 싶었더니 준열이 승태, 기찬과 함께 들어왔다.

"기찬 씨, 여기 장난 아니지!"

수정의 동의를 구하는 말에도 불구하고 기찬은 그저 웃을 뿐이었다.

"저 신 허세 또 시작이다. 뭐, 여기도 별거 아냐?"

"뭘 겨우 이 정도에 놀라고 그래요."

사무실에서 기찬은 모두의 활력소 역할을 톡톡히 해냈다. 그중 하나가 바로 유독 남자들이 여자 앞에서 부리는 허세를 과장되게 보여 주는 거였는데 그 바람에 신 허세라는 별명도 얻게 됐다.

"그러면서 손은 왜 떠는데?"

카메라를 꺼내며 기찬이 부자연스럽게 손을 떨었다. 모두 웃는 사이로 카메라값을 생각하라는 희경의 한마디가 불쑥 끼어들었다. 기찬은 조금의 떨림도 없이 카메라를 잡고 걱정 말라고 엄지를 치 켜세웠다.

"우리 촬영할 건데 놀러 오신 분들은 노닐러 가 보시죠."

희경이 승태와 준열을 향해 말했다. 빌트인으로 들어가 있는 냉 장고를 기가 막히게 찾아낸 승태는 그 안에서 맥주병을 꺼내고 있 었다.

"신경 쓰지 마."

다진은 진연, 수정과 함께 침실로 들어갔다. 밖에선 어느 곳이 촬 영 장소가 될지 모르니 절대 어지럽히면 안 된다는 희경의 잔소리 가 쏟아져 나오고 있었다.

"다진 씨. 애인 멋있다."

수정이 다진의 옆구리를 쿡 찔렀다. 뿌듯한 다진의 표정을 보며 진연은 비키니 수영복과 발목까지 길게 늘어지는 탑 형식의 원피스 를 꺼냈다. 다진이 옷을 갈아입는 동안 진연과 수정은 의상에 어울 리는 모자와 액세서리를 찾았다. 챙이 넓은 밀짚모자를 쓰고 나니 여름 분위기가 한껏 물이 올랐다.

5월. 쇼핑몰에 여름 의상이 게재되고 있었다. 요즘은 계절에 관계없이 국내, 국외로 여행을 다니는 사람이 많아서 쇼핑몰엔 사계절 의상이 모두 올라와 있었다. 그래도 본격적인 여름이 시작되기 전은 희경과 다진에겐 가장 기대되는 때였다.

"조명 필요 없겠는데."

기찬이 찍은 사진을 희경에게 보여 주며 동의를 구했다.

준열은 승태와 함께 아일랜드 식탁 앞에 서서 모두를 구경했다. 다들 분주하게 움직였다. 도착하면 조금이라도 쉴 줄 알았는데 밤새 비행해 온 건 그들이 아닌 듯 다들 힘이 넘쳤다. 기찬과 희경은 계속해서 카메라 노출을 확인했고, 진연과 수정은 다진의 옆에 딱 붙어서 그녀의 머리와 메이크업을 확인했다.

어느덧 준열은 물끄러미 다진을 바라보고 있었다. 쇄골과 동그란 어깨선을 고스란히 내놓은 다진은 그림 같은 풍경과 더없이 잘 어울렸다. 우선 야외 풀장에서 촬영이 시작되었다. 기찬의 카메라 앞에 선 다진은 치맛자락을 살짝 잡고 흔들기도 하고, 모자챙을 잡고 살짝 상체를 틀기도 했다. 다진은 자신보다 옷을 더 신경 쓰고 움직였지만 준열에겐 다진밖에 보이지 않았다.

"침 닦아."

승태가 준열의 팔을 툭 쳤다. 준열도 자신이 과하게 넋을 놓고 있다는 건 알았다. 하지만 솔직하게 감정을 드러내고 마주하는 다진은 뭐라 말할 수 없이 예뻤다. 사람이 사람을 이 정도로 예뻐할 수 있다는 게 놀라울 정도였다. 예전에 유행했던 노래 가사 중, 보고 있어도 보고 싶은, 이라고 했던가. 그건 지금 준열이 다진을 볼 때마다 하는 생각이었다.

"다진 씨, 예쁘지."

준열의 눈썹이 꿈틀했다.

"내가 네 여자친구한테 호의적인 게 기분 나빠?"

"전 아무 말도 안 했는데요."

"그래? 그랬는데도 내가 알아챘단 말이지."

승태가 과장되게 눈을 크게 뜨고 말했다. 입매는 웃고 있었다.

"그거 기분 나빠요."

"어쩌나. 다진 씨 덕에 내 여자친구가 잘 먹고 잘 사는 중이라 안 예뻐할 수가 없는데."

말을 마치고 승태는 실실 웃었다. 준열은 시원하게 맥주를 마시고 다시 다진 쪽을 쳐다봤다. 그녀는 치맛자락을 들고 사뿐거리며 풀장 주위를 걷고 있었다. 때로 발끝을 풀장에 살짝 담가 잔잔한 파동을 만들어 냈다.

"쇼핑몰 잘돼요?"

"대뜸 카페로 찾아와서 다진 씨 연락처 물어보는 사람도 있고, 선물 놓고 가는 사람도 있어. 여자 옷 파는 쇼핑몰이지만 의외로 남자들도 드나드나 봐. 아무리 자기 여자친구한테 선물하려고 사이트를 찾은 남자라고 해도, 남자들한테 옷이 기준일 것 같냐, 모델이 기준일 것 같냐?"

순간적으로 준열의 눈매가 날카로워졌다. 승태의 잘못도 아닌데 그를 매섭게 쳐다보다가 다진에게로 고개를 돌렸다. 바닥에 앉아 두 다리를 수영장 안에 담그고 있었다. 무릎 위로 걷어 올린 치마가 거슬렸다. 그녀가 보지 말라고 했다고 사이트를 샅샅이 뒤져 보지 않은 게 후회되었다.

"물론, 예쁜 옷을 만드는 희경이 재주도 있지만 어쨌거나 그걸 입고 느낌을 잘 살리는 건 다진 씨 몫이니까. 고등학교 때 희경이가 다진 씨랑 같은 반이 되자마자 결심했대. 자기가 만든 옷 다진 씨한테 꼭 입힐 거라고. 그때부터 예뻤다던데."

못마땅한 마음이 점점 더 커지는데 다진이 자리에서 일어나 물기를 닦고 안으로 들어왔다. 승태와 희경이 지낸 시간만큼 승태가 준열보다 다진을 더 잘 알 수밖에 없었다. 그런데 그게 이토록 자존심 상하고 짜증나는 일일 줄 몰랐다.

"여기 완전 좋아. 사진 진짜 잘 나온다."

싱글벙글 웃으며 희경이 다진에게 방금 찍은 사진을 보여 줬다. 카메라 액정을 확인하며 다진도 만족스럽게 웃었다. 그에 질세라 기찬이 자신의 카메라도 불쑥 내밀었다.

"메이킹 필름하고 전문가의 사진을 비교할 순 없지. 내가 사진을 얼마나 잘 찍는지, 다진 씨가 이렇게 예쁘게 나온다니까."

"얘가 원래 예쁜 덕이지 기찬 씨 실력 탓이야?"

"나는 탓이고 다진 씨는 덕이야?"

희경과 기찬의 대화를 들으며 다진이 새치름하게 혀를 살짝 내밀었다가 웃었다. 그러곤 쪼르르 준열에게로 다가왔다.

"여기서 그냥 있는 거 심심하지 않아요? 나가서 바다 수영이라도 해요."

모자를 벗고 머리를 매만지며 다진이 준열과 승태를 보고 얘기했다.

"음주 수영 위험한 거 몰라?"

승태가 이제 반 정도 비운 맥주병을 흔들어 보였다.

"맥주 아니라 양주 마시고도 멀쩡하면서 엄살은."

희경이 입술을 비죽이며 진연과 함께 다음 촬영은 뭐로 할지 얘기했다. 다진이 또 옷을 갈아입으러 들어가고 희경은 거실 소파에 있던 타월을 집었다.

"참, 오빠. 이거 쇼핑몰 사은품으로 줄 비치 타월인데 카페 단골 손님들한테도 드릴래?"

승태가 희경에게서 분홍색과 녹색의 비치 타월을 받아 펼쳐 봤다. 커다란 비치 타월 한가운데에 필기체로 'OH.Stoy'가 새겨져 있었고, 끄트머리에 작게 쇼핑몰의 주소가 적혀 있었다.

"파는 건 안 돼?"

"쇼핑몰에서 사은품으로 주는 건데 카페에서 파는 게 말이 돼?"

"쇼핑몰에선 물건 사야 주는 거잖아."

"카페에선 공짜로 커피 마셔?"

티격태격하는 두 사람의 말을 들으며 준열이 피식 웃었다. 그런데 그 순간 준열의 등 뒤에서 카메라 셔터가 눌리는 소리가 들렸다. 준열이 바로 뒤를 돌아봤지만 기찬은 방금 찍은 사진을 확인하고 있었다.

"희경 씨."

그리고 희경에게 곧바로 그 사진을 보여 줬다. 뒷모습을 찍은 사진일 텐데 사진을 확인한 희경이 두 눈을 초롱초롱 빛내며 준열을 쳐다봤다.

"준열 씨."

"네?"

"모델 할래요?"

단박에 준열의 미간이 좁아졌다. 옷을 갈아입고 나온 다진은 무슨 소리냐는 표정으로 희경과 준열을 번갈아 쳐다봤다. 기찬은 설명도 없이 다진에게 카메라를 건넸다.

"우리 이번 콘셉트 중에 남자 뒷모습이 필요하거든요. 뒷모습만 나오면 돼요."

준열은 고민할 것도 없이 고개를 저었다. 아무리 뒷모습이라도 사진을 찍는 건 익숙하지 않았고 모델이라는 말이 붙으니 더더욱 거부감이 들었다.

"이준열 안 왔으면 그 콘셉트는 폐기야?"

"근처에서 근육질 외국인 찾아야지."

승태와 희경은 마치 대본이라도 짠 듯 준열을 움직이게 할 말을 콕 집어냈다. 준열의 눈썹이 꿈틀했다. 그리고 쐐기를 박은 건 다진이었다.

"나도 준열 씨면 더 편할 거 같은데."

준열을 제외한 모두가 그를 향해 제발, 이라는 눈빛을 쏘고 있었다. 다른 이들은 그렇다 치고 승태마저 왜 그러는지 이해할 수 없었지만 그가 가장 강렬하게 준열을 쳐다보고 있었다.

"뒷모습만이면."

준열이 다진을 보며 얘기했다. 허락이나 다름없었다. 그 말이 나오기 무섭게 다진이 어찌나 예쁘게 웃었는지 준열은 나쁘지 않은 제안이라고 생각했다.

이후에도 촬영은 계속 이어졌다. 룸 구석구석 기찬은 기가 막히게 좋은 앵글을 찾아냈다. 그 위치에 어울릴 법한 의상을 고르고 진행된 촬영은 지체될 줄을 몰랐다.

계속해서 옷을 갈아입으면서도 다진은 전혀 피곤해 보이지 않았다. 비치 패션이라 그런지 노출이 많은 의상들이 눈에 띄었다. 전엔 생각해 본 적이 없었는데 다진이 입은 걸 보니 입지 않았으면 하는 마음이 들었다. 그런데 어떤 옷을 입든 다진에게 어울린다는 게 더욱 씁쓸했다.

저녁 시간이 되어서야 촬영은 마무리가 되었다. 오늘 촬영한 양이 가장 많았지만 남은 일정 동안에도 틈틈이 촬영을 할 거라고 했다. 준열과의 촬영은 내일 해변에 나가서 할 예정이라고 했다.

"피곤하지 않아요?"

해변에 마련된 뷔페로 식사를 하러 가며 준열이 걱정스레 물었다.

"피곤하죠. 그래도 기분 좋아요."

"일하러 온 줄은 알았지만 이렇게 일만 할 줄 몰랐어요."

"한 번 올 때 좋은 배경으로 많이 담아가고 싶어서요. 준열 씨는 승태 오빠랑 수영도 하고, 서핑도 좀 하지 그랬어요. 괜히 우리 때문에 준열 씨도 하루 종일 아무것도 못 하고."

"별로. 촬영 구경은 재밌었어요. 홍 화백이 못 쉬는 게 안타까워서 그렇지."

"내일은 수영도 하고, 스노클링도 할 거예요."

"일단 잠부터 좀 자요. 비행기에서 잠도 안 자던데."

"원래 비행기에선 잘 못 자겠더라고요. 오늘 밤에 푹 자면 돼요."

그렇게 하라며 준열이 미소 짓고 고개를 끄덕였다. 그가 다감하게 해 주는 말들이, 시선들이 금방 익숙해졌다. 그렇지 않았던 사람이기에 더욱 크게 다가왔다.

저녁을 먹고 난 후, 발리의 짙은 밤의 어둠을 촛불이 밝혔다. 빛이 어둠을 밝히면 그 어둠이 얼마나 짙었는지 새삼 깨닫게 된다. 풀장 옆에 와인이 세팅 되어 있었다.

기찬, 수정, 진연은 발리의 클럽을 체험한다며 나간 터라 비로소 네 사람만 편안하게 쉴 수 있는 시간이 주어졌다. 희경과 다진은 수영장에 발을 담그고 일에 의한 촬영이 아닌, 즐거운 여행 속 사진 찍기에 신이 나 있었다.

"엄마 아빠랑 여행 온 것 같아."

의자에 다리를 꼬고 앉아 두 사람을 지켜보는 준열과 승태를 향해 희경이 말했다.

"딸 둘은 신나서 놀고, 엄마 아빠는 와인이나 홀짝거리면서 흐뭇하게 쳐다보고."

희경의 말에 동의하는지 다진이 신나게 웃었다. 그러곤 준열에게 이리로 오라고 손짓했다. 준열이 그녀의 옆으로 다가가 앉아 수영장에 발을 담갔다. 승태 역시 희경의 옆으로 다가왔다. 물론, 투덜거림은 잊지 않았다.

"내 여행은 내 마음대로 즐기게 그냥 둬."

"그냥 두면 오빠 아무것도 안 할 거잖아."

"그게 내 여행의 모토야."

두 사람은 쉬지 않고 티격태격했다. 다진이 미소를 짓고 준열의 와인 잔에 자신의 잔을 챙 소리가 나게 부딪혔다. 잠도 못 자고 하루 종일 촬영을 한 데다가 저녁을 먹으면서도 맥주를 마신 탓인지 평소와 다르게 다진의 볼이 발갛게 물들어 있었다.

"라디오에 쇼핑몰 광고하고 더 잘되면 우리 내년엔 유럽으로 가자!"

희경이 와인 잔을 높이 치켜들며 소리를 치자 다진이 박수까지 치며 좋아했다.

"더 잘되면 바빠서 유럽 갈 시간이나 있겠어?"

"시간이야 만들면 되지. 직원도 더 뽑고. 오프라인 매장도 내고!"

희경과 다진이 하이파이브를 했다. 평소 다진에게서 볼 수 없었던 들뜬 모습이 낯설지만 귀여웠다. 차분한 것과는 또 다른 매력이었다.

"쇼핑몰 촬영 때도 저렇게 활기차면 좋을 텐데."

"술 먹고 촬영하는 건 금지야!"

희경이 검지로 승태의 입술을 꾹 짓눌렀다. 그저 기분이 들뜬 건 줄 알았더니 취한 모양이었다. 준열이 다진의 손에 있던 와인 잔을 뺏어 가자 다진이 왜 그러냐며 동그랗게 뜬 눈으로 준열을 쳐다봤다.

"내일도 촬영해야 한다면서요."

"숙취는 없는 건강한 체질이랍니다."

단어 하나하나가 통통 튀었다. 다진이 방글 웃으며 준열이 가져간 와인 잔을 도로 가져가려 했다. 하지만 준열은 그렇게 두지 않았고 다진은 입술을 비죽였다.

"수영하고 싶다."

수영장을 뚫어져라 쳐다보던 희경의 몸이 앞으로 기울어졌다. 위험하다고 생각한 순간 승태가 희경의 허리에 팔을 감아 그녀를 겨우 잡았다. 그걸 보며 다진은 웃었고, 희경은 승태를 보며 '나이스 캐치!' 라며 그의 어깨를 마구 두드렸다. 그러더니 그의 어깨로 픽 쓰러졌다. 준열은 놀랐지만 승태는 그러려니 하며 희경을 번쩍 안아 올렸다. 뭐가 좋은지 다진은 승태를 올려다보며 박수를 쳤다.

"눕히고 올게."

승태가 그대로 방으로 들어가고 수영장엔 다진과 준열만 남았다. 물속에서 다진의 다리가 부드럽게 움직였다. 물결을 만들어 내고 물 위에 떠 있는 초를 멀리 떠내려 보냈다. 그러다가 준열과 다진의 고개가 한꺼번에 돌아갔다. 방으로 들어가는 줄 알았던 승태가 현관을 나가 버린 것이다.

고요해진 공간. 다진과 준열은 잠시간 굳게 닫힌 문을 바라보았다. 살랑이며 불어온 바람이 마치 두 사람의 긴장을 쓸어 간 듯 갑자기 웃음이 났다. 다진과 준열이 마주 보고 미소를 지었다.

"좋다."

"뭐가?"

"준열 씨랑 이렇게 있는 거요."

다진이 머리를 준열의 어깨에 기댔다.

"나도 좋다."

"뭐가요?"

"다진 씨가 취한 거."

어깨에 다진이 낮게 웃는 울림이 고스란히 전해졌다.

"준열 씨는 안 취해요?"

"네."

"거짓말."

"정말. 아무리 마셔도 안 취하더라고요."

"전 술 그리 잘 마시는 편 아닌데 가끔 취하고 싶을 때 있어요. 취하면 기분이 너무 좋거든요."

"뭐가 그렇게 좋아요?"

"준열 씨랑 있는 게 좋다니까요."

기분도 들뜨고 마음을 표현함에 있어서도 더욱 솔직해지나 보다.

"계속 물어보고 싶네."

"계속 듣고 싶어서?"

"응."

"그럼 그만 말해야지."

"왜요?"

"자꾸 말하면 흔해질까 봐요. 매일매일 준열 씨가 나 때문에 설레었으면 좋겠거든요."

설레었다. 다진이 신나게 웃을 때마다. 카메라 앞에서 조금도 피곤한 기색 없이 자신 있게 프즈를 취할 때마다. 그러다가 준열과 눈이 마주치면 언뜻 미소를 지어 줄 때마다. 준열의 어깨에 기대 웃고, 좋다고 말할 때마다. 설렌다는 건 이런 거구나. 참는 게 힘들어지는 거구나. 알아 버렸다.

준열이 고개를 살짝 꺾었다. 그리고 다진의 입술에 입을 맞췄다. 달아오른 볼만큼 입술도 뜨거웠다. 닿았던 입술이 숨결을 뱉으려고 벌어지는 순간, 준열은 그녀의 허리에 팔을 휘감았다.

한 치의 틈도 없이 다진의 몸에 자신의 몸을 바짝 붙이고 더욱 깊게 그 입술을 탐했다. 멈출 수가 없었고, 멈추고 싶지 않았다. 뒤엉킨 혀의 사이로 다진은 계속해서 뜨거운 숨을 뱉었다. 자신의 열기만으로도 충분한데 그녀의 열기가 더해져 준열도 점점 달아올랐다. 달아나려는 다진의 허리를 힘껏 붙잡고, 다른 손은 그녀의 머리칼 사이로 집어넣었다.

더. 더. 조금만 더.

키스가 깊어질수록 마음은 더욱 갈급해졌다. 이렇게 열에 들뜨다니. 이토록 갈구하고 싶어지다니.

다진이 준열의 어깨를 잡은 손에 강한 힘이 들어갔다. 그 순간 아찔해져서 준열은 다급하게 입술을 뗐다. 다진의 입술에서 터지는 숨결이 몽롱했다. 그 입술과 표정을 계속 보고 있으면 또 참을 수 없게 될 것 같았다. 그래서 포근히, 다정하게 다진을 품에 안았다. 품에 안긴 다진에게서 말하지 않고는 배길 수 없다는 듯 작은 웅얼거림이 새어 나왔다.

"좋다."

다진의 머리칼에 얼굴을 묻은 준열도 중얼거렸다.

"나도 좋다."

✳

아침, 잠에서 깬 다진은 더블 침대의 비어 있는 옆자리를 물끄러미 쳐다봤다. 그토록 진하고 깊은 키스를 했던 사람이 아닌 듯 준열은 다진이 잠들 때까지 옆에서 머리를 쓰다듬어 주고, 볼을 쓰다듬어 주기만 했다. 그리고 다진이 잠이 들려는 그 순간, 방에서 나갔다.

그 나름대로 소중히 대해 주려는 것 같았다. 하지만 서운한 마음이 들기도 했다. 마음은 왜 늘 딱 하나만을 가지고 있지 못할까. 감정이란 게 정형화된 무언가가 아니라 더욱 그러한가.

방에서 나왔지만 준열은 보이지 않았다. 지난밤, 희경이 승태에게로 쓰러지는 순간 알고 있었다. 승태도 희경도 연기를 하고 있다는 걸. 말릴까 생각도 했지만 준열과 둘이 있고 싶은 마음에 모른 척을 했다. 하지만 이렇게 혼자 잠에서 깨고 나니 창피하고 민망해졌다.

준열은 어디에도 보이지 않았다. 그를 어디에서 찾아야 하나 두리번거리고 있는데 수영장 쪽에서 무슨 소리가 들렸다. 커튼을 걷어 내고 유리문을 열자 물속에서 준열이 쑥 올라왔다.

"준열 씨."

"잘 잤어요?"

다진이 고개를 끄덕이고 수영장 끄트머리에 쪼그리고 앉자 준열이 유연하게 수영을 해서 그 앞으로 다가왔다. 물속에서 자신을 올려다보고 있는 그를 보니 지난밤이 떠올라서 괜스레 민망해졌다.

"머리 아프거나, 속 불편하지는 않아요?"

"숙취 없어요."

"숙취는 없는 건강한 체질이랍니다."

뚝뚝하게 자신이 했던 말을 따라 하는 그가 괜히 밉살맞게 보였다. 물을 살짝 튕겼는데 그가 물속으로 들어가 버렸다. 그를 보고 있으니 다진도 수영이 하고 싶었다. 수영장을 한 번 왕복하고 난 뒤 준열도 밖으로 나왔다. 매끈한 그의 몸이 눈에 들어오는 순간 다진은 괜히 자리에서 일어나 안으로 들어왔다.

준열이 샤워를 하는 사이, 희경에게 내선으로 전화가 걸려 왔다. 자신의 캐리어를 좀 가져다 달라는 부탁이었다. 다진이 있던 룸과 희경이 지난밤 승태와 함께 묵었던 룸의 중간 지점, 다진은 준열의 캐리어를 끌고 온 희경과 만났다.

"절대로 준열 씨랑 단둘이 있게 하지 않겠다고 큰소리는 왜 쳤어? 든든한 보호자 아니었어?"

"고마운 조력자 아니야?"

"준열 씨 소파에서 잤어."

다진이 준열의 캐리어를 가져가자 희경이 두 눈을 동그랗게 떴다. 그러곤 씩 웃었다.

"든든한 보호자는 내가 아니라 준열 씨였네."

"듬직하더라고."

"준비 마치고 전화해."

캐리어를 가지고 방으로 돌아가자 준열이 샤워를 마치고 거실에 나와 있었다. 다진이 가지고 온 캐리어를 보더니 준열이 미소를 지었다.

"나 쫓겨났어요?"

"어차피 오늘 밤엔 여기 수정 씨랑 진연 씨가 쓰기로 해서 우리도 어디로 가게 될지 몰라요."

말을 마치고 다진이 미소 짓는 바람에 준열도 그녀를 따라 미소 지었다. 다진도 씻고 준비를 하려고 방으로 들어가 캐리어를 여는데 준열이 열려 있는 방문에 노크를 했다.

다진이 그를 쳐다보자 준열은 다진의 옆으로 다가왔다. 그리고 쪼그리고 앉아 자신을 올려다보는 다진의 얼굴을 향해 허리를 숙였다. 살짝 닿았던 입술이 떨어지자 그는 미소를 지은 채로 방을 나갔다. 멍하니 그가 닫고 나간 방문을 보며 다진은 혀끝으로 제 입술을 슬쩍 핥았다.

"뭐야."

톡 튀어나온 불만 담긴 소리를 그가 들었을세라 옷가지를 챙겨 잽싸게 욕실로 가야 했다.

오전 시간은 각자 보내고 오후에 다시 촬영이 시작되었다. 준열에게 모델을 해 달라더니 그저 바다를 보고 서 있으라고만 했다.

준열을 세워 놓고 다진은 준열의 옆에 나란히 섰다. 하지만 그녀는 바다를 등지고 있었다. 바지 주머니에 손을 꽂고 있는 준열의 팔을 잡고 머리를 그의 어깨에 살짝 기댔다. 그의 등에 자신의 등을 기대고 서기도 했다. 준열처럼 바다 쪽을 보고 서나 했더니 몸을 반쯤 틀어 뒤를 돌아봤다. 준열을 보고 서서 양손으로 그의 팔을 잡기도 했다.

"이거 사진 쓸 수 있겠어?"

한참 촬영을 하고 있는데 수정이 미심쩍어하며 물었다. 뒷모습만이라지만 긴장으로 준열의 등이 뻐근해질 지경인데 못 쓸 사진이 된다면 기분이 상할 것 같았다.

"왜? 그림 좋은데."

기찬은 만족스러운지 수정의 질문을 의아하게 받아들였다. 그런데 이어진 수정의 말 때문에 모두들 웃음이 터지고야 말았다.

"이 사진 보면 누가 다진 씨가 입고 있는 옷을 보겠어. 분명 저 남자의 등짝과 어깨를 사고 싶다는 문의가 빗발칠걸."

한참을 웃고 난 뒤 희경이 심각하게 고민했다.

"그럼 안 되는데. 일단 보류!"

"그래도 다진 씨 표정이 너무 좋은데."

사진을 못 쓰게 될까 아쉬운지 기찬이 고개를 갸웃했다. 준열의 팔을 잡고 있던 다진이 준열을 쳐다봤다.

"준열 씨랑 같이 하는 촬영이 사실 조금 어렵긴 해요."

"왜? 내가 베테랑이 아니라?"

"자꾸 웃음 나서요. 촬영 때 절대 안 웃는데."

"그럼 저 사진은 전부 몰수해서 내가 가져야겠네요."

다진이 낮게 웃었다. 누구도 듣지 못하게 둘만 속삭이는 달콤한 말들이 두 사람을 휘감았다.

＊

마지막 날 밤, 다진과 준열은 수정과 진연이 쓰던 룸을 쓰게 되었다. 같은 리조트 안이지만 매일 룸을 옮겨 다니는 건 꽤 번거로운 일이었다. 하지만 승태가 절대로 준열과 둘이 방을 쓰지 않겠다고 우기는 통에 어쩔 수 없었다.

작은 크기의 풀장엔 붉은 장미 꽃잎이 수면을 덮고 있었다. 밤하늘의 별빛과 달빛 그 은은한 조명 아래 장미 꽃잎이 덮인 수영장은 아늑했다. 준열과 나란히 앉아 발을 담근 채로 다진은 하염없이 하늘을 올려다봤다.

"목 안 아파요?"

준열이 다진의 목과 어깨를 주물렀다. 다진이 준열을 쳐다보고 미소를 지었다. 이곳의 모든 게 아름답고 예뻤지만 결국 마지막에 다진의 시선이 닿는 건 준열이었다.

주위를 둘러보다가도 어느덧 준열이 어디 있는지 찾고 있었다. 그가 시야에 들어오면 마음이 편안하고 기뻤다. 무엇보다 언제, 어느 때 그를 찾아도 그와 늘 시선이 부딪히는 게 가장 좋았다. 늘 내 시야에 닿고, 나를 시야에 담아 주는 사람.

"내일 돌아가는 거 아쉽지 않아요?"

"아쉽죠."

"준열 씨 덕에 더 즐거웠어요."

"내 덕에?"

"서핑도 해 보고, 드라이브도 맘껏 했잖아요. 국제운전면허 발급받아도 사실 해외 나오면 운전 쉽지 않아서 차 렌트하는 건 욕심 안 냈었거든요."

해외에 갈 때 차를 렌트하는 게 준열에겐 별일이 아니었다. 하지만 다진이 좋아하니 괜히 뿌듯했다.

"돌아가면 저는 당분간 이런 여유는 없을 거예요. 준열 씨는요?"

"나도요. 전시회 시작하고 내내 일은 아무것도 안 했거든요."

"여행 다니면 그림 안 그려요?"

"혼자 다닐 땐 그리는데 누구랑 같이 다니면 쉽지 않죠."

"사진 찍는 건 원래 싫어해요?"

준열이 고개를 끄덕였다. 그는 절묘하게 카메라를 피할 줄 알았다. 모델을 해 달라고 했을 땐 억지로 뒷모습을 내주었지만 배경을 찍는 척 다진이 앵글에 그를 담으려 하면 기가 막히게 알아채고 고개를 돌리거나 몸을 피했다.

함께 사직을 찍자고 졸라도 그저 웃을 뿐이었다. 평소엔 잘 웃지도 않으면서 본인이 싫어하는 그 상황을 피하려고 웃는 게 여간 얄미워 보이는 게 아니었다.

"싫은 이유가 따로 있어요?"

"익숙하지 않아요. 지나간 시간이 눈에 보이는 무언가로 남는 것도 내키지 않고."

"과거가 생각나는 걸로 얽매이면 좋지 않겠지만, 그때를 떠올리면서 추억해 볼 수 있는 건 좋은 거 아니에요?"

그의 희미한 미소는 긍정도 부정도 아니었다. 다진은 그의 답을 기다리지 않고 휴대폰을 손에 들었다.

"딱 한 장만."

"뭘?"

"나랑 같이 딱 한 장만 찍어요."

빛이 어두워 제대로 사진이 찍힐 리 없었다. 그런데 다진이 자리에서 일어나더니 풀장을 밝게 비출 수 있는 실외 등을 켰다.

"딱 좋다!"

휴대폰 카메라로 자신의 얼굴을 먼저 찍어 본 뒤 다진이 준열의 옆에 다시 앉았다. 그리고 팔을 쭉 뻗어 앵글에 두 사람의 얼굴이 모두 나올 수 있도록 맞췄다. 하지만 준열의 표정은 굳어 있었다. 액정에 보이는 다진은 더없이 예쁜데 자신은 어떤 표정도 지을 수가 없었다. 결국 휴대폰을 들고 있던 다진의 손이 툭 떨어졌다.

"준열 씨."

"응?"

"나 싫어요?"

절대 그럴 리가 없었다. 준열이 고개를 저었지만 다진의 좁아진 미간은 여전했다.

"딱 한 장만인데도 싫어요?"

"이런 사진 한 번도 찍어 본 적 없어서 어색해요."

"그럼 여러 번 찍어서 그중 제일 잘 나온 사진만 남길까요?"

여러 번 찍는 게 준열에게 있어선 더욱 곤혹스러운 일일 터였다. 하는 수 없이 준열이 표정을 좀 더 편하게 하고 다진을 쳐다봤다. 여전히 만족하지 못한 것 같았지만 다진은 휴대폰을 쥔 손을 다시

쪽 뻗었다. 앵글 속 다진은 해사하게 웃고 있었고, 준열은 조금은 편안한 표정으로 액정 속 다진을 보고 있었다. 찰칵.

"차츰차츰 연습해요."

"딱 한 장만이라면서요."

"여기서, 지금. 오늘 이거 딱 한 장만 찍고 앞으로 나랑 다시는 사진 안 찍을 거예요?"

"그런 건 아닐 테지만."

"그러니까 차츰차츰 연습해요, 우리. 그래도 첫 셀카치고는 잘 나왔는데요."

다진이 휴대폰 액정을 준열에게 보여 줬다. 준열은 제 얼굴은 보이지 않았다. 그저 다진의 얼굴이 예쁘게 나온 것만 보였다.

"준열 씨는 나랑 차츰차츰 연습하고 싶은 거 없어요?"

"글쎄요."

"나는 사진 찍는 것도 연습하고 싶고, 다음 해외여행 때는 준열 씨한테 운전 연수도 받을래요."

"그래요. 가르쳐 줄게."

"더 많이 익숙해지고, 얼른 당연해졌으면 좋겠어요."

"당연해진다고요?"

"내가 준열 씨 옆에 있는 거. 준열 씨가 내 옆에 있는 거. 우리 둘이 같이 사진 찍는 거. 어색하고, 익숙지 않다는 핑계 같은 건 없어도 되도록. 당연해졌으면 좋겠어요."

이미 그녀의 옆에 있는 일은 당연해진 게 아니었나. 적어도 준열의 안에선 그렇게 자리를 잡아 가고 있었다. 지금 자신이 떼어 주는 마음들은 다시는 재생되지 않을 것이었다. 다신 이후엔 누구도 없을 것이었다. 그래서 아낌없이 전부 떼어 줄 생각이었다. 설령 그녀가 준열의 마음을 전부 가져가 달아난다 해도 어쩔 수 없이. 이미 주기 시작한 마음은 멈출 수 없었고, 그녀에게만 주고 싶었다. 이제 이준 열에게 홍다진은 오로지 단 하나의 존재였다.

조금씩 익숙해진 입맞춤은 당연해지고 있었다. 예쁜 말을 담는 입술. 부드럽게 곡선을 그리는 입술. 포근히 보듬고 사랑해 주고픈 입술. 두 개의 맞닿은 입술은 서로에게 자신의 행복을 전하고 있었다.

7.

덜컹거리며 흔들리는 창문을 불안한 시선으로 바라보던 다진은
휴대폰 소리에 움찔 놀랐다. 휴대폰에 손을 뻗으면서도 온 신경은
창밖에서 들리는 날카롭고 매서운 바람 소리에 쏠려 있었다.

"여보세요?"

─목소리가 왜 그래요?

"날씨가 좀⋯⋯!"

하늘이 무너질 것처럼 울리는 커다란 천둥소리에 말이 턱 막혔
다. 창문을 깨고 들어올 듯 흔드는 바람과 쉬지 않는 천둥, 번개, 한
치 앞도 보이지 않을 것 같은 빗줄기가 합쳐지니 두려웠다. 다진의
기억 속엔 도심에서 이토록 심한 태풍은 처음이었다. TV 수신 상황
도 좋지 않은지 뉴스를 볼 수도 없었다.

─집에 안 갔어요?

오늘 다진과 희경은 각자의 본가에 가기로 했다. 희경은 아침 일찍 출발했고, 다진은 낮엔 본가에 아무도 없다고 해서 오후에 느긋하게 갈 생각이었다. 그런데 점심때쯤부터 비가 내린다 싶더니 순식간에 날씨는 포악하게 변해 버렸다.

"저녁 시간 맞춰서 가려고 했었거든요. 그런데 날씨가 이래서 아무래도 못 갈 것 같아요."

—내일까진 절대로 밖에 나가지 말아요.

"네. 준열 씨도 꼼짝 말고 집에 있어요."

—희경 씨는 갔어요?

"네. 아침 일찍 갔어요. 이럴 줄 알았으면 나도 희경이 갈 때 같이 갈 걸 그랬어요."

—많이 무서워요?

"별일 없겠지만 이런 건 처음이라 겁나긴 해요."

—기다려요.

"네?"

—금방 갈게요.

"잠깐만요, 준열 씨! 어떻게 오려고요? 지금 비도 너무 많이 오고"

—조심해서 운전하고 갈게요.

"준열 씨 여기까지 오는 동안 나 너무 불안할 것 같아요."

—잠깐만 불안해요. 안 가면 나는 희경 씨가 올 때까지 불안할 테니까 그러느니 지금 다진 씨가 잠깐 불안한 게 낫잖아요.

반박하려던 다진의 입이 꾹 다물어졌다. 전화를 끊고 다진은 휴대폰을 두 손으로 꽉 쥐었다. 불안과 설렘이 뒤섞여 지금 자신의 감정이 무언지 제대로 알 수가 없었다. 준열이 무사히 오기만을 바랐다. 창밖의 빗줄기는 여전히 매서웠고, 창문을 덜컹이게 하는 바람 역시 잦아들 줄을 몰랐다.

30여 분이 지났을 때 초인종이 울렸다. 다진은 인터폰을 통해 문을 열 수 있는데도 현관까지 달려 나갔다. 그리고 직접 문을 열었다. 주차를 하고 차에서 내려 아파트까지 들어오는 잠깐 사이에도 그의 어깨는 흠뻑 젖어 있었다. 준열은 들어서기 전에 어깨와 머리의 물기를 털어 냈다.

"수건 가져올게요. 우산 안 쓰고 왔어요?"

"잠깐이니까."

"저렇게 비가 많이 오는데 잠깐이라도 써야죠."

"써도 소용없겠더라고요."

빗줄기가 바람을 따라 옆으로 비껴 내리고 있긴 했다. 물기를 어느 정도 닦아 내고 안으로 들어온 준열은 선풍기 바람으로 남은 물기를 말렸다.

"마실 거 뭐 좀 줄까요?"

"아무거나 시원한 거."

냉장고에서 탄산수를 꺼내 컵에 따라 그에게 가져다주자 그는 단숨에 한 컵을 비웠다.

"갈증 났어요?"

"습하고, 덥고."

"에어컨 켤까요?"

"그 정돈 아니에요."

"그런데 저 가방은 뭐예요?"

다진이 현관 옆에 놓인 가방을 가리켰다. 준열이 가지고 온 자그마한 보스턴백이 놓여 있었다.

"오늘내일 갈아입을 옷가지랑 뭐 그런 거."

담담한 그의 말과 다르게 다진의 눈은 동그래졌다. 날씨가 계속 저렇게 좋지 않으면 혼자 자는 게 무서울 것 같긴 했다. 그가 이렇게 왔다가 밤에 돌아가겠다고 하면 그것도 걱정이긴 했다. 그렇지만 그가 이렇게 아무렇지도 않게 자고 갈 생각을 하고 올 줄은 몰랐다.

"소파 쓸게요."

그를 소파에서 재울 생각은 없었지만 다진은 일단 고개를 끄덕였다. 다진의 생각과는 다르게 준열은 꼭 소파에서 잘 터였다. 아마 지구에 다진과 준열, 단둘만 남았다고 해도 그는 절대 다진에게 쉽게 손을 대지 않을 터였다.

지난 두 달간 다진이 그에 대해 확신을 갖게 된 일이었다. 그는 스킨십을 어렵게 생각하는 정도가 아니라, 아예 없는 것처럼 여겼다. 오히려 다진이 서운하다고 생각할 정도였다. 아무리 깊은 키스를 해도 그뿐. 모르긴 몰라도 그의 자제력에는 경의를 표해야 할 일이었다.

"오면서 라디오 들었는데 전국이 다 이렇다더라고요. 비는 오늘 늦은 밤부터 그칠 테지만 바람은 내일까진 저렇게 불 거래요."

"안 그래도 TV 수신이 안 좋아서 뉴스도 못 보고 궁금했는데. 오늘 밤엔 비라도 그친다니 다행이네요."

"집에 못 가서 어떻게 해요?"

"다음 주에 가면 되죠. 특별히 무슨 일 있어서 가려는 건 아니니까요. 참 희한한 게 나와 살기 시작하니까 가끔 집에 가려고 해도 우리 부모님, 내 동생 있는 집인데도 괜히 내가 불청객 같고 불편하더라고요. 아침에 가 있어도 되는데 아무도 없다니까 혼자 가서 뭐 하나 싶기도 하고, 어차피 여기서 혼자 있으나 집에 가서 혼자 있으나 매한가지면 편한 내 집에 있다가 가야지, 싶어서 안 가고 있었어요. 준열 씨도 그래요?"

그런 마음이 들어도 생각하지 않으려 애썼다. 진짜 가족이 아니어서 그렇게 느끼는 건 아닐까, 하는 불안이 찾아올까 봐.

"누구나 편한 자기 공간 있기 마련이잖아요."

"준열 씨 편한 공간은 어디예요?"

지금. 여기. 다진에게 오려고 마음먹는 순간 고민할 것도 없이 옷가지를 챙겼다. 오는 동안에도 그런 생각은 못 했다. 그런데 다진이 물어 오니까 알아 버렸다.

준열에겐 준열의 집도 편하지 않았다. 집에 작업실을 두면 편하지 않을 걸 알고 있었다. 그래서 고민하기도 했지만 당시엔 스스로를 편하게 쉬도록 하고 싶지 않았다. 그래서 방 하나를 작업 공간으로 꾸몄고 집에 있으면서도 두 가지의 다른 화풍을 위해 끊임없이 자신을 채찍질했다. 그렇기에 준열에게 완전하게 편안한 공간이란 없었다.

다진이 답을 기다리며 준열을 쳐다보고 있었다. 지금, 여기, 네 옆, 이라고 하면 그녀는 웃을까.

"여기."

"여기?"

준열이 고개를 끄덕였다.

"여기 내년에 계약 끝나는데 들어올래요?"

그녀를 웃게 할 생각이었는데 준열이 웃고야 말았다. 그리고 준
열이 웃는 모습을 보고 다진도 함께 웃었다. 여전히 밖의 날씨는 흐
렸고, 천둥 번개가 무섭게 하늘을 울리고 있었다. 잠시 창밖을 내다
보던 다진의 눈동자에 불안이 스쳤다.

"아직도 겁나요?"

"아니요."

전혀 그렇지 않다는 듯 다진이 고개를 저었다. 하지만 준열이 빤
히 쳐다보자 속일 수 없다고 생각했나 보다. 어깨를 축 늘어뜨렸다.

"눈이 많이 와도 그렇고, 이럴 때면 동생 걱정이 좀 돼요."

"군대에 있다고 했죠?"

"강원도요."

"비도 걱정이지만 눈 걱정이 많겠네."

"준열 씨는 군 생활 어디서 했어요?"

"나도 강원도에 있었어요."

"힘들었겠다."

"나만 한 것도 아닌데요, 뭐."

쪼그리고 앉아 양팔로 제 무릎을 감싸고 있던 다진이 볼을 팔에
대고 준열을 빤히 쳐다봤다.

"준열 씨는 어렸을 때도 무뚝뚝했죠?"

"응. 왜요?"

260

"그랬을 것 같아서요. 준열 씨 아버님도 무뚝뚝하세요?"

"살가운 편이세요. 난 우리 부모님 안 닮았어요."

"촬영은 언제예요? 방송은?"

"촬영은 다음 주부터, 방송은 3주 뒤쯤."

준열의 어머니가 요리 연구가였다고 하더니, 방송국 시사/교양 프로그램에서 어머니의 생활하는 모습을 촬영해 갈 예정이라고 했다. 방송에 나갈 마음은 없었지만 어머니의 생활을 촬영하는 거라 어쩔 수 없이 준열도 잠깐이지만 방송에 나오게 될 거라고 했다.

"꼭 챙겨 볼게요."

"그럴 필요 없어요."

"왜? 꼭 볼 거예요! 준열 씨, 집에 나 만나는 거 얘기했어요?"

할 기회가 없었다, 라면 그건 거짓이었다. 준열이 답이 없자 다진은 그럴 줄 알았다는 듯 입술을 비죽였다. 하지만 이내 씩 웃었다.

"나도 아직 말 못 했어요. 오늘 가서 하려고 했는데 다음 주에 가서 하려고요."

"뭐라고 얘기할 거예요?"

"남자친구 생겼다고……."

준열의 입매가 부드럽게 휘었다. 그의 이런 표정은 처음이었다. 만족스러워 보였다. 더 많이, 더 크게 웃게 하고 싶었다.

"준열 씨, 내 남자친구 맞잖아요."

그의 웃음이 낮게 터져 나왔다. 그러곤 살짝 다진을 보고 있던 고개를 반대쪽으로 틀었다. 다진은 고개를 돌린 그를 멍하니 쳐다보다가 무릎을 꿇고 앉았다. 그리고 양손으로 준열의 팔을 잡았다. 그

감촉 때문에 준열이 다시 다진 쪽을 쳐다봤다.

"좋은 거죠?"

"응?"

"준열 씨가 내 남자친구인 거."

"그럼. 좋죠."

"나도 말해 줘요."

"뭐? 홍 화백이 내 여자친구인 거?"

다진이 말했을 때 낮게 웃으며 고개를 돌리던 모습과 달리 준열
은 담담하게 얘기했다. 알고 하는지는 모르지만 이 남자 은근하게
사람을 밀었다 당기길 잘 한다는 생각이 들었다.

"좋아요?"

그가 이렇게 확인하려 들면 모른 척하고 싶은데 자꾸만 웃음이
나서 그럴 수가 없었다. 다진이 맑게 웃으며 고개를 끄덕였다.

거실 바닥에 나란히 앉은 둘은 몸 쪽으로 바짝 당겨 놓은 테이블
아래로 두 다리를 쭉 뻗고 있었다. 테이블 앞에는 의자 위에 사과가
하나 놓여 있었다. 다진은 준열이 알려 주는 대로 정물화를 그리는
중이었다.

"잘 하고 있어요."

딱딱하고 형식적인 그의 말투에 다진이 연필을 놓고 그를 쳐다봤
다.

"준열 씨, 선생님은 절대 못 하겠어요."

"왜요?"

"거짓말 칭찬이 너무 티가 나서요."

거짓말이 아니었다는 변명도 없었다. 다진이 두 눈을 동그랗게 떠도 그는 입을 꾹 다문 채 사과와 다진이 그리다 만 그림을 번갈아 쳐다볼 뿐이었다.

"우와, 얄미워."

"내가요? 왜?"

"지금 '이 쉬운 걸 왜 못하지?' 그런 생각 했죠."

이번에도 부정은 없었다. 그의 표정으로는 아무것도 알 수 없을 것 같았고, 그래서 어서 그를 잘 알게 되기를 바랐었다. 그런데 이렇게 바로 티가 나는 표정도 있다니 재밌고 신기했다.

"난 처음 해 보는 거잖아요. 준열 씨는 직업이고. 내가 못하는 건 당연하죠! 자기는 사진도 자연스럽게 못 찍으면서."

툴툴거리는 게 귀여웠다. 그런데 그 와중에 귀에 확 꽂힌 말이 한마디 있었다. 자기. 다진은 자신이 뭐라고 말했는지 모르는 것 같았다.

다진은 다시 연필을 들고 사과를 신중하게 쳐다봤다. 어찌나 유심히 보는지 그림을 그리려는 게 아니라 염력으로 사과를 반쪽으로 쪼개려는 것같이 느껴질 정도였다. 이 상태로 다진이 정물화를 마친다면 그녀는 오늘 밤 어깨가 꽤 아플 것 같았다. 준열이 오른손을 그녀의 오른쪽 어깨 위에 올렸다. 그리고 살짝 누르자 그녀의 어깨에 더욱 힘이 들어갔다.

"힘 빼요."

"또 힘 들어갔어요?"

"잔뜩."

그제야 다진의 어깨에 힘이 빠지고 축 늘어졌다. 그리고 준열에게 제 몸을 기댔다. 다진과 스킨십을 할 때마다 준열은 자신의 자제력이 얼마나 대단한지 새삼 느껴야 했다. 단순한 몸의 반응이 아니었다. 생각과 마음 그리고 몸이 함께 그녀를 향해 있었고, 그녀를 원했다. 그걸 참아 내는 건 끝없는 싸움처럼 느껴졌다.

"다진 씨."

"네?"

"내가 입양아인 거, 다진 씨한테 어떤 느낌이에요?"

준열은 다진이 고개를 들고 자신을 쳐다볼 거라고 생각했다. 하지만 그녀는 조금 더 편안히 몸을 기대 왔다.

"아무 느낌도 없어요."

아무…… 느낌도 없을 수 있나?

"무관심은 절대 아니에요, 준열 씨. 지난번에 얘기했었잖아요. 나도 준열 씨 부모님 존경하겠다고. 쉽지 않은 일이었을 텐데 준열 씨를 잘 키워 주셨잖아요. 세상엔 자기 친자식에게, 혹은 친부모에게 어떻게 그럴 수가 있지, 라는 생각이 들 정도의 일도 생겨요. 준열 씨가 입양아인지 아닌지는 중요하지 않아요. 준열 씨가 좋은 부모님을 만난 게 중요하죠."

준열의 가슴이 뜨거워졌다. 견딜 수 없이 힘껏 그녀를 안고 싶어졌다.

"준열 씨는 준열 씨가 입양아인 게 어떤 느낌이에요?"

"어려워요. 내가 내 마음을 믿을 수가 없기도 하고……. 지금은 아예 왕래가 없는 외삼촌이 한 분 있었어요. 그분한테 나보다 4살 많은 아들이 한 명 있거든요. 그 형이 내가 입양아인 걸 알려 줬어요. 내가 초등학교 3학년일 때. 너는 네 친부모가 싫어서 버린 애야. 그래서 지금 너희 엄마 아빠가 주워다 키우는 거야. 네가 알고 있는 걸 부모님이 알게 된다면 또 버림받게 될걸. 그렇게 알려 줬어요.”

다진의 눈이 동요로 일렁였다. 초등학교 3학년이면 겨우 열 살인데. 그가 받았을 상처가 고스란히 다진의 마음에도 새겨지고 있었다.

“그리고 고등학교 때 외삼촌이 다시 한 번 부모님이랑 같이 있는 자리에서 공표를 했죠. 너는 무슨 복을 타고나서 친부모도 아닌 사람들한테 이런 호의를 받고 있느냐고. 자기는 자기 친누나, 친매형인데 도움 한 번 제대로 못 받는다고. 어려서부터 그 외삼촌이나 형이 나를 늘 이상한 시선으로 봤었어요. 부모님이 다른 친척들이랑은 잘 지내게 해도 그 외삼촌이랑은 절대로 둘이 두지 않았어요.”

준열만큼이나 그의 부모님도 힘겨운 시간이었을 게 눈에 보였다. 다진은 담담하게 얘기하는 그의 말을 들으며 이를 악물 수밖에 없었다.

“정말 복을 타고났는지도 몰라요. 비록 친부모 아래에서 잘 살 수 있는 복은 아니지만 나를 더 잘 키워 줄 수 있는 부모님을 만난 거니까요. 그래도 내가 아니었다면 우리 어머니가 그 외삼촌 눈치를 그렇게 보지 않아도 됐겠죠.”

준열은 천천히 말을 했다. 그의 말을 듣는 내내 겹쳐진 몸으로 말의 울림이 전해졌다. 그의 얘기가 끝나고 잠시간 가만히 있던 다진은 준열에게 기대고 있던 몸을 살짝 일으켰다. 그리고 그를 부드럽게 끌어당겨 안았다.

"그런 생각 하지 말아요, 준열 씨. 그렇게 눈치를 보면서도 준열 씨 품어 주신 부모님이잖아요. 분명 누구보다 준열 씨 사랑해 주신 분들이잖아요. 준열 씨는 그냥 부모님 사랑받고, 그 사랑에 감사하면 돼요. 그렇게 아픈 생각은 하지 말아요, 준열 씨."

아픈 생각이었다. 이젠 면역이 된 줄 알았는데 다진의 따뜻한 품, 그녀의 심장 소리, 차분하지만 진심이 느껴지는 그 음성이 합쳐지니 준열의 마음이 와르르 무너졌다. 아픈 거였구나. 내가 나에게, 그리고 내 부모님에게 이렇게나 상처를 입히고 있었구나. 진짜 위로라는 건 이런 거였구나.

준열은 편안히 다진의 품에 안겨 있었다. 지금. 여기. 다진의 옆이 편할 수밖에 없는 이유가 다시 한 번 확실해졌다.

"그래도 나는 나 같은 애는 안 만들고 싶어서 혼전순결 계속 고집할 거예요. 이해해 줘요."

밀어내려는 건 아니었는데 다진이 준열에게서 다급하게 몸을 떼다 보니 그를 밀어낸 꼴이 되었다. 놀랐는지 준열의 눈이 동그래져 있었다.

"뭘 고집한다고요?"

"혼전순결."

"혼전……! 그래요? 그랬구나. 그럼……. 응, 알았어요."

당황한 모습 그대로 다진은 어쩔 줄을 몰라 했다. 무슨 말을 하려는 건지 알아들을 수 없게 웅얼거릴 뿐이었다. 그리고 그 끝에 의미를 알 수 없는 미소를 걸었다.

"왜 웃어요?"

"아니요. 아니에요. 준열 씨, 저녁 뭐 먹을래요?"

"웃고 있잖아요."

"원래 잘 웃어요. 왜요? 웃지 말까요?"

그럼에도 다진은 정색하지 못했다. 도대체 왜 이렇게 웃음이 나는 걸까. 그를 마주 보고 있기가 민망할 정도였다. 그리고 평소 다진이라면 상상도 할 수 없는 질문이 불쑥 튀어나왔다.

"힘들게 참는 거죠?"

질문을 듣기 무섭게 준열에게서 웃음이 터졌다. 평소 그답지 않게 연신 소리를 내며 웃는 그의 얼굴이 화사해 보였다. 이렇게도 웃을 수 있는 사람이구나. 내가 이 사람을 이렇게 웃게 했구나. 다진도 웃음이 났다.

"홍 화백은 상상도 할 수 없을 만큼."

"나 지금 키스하고 싶은데…… 안 돼요?"

"그것마저 못 하게 하지 말아요."

다진의 허리를 잡아 자신의 품으로 잡아당긴 준열의 입술이 그녀의 입술에 닿았다. 지금까지도 늘 그랬지만 유독 더 깊고 짙게 느껴지는 키스였다. 하지만 그 어느 때보다도 더욱 달콤하고 행복했다. 서로를 향해 있던 마음의 반쪽이 만나 하나가 되듯 합쳐지고 있었다.

*

　　다진과의 통화가 끝난 뒤 준열은 무작정 본가로 향하는 중이었
다. 이젠 점점 누군가가 자신의 운명을 가지고 장난을 치는 게 아닐
까 하는 생각이 들었을 정도였다.

　　원래 본가에 가기로 했던 주에 다진은 가지 않았다. 몇 주 뒤에
남동생이 휴가를 나온다고 했다며 그때 갈 예정이라고 했었다. 그리
고 오늘, 본가에 간 그녀는 가족들과 함께 TV를 보다가 놀랐다며
전화를 해 왔다.

　　─우리 엄마, 준열 씨 어머님이랑 아는 사이래요! 아니, 알았던 사이.
준열 씨 어머니는 우리 엄마 기억 못 하실지도 모른다고 했으니까…….

　　'무슨 얘기예요, 다진 씨.'

　　─준열 씨 어머니 예전에 요리학원에서 강사도 하셨었어요?

　　'네.'

　　─그때 저희 엄마가 수강생이었대요. 지금 준열 씨 어머니 나온 방송
을 마침 케이블 채널에서 재방송해 주기에 가족들이랑 같이 봤거든요.
그런데 엄마가 준열 씨 어머니 보고 아는 분이라고 하더라고요. 신기하
지 않아요?

　　신기하기 이전에 기이할 정도로 다진을 향한 마음이 들끓을 뿐이
었다. 나를 위한 사람. 내가 꼭 가져야 할 사람. 나만의 사람. 그런
마음뿐이었다.

　　지금 본가에 가서 뭘 어쩌려는 건지 생각도 없이 일단 출발부터
했다. 이런 욕심을 부려 본 적이 있었나. 사람이 이렇게까지 무언가

를 갈망할 수 있는 걸까. 운전하는 내내 준열의 머리는 복잡했다. 하지만 마음은 더 빨리 움직이라고 재촉하고 있었다.

"준열아."

예고도 없이 찾아왔지만 영이와 중헌은 개의치 않고 반겼다.

"요즘 자주 보네."

촬영 때문이긴 했지만 몇 주간 하루걸러 하루씩 보기도 했으니 자주이긴 했다. 전시회를 시작하고 첫날, 화랑을 찾은 영이와 중헌은 〈우연히, 그녀〉 속의 여자가 누굴까 궁금해했다. 당시엔 다진과 정확히 어떤 관계라고 이를 수 없어서 그저 그림일 뿐이라고 답했다.

하지만 얼마 전, 영이가 전시회 막바지에 화랑을 찾아 준열과 도란도란 얘기를 나누는 장면을 촬영할 때 준열은 솔직히 얘기했다. 그림 속 여자가 지금은 내가 만나는 사람이 되었노라고. 영이도 중헌도 뭐라 말할 수 없이 기뻐했다. 아들이 누군가를 마음에 담은 걸 감사했다.

"저녁은?"

"먹었죠. 식사하셨죠?"

"그럼. 과일 뭐 먹을래?"

"그 전에 저 드릴 말씀이 있어서 왔어요."

영이도 중헌도 의아한 표정을 지어 보였다. 소파에 앉아 자신을 뚫어져라 쳐다보는 영이와 중헌을 보자 준열은 선뜻 말을 하기가 어려워졌다. 드릴 말씀보단 부탁에 가까웠다. 그리고 지금껏 살며 이렇다 할 부탁을 해 본 적이 없었다.

"무슨 일인데 그래?"

준열이 말하기 전까진 예측할 수도 없어서 더욱 초조했다. 재촉하려는 건 아닌데 중헌은 자신도 모르게 먼저 입을 열고야 말았다. 영이는 제 두 손을 꼭 쥐고 있었다.

"부탁, 하나만 드리려고요."

부탁이라는 그 소리에 중헌과 영이의 몸이 앞으로 살짝 기울었다. 그러곤 서로를 바라봤다. 부탁이라니. 준열이 우리에게 부탁이라니.

"뭔데, 준열아. 뭐든 말해."

"지난번에 만나는 사람 있다고 말씀 드렸었잖아요."

"응."

"그 사람 어머니가 어머니께서 예전에 요리학원 강사 하실 때 그 학원에 다닌 수강생이셨대요."

영이의 두 눈이 동그래졌다. 그리고 이내 미간을 좁히고 뭐든 떠올려 보려고 애썼다.

"누굴까. 다 기억하진 못하는데."

"방송 보고 어머니 한번 뵙고 싶다고 지나는 말로 얘기하셨다나 봐요."

"만나 보라고?"

도대체 이 얘기의 요점이 뭘까 중헌도 영이도 어서 듣고 싶어 하는 눈치였다.

"어머니가 괜찮으시다면요."

"그 집 어머께 점수를 따겠다는 거야?"

중헌의 입매가 실룩였다. 아니라고 부정할 수 없는 준열은 머쓱해졌다. 부모님께 이런 얘길 해도 될까 망설여지긴 했지만 그의 말이 사실이었다. 자신이 직접 다진의 부모님을 찾아뵙고 마음에 들도록 노력도 해야 할 테지만 자신에게 이득이 될 수 있는 무언가가 있다면 뭐든 이용하고 싶었다.

"그럼. 만나야지. 만날게. 그 정도도 못 할까."

"이런 부탁 죄송해요."

"무슨! 얼마든지 얘기해. 뭐든 얘기해, 준열아."

방송 인터뷰 중 준열에게 부모님이 입양 사실을 숨기지 않는 것에 대해 어떻게 생각하느냐는 물음이 있었다. 사전 인터뷰에 없던 질문이었다. 하지만 준열은 당황하지 않았다.

'왜 숨겨야 하는지부터 알려 주시겠어요? 제가 저희 부모님의 자식이 된 건 감사하고 축복받은 일입니다. 숨겨야 할 이유를 모르겠는데요.'

방송엔 나오지 않았다. 하지만 작가에게 그 얘길 전해 들은 영이는 소리 없이 울었다. 꼭 잡은 준열의 손을 절대 놓지 않고 그렇게 울었다.

언젠가 부모의 마음을 이해할 수 있을까. 훗날 자신의 아이가 생긴다면 영이나 중헌의 마음을 조금 더 잘 알 수 있을까. 그렇다면 자신의 아이에겐 다진이 엄마가 될 수 있도록, 그녀가 엄마이도록 만들고 싶었다.

"우리도 그 아가씨 보고 싶은데."

중헌이 조심스럽게 얘기를 꺼냈다.

"네. 다진 씨도 두 분 뵙고 싶대요."

"그래? 우리를?"

"좋은 분들이실 것 같다고……. 저 어렸을 때 얘기도 듣고 싶다고요."

준열이 옅게 미소 지었다. 중헌과 영이의 표정엔 뭐라 이를 수 없는 감정이 스치고 있었다. 왜 그간 이렇게 투명하고 맑은 두 분의 눈을 보고 어떤 얘기도 하지 못했었는지 죄송할 따름이었다. 그저 의무감처럼 가지고 있던 감사함과 존경하는 마음이 마음속에 진심으로 깃드니 이렇게 자세히 들여다볼 수 있는 것을.

"너 어렸을 때 앨범 보여 줘야겠구나."

중헌의 목소리에 물기가 어렸다.

"그래. 얘기도 많이 해 준다고 언제든 오라고 해."

눈가가 촉촉해진 영이가 곱게 웃었다. 준열은 이제야 알 것 같았다. 자신이 왜 한은을 사랑할 수 없었는지. 그녀에게선 이러한 사랑을 받지 못했다. 다진이 자신을 이해하고 자신의 부모님까지 웃게 만들어 준 일을 그녀는 하지 못했다. 사랑을 주는 것에 서툰 두 사람이 노력조차 하지 않았기에 어긋날 수밖에 없었다.

요즘 준열은 내일, 혹은 시간이 흐른 뒤를 상상하는 일이 잦아졌다. 지금 자신의 부모님과 있는 이 자리에 다진이 함께 있을 시간은 어떠할까. 그녀는 이곳에 또 어떤 변화를 불러일으킬까. 그녀와 마주하는 자신의 부모님은 어떻게 웃을까. 어서 그 시간이 오기만을 바랄 뿐이었다.

※

다진이 알려 준 대로 그녀의 본가에 도착한 준열은 깊게 호흡을 골랐다. 오늘 그녀의 부모님께 인사를 드리기로 했는데 긴장이 자꾸만 준열의 목울대를 툭툭 건드렸다. 차에서 내려 잠시 어깨를 펴고 마음을 가라앉히려 했지만 쉽지 않았다. 결국 긴장을 머금은 채로 뒷좌석에서 양손 가득 짐을 내리는데 다진이 준열에게로 다가왔다.

"뭐가 이렇게 많아요?"

"뭘 사야 할지 모르겠더라고요."

"그냥……. 이러면 나도 준열 씨 집에 갈 때 어떻게 해야 할지 걱정되잖아요."

"그런 걱정 안 해도 돼요. 꽃다발만 좀 들어 줘요."

향긋한 꽃향기가 가득 담긴 꽃다발을 꺼내며 다진은 웃었다. 다진의 아버지, 민성이 술을 좋아한다고 귀띔해 줬더니 술 한 병과 화과자에 갈비 세트, 꽃다발까지 준비해 왔다. 묵직하게 양손 가득 짐을 든 그가 왜 그렇게 듬직해 보이는지 몰랐다.

"준열 씨 집에 온다고 해서 재훈이 외박 나왔어요."

"귀한 휴가를 나 때문에 썼다고요?"

"귀한 사람 오니까."

준열의 슈트 깃을 매만지며 다진이 생글 웃었다. 목까지 치솟았던 긴장이 잠시나마 가라앉았다. 다진의 집에 인사를 갈 거라고 했더니 승태가 농담처럼 한 얘기가 있었다.

'집에 인사 가는 것 정도는 일도 아니잖아? 해 본 일인데, 뭐.'

그럴 줄 알았다. 하지만 지금 준열의 긴장은 상상을 초월했다. 이

럴 때 비교하고 싶진 않지만 과거 한은의 부모님을 만났을 때 어땠
는지 전혀 떠오르지 않는 건 물론, 이런 긴장이 없었다는 건 확실했
다.

"준열 씨."

"응?"

"긴장 좀 풀어요."

"잘 안 돼."

연거푸 심호흡을 해도 긴장이 가라앉지 않는지 준열은 엘리베이
터에 올라서서는 두 눈을 감고 있었다. 준열의 긴장이 다진에게도
고스란히 전해졌다. 다진이 준열의 허리에 팔을 두르고 그의 볼에
살짝 입을 맞췄다.

"정장 잘 어울려요. 멋있어."

다진은 자신을 바라보는 준열의 입술에 다시 한 번 입을 맞췄다.
입술이 떨어지자 준열이 빙긋 웃었다.

"나 처음엔 준열 씨가 잘 웃지 않는 사람인 거 조금 불만이었는
데 이젠 좋아요."

"왜요?"

"아무한테나 웃지 않으니까."

누구도 당신만큼 날 웃게 하지 못하니까.

답을 끝마칠 틈이 없이 엘리베이터 문이 열렸다. 다진이 먼저 내
려 현관 도어록에 카드키를 가져다 댔다. 삐리릭 소리와 함께 문이
열리고 준열은 크게 숨을 들이쉬었다 내뱉었다. 그리고 안으로 걸음
을 내디뎠다.

"안녕하세요."

현관 중문 앞에는 다진의 동생 재훈이 나와 있었다. 준열의 손에 들린 짐을 받아 들겠다고 나서는 게 귀여웠다. 병장이라더니 군인 신분으로 보자면 조금 긴 머리 때문에 더욱 그렇게 보였다.

안으로 들어서자 그녀의 부모님이 준열을 기다리고 있었다. 허리를 깊이 숙여 인사를 하고 어머니인 미경에게 직접 꽃다발을 건넸다.

"안녕하세요. 이준열입니다."

잠시간 다소 어색한 기운이 감돌았다. 그건 준열이 낯선 이이기 때문이 아니었다. 다진을 통해 준열의 지난날 얘기를 들었기 때문이었다.

"앉아요."

미경이 가리킨 자리에 준열이 앉자 다진이 그 옆에 다가와 앉았다. 지금 이곳에서 생글생글 웃고 있는 건 다진뿐이었다. 그 모습을 보자 어째선지 준열의 긴장됐던 마음이 차분하게 가라앉았다.

"다진이랑 만난 지 얼마 되지 않았다고요."

"네. 이제 넉 달쯤 되었습니다."

"이런 인사는 조금 더 나중에 받을 수 있을 줄 알았는데."

민성은 서운함을 담아 말을 잘랐다. 준열은 민성이 감정을 드러내는 것이 좋았다. 그렇게 귀한 다진이기에 그녀에게 어울리는 남자로 인정받고 싶었다.

"당장 결혼하겠다는 게 아니라 일단 지금 제가 어떤 사람 만나고 있는지 보여 드리는 거라니까요."

"지금껏 누구도 보여 준 적 없잖아."

미경의 얘기에 준열은 희미하게 웃었다.

"누나도 나이가 나이니까."

"스물여덟밖에 안 됐거든."

"그러니까 더 나이 들기 전에 결혼해야지."

그렇다면 내가 데려가죠.

준열이 못한 말을 안다는 듯 갑자기 모두의 시선이 준열에게로 향했다. 당황한 준열이 움찔 놀라자 다진이 웃었다.

"마실 거 뭐 줘요? 시원한 거?"

"아, 내 정신 좀 봐."

미경이 자리에서 일어나자 다진도 함께 일어났다. 두 사람이 마실 거리를 준비하는 동안 준열은 재훈의 시선에 얼굴 어딘가 구멍이 날 거라 생각했다.

"지난 일 얘기는 들었네. 말은 편히 해도 되지?"

"네, 그렇게 해 주세요."

"아무리 당장 결혼하겠다는 게 아니라고 해도 나도 다진이 엄마도 영 석연치 않아서."

"그러실 거라고 생각합니다. 그래서 조금 빠르게 인사를 드리고 싶었습니다. 다진 씨랑 만나는 기간 동안 지켜봐 주시고 인정해 주셨으면 해서요."

"다진이 엄마랑 자네 어머니랑 예전에 잠깐 연이 닿았었다고 하던데."

"네. 말씀 드렸더니 직접 뵈어야 누군지 알 수 있을 것 같다고 하셨습니다."

"댁에서 다진이를 알고 계시는 건가?"

"만나는 사람이 있다고만 알고 계십니다. 제가 먼저 인사를 드리러 오는 게 도리인 것 같아서 다진 씨는 후에 인사시킬 생각입니다."

"그 후라는 게 얼마나 뒤인가?"

당장은 아니었으면 하는 뜻일 거다. 준열이 본인들의 마음에 든 뒤에 다진을 준열의 집에 인사시키길 바라는 뜻이리라.

"어머님, 아버님께서 저를 다진 씨랑 만나도 좋을 사람으로 봐 주시면 그때 인사시키도록 하겠습니다."

준열의 옆으로 다가와 앉으며 다진이 웃었다. 각자 취향에 맞게 마실 거리를 가져왔고 준열에겐 유리컵에 얼음을 넣은 오미자차를 내주었다.

"엄마가 직접 담근 건데 맛있어요."

"잘 마시겠습니다."

준열이 미경을 향해 인사를 전했다. 미경은 옅게 웃었다.

"누나한테 들었는데 '사람이 중요하다' 그 슬로건 광고 형이 그린 거라면서요?"

"네."

"엄마도 그 광고 좋아했는데."

재훈이 미경을 힐끔 쳐다봤다. 미경은 미소를 지은 채 긍정도 부정도 하지 않았다.

"정확히 하는 일이 뭔가? 다진이한테 얘길 듣긴 했는데 모르는 분야다 보니 얼추 듣는 소리로는 모르겠더라고."

"프리랜서 일러스트레이터입니다. 주로 출판물 관련 일러스트 일이 많고, 외에는 벽화 그리거나 광고 일도 하고요. 전시회도 가끔 여는데 전시 목적보다는 판매 목적입니다."

"출퇴근하는 일이 아니면 생활 패턴이 뒤엉키진 않나?"

"밤낮 바뀌는 일은 없습니다. 잠이 많지 않은 편이기도 하고, 제가 생활이 무너지는 게 싫어서요. 많이 바쁠 때가 아니면 출퇴근한다는 생각으로 시간을 정해 두고 합니다."

내내 굳어 있던 민성의 표정이 잠깐 풀어졌다. 그러자 기다렸다는 듯 그 틈에 다진이 불쑥 끼어들었다.

"준열 씨 지금 면접 보는 거예요?"

장난스럽게 웃으며 묻는 다진의 말엔 당해 낼 수 없는지 민성도 웃었다. 그녀는 집에서 분위기 메이커는 재훈의 역할이라고 했지만 꼭 그렇지만은 않을 것 같았다. 다진이 한 번 웃은 걸로 분위기는 확실히 변했다.

"준열 씨, 배 안 고파요? 나 배고픈데."

"기다려. 밥이 아직 안 됐어."

미경의 얘길 듣고 보니 집 안 가득 음식 냄새가 차 있었다. 긴장이 풀어진 줄 알았더니 그런 것도 모를 정도였나 보다.

"어머니가 요리를 워낙 잘하셔서 내가 한 음식이 입에 맞을까 모르겠네요."

"다진 씨가 어머니 요리 솜씨 자랑을 해서 기대하고 왔습니다."

미경이 가늘게 뜬 눈으로 다진을 쳐다봤다. 다진은 씩 웃고 준열에게 기대해도 좋다며 엄지를 치켜세웠다. 분명 지금 다진도 준열만큼 긴장하고 있을 터였다. 그녀가 말했고, 그녀의 가족들이 말했듯 만나는 이를 집에 소개하는 게 처음이라고 했다. 그러니 지금 이 자리에서 긴장하지 않은 이는 없을 듯했다.

재훈이 미경의 상차림을 도왔다. 다진이 도울 줄 알았는데 그녀는 준열의 옆에서 떨어지지 않았다.

식사 때 민성은 준열에게 술을 권했다. 재훈도 한두 잔 함께 마시긴 했지만 그뿐이었다.

"잘 마시네."

식사는 마쳤지만 술자리는 계속되었다. 민성은 넙죽넙죽 잘 받아 마시는 준열이 마음에 들었는지 웃음도 늘고 말투나 태도도 조금 누그러져 있었다.

"하나밖에 없는 딸이니까 어떤 사람을 만나든 내 딸 위해 주는 좋은 사람 만났으면 하는 게 부모 마음이거든. 자네가 나쁘다는 게 아냐. 어떤 사람인지 모르니까 걱정이 되는 거지."

"네. 그러실 거라고 생각합니다."

계속해서 술을 받아 마시고도 준열은 조금도 흐트러지지 않았다. 준열을 유심히 보던 미경이 물었다.

"전혀 안 취해요?"

"잘 마시는 편입니다."

"둘이 박자 맞춰서 마시다간 네 아버지만 죽겠다."

"그럴 때를 대비해서 내가 안 마시고 있었지. 아빠 이제 쉬어요."

재훈이 자신의 빈 잔을 준열에게 내밀었다. 준열이 재훈의 잔을 채워 줬다. 민성은 그 모습에 괜스레 웃음이 났다.

사람을 한 번 보고 알 수는 없었다. 게다가 다진에게 준열이 결혼에 실패한 적이 있다는 소릴 듣고 화가 났었다. 그런 남자를 고른 제 딸에게 화가 나기도 했지만 그런 남자가 제 딸과 만날 생각을 하고 있는 게 더 화가 났다. 그래도 보겠다고 결정한 건 어떻게든 민성과 미경을 설득시키려 애쓰는 다진이 가여워서였다.

'모질지도 못한 사람이 만나서 뭘 어쩌려고.'

모질지 못한 건 민성뿐만이 아니었다. 하지만 이건 모질고, 모질지 못하고의 문제가 아니었다. 준열을 지켜보고 그가 정말 다진과 어울리지 않을 사람이라면 모질게 굴어야 했다. 다른 이도 아니고 자신들의 딸을 위한 일이 아니던가.

첫 만남에 크게 실망할 일이랄 게 없을 거라는 건 알았다. 이미 그를 보기 전에 실망한 마음도 있었거니와 어쨌거나 그가 다진에게 민성과 미경을 만나고 싶다고 했다는데 실망을 안기러 오는 건 아닐 테니 말이다. 그래서 지금 그가 모두를 잘 상대하고 있고, 예의 바르게 행동하는 게 무작정 좋다고만 할 수 없었다.

지금 보이는 모습들이 그저 진짜이기를. 다진의 말대로 지난날의 실수가 그를 보는 잣대의 기준이 되지 않기를. 다진이 선택하고 그가 다진을 선택했다면 부디 그 선택이 최고이자 최선이 될 수 있기를.

내 자식이 상처 입지 않기를 바라면서 남의 자식이 상처받길 바랄 순 없었다. 그런 마음으로 다진과 재훈을 키워 온 만큼 부디 다진, 준열 두 사람 모두에게 상처가 될 일이 없었으면 할 뿐이었다.

"이제 슬슬 그만 마시죠. 아무리 잘 마셔도 과하면 독인데."

복숭아를 깎으며 다진이 준열의 빈 잔을 채우려는 재훈을 흘겨봤다. 하지만 재훈은 못 들은 척 준열의 잔을 채웠다.

"남자든 여자든 그 사람에 대해서 진짜 알려면 술 취한 걸 봐야 돼. 형은 누나 취한 거 봤어요?"

재훈의 물음에 준열은 고개를 저었다. 변죽 좋게 형, 하고 부르는 게 꽤 듣기 좋았다.

"그럼 누나도 마셔."

미경이 재훈의 머리를 가볍게 쥐어박았다. 재훈은 개구쟁이처럼 웃었다.

"마지막으로 한 잔씩만 하고 그만 마시자."

민성이 잔을 내밀었다. 세 사람이 잔을 부딪치고 각자 잔을 비웠다. 민성도 재훈도 살짝 인상을 찌푸렸지만 준열만큼은 미동도 없었다. 술을 잘 마시는 줄은 알았지만 정말 이렇게 아무렇지도 않을 줄은 몰랐다. 지금은 긴장도 했을 테니 긴장이 풀어진 뒤에 고생하진 않을까 걱정이 되었다.

과일을 먹으며 시간을 더 보낸 뒤 준열은 자리에서 일어났다. 다진은 자고 갈 줄 알았는데 내일 아침 일찍 쇼핑몰 일이 있어서 돌아가야 한다고 했다. 가족들은 이미 알고 있었던 일인 것 같았다.

"식사 정말 맛있게 잘 먹었습니다, 어머님."

"잘 먹어서 다행이에요."

"다음에 또 뵙겠습니다."

돌아갈 때가 가까워지며 민성은 어떤 말도 하지 않았다. 그리고 준열이 인사를 하고 난 뒤에 현관문 밖까지 나와 그에게 손을 내밀어 악수를 했다.

"또 오게."

그의 어깨를 툭툭 쳐 주곤 무심하게 집으로 들어갔다. 미경은 씩 웃으며 조심히 가라고 한 뒤 민성을 따라 들어갔다. 준열은 자신의 손을 내려다봤다. 투박하게 손을 잡은 민성의 또 오라는 그 말은 어떤 말보다 가장 힘이 되는 말이었다.

"괜찮아요?"

엘리베이터를 타고 주차장으로 내려오자 다진이 걱정스레 물었다.

"뭘?"

"속이요. 술 많이 마셨잖아요."

"이 정돈 거뜬해요."

"재훈이 맨날 자기 술 잘 마신다고 하더니 저렇게 뻗을 줄 몰랐어요."

취했다고 생각하지 못했는데 마지막 잔을 비우고 난 뒤부터 재훈은 꾸벅꾸벅 졸기 시작했다. 그리고 결국엔 거실 소파에 누워 잠이 들었다.

"부모님도 다 좋으시고, 재훈 씨도 귀여웠어요."

"재훈이가…… 뭐라고요?"

준열의 차 키를 받아 운전석에 올라 안전벨트를 매려던 다진의 고개가 휙 돌아갔다. 그리고 준열을 뚫어져라 쳐다봤다.

"귀여웠다고."

"준열 씨 그런 말도 할 줄 알아요?"

준열의 미간이 살짝 좁혀졌다. 다진의 말의 뜻을 알아들을 수가 없어서였다.

"해 줘요?"

"엎드려 절 받기는 싫어요."

알겠다며 안전벨트를 매는 그가 얄미웠다. 여자 마음을 저렇게 몰라서야!

"다진 씨 집으로 가요."

"준열 씨는 어떻게 하려고요?"

"차 다진 씨 집 앞에 두고 걸어가면 돼요. 나 집에 내려 주고 혼자 갈 생각 말아요."

그렇게 하겠다며 다진이 고개를 끄덕였다. 준열이 차를 사고 자신의 차를 대리기사가 아닌 다른 누군가가 운전하긴 처음이었다. 낯설기도 했지만 생각보다 편안하기도 했다.

"아빠가 또 오라고 준열 씨한테 직접 말씀하실 줄 몰랐어요. 해도 나한테 따로 말씀하실 줄 알았는데."

"얼른 마음에 들어 하셨으면 좋겠어요. 우리 부모님께 다진 씨 소개하고 싶어."

"난 엄청 긴장될 것 같은데. 준열 씨는 집에 딱 들어가니까 평소랑 똑같던데요. 말도 잘 하고."

"긴장했죠. 그런데 또 금방 긴장이 풀어지긴 했어요."

"비결이 뭐예요?"

"홍 화백 웃는 얼굴."

"응?"

"예뻐서."

신호에 걸려 차를 멈춘 다진은 멍하니 정면을 쳐다보고 있었다. 그러다가 천천히 준열을 돌아봤다. 귓속이 간질간질, 그가 한 말이 귓바퀴를 계속 맴돌고 있었다. 그는 평소 그답지 않게 꽤 짙은 미소를 짓고 있었다.

"취한 거 아니죠?"

"취한 척."

양손으로 핸들을 꽉 붙든 채로 다진은 운전에만 집중했다. 갑자기 운전석과 조수석이 엄청 가까워진 느낌이었다. 그냥 한마디일 뿐인데. 대단할 것 없는 말인 줄 알았는데 그에게 들으니 무엇보다 특별한 말이었다. 가슴이 두근두근 도저히 진정할 수가 없었다.

결국 집 앞에 도착할 때까지 다진은 한 마디도 할 수가 없었다. 그 마음을 아는지 모르는지 준열도 아무 말 없이 조수석에 편안히 기대앉아 있을 뿐이었다.

"다 왔어요."

"수고했어요."

차에서 내려 그에게 차 키를 건네주려는데 차 키를 받으려고 손을 내밀던 준열이 다진의 팔목을 잡아 자신의 품 안으로 잡아당겼다. 그리고 아무 말도 없이 가만히 그녀를 안고만 있었다.

"취한 척한 김에."

"응?"

이렇게 꼭 끌어안고 있을 때 그가 얘길 하면 온몸으로 그의 낮은 음성의 울림이 전해졌다.

"재훈 씨가 귀여우면 얼마나 귀엽겠어. 나한텐 홍 화백이 세상에서 제일 귀엽고 예뻐요."

그의 말이 지그시 다진을 눌렀다. 그 달콤하고 싱그러운 말들이 다진의 온몸을 타고 그녀에게 전해졌다. 다진은 그의 허리에 감고 있던 팔에 힘을 주어 그를 안았다.

"이런 취한 척이라면 좋아요."

"나도. 좋아해요."

전하는 말과 돌아오는 말의 글자는 같았지만 뜻은 달랐다. 그 다른 뜻이 뭐라 말할 수 없이 행복해서 다진은 도무지 그의 품을 벗어날 수가 없었다. 그와 함께 같은 집으로 들어서는 그날이 어서 왔으면 하는 바람만 점점 커지고 있었다.

8.

찌는 듯한 더위 속에서도 다진만큼은 상쾌해 보였다. 그녀를 보고 있으면 시원한 음료수를 마신 것처럼 청량감이 느껴질 정도였다.

다진이 서울숲으로 야외 촬영을 간다기에 준열도 가겠노라 했다. 전시회를 마치고 다시 바빠진 터라 쉴 틈이 없었다. 그래서 다진의 촬영도 구경할 겸 쉬려고 나온 터였다. 하지만 날씨가 어찌나 더운지 가만히 있어도 햇볕 아래에선 녹초가 될 날씨였다.

그 와중에 모두들 참 대단했다. 전혀 더워 보이지 않는 다진부터 땀을 삐질삐질 흘리면서도 신나게 카메라 셔터를 누르는 기찬이나, 더운 내색 한 번 하지 않고 반사판을 들고 뛰어다니는 진연, 잠깐만 틈이 생기면 다진에게 부채질을 해 주느라 바쁜 희경. 모두가 참으로 열심히 자신의 할 일을 하고 있었다.

준열은 촬영을 방해하지 않고 커다란 나무 아래에 돗자리를 펼쳤

286

다. 그리고 저녁 시간이 가까워 배가 고파졌을 모두를 위해 사 온 샌드위치와 샐러드, 과일을 꺼냈다. 집에서 나올 땐 빈손이었는데 오는 길에 이곳저곳 들르다 보니 뭔가가 많아졌다.

"준열 씨."

돗자리 위에 앉아 크로키 북을 꺼내던 준열이 고개를 들었다. 반가움이 가득 담긴 표정으로 다진이 자신을 내려다보고 있었다.

"끝났어요?"

그녀가 고개를 저을 때마다 새카만 머리칼이 찰랑거리며 함께 흔들렸다.

"안 더워요?"

"덥죠. 오늘이 올 여름 들어 제일 더운 날이래요."

"그런데 이런 날 야외 촬영을 해요?"

"이 원피스 예쁘지 않아요? 실내 촬영하기엔 아깝잖아요."

팔랑대는 치맛자락을 잡고 다진이 한 바퀴 빙글 돌았다. 원피스도 예쁘고 그녀도 예뻤다.

"홍다진이! 머리에 꽃 달아 줘?"

준열에게 고갯짓으로 인사를 하며 다가온 희경이 코르사주가 달린 머리띠를 건넸다. 이미 지금 입고 있는 의상의 촬영은 끝났다며 다진은 개의치 않고 머리띠를 했다. 꽃을 달아도 참 예뻤다.

"배고프지 않아요? 좀 먹고 해요."

준열이 돗자리 위의 음식들을 눈짓으로 가리켰다. 기찬과 진연의 눈이 반짝거리는데 다진과 희경은 가차 없이 고개를 저었다.

"촬영 금방 끝나요, 준열 씨. 조금만 기다려요."

"난 상관없어요. 날도 더운데 지칠까 걱정돼서 그러죠."

체력은 충분하니 걱정 말라며 다진은 진연과 차에 옷을 갈아입으러 갔다. 그사이 기찬과 희경은 계속해서 찍은 사진을 확인하고 있었다.

나무 기둥에 등을 대고 무성한 나뭇잎 사이를 겨우 비집고 들어온 햇살 한줄기를 바라보던 준열의 시야에 멀리서 걸어오고 있는 다진이 들어왔다. 진연과 무슨 얘기를 나누는지 신나게 웃으며 사뿐사뿐 걷고 있었다. 너무 짧은 것 같은 반바지가 거슬리긴 했지만 곧게 뻗은 두 다리는 도저히 시선을 거둘 수 없게 했다.

"준열 씨 이번 주말에 다진이네 부모님 또 뵙기로 했다면서요?"

"네."

"결혼할 거예요?"

"해야죠."

"결혼해도 다진이 이 일 계속 할 수 있게 해 줄 거죠?"

"왜요?"

"다진이가 모델 뽑자고 해서 지금 모델 뽑으려고 하고는 있는데 아무래도 저는 다진이랑 최대한 오래 계속하고 싶거든요."

다진이 결정할 일이었다. 그녀가 자신의 일에 프라이드를 가지고 열심히 하는데 준열이 그걸 막을 권리는 없었다. 희경이 보기엔 준열이 그런 것도 이해하지 못하는 것처럼 보였던 걸까 궁금했다.

"무슨 얘기 했어?"

준열의 옆에 앉으며 다진이 이온 음료 병을 집었다.

"마셔도 돼요?"

준열이 고개를 끄덕이고 스트로의 포장지를 벗겨 다진에게 건넸다. 물이나 음료를 살 때마다 다진이 스트로를 챙겼더니 이젠 그도 다진에게 마실 걸 사 줄 땐 꼭 스트로를 챙겼다. 이제 준열에게 그건 당연한 일이 되었다. 다진에게 익숙해져서 변한 일이었다.

남은 촬영을 마치고 모두 함께 동그랗게 모여 앉아 준열이 사 온 것들을 먹었다. 추위를 탄다면서도 추워 보이지 않았던 것처럼 다진은 덥다고 했지만 더워도 타지 않는 것처럼 보였다. 그녀의 살결에 얼굴을 묻고 깊게 숨을 들이마시면 그녀가 가진 청량함이 준열의 온몸에 퍼질 것 같았다.

모두와 헤어지고 다진은 준열과 함께 그의 집으로 향하고 있었다.

"아까 희경 씨가 걱정하던데."

"뭘요?"

"나랑 결혼하면 다진 씨 일 못 하는 거 아니냐고. 내가 못 하게 할 것 같은가 봐요."

"못 하게 할 거예요?"

"못 하게 하면 안 할 거예요?"

"준열 씨가 정말, 정말, 정말 죽기보다 싫다고 하면 생각해 볼게요."

'정말'을 몇 번이나 강조해서 말한 다진은 쉽게 고집을 굽히지 않을 것처럼 보였다.

"하지 말라고 해도 할 것 같은데."

"그러니까 하지 말라고 하지 마요."

준열이 고개를 끄덕이며 미소를 지었다. 요즘 이런 식으로 그가 먼저 미소를 짓는 일이 많아졌다. 바로 옆에서 이렇게 변화를 보여 주는 그가 얼마나 근사한지 몰랐다.

"이번에 광고 애니메이션 일 한 번 더 하게 됐어요."

"정말? 어떤 콘셉트인데요?"

"비가 내리던 게 멈추고 날이 개면서 햇빛이 드는 잔디밭. 보험 회사 광고."

"어울려요."

요즘 준열은 그의 글씨체를 PC와 모바일 폰트로 제작하는 일도 있어서 정신이 없었다. 그래서 광고 의뢰를 받아들일지 말지 고민 했다. 그런데 광고사에서 말하는 콘셉트가 준열의 마음을 흔들었 다.

어둑어둑한 하늘에서 온 세상을 물에 잠기게 할 것만 같은 장대 비가 쏟아진다. '그 아무리 힘든 일이 있더라도' 라는 문구가 오버랩 되면서 점차 빗줄기가 약해진다. 먹구름이 걷히고 '해는 그곳에 있 습니다.' 라는 문구가 다시 한 번 오버랩 되고, 구름 사이사이로 햇 볕이 쏟아진다. 물기를 머금은 잔디밭이 햇볕을 받아 반짝이며 보험 회사의 이름이 화면을 채운다.

예전이라면 바쁘니까 거절하고 신경도 쓰지 않았을 거다. 혹여 자신을 더 혹사시키고 싶어 일을 받아들인다면 그저 일로만 여기고 그쪽에서 원하는 대로 그림을 그렸을 거다. 하지만 이젠 그렇지 않았다. 마음을 움직이는 일을 선택했다. 이준열이라는 사람에게 홍다진이라는 빛이 새어 들어온 것처럼.

오늘 두 사람은 준열의 집에서 VOD로 현재 극장과 동시에 상영하고 있는 영화를 보기로 했다. 와인도 한 잔 하며 둘이 오붓하게 시간을 보내고 싶어 극장이 아닌 집을 골랐다.

준열이 과일과 치즈를 그릇에 담고 있는데 다진이 준열의 뒤로 다가왔다. 뭘 찾는 줄 알았는데 다진의 손바닥이 준열의 등에 닿았다.

"왜요?"

"안아도 돼요?"

"응."

등을 포근하게 감싸 오는 다진의 품이 느껴졌다. 잠시도 떨어지고 싶지 않았다. 한 사람을 향한 마음이 이렇게까지 온 마음을 가득 채운다는 게 신기했다. 다진의 품은 준열의 마음과 조금도 다르지 않았다.

"좋다."

나직하게 흘러나온 다진의 소리가 준열의 등에 전율을 일으켰다.

"이번 주말엔 술 그렇게 마시지 마요."

"취한 척 좋다며."

"아무리 잘 마신다고 해도 많이 마시면 좋을 리 없잖아요. 응?"

"그래도 아버님이 주시면 안 마실 수 없죠."

"적절하게 거절할 줄도 알아야죠. 아빠가 자꾸 준열 씨를 술친구로 부르려고 하는 거 싫단 말이에요."

이번이 세 번째 부름이었다. 두 번째는 조금 누그러진 분위기로 준열도 편안하게 잔을 받았다. 이번 주엔 재훈이 제대 기념으로 마련된 자리라고 했다. 술친구라 해도 준열을 부르는 데 거리낌이 없어지는 건 반가운 일이었다.

"그리고 나 이제 준열 씨 부모님 만나게 해 줘요."

"한 번 보면 계속 부르실 텐데."

"좋죠. 난 준열 씨 부모님한테 예쁨받고 싶은데."

준열이 몸을 돌려 다진과 마주 섰다.

"예뻐하실 거예요."

"준열 씨 부모님께 내 얘기 했잖아요. 그런데 계속 소개 안 하면 얼마나 조바심 나시겠어요."

"불편하지 않겠어요?"

"뭐든 처음은 다 불편하죠. 나 준열 씨도 처음엔 불편했는데?"

준열이 고개를 숙여 다진과 살짝 입을 맞췄다.

"그럼 이번 주말에 아버님께 허락받고."

"꼭 받아 내요."

다진이 발꿈치를 들어 입을 맞췄다. 준열이 가볍게 입을 맞추면 그녀는 꼭 이렇게 한 번 더 준열이 한 것과 똑같이 입을 맞추곤 했다.

다진의 볼을 부드럽게 어루만지던 준열의 입매가 부드럽게 휘었다.

"꿈이지만 꿈이 아니었어."

뜻 모를 소리에 다진의 고개가 갸웃했다.

"얼마 전에 꿈꿨거든요. 다진 씨가 내 앞에서 이렇게 웃고 있었어."

다진이 볼을 준열의 손바닥에 가득 담기도록 기댔다. 작은 얼굴이 커다란 손바닥에 포근히 담겼다.

"꿈은 그 사람의 무의식이 드러나는 거라던데. 꿈에 나올 정도로 내 생각만 해요?"

"홍 화백은 안 해요?"

"나 분발해야겠네요. 아무리 준열 씨 생각만 해도 꿈엔 아직 한 번도 안 나왔는데."

미소를 지은 두 사람의 입술이 다시 닿았다. 이번엔 좀체 떨어질 줄을 몰랐다. 이미 영화를 보기로 했던 건 뒷전이었다. 서로와 함께 있으면 그 어떤 일도 우선이 될 수 없었다. 서로를 바라보고 있는 것, 조금이라도 더 닿아 있고 싶은 마음 때문에 다른 일이 들어올 틈이 없었다.

※

"수고하셨습니다."

쇼핑몰 사무실에서 일을 마치고 나온 다진과 희경은 가로수길에서 저녁을 먹기로 했다.

"요즘 준열 씨 바빠?"

"응. 광고 애니메이션 기간이 촉박해졌대."

"그렇다고 애인을 이렇게 내팽개치면 쓰나."

"내팽개치긴 누가 내팽개쳐."

"너 결혼할 거야?"

운전대를 잡고 있는 희경을 쳐다봤다. 뭔가 근심이 있는 것 같았다.

"왜 그래? 승태 오빠랑 싸웠어?"

"그냥 묻는 거야. 결혼할 거야?"

"언젠가 하겠지. 왜? 나 결혼해도 일은 계속할 거라니까."

"너 애기 낳고 싶다며. 결혼하기 전까진 안 그렇다고 생각해도 막상 결혼하면 빨리 애 낳고 싶지 않겠어?"

가만히 창밖을 내다보던 다진이 고개를 저었다.

"준열 씨는 그런 얘기가 없더라."

"무슨 얘기?"

"결혼하고 어떻게 살고 그런 얘기는 해도 애기 얘기는 없어. 결혼해도 바로는 안 갖고 싶은가 봐."

희경이 인상을 구겼다.

"한 명은 결혼을 안 하겠다고 해, 한 명은 결혼해도 애를 가질지 말지 말을 안 해. 참 가지가지다."

"지금 당장 결혼하는 것도 아닌데 뭘 걱정해."

"너나 천하태평이지. 준열 씨가 당장 결혼하자, 해도 너 그렇게 여유 부릴 수 있겠어?"

"오희경 씨. 나 아직 준열 씨 부모님도 안 뵀었거든요! 앞서 가지 말자."

뭐가 불만인지 희경은 입술을 불퉁 내밀었다. 준열과 결혼하고 아이를 갖는 건 설레고 기대되는 일이었다. 하지만 가끔 준열에게 그런 얘기를 꺼내면 그는 결혼 후 생활에 대한 건 함께 얘길 나누고 기대하는 것처럼 보이다가도 아이 얘기엔 선뜻 동의하지 못했다.

아이를 좋아하지 않는다고는 했지만 다진과 얘길 할 때도 그런 주제는 피하는 게 예뻐 보일 리가 없었다. 지금까지 그가 변한 것처럼 그 또한 변할 수 있는 일이고, 앞으로 함께 지낼 날이 훨씬 많기에 다진은 조급해하지 않기로 마음먹었다.

저녁은 며칠 전부터 희경이 먹고 싶다던 함박스테이크를 먹었다. 먹는 동안 일 얘기며 이런저런 얘기가 끊이질 않았다. 매일 함께 일하고 같이 살아도 얘깃거리는 넘쳐 났다.

"엊그제 오빠한테 홍다진이 결혼해서 나가면 나 혼자 살겠네, 했더니 넓게 쓰고 좋겠네, 하는 거 있지. 그러더니 혼자 사는 건 위험할 테니까 자기 옆집으로 이사 오래. 분명 집만 두 채고 누구 한 사람 집에 죽치고 살게 될 텐데 그게 뭐야."

"승태 오빠가 지키는 선은 좀 아슬아슬해. 조금만 더 당기면 넘어올 것 같은데 깨금발로 서서 용케 안 넘어지고 선 밖에 있어."

"맞아! 목에 줄을 매달고 잡아당겨도 소용이 없다니까."

희경과 다진이 상상만으로도 재미있다며 신나게 웃었다. 불평불만이 쌓여도 이렇게 웃으며 얘기하면 그 마음은 언제 그랬냐는 듯 풀어지곤 한다. 친구의 힘이란 이런 게 아닐까.

"잘 먹었다!"

"배부르니까 단 거 먹고 싶다."

"오늘 오빠 카페 일찍 닫는다고 했는데 가서 남은 컵케이크 다 쓸어 올까?"

희경의 말에 솔깃해져서 곧 승태의 카페로 향했다. 이제 막 9시가 넘어가고 있는데 벌써 뒷정리 중인지 간판 불도, 실내조명도 거의 꺼진 상태였다. 희경이 조심스레 문을 열고 들어가자 1층 홀을 정리하고 있던 직원이 희경과 다진을 보고 고개를 꾸벅 숙였다.

"사장님 퇴근하셨어요?"

"위에 계세요."

2층은 아예 불을 꺼서 어두컴컴했다. 다진은 희경이 2층으로 올라갈 거라고 생각하고 1층에 남아 있으려고 했는데 희경이 그녀의 등을 밀었다.

"올라가라고?"

"응."

희경에게 떠밀려 어쩔 수 없이 계단을 오르기 시작했다. 그런데 계단을 중간쯤 올랐을 때 1층의 불이 모두 꺼졌다. 밖에서 들어오는 불빛이 있다곤 해도 2층은 한 치 앞도 내다볼 수 없게 어두웠다. 2층에 있는 창을 통해 바깥의 불빛이 들어오면 이렇게 어두울 순 없었다. 다진이 자신의 뒤를 쫓아오고 있는 희경을 돌아봤다.

"조심해서 올라가."

하지만 뭐라 말할 새도 없이 희경은 다진의 등을 툭 쳤다. 어쩔 수 없이 조심조심 계단을 올랐다. 그리고 마지막 계단에 발을 디디는 순간 2층의 불이 켜졌다. 순식간에 밝아진 시야에 다진이 잠깐 인상을 찌푸렸다. 하지만 도저히 믿을 수 없는 광경에 금방 두 눈이 휘둥그레졌다.

벽에는 조금의 틈도 없이 제각기 다른 크기의 캔버스가 붙어 있었다. 한가운데에 제일 큰 전지 사이즈의 캔버스가 붙어 있고, 그 주위로 작은 노트 크기부터, 전지를 반 접은 크기의 캔버스까지, 모든 곳엔 다진의 얼굴이 그려져 있었다.

선만으로 완성된 그림부터 색이 가득 찬 그림까지. 다진은 웃고 있기도 했고, 무표정하게 있기도 했고, 멍하게 있기도 했고, 눈물을 머금고 있기도 했다. 그리고 한가운데 가장 크게 걸린 그림엔 각양각색의 꽃이 만발한 들판에 활짝 웃고 있는 다진이 있었다. 순백색의 드레스를 입고.

더듬더듬 올라온 다진의 양손이 제 입을 가렸다. 눈을 깜빡할 수조차 없었다. 그림마다 빈 공간엔 준열의 사인이 있었다. 그의 전시회에서 봤던 그 사인들. 그가 그렸다는 걸 알려 주는 그 표시. 그의 눈에 비친 자신. 이렇게 예쁘고 아름다운…….

스태프 룸 쪽에서 느껴지는 인기척에 다진이 고개를 홱 돌렸다. 준열이 문에 기대서 있고 그 뒤에 고개를 빠끔 내민 승태가 보였다.

"방해꾼은 사라질게."

준열의 어깨를 한 번 잡아 주고 승태는 희경을 데리고 1층으로 내려갔다. 내려가며 그림을 배경으로 촬영을 하고 싶다고 외치는 희경의 목소리가 들렸지만 뭐라 답을 할 수가 없었다. 천천히 다진의 앞으로 다가온 준열이 여전히 멍한 다진의 손을 잡고 안쪽으로 이끌었다. 2층 한가운데에 선 다진은 세 개의 벽면에 붙은 그림들을 하염없이 바라봤다.

"준열 씨 눈엔…… 내가 정말 저렇게 보여요?"

살짝 떨리는 소리로 묻는 다진의 말을 준열은 이해할 수 없었다. 저렇게 보인다니 무슨 말일까. 그저 보이는 그대로 그린 것뿐인데.

"저렇게 보여요."

"거짓말."

"정말. 그러니까 나랑 결혼해요."

준열이 다진의 왼손을 잡더니 그녀의 네 번째 손가락에 반지를 끼워 줬다. 다른 액세서리는 해도 반지는 단 한 번도 끼워 보지 않은 손이었다.

다진은 목이 메어 제대로 소리가 나지 않아 입을 꾹 닫고 준열을 올려다봤다. 그를 보면 눈물이 날 줄 알았는데 오히려 웃음이 났다. 다진이 활짝 웃으며 고개를 끄덕이자 준열이 다진을 품에 안았다. 다진도 그를 안았다. 서로 안은 팔에 어찌나 힘을 주고 있었는지 윽, 하는 신음 때문에 웃음이 나와서 팔을 풀어야 했다.

그의 품에서 빠져나온 다진은 그의 손을 꽉 잡고 그림을 하나하나 자세히 살폈다. 요즘 그는 다진과 제대로 된 데이트를 할 시간도 없이 바빴다. 그런데 도대체 언제 이 많은 그림을 그린 걸까.

"언제 이렇게 그렸어요?"

"틈틈이."

"집에 갔을 때도 본 적 없는데."

"아는 선배 공방에 가서 그렸어요. 들키면 안 되니까."

"그래서 그렇게 바빴구나."

코끝이 찡하고 울렸다. 다진이 배시시 웃으며 다시 한 번 준열의 품에 안겼다.

"우리 부모님 뵙기 전에 내 생각 분명히 전하고 싶었어요. 두 분이 혹시라도 다진 씨한테 나랑 결혼하고 싶으냐고 물으시면 다진 씨가 확실히 말해 줬으면 해서."

"그 전에 당장 우리 집에 가서 나 준열 씨랑 결혼하고 싶다고 말하고 싶어졌는데요."

미소 지은 준열의 입술이 다진의 입술과 잠시 닿았다. 그리고 다시 다진과 나란히 서서 손을 잡았다. 마주 잡고 있는 손에서 그의 체온이 느껴졌다. 평소엔 자신의 체온을 느낄 수 없지만 이렇게 누군가와 닿아 있으면 살아 있음이 어떤 건지 조금은 알 것 같았다. 그녀와 함께 살아 있음이 어떤 건지.

"이 그림 전부 나 주는 거죠?"

"응."

"엄마 보여 주고 싶다."

다진이 준열의 어깨에 머리를 기댔다.

"딸이 이렇게 사랑받고 있는 거 알면 기쁘겠죠?"

"어머니가 보고 좋아하시면 좋겠네."

"당연히 좋아하시겠죠! 내 딸이 나중에 이런 프러포즈 받는다고 생각하면 난 엄청 좋을 것 같은데요."

이번에도 준열에게서 이렇다 할 답은 들리지 않았다. 그 대신 예전엔 상상도 할 수 없는 낮은 웃음소리가 났다.

"시대가 변할 텐데 그 시대에 이런 프러포즈는 구닥다리일 수도 있지."

"시대가 아무리 변해도 사랑은 안 변할 거예요. 그리고 사랑하는 사람이 그 마음을 드러내고 고백하는 일은 절대 구닥다리가 될 수 없어요."

"그럼, 우리 딸이 행복했으면 좋겠네."

다진의 두 눈이 동그래졌다. 느릿하게 그를 쳐다봤다. 준열은 순백의 드레스를 입고 있는 다진의 그림을 눈에 담고 있었다.

"딸이 좋겠어요?"

"이왕이면."

"왜? 준열 씨 닮은 아들도 멋질 텐데요."

이번엔 준열은 정말 답하지 않을 기세로 입을 닫았다. 괜찮았다. 그는 또 자신도 모르게 차츰차츰 변할 테니까. 다진은 그걸 모두 알 수 있을 테니까. 그렇게 변하는 그가 더 좋아질 테니까. 자신이 그의 여자니까.

"오늘 희경이가 가로수길에 가서 밥을 먹어야 한다고 억지 부릴 때도 예상 못 했어요."

"철저하게 비밀 지켜 준다고 약속했거든요."

"결혼하고 싶냐고 물어보고, 결혼하면 덜컥 애부터 갖는 거 아니냐고 물어보고, 일은 어떻게 할 거냐고 보채기에 희경이랑 승태 오빠한테 무슨 일이 난 줄 알았죠. 그러면 나한테 심술부리니까."

"심술은 심술이었네."

"그래도 눈치 못 챘어요. 프러포즈는 좀 더 나중 일일 줄 알았거든요."

준열도 가장 많이 고민한 게 바로 그 '시기'였다. 하지만 결론은 얼마를 만났느냐는 중요하지 않다는 것이었다. 그녀와 결혼하고 싶은 마음, 그녀에게 확답을 받고 싶은 그 마음만이 중요했다.

"당장 할까요?"

묻는 준열의 목소리가 사뭇 진지했다. 다진은 고민하지 않고 고개를 끄덕였다. 그러더니 해사하게 웃었다.

"승태 오빠랑 희경이 밑에서 목 빠지겠어요."

준열의 볼에 가볍게 입을 맞춘 다진이 난간으로 다가갔다. 아니나 다를까 두 사람이 1층 테이블에 앉아 목을 꺾고 2층을 올려다보고 있었다.

"올라가도 돼?"

올라오라며 다진이 고개를 끄덕였다. 이미 직원들은 모두 퇴근을 했는지 아무도 보이질 않았다.

"내가 이준열을 위해서 영업시간까지 변경했어. 나한테 고마워해, 다진 씨."

"고마워요."

"그만한 대가는 치를 거예요."

희경과 다진이 그게 뭐냐고 묻는 표정으로 각각 준열과 승태를 쳐다봤다. 그리고 두 남자의 일관된 답에 둘은 인상을 찌푸렸다.

"술."

"술이 그리 좋아?"

어린아이를 달래는 것처럼 희경이 승태를 보고 물었다.

"오늘 넷이 한잔할까?"

다진은 당연히 희경이 싫다고 할 줄 알았다. 하지만 그녀는 기꺼이 승태의 제안을 받아들였다. 대신 장소는 바로 이곳이었다. 승태가 오케이를 하기 무섭게 희경은 카메라를 꺼내 들었다.

"쇼핑몰 사용은 안 돼요."

딱 잘라 말하는 준열의 소리에 희경은 물론이고 다진도 놀랐다.

"왜요?"

준열은 희경이 묻는 말을 모른 척 안주거리를 사러 간다는 승태를 뒤따랐다. 발리 촬영을 다녀온 뒤 준열은 쇼핑몰 홈페이지를 샅샅이 살펴봤다. 그리고 그녀가 쇼핑몰 촬영 땐 정말 웃지 않는다는 걸 알았다. 그런데 그녀가 웃는 얼굴을 그려 놓은 사진을 배경으로 쓰게 할 수 없었다.

아무도 모르게 할 순 없지만 아무나 알게 하고 싶지도 않았다. 하지만 그런 말을 일일이 다 할 수 없으니까 그저 모른 척할 수밖에 없었다. 옹졸한 제 마음을 꽁꽁 숨긴 채, 준열은 어서 다진과 함께 같은 곳으로 돌아가는 날이 오기를 바랐다.

✳

현관에 들어서며 다진이 꾸벅 고개를 숙였다. 현관 앞까지 나와 있는 중헌과 영이는 더없이 인자한 미소를 짓고 다진을 맞이했다.

"어서 와요."

신발을 벗고 들어서며 다진은 우선 영이에게 꽃다발을 건넸다.

"꽃 좋아하신다고 들었어요."

꽃향기를 맡고 짓는 영이의 웃음은 믿기 힘들 정도로 맑았다. 그

웃음만으로도 준열이 좋은 어머니 밑에서 자랐구나, 하는 생각이 들
정도였다.

"이건 케이크래요."

준열이 다진 대신 들고 온 케이크 상자를 중헌에게 건넸다. 영이
와 나란히 거실로 들어서며 다진이 생글 웃었다.

"여기 케이크 정말 맛있어요. 아버님, 어머님이 좋아하셨으면 좋
겠어요."

"고마워요. 점심 먹고 다 같이 먹으면 되겠네."

중헌의 미소 역시 따뜻했다. 네 사람은 우선 나란히 소파에 앉았
다. 영이는 다진을 향한 시선을 한시도 떼질 못했다.

"어쩜 이렇게 고와요."

"어머니가 더 고우세요. 방송 보고도 그럴 거라고 예상했는데 실
제로 뵈니까 더 고우세요."

"젊은 사람에 비할 수 있겠어요."

"모델이라면서요. 그러니 이렇게 곱지."

중헌 역시 다진을 뚫어져라 보고 있었다. 부모님의 그 시선이 재
밌어서 준열은 마치 이 상황과 전혀 상관없는 사람처럼 구경을 할
뿐이었다.

"말씀 편히 하세요."

그리하겠다며 중헌과 영이가 고개를 끄덕였다. 중헌이 짓는 미소
가 준열과 닮아 있었다. 외적인 부분보단 미소가 담고 있는 따뜻함
이나 부드러움 같은 것이 꼭 같았다. 가슴으로 낳은 자식이지만 함
께 살며 닮아진 듯한 두 부자의 모습은 신기했다.

"우선 식사부터 해야지. 밥 안 먹었죠?"

"네."

다진이 일부러 제 배에 손을 얹으며 대답을 했다. 밝게 웃는 모습이 참 예뻤다. 중헌과 함께 웃던 영이가 자리에서 일어서는데 다진이 함께 일어났다.

"왜? 뭐 필요해서?"

"도와드릴게요."

"무슨. 도울 것도 없어."

영이가 고개를 저으며 다진에게 어서 다시 앉으라고 재촉했다. 다진이 어쩔 줄 몰라 하는데 준열이 자리에서 일어섰다.

"제가 도울게요."

그러면 되는지 다진이 고개를 끄덕이고 다시 앉았다. 그런데 중헌과 영이는 꽤 놀란 표정으로 준열과 다진을 쳐다보고 있었다. 그저 한마디였을 뿐인데 그가 어떤 아들이었는지 알 수 있을 것 같았다.

영이와 준열이 주방으로 가고 중헌과 둘이 남은 다진은 무슨 얘기를 해야 할까 고민하고 있었다. 그런데 중헌이 먼저 입을 열었다.

"준열이한테 얘기 들었다고……."

"네."

"많이 놀랐지?"

가만히 중헌을 쳐다보던 다진은 옅게 미소를 짓고 고개를 끄덕였다. 놀란 건 사실이었으니까 거짓으로 답할 생각은 없었다.

"준열일 애처롭게 생각하는 건 아니고?"

왜 애처로워야 하는지 이해할 수 없다는 다진의 표정을 보며 중헌은 헛웃음을 웃었다. 걱정이 너무 지나친 탓에 괜한 얘길 한 것 같았다.

"준열 씨 정말 멋져요, 아버님. 애처롭고 그런 건 상상도 못 할 정도로요."

"그래? 우리 준열이가?"

"네. 누굴 닮아서 그렇게 멋진가 했는데 지금 보니까 아버님 닮은 거였네요."

"나를? 우리가 닮았다고?"

"웃는 모습이 꼭 같아요."

중헌이 영이의 옆에 멀거니 서 있는 준열을 바라봤다. 눈에 넣어도 아프지 않은 자식, 늘 노심초사 행복을 빌던 자식과 닮았다는 소리가 이렇게 가슴을 울리긴 처음이었다.

자신들을 닮기를 바랐던 것은 한때. 어느 순간부터는 닮기보다는 그저 준열이 잘되기만을 바랐다. 간혹 준열과 닮았다는 얘기는 들었다. 하지만 그저 입에 발린 소리와 인사치레일 뿐이었다. 종종 영이가 준열이 갈수록 중헌을 닮아 간다고 했지만 두 사람 다 서로를 향한 위로였음을 모르지 않았다.

그런데 지금 다진이 하는 말은 뭐랄까, 이제 와서 새삼 인정을 받는 것 같았다. 그녀가 인사를 온다고 하는 순간까지 하고 있던 긴장이 한 번에 사르르 무너져 내렸다.

"그래. 나랑 준열이가. 그래 보였단 말이지."

혼잣말처럼 중얼중얼하는 중헌의 말엔 애정이 섞여 있었다. 준열과 자신이 닮았다는 말이 더없이 기뻐서 숨길 수가 없는 듯했다.

그간 이런 말은 한 번도 듣지 못했을까. 누가 봐도 닮아 있는데. 다진은 잠시 생각에 잠겼다. 그리고 이내 준열이 누구에게도 중헌과 닮은 그 멋진 미소를 보이지 않았던 게 아닐까 결론을 내렸다. 그렇게 생각을 마치자 중헌 못지않게 기쁜 마음이 다진에게로 스몄다.

"무슨 얘기 중이에요?"

준열이 다가와 묻자 중헌이 그 어느 때보다 뿌듯하게 미소를 짓고 준열을 쳐다봤다. 영문을 알 수 없어 다진을 바라보자 다진 역시 중헌과 다르지 않은 모양으로 웃고 있었다.

"아버님이랑 나랑 비밀 얘기예요."

예기치 못한 다진의 발언에 준열의 표정이 굳었다. 그런데 더욱 놀라운 건 중헌이 다진과 눈을 마주치더니 비밀이 맞는다는 걸 고개를 끄덕이는 걸로 확인해 줬다는 거다. 집에 들어온 지 이제 겨우 20분. 다진은 이미 중헌과 친근해져 있었다.

"식사하세요."

중헌, 준열과 함께 식탁 앞으로 간 다진은 놀라서 입이 다물어지질 않았다. 웬만한 한정식집은 저리 가라 할 정도로 정갈한 음식들이 맛깔나고 푸짐하게 차려져 있었다.

"뭘 이렇게 많이 하셨어요, 어머니."

"뭘 좋아하는지도 모르겠고, 이것저것 다 먹이고 싶어서 하다 보니 가짓수만 늘었어요. 맛이 있어야 할 텐데."

"맛있을 것 같아요."

기대에 차서 생글 웃는 다진을 보며 모두들 같이 웃었다.

"잘 먹겠습니다."

다진의 발랄한 인사를 뒤따라 준열도 나직하게 인사를 했다. 다진이 없이 세 식구가 식사를 할 때도 중헌과 영이가 도란도란 얘기를 잘 하는 편이어서 그리 적막하진 않았다. 그런데 다진 한 명이 더 들어온 걸로 식사의 분위기는 훨씬 밝아졌다.

"정말 맛있어요!"

음식을 하나하나 먹을 때마다 다진의 감탄은 끊이지 않았다. 작은 입을 오물오물 움직이며 어찌나 잘 먹는지 요리를 하지 않은 준열도 뿌듯할 정도였다.

"어머니가 날 안다고 하셨다면서요?"

"네. 당시에 요리학원 다닐 때 어머님께서 저희 엄마를 무척 예뻐하셨다고 자랑도 하셨어요."

"누군지 기억이 나면 좋을 텐데."

영이가 중헌을 보며 아쉬운 표정을 했다. 두 분이 서로를 보는 게 어찌나 다정다감한지 이 모습을 그대로 보고 자라 온 준열이기에 종종 다진에게 그런 표정을 지어 보일 수 있는 것 같았다. 내가 이 사람에게 사랑받고 있구나, 하는 걸 알 수 있는 그 표정과 눈빛.

"식사 다 하고 가족사진 보여 드릴게요."

"아, 사진이 있어요? 보고도 모르면 어쩌지?"

"벌써 30년 가까이 지났는걸요. 모르셔도 괜찮아요, 어머님. 오히려 제가 사진 있다는 소리 해서 괜한 부담 안겨 드린 건가요?"

영이가 그렇지 않다고 고개를 젓는데 준열이 괜찮다며 다진의 등에 살짝 손을 댔다. 그 바람에 다진이 준열을 보고 생글 웃었고, 준열도 짙은 미소로 답을 했다. 그 모습에 영이는 왜 그렇게 눈물이 날 것 같은지 밥으로 울컥하는 걸 꾹 눌러 삼켜야 했다.

"준열이가 다진 양 집에도 인사 갔었다며?"

갑자기 생각이 났는지 중헌이 눈을 동그랗게 뜨고 물었다. 물은 건 본인이면서 놀란 것도 본인이었다.

"네. 가족들 모두 준열 씨를 너무 좋아해요."

"정말?"

준열이 묻는 소리에 다진이 고개를 끄덕였다.

"준열 씨는 모르겠어요?"

"글쎄."

"확인받으려고 모른 척하는 거죠? 엄청 좋아하세요. 엄마가 다음엔 밖에서 맛있는 거 사 먹이자고 했더니, 아빠가 준열 씨가 뭐 좋아하는지 꼬치꼬치 캐물으셨다니까요. 저는 회 별론데 준열 씨가 회 좋아한다니까 그럼 횟집으로 가자면서."

종알종알 다진의 목소리가 중헌과 영이의 귓속에도 어여쁘게 들렸다. 낮고 조용한 어투로 차근차근 얘기하는 게 그녀의 소리에 집중할 수밖에 없게 했다.

"마음에 들어 하셨다니 다행이네."

혼잣말처럼 영이가 미소 지으며 중얼거렸다.

"그럼 누구 아들인데."

중헌이 영이의 어깨를 토닥이며 웃었다. 상처의 시간 속에서 가족이 무너지지 않도록 지탱해 준 아버지의 얼굴이었다. 굳건하고 듬직한.

식사를 마치고 다진은 극구 말리는 영이의 옆에 꼭 붙어서 정리를 도왔다.

"우리 준열이 잘 부탁해요."

"제가 잘 부탁드려야죠."

"사실 우리한테는 준열이가 뭘 잘 드러내질 않아서. 이제 욕심도 많이 줄었어요. 우리한텐 말하지 않아도 괜찮으니까 자기 속내 다 털어놓고 마음 편히 대할 수 있는 사람 만났으면 하거든요."

다진이 미소를 지었다.

"준열 씨 속이 정말 깊고 따뜻해요, 어머님. 어머님도 아버님도 진심으로 존경하고 있고, 상처를 가슴에 안고 곪게 하지 않더라고요. 배울 점이 정말 많아요."

영이가 다진의 얼굴을 요모조모 뜯어봤다. 마음이 예쁘고, 현명한 사람. 세상에 흉흉한 뉴스가 떠돌고, 한은을 겪으면서 중헌과 영이는 젊은 사람들을 어찌 믿어야 할지 모르겠다고 한탄했었다. 준열이 좋은 사람을 만나지 못하면 어쩌나 걱정스러웠다.

하지만 지금 자신이 마주하고 있는 다진은 이루 말할 수 없게 예뻤다. 이 사람을 만나려고 준열이 그동안 아팠던 게 아닐까 싶을 정도였다. 이 아이로 치유받으려고 잘 견뎌 낸 게 아닐까.

영이의 시선이 민망했는지 다진이 시선을 살짝 피하며 미소를 지었다. 그제야 정신이 든 영이가 자신이 눈시울을 붉힌 걸 알아채고 고개를 돌렸다.

"나이 먹으니까 주책만 늘어서."

"감사해요."

눈가를 닦아 내던 영이가 다진을 돌아봤다.

"저 마음에 드신 거 맞죠, 어머니?"

두말할 필요가 있겠냐며 영이가 다진의 두 손을 그러모아 꽉 잡았다. 두 사람이 서로를 보며 미소를 지었다.

과일을 깎아 거실로 나오니 중헌도 준열도 아무 말 없이 두 사람을 빤히 쳐다봤다. 다진이 배시시 웃으며 준열의 옆에 앉아 백에서 지갑을 꺼냈다. 그리고 가족사진을 꺼내 중헌과 영이에게 보여 줬다.

"어머!"

사진을 보기 무섭게 영이가 깜짝 놀라서 다진과 사진을 번갈아 봤다.

"성까지는 기억나지 않지만, 미경 씨. 어머니 이름이 미경 씨 맞아요?"

"네! 기억하시는 거예요, 어머님?"

"기억하지. 사진에 나란히 있는 걸 보니 닮았네. 이른 나이에 결혼은 했는데 요리를 할 줄 모른다며 얼마나 열심히 배웠는지 몰라요. 계속 연락하고 지냈으면 했는데 그때 마침 나도 학원을 그만두고, 다진 양 어머니가 임신해서 학원에도 더는 못 나오게 되었거든요."

"저 임신했을 때 입덧이 심하셨다고 했어요."

"세상에나. 이런 인연이."

영이가 신기해하며 중헌을 보고 웃었다. 그 순간, 다진은 몸을 조금 앞으로 당겨 앉았다.

"어머님, 아버님."

두 사람의 시선이 한꺼번에 다진을 향했다.

"제가 더 신기한 얘기 해 드릴까요?"

중헌과 영이는 말할 것도 없고 준열까지 무슨 얘기를 하려는지 궁금하다는 눈빛이었다.

"어머님하고 저희 엄마 인연보다 더 대단한 인연도 있어요."

"다진 씨."

준열이 하지 말라는 듯 나직하게 다진을 불렀다. 하지만 다진은 그만할 생각이 없었다.

"혹시 저랑 준열 씨랑 어떻게 만났는지 얘기 들으셨어요?"

그렇지 않아도 궁금했다며 두 사람의 눈이 반짝 빛났다. 과일을 먹으며 다진은 자신과 준열이 얼마만큼의 우연을 거듭하며 지금까지 오게 되었는지 설명했다.

다진이 그의 그림을 좋아했으며, 준열이 서점 손님으로 오고, 그가 벽화를 그린 곳을 다니며 촬영을 하고, 알고 보니 다진의 친한 친구의 애인의 후배가 준열이고. 그 모든 일들을 설명하며 다진은 또다시 가슴이 두근두근했다.

"그랬는데 이젠 어머님하고 저희 엄마가 이런 인연이라니……
운명이겠죠?"

수줍어하며 조심스레 묻는 다진을 보고 웃지 않을 수가 없었다. 결국 그녀의 얘길 끝까지 다 들은 준열도 미소를 지었고, 준열을 보

며 해사하게 웃는 다진을 보며, 중헌도 영이도 온 마음을 다해 웃을
수밖에 없었다.

  준열의 본가에서 나와 다진의 집 앞에 도착한 두 사람은 소화도
시킬 겸 조금 걷기로 했다.
  "오늘 무리한 거 아니에요?"
  "맞아요."
  바로 수긍하는 답을 하는 다진은 지쳐 보였다.
  "나 그렇게 말 많이 해 본 건 처음이라."
  차를 타고 오는 내내 한 마디도 하지 않는다 싶었더니 목소리도
잠겨 있었다.
  "왜 그렇게 무리했어요."
  "준열 씨 부모님 좋아하시는 거 보니까 나도 모르게 계속 뭔가
얘기해 드리고 싶은 걸 어떻게 해요. 준열 씨는 입 딱 다물고 아무
소리도 안 하고."
  "그렇다고 다진 씨가 무리할 필요는 없었는데."
  "무리를 한 건 맞지만 내가 좋아서 한 일이니까 괜찮아요. 너무
시끄럽다고 생각하진 않으셨겠죠?"
  "보고도 모르겠어요? 두 분 다 다진 씨 마음에 들어 하시던데."
  "준열 씨가 보기에 그래 보였어요?"
  그렇게 티가 났는데 모른 척은. 준열이 다진의 볼을 톡 치고 고개
를 끄덕였다.
  "나보단 준열 씨가 부모님에 대해 더 많이 알 거 아니에요. 그러

니까 내가 그렇게 느낀 거에 준열 씨가 그렇게 얘기까지 해 주니까 잘 했단 생각 들어요."

도대체 끝은 어디일까. 매일, 매번 이렇게 새삼 자신에게 푹 빠지도록 할 수 있는 사람이 있을까. 다진을 향한 이 마음은 끝날 수 없겠지.

"다진 씨."

"응?"

"고마워요."

준열을 빤히 쳐다보던 다진의 양 볼이 발그레해졌다.

"왠지 칭찬받은 느낌인데요. 나 오늘 그렇게 잘 했어요?"

"아니."

"아니라고요?"

"날 좋아해 줘서 고마워요."

다진의 표정이 멍해졌다. 그 표정으로 한참 준열을 쳐다보던 다진이 그의 허리에 팔을 감고 포근히 품에 안겨 왔다. 그 순간, 준열은 마치 무슨 깨달음처럼 머릿속에 한 단어를 떠올렸다. 이럴 때 쓰는 말이구나. 이렇게 불시에 알게 되는구나. 마음을 주체할 수 없을 정도로 푹 빠지면 절로 하게 되는 말이구나.

"사랑해."

귀에 곧장 들어온 나직하고 부드러운 그 음성이 다진의 온몸을 굳게 했다. 그에게 들어 버린 이상 이젠 어디에서 듣는 사랑도 진짜 사랑처럼 다가오지 않을 것 같았다. 오로지 이준열이 홍다진에게, 홍다진이 이준열에게만 할 수 있는 것 같은 말.

"나도 사랑해요."

말은 꼭 귀로만 듣는 게 아니었다. 꽉 끌어안고 서로의 귓가에 속삭이는 말은 온몸으로 스며들었다. 어찌할 수 없을 정도로 강렬하게, 아주 깊게.

9

"날도 더운데 힘이 뻗치지."

승태의 차는 타기가 무섭게 온몸에 소름이 오소소 돋을 정도로 서늘했다. 대꾸 없이 준열이 에어컨 온도를 올리자 승태의 인상이 구겨졌다.

"왜?"

"너무 세요."

"세긴 뭐가 세. 너 지금 다진 씨 집에 들어가면 바로 그 말 후회 하게 될걸."

"에어컨 잘 안 켜고 사는 거 알아요."

"잘 안 켜고 사는 정도가 아니라 사 준 보람이 없어!"

"선배가 사 줬어요?"

"둘 다 선풍기로 버티는데 내가 갈 때마다 숨이 턱턱 막혀서 사

줬더니 한 번 켜지를 않아. 아니, 적어도 내가 가면 켜야 할 거 아냐."

사 주고 투덜거리는 승태나 에어컨을 켜지 않고 여름을 나는 걸 즐기는 희경, 다진이나 똑같다는 생각이 들었다.

"빙수 사 가자."

이미 승태의 차는 팥빙수 전문점 앞에 선 상태였다. 준열은 굳이 같이 내릴 필요가 없는 것 같아서 고개를 끄덕였다. 그리고 승태가 차에서 내리려 할 때 메뉴를 얘기했다.

"녹차 빙수도 하나 사요."

"건방진 놈."

그러거나 말거나 준열은 신경도 안 썼다.

빙수를 사서 차에 오른 승태의 투덜거림은 계속 이어졌다.

"말이 좋아 옷장 정리지 하루 종일 걸리는 이유가 있다니까. 패션쇼야, 패션쇼."

희경과 다진은 대청소 중이었다. 승태의 말대로 더운데 힘이 뻗치는 모양이었다. 두 사람의 대청소는 주로 옷장 정리라고 했다. 평소 잘 입지 않는 옷을 근처 교회에 가져다주면 교회에서 필요한 사람들에게 나눠 준다고 한다.

준열은 문득 지난날 다진이 했던 얘기가 떠올랐다.

'사실 처음에 희경이가 모델 해 달라고 했을 땐 너무 싫었어요. 사진 찍는 거 좋아하지도 않고, 창피하게 내가 무슨 모델이야, 하면서. 그런데 희경이가 만드는 옷이 정말 좋고 다양한 옷을 다 입어 볼 수 있다는 건 꿈같은 일이잖아요. 게다가 입어 본 옷은 전부 가질 수 있고. 내

316

직업, 엄청 대단하죠?'

슬며시 웃음이 났다. 정리할 옷을 선뜻 고르지 못하고 이것저것 고민하고 있을 다진을 떠올리니 어서 빨리 그녀가 보고 싶었다.

"빨리 가서 너랑 나랑 후딱 정리해야지 안 그러면 오늘 저녁 공연 못 봐."

승태와 준열은 썩 내키지 않았는데 희경과 다진이 더블데이트를 하자고 했다. 저녁을 먹고 뮤지컬을 보러 가기로 했다. 그런데 두 사람이 아침 일찍부터 대청소를 시작했다는 소식을 들은 승태가 무작정 쳐들어가서 빨리 일을 끝내야 한다고 준열을 데리러 왔다.

"갈 거라고 얘기는 했어요?"

"했지. 잔소리 듣기 싫으면 빨리빨리 하고 있으라고. 소용은 없겠지만."

자주 본 것도 아니고 다진에게 많은 얘길 들은 것도 아니지만 희경도 승태 못지않은 마이페이스의 사람이었다. 그가 그에게 아주 잘 맞는 사람을 만난 것 같았다.

딩동. 딩동.

승태가 벨을 누르고 잠시 후 안에서 소란스런 소리가 들렸다. 승태와 준열은 서로를 쳐다보고 다시 열리지 않고 있는 현관문을 쳐다봤다. 잠시 뒤, 희경이 현관문을 빠끔히 열었다.

"빨리빨리 못 열어?"

"왜 이렇게 빨리 왔어? 준열 씨, 왔어요?"

"뭘 빨리 와. 집이 얼마나 엉망일지 기대가 된다."

현관문을 열고 집 안으로 들어간 승태와 준열은 차마 신발을 벗고 안으로 들어갈 엄두를 내지 못했다. 거실엔 발 디딜 틈이 없이 옷들이 빼곡히 놓여 있었다.

"에어컨 켰어?"

거실 커튼도 걷어 내지 않은 상태였지만 집 안엔 찬 공기가 감돌고 있었다.

"계속 옷 입어 보다 보니까 덥더라고."

"다진 씨는요?"

준열의 물음에 희경이 다진의 방을 힐끔 쳐다봤다. 그러더니 잠깐만 기다리라며 다진의 방에 노크를 하고 살짝 열린 틈으로 쏙 들어가 버렸다. 안에서 두 사람이 뭐라고 하는 소리가 들렸지만 정확하진 않았다. 승태는 까치발을 세우고 소파까지 걸어가 앉았다.

"빙수 사 왔어!"

승태가 소리치고 희경이 방에서 나왔다. 그리고 방문 틈에 손을 넣은 채 준열에게 이리 오라고 손짓을 했다.

"왜요?"

"빨리 와 봐요."

신나 보이는 희경과 다르게 안에서 다진의 곤란한 것 같은 음성이 들렸다.

"오희경! 하지 말라고!"

뭘 하지 말라는 걸까 궁금해하며 희경에게 다가가자 그녀가 잽싸게 준열의 팔을 잡아당겼다. 억지로 떠밀리다시피 다진의 방으로 들어서기 무섭게 희경이 방문을 닫았다. 방문 뒤에 서 있던 다진과 눈이 마주쳤고, 다진의 얼굴은 새빨갛게 물들어 있었다.

"왜……."

왜 그러냐고 물을 틈도 없었다. 그녀가 입고 있는 옷을 보는 순간 말문이 턱 막혔다. 검정색의 민소매 원피스는 다진의 몸에 딱 달라붙어 있었다. 치마의 길이도 어찌나 짧은지 길고 하얀 다리가 고스란히 다 드러나 있었다. 그리고 화장대 거울에 비친 그녀의 뒷모습. 훤히 다 파여 있어 매끈한 등이 전부 보이고 있었다.

"무슨 옷이…… 희경 씨가 만들다가 천이 모자랐어요?"

"희경이가 만든 옷 아니에요."

발리에서 그녀가 비키니 수영복을 입은 모습도 보았다. 그때도 이렇게 갈급한 마음은 들지 않았었다. 저 등을 손바닥으로 부드럽게 쓸어 보고 싶었다. 깨끗한 피부에 빨간 열꽃을 피워 보고 싶었다.

"그럼 이걸 다진 씨가 샀다고?"

"선물 받았어요."

"선물?"

"작년 생일에. 친구들이 클럽에 가자고 사 온 거예요."

"그래서 이걸 입고 클럽에 갔어요?"

다진이 세차게 고개를 저었다.

"이 옷 있는지도 모르고 있다가 정리하면서 찾았는데 버리기 전에 한 번 입어나 보자, 희경이랑……. 얼른 갈아입고 나갈 테니까……!"

준열의 입술이 다진의 입술을 막아 말을 멈추게 했다. 등에 고스란히 닿은 그의 손바닥이 어찌나 뜨거운지 자국이 남을 것만 같았다.

뜨거운 숨결을 뱉어 내며 두 사람의 입술이 떨어졌다. 여전히 열기를 담고 있는 입술을 다진의 이마에 꾹 눌렀다. 다진을 볼 때마다 매번 그녀를 안고 싶은 걸 참는다는 게 얼마나 대단한 일인지 깨닫고 있었다. 자신의 자제력이 스스로도 대단하다 생각했지만 한편으론 얼마 못 가 무너질 거라고 생각했다.

다진은 심장이 터질 것만 같았다. 이렇게 가슴 터질 것처럼 벅차오르게 누군가를 좋아해 본 적이 없었다. 이제 준열은 누가 봐도 다진을 사랑하고 있다는 눈빛, 말투, 품, 손길을 가지고 있었다. 그 모든 걸 보고 느낄 때마다 다진은 견딜 수가 없었다. 그가 좋아서. 뭐라 말할 수 없을 만큼 그가 사랑스러워서.

✻

미닫이문이 열리자 준열이 자리에서 일어나 민성과 미경을 맞이했다. 꾸벅 고개를 숙이는 그의 인사에 민성과 미경도 가벼운 고갯짓으로 인사를 나눴다.

"일찍 왔네?"

미경이 자리에 앉으며 물었다.

"저도 방금 전에 왔습니다."

"다진이는?"

"조금 늦는다고 하던데요."

준열이 미경과 민성이 보기 편하도록 메뉴판을 펼쳐 건넸다. 미리 주문을 해 놓고 있으려고 했지만 민성이 절대로 그러지 말라고 신신당부를 했다. 물론, 다진을 통해서.

"무슨 회 좋아하나?"

"뭐든 다 잘 먹습니다."

"아무거나. 뭐든 다. 그거만큼 곤란한 것도 없지."

민성은 이제 준열과 술을 마시지 않아도 제법 말을 많이 하게 되었다. 말투가 살갑진 않았지만 그건 준열에 대한 적의가 아니라 본래 그런 말투였기 때문이다. 승태를 오래 경험해서 좋은 건 이런 말투에 대한 면역이 강하다는 것.

"그냥 코스로 해요. 회만 시키면 다진인 먹지도 못하는데."

"오늘 그 녀석이 여기로 오자고 한 거야."

"당신이 준열이 뭐 좋아하느냐고 꼬치꼬치 캐물었잖아요."

호칭도 편안해졌다. 평소 준열에 대한 얘기를 하는 것처럼 말하는 중에 자연스럽게 그의 이름이 거론됐다.

"다진이 전복 좋아하지?"

종업원을 불러 민성이 주문을 했다. 코스에 전복 회, 그리고 함께 곁들일 사케까지. 민성이 주문을 하는 동안 준열은 슬쩍 시간을 확인했다. 다진이 오려면 아직 20여 분이 남았다.

"다진이한테 프러포즈 했다면서?"

미경이 호기심에 가득 차서 물었다.

"네."

"다진이가 사진 보여 줬는데 정말 멋지더라."

민성은 따로 얘기하진 않았지만 다진이 그런 프러포즈를 받은 게 뿌듯해 보였다.

"그 일로 드릴 말씀이 있습니다."

새삼 처음 다진의 집에 방문했을 때보다 더한 긴장이 몰려왔다. 다진이 옆에 없는 탓일까.

"결혼하고 싶습니다."

단도직입적으로 얘기하는 준열 때문에 민성도 미경도 놀란 것 같았다.

"어머님, 아버님께 다진 씨가 얼마나 귀한 딸인지 잘 압니다. 저한테도 그만큼 아니, 그 이상으로 귀한 사람입니다. 그래서 욕심을 주체할 수가 없습니다."

여전히 두 사람의 표정은 멍했다. 준열은 고개를 숙였다.

"어머님. 아버님. 다진 씨 저 주세요."

고개 숙인 준열의 정수리를 보고 있던 민성은 피식 웃음이 나왔다. 아무리 세상이 변했다지만 저렇게 진지하게 직접 따님을 주세요, 하는 사람이 있다니 놀라울 따름이었다. 몇 번 보지 못했고, 다진이 미경에게 한 얘길 전해 들었어도 그리 많은 걸 알진 못했다. 하지만 저런 소리는 못 할 사람이라고 생각했다. 농담이나 웃음에 인색한 사람이랄까. 그런데 이렇게 고개를 숙이고 내 딸을 내놓으라니 웃음이 날 수밖에.

미경은 민성을 슬쩍 쳐다봤다. 그렇지 않아도 다진이 프러포즈를 받았다는 이야기를 하면서 결혼에 대한 생각을 얘기했었다.

'하고 싶어.'

'만난 지 얼마나 됐다고.'

'기간이랑 비례하는 건 아니잖아요. 준열 씨랑 결혼하면 재밌을 거

같아.'

'재밌는 사람처럼은 안 보였는데.'

다진은 그저 웃었다. 재밌는 사람이라 그리 말한 게 아니라는 건 알고 있었다. 내 딸을 저렇게 싱글벙글하게 해 주는 남자라니 부모 입장에선 고마울 따름이었다. 몇 번 보고 다진에게 전해 들은 얘기로 미루어 보아 준열은 진지한 사람이었다. 예의도 바르고 생각이 곧았다.

'결혼할 뻔한 사람이었다는 거, 넌 괜찮아?'

'사람은 실수로 성장하잖아요.'

다른 사람의 실수를 보며 성장하는 사람도 있다. 다진은 준열로 인해 성장한 모양이었다. 사람을 차별하지 말고, 너른 품으로 세상을 살아가도록 아이들을 키웠다. 그런데 다진이 준열을 선택한 게 마음에 걸렸다. 내 자식 일이 되면 평등이고, 객관적인 판단이고 어려워진다더니 정말 그러했다.

미경은 민성과 잔을 부딪친 뒤 고개를 옆으로 돌려 입을 가리고 술을 마시는 준열을 빤히 쳐다봤다. 인상 하나 찌푸리지 않는다.

"다진이랑 결혼하면 어떻게 살겠다, 하는 각오는?"

각오가 필요한 일이었던가. 준열에게 있어 다진과 결혼한다는 건 꿈이지만 꿈이 아닌 현실이었다. 각오보단 기대가 가득 찬 앞날이었다. 평생을 행복하게, 가 정확히 무슨 말인지 알 수 없지만 그녀랑 산다는 건 주로 행복하게 사는 일이 될 거라고 생각했다.

"기대하고 있습니다."

결국 준열은 솔직히 얘기했다. 잘 살겠습니다. 평생 행복하게 해 주겠습니다. 제가 잘하겠습니다. 이런 말은 너무 판에 박힌 것들이었다. 그런 걸로는 준열의 마음을 표현할 수도 없었다.

"기대?"

민성이 되물었다.

"네. 기대되는 일인 것 같습니다. 다진 씨랑 결혼하는 건."

민성은 살짝 고개를 갸웃했는데 미경은 더없이 만족스럽게 웃었다.

"다진이도 기대하던데."

"그런 얘길 하던가요?"

"직접 한 얘긴 아니지만 엄마니까 알 수 있는 거지."

같은 마음이라니 준열도 미경처럼 만족스러운 웃음이 나왔다. 그때, 다진이 도착했다.

"늦어서 죄송해요. 미안, 준열 씨."

"뭐가 그리 바빠?"

"쇼핑몰 요즘 정신없어서요. 배고프다."

물을 먼저 한 모금 마시고 다진이 뭘 먹을까 고민했다.

"무슨 얘기 하고 있었어요?"

"준열이가 너랑 결혼하고 싶대."

다진이 생글 웃으며 준열을 쳐다봤다.

"초밥 시켜 줄까요?"

회는 별로지만 초밥은 그럭저럭 먹는다고 했던 게 떠올라 준열이 말했다.

"응. 진짜 배고파요. 오늘 점심 11시에 먹고 내내 아무것도 못 먹어서."

준열이 초밥을 주문하고 다진은 풋콩을 까먹었다. 민성과 미경은 둘이 얘기하는 것 같다가도 어느 순간 대화 속에 준열과 다진을 자연스럽게 끼어들게 했다. 곁가지로 나온 음식들이나 전복, 초밥은 전부 다진이 먹으라며 다들 손을 대질 않았다.

자신의 가족들 사이에 준열이 스미고 있었다. 진지하고 딱딱한 것 같지만 절묘하게 잘 어울렸다. 그와 가정을 꾸린다면 그는 그렇게 가족의 중심이 될 거다. 절대로 무너지지 않을.

"엄마, 아빠."

눈물이 날 것 같았다.

"우리 잘 살게요."

난데없는 소리에 민성과 미경은 말할 것도 없이 준열도 사레가 들 정도로 놀랐다. 그에게 물컵을 건네고 놀란 부모님은 관심도 없이 다진은 생글생글 웃었다. 오늘 유독 초밥이 맛있게 느껴졌다.

❃

읽고 싶은 책을 가지고 만나자던 다진은 물색의 원피스 위에 하얀 카디건을 입고 나타났다. 여름이 끝나 가는 이때에 그녀가 새삼 여름을 다시 불러오는 것 같았다. 덥지만 해가 쨍하고, 나무는 푸르고, 바다는 더욱 새파란 그 계절을.

"오늘 데이트 콘셉트는 독서!"

책이 들었을 것 같은 쇼핑백을 흔들며 다진이 웃었다.

"무슨 책 가져왔어요?"

"비밀. 준열 씨는?"

"나도 비밀."

다진이 피이 하며 바람 빠지는 소리를 냈지만 여전히 웃는 얼굴이었다. 데이트 콘셉트가 독서인 건 좋은데 장소가 승태의 카페인 건 영 마음에 들지 않았다. 요즘처럼 승태를 이렇게 자주 만난 적은 없었다.

카페로 먼저 들어선 다진은 2층은 영업 준비 중이라는 팻말을 지나쳐 당연하게 2층으로 올라갔다. 그리고 볕이 가장 잘 드는 창가 자리에 앉았다. 뒤따라 올라온 준열에게 어서 오라고 손짓을 했다.

"내가 오늘 여기 전세 냈어요."

"새삼?"

"새삼. 난 이런 데이트 해 보고 싶었거든요."

다진이 가져온 책을 테이블 위에 꺼냈다. 소설책 한 권과 사진집 한 권. 준열도 가져온 시집 한 권과 인문학 서적 한 권을 꺼내고 두 사람은 더 이상 아무 말도 없이 마주 앉아 각자의 책을 읽었다.

음료를 가져다준 직원이 한 번 다녀간 뒤로 2층엔 아무도 올라오지 않았다. 아래층 손님들의 소리가 들리고 카페 안에 틀어 놓은 노래가 나직하게 울렸다. 2층엔 두 사람이 고르게 내쉬는 숨소리와 책장이 넘어갈 때 팔랑거리는 소리 외엔 어떤 소리도 없었다.

고요하고 시간이 멈춘 것 같은 공간. 하지만 변함없이 시간은 흐르고 있었다. 언제나 이런 시간만 있었으면 하는 바람이 실려 있는 시간.

시간이 흐르고 다진은 다 읽었다며 소설책을 덮었다. 집중하고 책을 보느라 힘들었는지 목을 빙그르르 돌렸다. 준열도 잠시 쉬었다. 미지근하게 식어 버린 커피를 한 모금씩 마시고 고요한 2층의 공간을 둘러봤다.

"좋죠?"

"응."

"나중에 우리 집에도 볕이 제일 잘 드는 창 앞에 이렇게 테이블이랑 소파 두고 마주 앉아서 책도 보고 차도 마시고 얘기도 하고, 그래요."

"응."

마주친 시선이 웃었다. 그리고 다진은 사진집을 보기 시작했고, 준열은 읽던 책을 마서 읽었다.

준열은 책에 집중할 수가 없었다. 조금 전 다진이 한 얘기 때문이었다. 그녀와 결혼을 하고 볕이 좋은 곳에 테이블과 소파를 둔다면 마주 앉지 않을 생각이었다. 바로 옆에, 꼭 붙어서 조금만 움직여도 닿을 수 있도록. 키스를 하기 위해 자리에서 일어날 필요가 없이.

점점 생각은 망상으로 이어지고 정신이 멍해졌다. 그런데 난데없는 훌쩍임에 정신이 번쩍 났다. 다진이 울고 있었다. 손수건으로 코와 입을 막고 두 눈 가득 고인 눈물이 방울방울 떨어졌다. 빳빳한 재질의 종이가 느릿하게 넘어갔다. 눈가와 코끝이 빨개져서 눈물을 흘리고 있는 게 왜 그리 예쁜 걸까. 쉽게 위로의 말을 건넬 수가 없었다.

준열은 다진이 사진집을 전부 볼 때까지 기다렸다. 무슨 사진집이기에 저렇게 우는 걸까. 눈물이 앞을 가려 아무것도 보이지 않을 것 같은데 다진은 사진집 한 페이지, 한 페이지를 소중히 살폈다.

전부 다 보고 난 뒤에도 다진은 여운이 가득 담긴 표정으로 사진집의 표지를 한참 동안 보고 있었다. 사진집을 보는 동안처럼 방울방울 눈물이 떨어지진 않았지만 여전히 두 눈은 촉촉했다.

"왜."

준열이 조심스럽게 물었다. 고개를 들고 눈이 마주친 다진은 아무 말도 하지 못했다. 그리고 사진집을 준열 쪽으로 슥 밀었다. 윤미네 집. 표지에는 오래되어 바랜 것 같은 흑백사진이 있었다. 어린 여자아이, 그리고 그 뒤에 카메라를 든 남자. 거울에 비친 부녀. 아이는 거울 속 자신이 아니라 아빠를 보고 있었다.

페이지를 넘기고, 넘기고, 넘기고. 페이지를 넘길 때마다 조금씩 가슴속에 뭉근한 무언가가 차올랐다. 점점 차오를수록 가슴을 넘어 목에 다다르고 목울대를 쿵쿵 울렸다. 결국, 중반쯤 준열은 사진집을 덮었다. 고개를 들 수가 없었다.

"빌려 줄게요."

다진의 목소리는 아직도 물기가 어려 있었다. 마른침을 몇 번 삼키고 난 뒤에야 목울대를 울리던 게 조금 가라앉았다. 하지만 가슴에 뭉근하게 고인 건 여전했다.

"다진 씨."

잠긴 준열의 목소리가 그 어느 때보다 가장 달콤하게 들렸다.

"응."

"상견례 때."

"네."

"꼭 잘 살겠다고 얘기할게."

다진과 준열의 눈이 마주쳤다. 다진만큼은 아니지만 준열의 눈가에도 물기가 어려 있었다. 다진의 눈에선 또 한 번 눈물이 방울방울 떨어졌지만 예쁘게 웃고 있었기 때문에 꼭 우는 것처럼 보이지 않았다.

가족. 그 안으로 다진과 준열이 걸어 들어갈 때가 되었다.

10.

넋을 놓을 수밖에 없었다. 미완성이지만 미완성처럼 보이지 않는 그림. 그리고 그 그림 속에서 뛰쳐나온 것 같은 다진.

두 사람은 지금 웨딩 촬영 중이었다. 스튜디오에서 다른 이들과 똑같은 포즈, 배경 등으로 판에 박힌 촬영을 하고 싶지 않아 셀프 스냅 촬영을 하기로 결정했다. 두 사람은 드레스부터 의상, 필요한 소품까지 전부 직접 구하고 만들어야 했다. 촬영을 할 곳, 콘셉트 역시 직접 구상했다.

전문적으로 촬영을 해 주는 스튜디오에 맡기면 편했을 일이었다. 하지만 직접 한 만큼 더욱 뿌듯하고 보람찼다. 게다가 사진 찍기를 어색해하는 준열이 카메라에 적응할 수 있도록 천천히, 느긋하게 해 왔기 때문에 더욱 좋은 사진을 많이 고를 수 있었다. 그리고 오늘은 촬영의 마지막 날이었다.

처음엔 희경만 촬영을 도와줬다. 그런데 어느 때부턴가 기찬과 진연이 함께하기 시작했다. 촬영 콘셉트는 다진과 준열이 모두 정했기 때문에 그들은 사진 촬영과 조명을 도왔다. 그리고 오늘은 마지막 촬영이었다. 모두가 기대한 콘셉트였다. 그리고 준열은 기대 이상을 선사했다.

촬영 장소는 카페 '바람'이었다. 햇볕이 내리쬐는 창 앞에 다진이 새하얀 드레스를 입고 서 있었다. 직접 만든 부케를 들고 맞은편에 있는 준열을 보며 맑게 웃고 있었다. 준열은 이젤 위에 캔버스를 놓고 다진을 마주 보고 있었다. 캔버스에는 미완성인 다진의 그림이 있었다. 창 앞에 드레스를 입고 부케를 든 채로 맑게 웃으며.

그림에서 다진이 튀어나온 건지, 그림 속으로 다진이 뛰어든 건지 알 수가 없었다. 미리 드레스를 입어 본 다진의 사진을 가지고 준열은 그림을 그려 왔다. 디테일한 부분을 제외하곤 거의 완성이나 다름없는 그림이었다.

"진심으로 홍다진이 부러워졌어."

멍한 희경의 말을 들으며 진연이 고개를 끄덕였다. 준열의 이젤과 캔버스 세팅이 되는 동안 다진의 사진을 찍어 가며 노출을 확인하던 기찬도 멈춘 상태였다.

"사진이 아니라 그림을 배웠어야 했네."

"카페 사장님도 미대 나오지 않으셨어요?"

진연이 희경을 보며 물었다. 단박에 표정을 구긴 희경이 가늘게 뜬 눈으로 진연을 쳐다봤다.

"천진한 게 때로는 불이익이라는 세상의 이치를 알려 줄까? 이달

말 보너스 확 삭감시킨다!"

희경의 으름장에 진연이 두 눈을 동그랗게 떴다. 그리고 그냥 물어본 것뿐이라고 허우적대며 변명을 하기 시작했다.

"기찬 씨, 조명 없이 자연광만 가지고 찍으면 어떻게 나와?"

다진의 요구대로 사진을 찍은 기찬이 그녀와 준열에게 사진을 보여 줬다.

"괜찮은데요. 역광으로 그림자 느낌 부각시켜서 독사진 찍고, 그림이랑 같이 찍을 때 조명 켜죠."

촬영의 모든 상황을 컨트롤하는 건 준열이었다. 늘 다진의 사진을 찍어 준 건 희경 또는 기찬이었는데 준열은 두 사람보다 다진이 더 자연스럽고 예쁘게 나오는 사진의 각도를 알고 있었다. 쇼핑몰 촬영 때와는 달리 웃음을 함빡 머금은 다진. 준열과 함께 찍는 사진이어서 달랐던 걸까.

"딱 그 느낌 있잖아요. 저분 눈에는 다진이 언니밖에 안 보이는구나, 하는 느낌. 그렇지 않아요?"

희경의 팔에 목이 낀 채로 진연이 얘기했다.

"그러니까 결혼하는 거겠지. 홍다진이 눈에도 준열 씨밖에 안 보이고."

"멋져요."

진연의 목을 조르고 있던 팔을 푼 희경이 그녀의 머리를 쓰다듬었다.

"진연 씨 눈에 기찬 씨밖에 안 보이는 것처럼. 멋져."

진연의 얼굴이 순식간에 새빨개졌다. 그리고 이젤 앞에 앉은 준열의 뒷모습과 그를 보고 있는 다진의 모습을 한 앵글 안에 담고 있는 기찬을 쳐다봤다. 사진 찍는 데 열중하면 앵글 속 피사체 외에는 아무것도 보이지 않고, 어떤 소리도 들리지 않는 남자.

"티 많이 나요?"

"괜찮아. 기찬 씨 빼고 다 아니까."

울상이 된 진연의 시선이 다시 기찬을 좇았다. 그 모습을 보던 희경이 1층을 내려다봤다. 카운터에서 계산을 마치고 매장을 나가는 손님에게 인사를 하는 승태가 보였다. 그는 1층을 한 번 빙 둘러보더니 희경의 시선을 눈치챘는지 2층을 향해 고개를 들었다. 희경이 올라오라고 손짓을 하자 귀찮아하면서도 곧장 2층으로 올라왔다.

"촬영 아직 안 끝났어?"

준열과 다진이 창 앞에 마주 보고 섰다. 기찬이 불러 반사판을 든 진연은 쪼그리고 앉아 그가 시키는 대로 반사판을 이리저리 움직이고 있었다.

"나도 스냅 촬영 하고 싶어."

"저렇게 귀찮은 게 하고 싶다고?"

"결혼 안 하겠다며. 그럼 나는 평생 드레스도 입지 마?"

할 말이 없는지 승태가 입을 꾹 다물었다.

"내가 결혼 양보했으니까 오빠도 하나 양보해. 우리도 촬영하자."

고민할 무엇도 없었다. 마구 내켜서 하고 싶은 일은 아니지만 못할 것도 없었다. 승태가 고개를 끄덕이자 희경이 활짝 웃으며 다진을 향해 양손 엄지를 치켜세웠다. 둘은 이미 얘기를 했던 모양이었다. 다진 역시 희경처럼 엄지손가락을 치켜세워 보였다.

"신부님, 한눈파시면 안 됩니다."

기찬의 지적에 다진이 혀를 샐쭉 내밀었다. 그리고 창틀에 걸터 앉은 준열을 쳐다봤다. 결혼까지 이제 한 달 남짓도 남지 않았다. 결혼 후의 그 날들이 기대되어 선뜻 잠도 못 이룰 정도로 설레었다. 준열에게 그 얘기를 했더니 그는 웃었다.

"끝!"

마지막 셔터 소리와 함께 기찬이 두 팔을 쭉 뻗었다.

"고마워, 기찬 씨. 진연 씨도."

다진이 고맙단 인사를 하기 무섭게 기찬에게서 카메라를 받았다. 준열은 삼각대를 꺼냈다. 벽화를 보도록 삼각대 위에 카메라를 설치 하는 사이 다진은 모두 함께 사진을 찍자며 승태까지 끌어들였다. 여섯 사람이 벽화 앞에 서서 다양한 표정과 포즈로 사진을 찍었다.

셀프 스냅 촬영을 하기로 결정했던 때 예상했던 것처럼 재밌고 즐거운 촬영이었다. 마치 두 사람의 앞날이 그러하리란 걸 미리 예 고라도 하는 듯이.

✳

이미 거울 속 제 얼굴을 뚫어져라 쳐다봤으면서 다진은 물 한 모 금을 마시고 다시 거울 속을 들여다봤다. 샤워를 마치는 순간부터 심장은 평소보다 훨씬 빠르게 뛰고 있었다. 욕실에서 한참을 고민하 다가 속옷 위에 샤워 가운만 걸치고 나왔다.

그런 다진의 모습을 준열은 잠시 쳐다보기만 했다. 그리고 미소를 짓고 그녀의 볼에 살짝 입을 맞추고 욕실로 들어갔다. 그가 샤워를 하느라 욕실에서 들리는 물소리는 다진의 심장박동을 더욱 거세게 했다.

첫날밤. 그 말이 이토록 야릇한 말인지 몰랐다. 준열은 자신을 어떻게 안아 줄까. 자신은 준열에게 어떻게 안길까. 머릿속이 새하얘질 뿐이었다.

거울 앞으로 몸을 기울였던 다진이 벌어진 가운의 앞섶을 여몄다. 아직 촉촉이 젖은 머리칼이 괜히 무겁게 느껴졌다. 다진이 샤워를 하는 동안 준열이 마시고 있었던 모양인 와인을 한 모금 마셨다.

그와 연애를 시작하고, 처음 손을 잡고, 처음 포옹을 하고, 처음 키스를 했던 순간들이 떠올랐다. 아직도 그와 함께 겪게 될 처음은 수도 없이 남아 있었다. 지금의 떨림과 설렘을 언제나 기억하고 싶었다.

불과 수시간 전에 그와 결혼식을 했던 게 아득히 멀게 느껴졌다. 민성의 손을 잡고 그를 향해 걸어갔다. 준열이 민성에게 꾸벅 인사를 하고 다진의 손을 건네받아 잡았다.

무뚝뚝하고 표현에 서툰 민성이 눈시울을 살짝 붉히며 준열의 어깨를 툭툭 쳐 줬다. 그 의미를 알고 있다는 듯 준열은 다시 한 번 고개를 살짝 숙였다. 그때 다진은 완전한 실감을 할 수 있었다. 이 사람의 여자가 되는구나. 한 남자의 아내가 되는구나.

테라스의 열린 창으로 살랑대는 바람이 들어왔다. 다진의 긴장이 배어 버린 침실의 공기를 다독이며 느슨하게 풀어 주는 것 같은 바람이었다. 크게 심호흡을 하고 허리를 곧게 펴는 순간, 욕실의 물소리가 그쳤다. 심장은 귓속에서 뛰고 있는 듯 귀울림이 점점 강해졌다.

욕실 문이 열리고 준열이 나오자 다진은 웃음이 났다. 아무리 긴장되고 떨려도 그만 보면 그 모든 게 눈 녹듯 사라지고 그저 좋을 뿐이었다.

"왜?"

다진이 난데없이 웃자 준열은 당황스러웠다. 제 얼굴에 뭐라도 묻은 걸까 볼을 매만져 봤다. 다진은 고개를 설레설레 저으며 준열에게로 다가오더니 그의 허리를 감싸고 폭 안겼다.

충분히 알 수 있었다. 좋아서 그러는구나. 준열은 나도, 하는 마음을 담아 그녀를 끌어안았다. 이제 더는 참을 이유도 인내도 없었다.

준열이 고개를 내려 다진의 입술과 자신의 입술을 포갰다. 부드럽고 말랑한 입술을 벌리고 혀로 그녀의 고른 치열을 훑었다. 자연스럽게 다진의 몸과 자신이 몸이 한 치의 틈도 없이 붙었고, 다진이 양팔을 준열의 목에 둘렀다.

두 사람의 가운 깃이 벌어진 사이로 맨살이 스쳤다. 준열은 등줄기를 따라 긴장이 흐르는 게 느껴졌다. 한참 동안 깊게 다진의 입술을 탐하던 준열의 입술이 그녀의 목을 타고 내려와 그 보드라운 살결을 지분거렸다. 다진이 고개를 살짝 뒤로 젖히고 목에 힘을 주고 있는 게 느껴졌다.

그녀의 등을 쓰다듬던 손으로 천천히, 조심스럽게 가운의 리본을 풀었다. 보송보송한 가운이 힘없이 벌어지며 속옷만 입고 있는 다진의 몸을 드러냈다. 벌어진 가운 안으로 손을 넣어 그녀의 잘록한 허리에 얹었다. 긴장이 자신의 손을 타고 그녀의 몸으로 전해질 것 같았다.

마른침을 삼키며 다진의 쇄골을 훑던 준열의 시선에 다진의 가슴이 들어왔다. 그녀의 마른 몸을 생각하면 더 작은 가슴일 거라고 생각해 왔다. 옷의 태를 위해 보정 속옷을 착용할 거라고 생각했다. 하지만 다진의 가슴은 더없이 아름답게 자리 잡고 있었다.

그녀에게서 한 발짝 뒤로 떨어진 준열이 그녀의 몸을 훑었다. 세상에 이렇게 아름다운 나신이 있을까. 준열이 손바닥을 다진의 배에 조심스레 얹었다. 그녀의 배에서 심장이 뛰는 걸까, 자신의 손바닥에서 심장이 뛰는 걸까. 무언가가 쿵쿵 하고 울리고 있었다. 다진이 준열의 손목을 잡았다.

"숨 쉬기 곤란한데요."

준열이 다진의 배꼽 주위를 손가락으로 간질이자 다진이 쿡쿡 웃으며 그의 어깨에 머리를 기댔다. 여전히 다진은 준열의 손목을 잡고 있었다.

다진이 웃으면서 내쉬는 숨이 준열의 목 언저리에 닿았다. 준열은 소름이 오소소 돋아나는 걸 느끼며 마른침을 삼키고 다진의 허리를 잡고 있던 한 손을 올려 그녀의 브래지어 컵의 라인을 손끝으로 쓸었다. 순간 다진의 어깨가 움츠러들었다.

심장은 말할 것도 없고 자신의 온몸이 터질 것 같았지만 움직임은 지극히 느긋했다. 이 상황에서도 자신은 다진을 향해 여유롭고 싶어 허세를 부리는 걸까, 하는 생각이 들었지만 그렇지 않았다. 너무 아까워서, 소중한 그녀를 어찌해야 할지 미칠 것만 같았다. 그토록 기다려 왔던 순간인데도 어쩔 줄을 몰라서, 자신의 욕심껏 할 수가 없을 뿐이었다.

준열의 망설이는 손가락이 다진의 브래지어의 컵을 살짝 잡았다 놨다. 그리고 검지로 컵의 라인을 따라 다진의 가슴을 쓸어내렸다. 준열이 손을 얹고 있는 다진의 배에 힘이 들어가는 게 느껴졌다.

"사랑해."

준열이 나직하게 속삭이며 다진의 귓불에 입을 맞췄다. 혀로 그녀의 귓바퀴를 훑으며 천천히 그녀의 브래지어 후크로 손을 옮겼다. 그런데 자신이 생각하기에 후크가 있어야 할 자리엔 아무것도 없었다.

당황한 준열이 다진의 등 뒤의 브래지어 라인을 따라 손을 더듬는데 다진이 웃음을 터뜨렸다. 그리고 조금은 재밌다는 듯, 조금은 난감하다는 듯한 표정으로 준열을 올려다봤다. 그 상황에도 준열의 시야에는 다진의 표정보다 가슴골이 먼저 보였다. 후크가 있어야 할 곳에 없는 것보다 가슴골이 더욱 준열을 애태웠다.

도대체 뭘 어떻게 해야 하냐고 묻는 것 같은 준열의 눈과 시선이 마주치자 다진은 웃음이 났다. 후크를 찾지 못해 당황한 그의 손길이 왜 이렇게 사랑스러운 걸까.

그의 양 가슴 위에 얹고 있던 손을 내려 잠시 머뭇거린 다진은 브래지어 앞쪽 컵 아래에 손을 대더니 딸깍하는 소리를 내며 버클을 풀었다. 그리고 버클이 풀린 브래지어가 벌어지지 않도록 제 양 가슴에 손을 얹고 있었다.

"조금 치사하네. 이렇게 어려운 속옷을 입고 오고."

다진이 웃음을 참기 위해 아랫입술을 잘근 물더니 머리로 준열의 가슴을 콩 찧었다. 어째 결혼한 부부의 첫날밤치곤 참으로 얌전하다고 생각하며 준열이 다진의 양손을 잡아 내렸다. 그리고 어깨에 걸려 있는 끈 안으로 손을 넣어 양쪽으로 쓸어내리자 브래지어와 가운이 함께 다진의 몸에서 미끄러져 내렸다.

드러난 다진의 가슴이 시야에 들어오자 절로 탄성이 터져 나왔다. 턱 막히는 숨을 내쉴 생각도 하지 못한 채 준열은 입을 꾹 다물었다. 자신이 느끼기에도 차가운 제 손끝이 그녀의 가슴에 닿으면 그녀는 얼마나 차게 느낄까 생각하면서도 그녀의 가슴을 향하는 손을 멈출 수 없었다. 양손으로 그 아름다운 가슴을 살며시 움켜쥐는 순간 다진이 준열의 샤워 가운 허리춤을 꽉 쥐는 게 느껴졌다.

"내 손 너무 차요?"

다진이 고개를 저었다. 결혼식장에서 양가 부모님을 향해 인사를 했을 때도 씩씩하게 웃어 주던 그녀의 두 눈에 눈물이 그렁그렁했다. 왜 지금 우는 걸까.

"준열 씨, 손끝 하나하나가 전부 감동적이에요."

어리광을 부리는 것 같은 다진의 말투에 준열은 그만 그녀의 가슴을 쥐고 있던 손에 힘을 줬다. 놀랐는지 다진이 발꿈치를 들며 준열의 품에 안겼다. 그대로 그녀를 안아 올린 준열이 침대로 가 그녀를 조심스레 내려놓았다. 그리고 자신의 샤워 가운을 벗고 그녀의 위로 몸을 포갰다.

눈물이 담긴 눈가에 입을 맞추고 천천히 내려와 가슴 가운데 입

을 맞췄다. 방금 샤워를 한 탓인지 어떤 맛도 나지 않는, 하지만 달
게 느껴지는 맛에 준열이 그녀의 가슴 정점을 조심스럽게 입에 담
았다. 혀끝에 톡 튀어나와 있는 그녀의 가슴 정점이 쓸렸다. 한 번
쓸어내릴 때마다 다진의 입에서 뜨거운 숨이 나왔다. 자신의 가슴에
닿아 있는 그녀의 배가 오르락내리락하는 게 느껴졌다.

준열이 다진의 가슴의 아래부터 정점까지 핥으며 손으론 그녀의
허벅지 바깥쪽을 쓰다듬었다. 그녀의 몸 어디든 손이 닿는 곳은 전
부 매끄러워서 손을 떼고 싶지가 않았다. 준열의 손과 입술이 바쁘
게 움직일수록 다진의 손이 그의 손과 입술을 쫓았다. 그녀의 가슴
을 핥고 있는 그의 얼굴을 어루만지고, 그녀의 허벅지를 움켜쥐는
그의 손등을 손톱으로 긁었다.

다진의 허벅지를 타고 올라간 준열의 손이 그녀의 팬티에 닿았
다. 엉덩이 라인을 따라 팬티 속으로 손끝을 집어넣자 말랑한 그녀
의 엉덩이가 닿았다. 천천히 밀어 넣은 손이 엉덩이 전체를 감싸 쥐
었을 때 다진이 살짝 허리를 비틀었다.

다진의 하얀 가슴과 핑크빛 정점이 발갛게 달아오를 때까지 잘근
잘근 씹고, 핥아 대던 준열이 그녀의 명치에 입술을 묻고 뜨거운 숨
을 뱉었다.

"으읏……."

내내 참고 있던 신음을 처음으로 터뜨린 다진이 그의 어깨를 있
는 힘껏 쥐었다. 자신도 다진도 점점 더 숨을 고르게 쉴 수 없었다.
이미 방 안은 뜨거운 숨소리로 가득 차 있었다.

다진의 양쪽 엉덩이를 쥐고 있던 손을 빼낸 준열이 그녀의 허벅

지 안쪽에 입을 맞췄다. 그리고 천천히 그녀의 다리를 따라 입술을 내리며 마지막 남은 속옷을 벗겼다.

허벅지를 힘껏 오므린 채로 다진이 살짝 벌린 입술로 숨을 뱉어 내며 준열을 바라보고 있었다. 그녀의 새로운 표정에 준열은 왠지 웃음이 났다. 그 어떤 못난 표정을 지어도 예쁠 것만 같았다. 그런데 이렇게 열에 들뜬 표정을 짓고 있으니 목울대가 찌르르 울리고 온몸의 피가 거꾸로 솟는 것 같았다.

다진의 무릎에 입술을 찍으며 천천히 그녀의 다리를 벌렸다. 좀체 힘을 풀지 않던 다진이 그의 힘을 당하지 못하고 힘을 뺐다. 그녀의 양쪽 허벅지 안을 핥아 올라간 준열이 다진이 양손으로 가리고 있는 그녀의 여성 앞에서 크게 숨을 들이쉬었다.

부끄러워서 어쩔 줄 모르는 다진을 모른 척하며 준열이 손끝으로 다진의 여성을 쓸어 올렸다. 다진이 터지는 비명을 삼키기 위해 입술을 앙다물었다. 준열이 천천히 다가가 그녀의 여성에 입을 맞추는 순간 다진이 그의 머리를 밀어냈다. 하지만 이내 입술을 떼지 않는 준열을 당해 내지 못하고 차오르는 숨에 가까스로 입술을 열고 야릇한 신음과 숨결을 뱉어 내기에 바빴다.

준열의 애무에 양다리를 바동거리던 다진의 발가락 끝까지 힘이 들어가더니 온몸을 부르르 떨었다. 그녀의 여성에서 입술을 뗀 준열이 숨을 몰아쉬느라 들썩이는 그녀의 가슴에 입을 맞췄다. 그리고 자신의 속옷을 벗고 그녀의 안으로 들어갈 준비를 했다.

그녀가 겨우 숨을 고르게 쉬기 시작했을 때 준열이 다진과 입을 맞추며 서서히 그녀의 안을 파고들었다. 조금 전 극에 달했던 흥분 때문에 여성에 오는 자극이 더욱 민감한 듯 다진이 허리를 비틀며 준열을 받아들였다.

두 사람이 완전히 하나가 되었을 때 준열이 다진과 맞추던 입을 뗐다. 그리고 두 사람 모두 한꺼번에 거친 숨을 몰아쉬었다. 그 바람에 웃음이 난 두 사람이 서로를 마주 보며 웃었다. 하지만 그 웃음은 오래가지 못했다.

준열이 허리를 한 번 움직일 때마다 다진의 표정이 일그러졌다. 그녀가 괴롭지 않았으면 하는 마음이었지만 그녀의 안으로 들어간 이상 준열은 더 이상 느긋할 수가 없었다. 사랑하는 사람과의 행위가 얼마나 대단한 쾌감을 주는지 알아 버린 이상 멈출 수가 없었다.

쉼 없이 움직이는 가운데 준열은 계속해서 다진의 귀에 사랑을 속삭였다. 그때마다 다진은 준열의 팔이나 어깨를 힘껏 잡으며 답을 대신했다.

준열의 움직임이 점점 더 빨라지면서 다진이 두 눈을 질끈 감았다. 그러던 끝에 준열이 움직임을 멈추고 잠시 뒤 그대로 다진의 위로 풀썩 쓰러졌다. 맞닿은 두 사람의 가슴이 거칠게 들썩였다. 방안의 뜨거운 공기가 한층 더 짙어졌다.

그대로 잠시 누워 있던 준열이 천천히 일어나더니 다진의 볼에 입을 맞추고 욕실로 향했다. 수건을 미지근한 물에 적셔 가지고 나오자 이불로 제 몸을 둘둘 만 다진이 침대에서 내려오고 있었다. 하지만 다리에 힘이 들어가지 않는지 이내 침대 끝에 주저앉았다.

"왜 일어나?"

다진이 욕실을 쳐다보기만 할 뿐 답하지 못하자 준열이 그녀의 옆에 앉아 이불을 잡고 있는 그녀의 손을 치웠다.

"왜요?"

"닦아 줄게요."

"내가 할게요."

준열은 단호하게 고개를 저었다.

"이제 솜털 하나까지 전부 다 내 거예요."

그가 그런 말을 아무렇지도 않게 하게 될 줄 몰랐다. 준열도 스스로가 한 말이 놀라웠다. 그런데 놀라서 멍하니 굳은 다진의 표정을 보니 그런 소리도 가끔 괜찮겠구나 하는 생각이 들었다.

준열이 이불을 끌어 내리려고 하자 다진이 다급하게 이불을 잡아챘다. 그리고 세차게 고개를 가로저으며 침대 위로 기어 올라갔다. 그녀를 따라 침대 위로 기어 올라간 준열이 그녀의 발목을 잡아당겼다. 그대로 엎어진 다진이 가슴 앞섶에서 양손으로 이불을 꽉 쥐고 있었다.

준열은 개의치 않고 다진의 다리 쪽 이불 속을 파고들었다. 이불은 힘없이 벌어졌고 다진의 허리를 힘껏 잡은 준열이 그녀에게 남은 흔적을 천천히 닦아 냈다. 다진은 이불을 올려 얼굴을 가리고 얌전히 그의 손길이 멈추길 기다리고 있었다.

흔적을 모두 닦아 낸 뒤 준열이 다진이 깔고 누워 있는 이불을 빼냈다. 그녀에게 이불을 덮어 주고 방의 모든 불을 끈 뒤 다진의 옆으로 와서 눕자 다진이 그의 가슴에 안겼다. 다진에게 팔베개를 해 준 뒤 그녀의 이마에 입술을 댔다.

무슨 말이든 하고 싶지만 어떤 말도 할 수 없기도 했다. 닿아 있는 살갗에선 계속해서 새로운 열기가 피어나고 있었다. 다진의 어깨를 매만지는 손길은 잠시도 쉬지 않았다.

"다진 씨."

"……응?"

잠이 오는지 대답이 한 템포 늦게 나왔다.

"고마워요."

이번 답은 음, 하는 소리에 더 가까웠다. 달게 잠들려는 그녀를 깨울 수가 없었다. 그래서 준열은 다진의 이마에 입술을 댄 채 입안 가득 하고 싶은 말을 머금었다.

'행복이니, 사랑이니 하는 건 그냥 추상적으로 말뿐인 무엇이라고 생각했어. 지금 불안함이 내 모든 감각을 일깨우고 있어. 당신이 없으면 어쩌나 하는 겁이 미치도록 밀려오고 있어. 당신을 얻어서 나는 약해진 것 같아. 그런데 사랑도 행복도 그런 것 같아. 조금쯤 약해져도 되는 거. 불안마저도 괜찮다고 떠안을 수 있는 거.'

준열의 입술이 그녀의 이마에서 감긴 눈두덩 위로 옮겨 갔다.

'나는 단 한 번도 내 인생의 어느 순간이 행복하다고 느껴 본 적이 없는데. 지금 나는 이걸 행복하다는 말로 표현하는 것 외엔 할 수가 없어. 뜨겁거나 차가운 자극이 몸 어딘가에 닿으면 사람은 순간 놀라서 소리치잖아. 그런 식으로 당신을 보면 마치 파블로프의 개처럼, 내 모든 반사 신경이 당신을 향해 사랑한다고 소리치라고 외치는 것 같아. 그래서 말할 수밖에 없어. 사랑해. 다진 씨, 사랑해.'

머금은 말이 뒤엉켰다. 그런데 새근새근 고른 숨을 내쉬던 다진이 웅얼거리며 거짓말처럼 정확한 한 단어를 뱉었다.

"······나도."

다진의 이마에 닿았던 준열의 입매가 부드럽게 휘었다.

"응. 사랑해."

준열도 잠을 청했다. 하지만 잠이 올 것 같지 않은 밤이었다. 뜬 눈으로 밤을 지새워도 조금도 피곤하지 않을 것 같은 밤이었다.

✳

잠에서 깬 다진은 멍하니 두 눈을 깜빡였다. 뒤척임도 없이 얌전히 자는 편이기에 지난밤 잠들었을 때와 똑같은 자세였다. 머리 위에서 준열의 고른 숨결이 느껴졌다. 아직 잠들어 있는 그도 다진처럼 크게 자세가 바뀌어 있진 않았다. 팔베개도 다진의 허리에 얹은 팔도 여전했다.

그가 힘들 것 같아 그 품에서 나오려는데 준열의 몸이 다진 쪽으로 조금 더 기울었다. 그러더니 윽, 하는 신음을 내며 그가 인상을 찌푸렸다. 움직이니까 팔이 저릿저릿한 모양이었다.

준열의 품에서 벗어나지 않고 꼬물거리며 다진은 엎드려 누웠다. 상체를 살짝 들고 손으로 준열의 팔을 주무르자 그의 손끝이 움찔 놀랐다. 그리고 천천히 잠에서 깼다.

"잘 잤어요?"

"응."

"팔 안 저렸어요? 힘들면 빼도 됐는데."

"몰랐어."

낮게 잠긴 목소리가 좋았다. 다진이 움찔거리는 준열의 손끝을 톡톡 쳤다. 그때마다 그의 손가락은 깜짝 놀라는 것처럼 꿈틀댔다.

"팔 괜찮겠어요?"

"찌릿찌릿해."

준열의 손을 보고 있던 고개를 돌려 그의 얼굴을 봤다. 눈은 감고 여전히 잠에서 깨지 못한 것 같은 목소리. 다진이 머리를 다시 준열에 팔에 대고 누웠다. 그의 팔에 힘이 들어가는 게 느껴졌다. 하루 종일 그냥 이렇게 있어도 좋을 것 같았다.

다진을 자신의 품 안으로 끌어당겼다. 다진은 낮게 웃더니 준열의 허리에 팔을 두르고 그의 턱에 입을 맞췄다.

"나중에 우리 애들이 믿을까요?"

"응?"

"엄마랑 아빠가 어떻게 만났는지 얘기하면."

"글쎄."

"신기해하겠죠? 나도 이렇게 신기한데."

준열이 옅게 웃었다.

"안 믿어도 그게 진짜니까."

"기대된다."

목소리만으로도 얼마나 기대하고 있는지 알 수 있었다. 당장 내일, 몇 달 뒤도 아니고 먼 훗날이었다. 몇 년, 혹은 십수 년, 수십 년 후의 일이 될 수도 있었다. 하지만 다진은 기대를 하고 있었고, 그 기대는 전염되어 준열도 그 날이 궁금해졌다.

"응. 기대된다."

다진을 따라 하듯 준열이 중얼거렸다. 이렇게 아주 먼 훗날도, 그리고 바로 내일도 기대하며, 지금을 즐기며 살아가는 것. 그게 다진과 준열이 살아가게 될 삶이었다.

서로를 꼭 안고 어느덧 닮아 버린 미소를 입가에 매단 채, 두 사람은 행복한 꿈속으로 빠져들었다. 첫 번째 행복한 꿈은 바로, 지금 당장이라고 생각하며.

첫 번째 해의 봄.

벚꽃이 만개했다. 며칠 전, 저녁을 먹고 산책을 하러 간 한강변에서 다진이 혼잣말을 중얼거렸다.

"왜 벚꽃이 마치 봄의 상징인 것처럼 되어 버렸을까."

"그럼?"

"진달래 축제 가 본 적 있어요?"

준열이 고개를 저었다.

"얼마 전에 인터넷에서 사진으로 처음 봤는데 벚꽃 축제보다 훨씬 멋지더라고요."

"가 볼까?"

그걸 기다렸다는 듯 다진이 고개를 끄덕였다. 그래서 이번 주말엔 진달래 축제에 가기로 했다.

"다 됐습니다."

꽃집 점원이 비닐 포장지로만 포장한 장미 한 다발을 가지고 나왔다. 가로수 벚꽃 나무를 바라보던 준열이 계산을 하고 꽃다발을 받아 들었다. 중헌이 영이에게 매주 꽃을 사다 주는 것처럼 준열도 다진에게 매주 꽃다발을 안겨 줬다.

신혼집을 꾸미며 작업실은 따로 두기로 결정했다. 다진은 서점 아르바이트는 그만두고 쇼핑몰 일만 하고 있었다. 준열은 6시에서 7시 사이 집에 도착하고 다진은 주로 7시, 늦으면 8시쯤 오곤 했다. 저녁 준비는 대부분 준열이 했는데 정말 준비뿐이었다. 양쪽 어머님들이 어찌나 부지런히 밑반찬을 가져다주는지 딱히 할 게 없었다.

집에 도착한 준열은 우선 화병의 꽃부터 갈았다. 집에 있는 작은 화병은 두 개로 하나는 식탁에, 또 하나는 거실 테이블 위에 있었다. 적당히 반씩 나눈 장미를 두 개의 화병에 담으니 소담한 게 예뻤다.

쌀을 씻어 밥솥에 안치자 현관 도어록 열리는 소리가 났다.

"다녀왔습니다."

다진은 현관 앞에서 꼭 저렇게 인사를 했다. 밥을 먹기 전과 후에 인사를 하는 것처럼.

"수고했어."

인사를 주고받으면 가볍게 입을 맞추고 서로를 가볍게 품에 안았다 놓는다. 인사가 버릇인 것처럼 그녀와 살면서 버릇이 된 일.

"와, 장미네."

"유독 눈에 들어오기에."

장미를 빤히 쳐다보던 다진이 다시 준열의 품에 안겼다. 장미꽃을 처음 사 온 것도 아닌데 오늘은 유독 감동적으로 느껴진 모양이었다. 준열도 다진을 꼭 안았다. 그런데 어쩐지 느낌이 단순한 감동이 아닌 것 같았다.

"오늘 무슨 일 있었어?"

준열의 물음에 다진이 품 안에서 고개를 끄덕였다.

"왜? 무슨 일?"

답은 하지도 않고 다진은 품에서 빠져나갔다. 그리고 소파 위에 두었던 핸드백에서 무언가를 꺼냈다. 다진이 꺼낸 것은 비닐봉지. 하지만 진짜 보여 줘야 할 건 그 안에 들어 있는 무언가.

"이게 뭐……."

묻던 중 무언지 알았다. 희미하지만 빨간 줄이 두 줄 그어져 있는 임신 테스트기. 준열의 두 눈이 동그래졌다.

"내일 병원 가서 검사를 해 봐야 확실할 것 같긴 한데 그래도……."

준열이 임신 테스트기와 다진의 배를 번갈아 쳐다봤다.

"왜 오늘 병원에 안 갔어?"

다진이 답을 할 틈도 없이 준열은 우선 다진을 소파에 앉혔다. 그랬다가 다시 다진을 일으켜 세웠다. 그리고 방으로 데리고 들어가 다진이 집에서 편안하게 입는 면 소재 원피스를 찾았다.

"저기, 준열 씨."

"응."

"지금 뭐 하는……!"

망설임 없이 다진의 바지 버클을 푸는 준열의 손길에 다진이 화들짝 놀라서 그의 손을 붙잡았다. 하지만 소용이 없었다. 준열은 다진을 침대에 걸터앉게 하고 순식간에 바지를 벗겼다.

"준열 씨!"

"이제 이렇게 꽉 끼는 옷은 입지 마."

다진의 표정이 멍해졌다. 다진이 입고 있던 블라우스의 단추도 하나하나 풀어 벗기더니 원피스를 입혀 줬다. 다진은 그저 준열이 하는 대로 움직일 뿐이었다.

"내일 아침에 일어나자마자 병원부터 가 보자."

웃음이 났다. 이 남자가 이렇게 다급하고, 당황해서 허둥지둥하는 모습은 처음이었다. 얘길 전했을 때 요란하게 기뻐하거나 어떤 반응을 보일 거라고 기대하지 않았다. 오히려 너무 무덤덤하면 어쩌나 걱정스러웠다.

요즘은 제법 두 사람의 2세에 대해 긍정적인 반응을 보이고 있었지만 확실히 준열이 아기를 좋아하는 사람이 아니라는 건 알고 있었다. 그런데 이렇게 반응해 주니 다진에겐 그 어떤 모습보다 감동적이었다.

"힐도 안 돼."

안 되는 것들의 목록이라도 세우는지 곰곰이 생각에 빠진 준열을 보다가 다진은 웃음이 터지고야 말았다. 깔깔대며 웃자 준열이 조심하라며 옆으로 쓰러져 누우려는 다진을 붙잡았다.

"기쁜 거죠?"

"실감이 안 나."

다진이 준열을 향해 양팔을 뻗었다. 다진의 품에 안긴 모양이었지만 준열이 다진의 등 뒤로 팔을 두르면 그에게 안기는 느낌이었다. 언제나, 항상.

"나도 아직은 모르겠어요. 내일 병원 가서 검사 결과 봐야 실감 날 것 같아."

두 사람은 잠시 아무 말도 없이 서로를 안고만 있었다.

"우선 저녁부터 먹자. 뭐 먹고 싶은 거 있어?"

다진이 고개를 저었다.

"뭐든 필요한 거 있으면 다 말해."

뭐가 그렇게 재밌고 우스운지 다진은 또 웃었다. 어쩐지 준열은 초조한 마음이 드는데 다진은 그렇지 않은 모양이었다. 정말 임신이라면 그녀보다 준열이 더욱 조바심을 내며 조심시켜야 할 것 같았다.

✻

검사가 끝나고 나와서 다진은 초음파 사진을 뚫어져라 쳐다보고 있었다.

"진짜 신기하다."

그 소리만 몇 번째인지 셀 수도 없었다. 준열도 신기했다. 반면에 아직도 실감이 나지 않기도 했다. 다진의 배가 납작해서 그런 걸까.

"진짜 신기하지 않아요? 이렇게 콩알만 한 게 사람이고, 나랑 준열 씨 아기라니. 생명이 신비한 줄은 알았지만 정말 엄청난 것 같아."

반쯤 넋이 나간 목소리로 다진은 웅얼웅얼 얘기를 했다. 여전히 초음파 사진을 들여다보고 있음은 말할 것도 없었다. 준열은 초음파 사진을 쳐다보고 있는 다진을 뚫어져라 응시했다. 그리고 조심스레 뻗은 손을 다진의 배에 가져다 댔다. 다진이 깜짝 놀랐지만 이내 그의 손 위에 자신의 손을 올렸다.

"나 살 많이 찌면 어떡하지?"

"그거 걱정해서 먹고 싶은 거 안 먹고 다이어트 같은 거 하지 마."

"20킬로씩 찌기도 한다는데. 그러면 어떡해요?"

"그래도 예쁠 거야."

배에 대고 있던 손을 올려 다진의 머리를 쓸어 넘겼다. 걱정스럽게 묻던 다진이 생글 웃었다.

"약속해요. 내가 살이 많이 쪄도 나 예쁘다고."

준열도 미소를 짓고 다진과 새끼손가락을 걸었다.

"그럼 이제 동네방네 소문을 내 볼까요?"

발랄하게 얘기하며 다진이 핸드백에서 휴대폰을 꺼냈다. 그걸 보고 있던 준열이 문득 드는 생각에 그녀가 쥐고 있던 휴대폰을 뺏었다.

"휴대폰 사용 최소한으로 줄여."

멍하니 준열을 쳐다보던 다진이 인상을 찌푸렸다.

"준열 씨. 나 손가락 하나 까딱 못 하게 할 거 아니죠?"

"그럴 거야."

"산모한테 적절한 운동이 얼마나 중요한데!"

"그거 외엔 아무것도 못 하게 할 거야."

"무섭다."

말하는 목소리는 즐거운 것 같았다. 다진의 볼을 톡 친 뒤 준열은 미경과 민성, 영이와 중헌에게 차례차례 전화를 걸었다. 그 옆에서 다진은 양손으로 준열의 한 손을 꼭 잡고 꼼지락거리고 있었다. 그녀의 손이 준열의 손 마디마디를 잡았다 놓을 때마다 준열의 가슴이 간질간질했다.

✻

카페 2층으로 올라선 준열은 정면에 보이는 다진을 보고 인상을 찌푸렸다. 얇고 높은 힐을 신고 또 스키니 진을 입고 있었다. 이달 말까지만 모델 일을 하기로 했다. 이후에는 사무실에서 내근 업무를 보기로 했는데 준열은 지금 당장 그녀가 내근직을 했으면 했다.

"축하한다, 예비 아빠."

한쪽 벽으로 밀어 놓은 의자 중 하나에 앉아 있던 승태가 준열을 보더니 손을 내밀었다. 새삼 무슨 악수를 하냐는 표정으로 쳐다봐야 소용이 없었다. 승태는 멋대로 준열의 손을 잡아 억지로 악수를 했다.

"딸 원해, 아들 원해?"

"상관없어요."

"나는 다진 씨 닮은 딸. 너 닮은 아들은 징그러울 것 같아."

자신을 닮은 아들이 징그러울 것 같아서가 아니라 다진을 닮은 딸이라면 좋을 것 같았기 때문에 준열은 아무 말도 하지 않았다.

"내가 징그러워하거나 말거나 관심 없다는 거냐?"

아무런 대꾸 없는 준열의 태도가 마음에 안 들었는지 승태가 투덜거렸다. 그때 촬영이 끝났다. 수고했다고 인사를 나누며 다진이 준열을 보고 손을 흔들어 인사를 했다. 얼마 전에 새로 뽑은 모델인 유리만 준열과 데면데면 어색한 인사를 나눴다.

"이거 뭐예요?"

다진이 준열의 손에 들린 화구통을 가리켰다. 다진의 물음은 지금 여기서 열어 봐도 되냐는 질문이나 다름없었다. 관계없다는 뜻으로 화통을 건네자 다진이 싱긋 웃으며 화통 안의 종이를 꺼냈다.

왼쪽 아래에 초음파 사진이 그려져 있었다. 그리고 초음파 사진을 감싸고 있는 씨앗에서 초록색 새싹이 피어올라 있었다. 그 새싹의 줄기는 사선으로 오른쪽 모서리 끝까지 뻗어 있었다. 줄기의 사이사이에는 이파리가 피어 있기도 했고, 한 송이 꽃이 피어 있기도 했다. 열매가 맺힌 부분도 있었고 노란색, 빨간색의 단풍잎이 달려 있기도 했다. 수채화인 탓에 색감이 유화보다 옅고 부드러웠다.

"우와, 이게 뭐야?"

다진의 등 뒤에서 희경과 기찬이 두 눈을 동그랗게 뜨고 구경을 했다. 승태도 고개를 쭉 내밀었고, 유리도 쭈뼛거리며 희경과 기찬의 사이에서 그림을 살폈다.

"초음파 사진 하나에 뭐가 이렇게 심오해?"

승태의 말에 희경의 표정이 단박에 구겨졌다. 그리고 승태의 팔을 잡아 그를 일으켰다.

"내려가."

"왜? 내 가게야!"

"언제 철들 거야?"

"왜 들어! 안 들 거야!"

막무가내로 버티는 승태 때문에 모두 웃음이 터졌다. 그 와중에도 다진만 웃지 않았다. 세심하게 그림을 살폈다. 그러더니 종이를 다시 돌돌 말아 화구통에 넣었다.

"이제 퇴근해도 돼?"

다진이 희경을 보고 묻자 그렇게 하라며 희경이 고개를 끄덕였다. 모두와 인사를 나눈 뒤 다진은 준열과 함께 카페에서 나왔다. 그리고 차에 오르기 무섭게 준열을 끌어안았다.

"조심해."

몸이 꺾인 다진 때문에 놀라서 얘기했지만 소용이 없었다.

"우리 사진집 봤었잖아. 윤미네 집."

떨어지지 않으려 하는 그녀를 그냥 두고 준열이 다정한 목소리로 말을 꺼냈다.

"응."

"난 그때그때 그림 그려 주려고."

품에서 벗어난 다진이 두 눈을 동그랗게 뜨고 준열을 쳐다봤다.

"초상화가 될 수도 있고, 추상화가 될 수도 있겠지만 성장하는 아이한테 맞춰서 그리려고."

매일매일이 아니어도 괜찮았다. 아이를 위해 준열이 노력한다면, 그게 어떤 일이든 그것만으로도 가치가 있는 일이 될 것이다.

"나는 사진 찍어 줄래요."

"응. 그렇게 하자."

함께 미소를 지은 두 사람의 입술이 가볍게 닿았다. 배 속의 아이와 어서 만나고 싶은 마음이 간절해졌다.

✼

두 번째 해의 여름.

거실 소파에 길게 누워 지난밤 못 잔 잠을 청하던 다진은 씩 웃었다. 예쁜 딸 시연이가 태어난 지 벌써 7개월이었다. 처음엔 자신들이 잘못 안아서 아이가 다치거나 불편하면 어쩌나 하는 마음에 아이를 안는 것조차 무서웠는데 이젠 자신도 준열도 아이를 안아 주는 것쯤은 별일도 아닌 부모가 되었다.

시연을 재우겠다고 안고 등을 토닥여 주는 준열의 모습은 언제 봐도 근사했다. 느릿느릿 거실을 왔다 갔다 하며 커다란 품 안에 작은 아이를 안고 한 손으로 다 감쌀 수 있는 작은 등을 토닥여 준다. 아이를 안고 있을 때면 더없이 편안하고 포근한 표정을 짓는다. 아이가 자고 있는 걸 볼 때와 같은 눈으로.

베란다에 열어 놓은 창을 통해 바람이 들어왔다. 푹푹 찌는 더위가 기승을 부리는 한여름. 아이를 안고 있으면 아이도 안고 있는 사람도 금방 땀범벅이 된다. 그래도 아이에게서 나는 땀 냄새는 고소해서 기분이 좋다. 그리고 마치 봄인 것처럼 전혀 더워 보이지 않는 모습으로 잠들어 있는 다진. 기분 좋은 고요함이 온 집 안을 가득 메우고 있었다.

이렇게 편안하고 아늑한 공간을 갖게 될 줄 상상도 못 했었다. 상상. 마치 유니콘이나 해태처럼 그저 말로만 할 수 있는 무언가. 무엇 하나 자신을 짓누르는 게 없이 나른하게 여유를 즐길 수 있는 시간이나 공간 같은 건 거짓인 줄 알았다.

"……시연이는?"

다진이 손을 뻗어 소파 아래에 앉아 있는 준열의 머리칼을 매만졌다.

"자. 좀 더 자도 돼."

"덥다."

더워 보이지도 않으면서. 추워 보이지도 않으면서. 그저 늘 한결같이 봄 같으면서.

부채질을 해 주자 다진이 미소를 지었다. 그리고 준열의 머리칼 깊숙이 손을 찔러 넣었다.

"머리 많이 자랐다. 다음 주에 시연이 미용실 갈 때 같이 가자."

"응."

"시연이 아빠."

"응, 시연이 엄마."

아직도 부를 때면 재미있는 호칭. 두 사람이 얼굴을 마주하고 웃었다.

"자기 닮은 아들도 낳아야지."

"연년생 감당할 수 있겠어?"

준열이 다진의 반바지 아래로 손을 반쯤 집어넣었다.

"난 쌍둥이도 좋을 것 같은데."

제 몸 위로 몸을 겹치는 준열의 목에 팔을 둘렀다. 이렇게 위에서 자신을 내려다볼 때 그의 표정이 좋았다. 그가 자신을 얼마나 사랑하는지 충분히 알 수 있는 표정이었다.

닿은 입술이 서서히 서로를 깊게 탐하기 시작했을 때 방에서 엥, 하고 시연의 울음소리가 터져 나왔다. 떨어진 두 개의 입술이 아쉬움을 감추지 못하고 움찔거렸다.

"질투쟁이 이시연."

다진이 입술을 비죽였다. 짧게 입을 맞춰 준 뒤 방으로 들어가자 시연이 오만상을 찌푸린 채 울며 허공을 향해 두 팔을 뻗고 있었다.

"잘 자다가 왜 울어, 우리 공주님."

준열을 따라 방으로 들어온 다진이 시연의 기저귀를 확인했다.

"꿈자리가 사나웠나."

다진이 손바닥으로 시연의 눈두덩을 꾹 눌러 눈물을 전부 짜냈다. 울음은 그쳤지만 얼굴이 새빨개진 채로 씩씩대는 숨을 내쉬고 있었다.

준열에게 꼭 안겨 있는 시연과 눈을 마주치고 기분을 풀어 주려고 애쓰는 다진은 귀여웠다. 준열의 등 뒤로 숨었다가 나타나며 까꿍, 소리를 하기 여러 번. 시연이 까르륵대며 웃기 시작했다. 아이가 이렇게 자지러지게 웃으면 준열도 다진도 그 무엇보다 가장 기쁘고 즐거웠다.

"애들이 많으면 좋겠지?"

시연과 장난을 치며 놀던 다진이 두 눈을 동그랗게 뜨고 준열을 처다봤다. 시연은 준열의 어깨를 침 범벅을 해 놓고도 여전히 좋다고 웃고 있었다.

"많다는 건 얼마큼을 얘기하는 거야?"

"일단 기본 셋?"

"그 정돈, 뭐."

대수롭지 않게 답하는 준열 때문에 이번엔 다진이 자지러지게 웃었다. 그리고 준열의 품에 있는 시연을 데리고 갔다.

"아까 아빠가 재워 줘서 젖 못 먹었지, 공주님. 너 배고파서 깬 거 엄마가 다 알거든."

침대 맡에 기대기 편하도록 쿠션을 가져다 놓고 앉은 다진이 시연에게 젖을 물렸다. 아이를 낳기 전까지만 해도 군살 하나 없이 비율이 좋아서 예쁜 몸이었다. 하지만 임신을 하고 변하고, 아이를 낳고 붓기가 빠지고, 아이를 안고 젖을 물리는 다진을 보면 그 이전보다 훨씬 예쁘다는 걸 알 수 있었다. 여자에서 엄마가 된 것. 그럼에도 여전히 준열의 눈에는 누구보다 예쁜 여자인 것.

다진의 옆에 앉은 준열이 그녀의 어깨에 머리를 기댔다. 온 힘을 다해 젖을 빠는 시연의 입술이 더없이 귀여웠다. 준열이 시연의 콧잔등을 톡 쳤다. 간지러웠는지 고사리 같은 손으로 제 코를 문질렀다.

"예쁘다, 우리 공주님."

시연의 이마에 맺힌 땀을 손바닥으로 닦아 내며 다진이 웃었다.

"당신도 예뻐."

다진의 목에 입술을 대고 훅 불어넣듯 말을 뱉었다. 소름이 오소소 돋아나는 게 입술로 고스란히 전해졌다.

"시연아, 엄마는 너한테 동생이 많았으면 좋겠는데 오늘 밤엔 좀 자면 안 될까?"

간곡한 부탁에 가까운 음성에 준열은 그만 웃음이 터졌다. 시연의 발을 만지작거리다가 웃느라 힘이 들어갔더니 시연이 엥, 하고 투정을 부렸다.

"심기 불편하게 하지 마요. 기분 맞춰 주면 오늘 밤엔 잘 잘 수도 있잖아."

다진은 스스로가 한 말에 웃고 난 뒤 준열의 볼에 살짝 입을 맞췄다. 이럴 땐 영락없이 연애할 때나 신혼 초 때의 다진으로 돌아가는 것 같았다. 하지만 이내 시연을 볼 때면 엄마의 눈빛이 되었다. 어떤 모습이든 더할 나위 없이 예뻐서 준열은 이 여자를 자신의 여자로 선택한 게 정말 잘한 일이라고 다시 한 번 깨달았다.

✳

세 번째 해의 가을.

승태는 아장아장 걷는 시연을 넋을 놓고 쳐다보고 있었다. 준열의 옆에 있으니 아이는 더욱 작아 보였다.

"쟤 진짜 아빠 다 됐네."

준열은 시연의 옆에서 걷고 있었다. 아장아장 걷는 시연의 보폭에 맞춰 아이가 발을 내디딜 땅을 먼저 살피고 언제든 아이가 넘어지거나 휘청거리면 바로 잡을 수 있도록 손을 뻗고 아빠의 모습으로 걷고 있었다.

가던 걸음의 앞에서 커다란 나무를 만나자 시연의 고사리 손이 나무 기둥을 툭툭 쳤다. 그리고 아이의 시선에선 끝이 보이지 않는 높다란 나무를 고개를 젖혀 올려다보려고 애썼다. 시연의 옆에 쪼그리고 앉은 준열은 언제 아이가 뒤로 발라당 넘어질지 몰라 아이의 등에 두 손을 대고 있었다.

"아빠가 애기 잘 보는 거 멋지더라."

반쯤 넋을 놓은 것 같은 희경의 소리를 들으며 승태는 콧방귀를 뀌었다. 그 옆에 있던 다진은 낮게 웃었다.

"내 신랑이 멋진 거야."

어련하시겠냐고 비꼬는 소리를 잊지 않고 희경과 승태는 시연과 준열을 보고 있던 시선을 거뒀다.

하늘은 높고 바람은 조금 차지만 햇볕이 좋은 가을날이었다. 가볍게 도시락을 싸서 소풍을 가자는 다진의 얘기에 희경은 득달같이 달려 나왔다.

"엄마, 엄마."

한 걸음에 엄마 한 번. 박자를 맞추듯 엄마를 부르며 시연이 다진을 향해 종종걸음으로 달려왔다. 시연이 다진의 품에 무사히 안기자 그제야 마음이 놓였는지 준열이 다진의 옆에 털썩 주저앉았다.

"가족 바보."

"모범적인 가장한테 바보라뇨."

준열이 승태를 쳐다보고 반박했다.

"잘 살길 바랐지만 바보가 되길 바란 적은 없는데."

구시렁거리는 승태의 말을 무시하고 준열은 중간에 시연이 벗어 버린 모자를 다시 씌워 줬다. 모자를 씌우느라 머리를 꾹 눌렀더니 시연이 준열의 팔을 붙들고 꺅꺅거리며 좋아했다.

"예쁘구나."

"그럼요. 누구 딸인데."

승태의 중얼거림에 다진이 뿌듯하게 어깨를 으쓱했다. 준열의 어깨 위로 타고 올라가려고 바동거리는 시연은 무척 바빠 보였다. 준열은 품에 매달려 있는 시연이 떨어지지 않도록 팔로 받쳐 주고만 있었다.

"난 쟤가 저렇게 애를 잘 볼 줄 몰랐어."

맥주 한 캔을 따며 승태가 준열을 신기하게 봤다. 희경 역시 신기한 건 마찬가지라며 고개를 끄덕이고 승태의 말을 거들었다.

"곰살맞은 성격은 아닌 것 같은데 은근히 다 챙기고."

김밥과 과일을 싸 온 다진이 도시락 통을 열며 준열을 쳐다봤다. 승태와 희경이 하는 말은 관심도 없이 기어이 어깨에 올라가 축 늘어진 몸을 걸치고 있는 시연에게만 신경을 쓰고 있었다.

"둘째는 저놈이랑 똑같은 아들로 낳아."

승태가 다진의 배를 쳐다보며 얘기했다. 둘째를 임신한 지 3개월. 준열도 다진도 아들이었으면 했지만 승태와 같은 마음으로 바라는 건 아니었다.

"이시연. 이모가 널 이렇게 예뻐하는데 자꾸 모른 척할래!"

어느새 다진의 다리 위에 앉은 시연을 보며 희경이 인상을 찌푸렸다. 얼마 전부터 낯을 가리기 시작해서 새치름하게 구는 중이었다. 시연은 희경을 빤히 쳐다보며 더는 갈 곳도 없는데 엉덩이를 슬금슬금 뒤로 뺐다.

"애는 얼마나 더 낳을 거야?"

준열은 승태가 건네는 맥주 캔을 거절했다.

"기본 셋이요."

담담하게 대답하는 준열을 보던 승태가 한쪽 눈을 찡그렸다.

"기본 안주 시키는 거 같다, 너?"

그 소릴 듣고 희경과 다진이 웃음을 터뜨렸다. 다진이 웃는 걸 보며 시연도 따라 웃었다.

"준열 씨 다복하게 지금보다 훨씬 행복하게 잘 살아요. 덕분에 요즘 차승태가 결혼이 그리 나쁘지 않을 것 같다고 생각하기 시작했거든요."

승태는 자신이 언제 그랬냐는 표정으로 어깨를 으쓱했다.

"승태 선배한테 나만큼 좋은 표본도 없죠."

자신만만한 준열의 대꾸에 희경은 박수까지 치며 좋아했다. 못마땅한 표정을 지을 줄 알았던 승태가 의외로 순순히 준열의 말을 인정하며 고개를 끄덕였다.

"결혼하려고요?"

다진이 두 눈을 반짝이며 승태를 보고 물었다.

"아직은 아냐. 차츰차츰 봐서."

지금까지의 승태를 생각하면 가히 상상할 수도 없을 만큼 긍정적인 답이었다. 다진이 잘됐다며 희경의 손을 잡고 흔들었다. 준열은 옅게 웃으며 플라스틱 포크로 작게 잘라 온 사과를 찍어 시연에게 주었다. 오물오물 사과를 오랫동안 씹는 시연을 한시도 시선을 떼지 않고 보고 있었다.

"이준열 너 원래 애들 안 좋아했지?"

"지금도 안 좋아해요."

승태와 희경의 눈이 동그래졌다. 다진은 준열 대신 뒷말을 덧붙였다.

"차가운 도시 남편은 자기 자식만 좋아해요."

모두 함께 웃었다. 그리고 웃는 모양과 소리를 빤히 보고 듣던 시연이 뒤늦게 웃었다.

집으로 돌아가는 차 안, 시연은 카시트에서 잠이 들었다. 다진은 시연의 손을 잡고 보드라운 손등을 연신 쓰다듬고 있었다.

"자기는 정말 대단한 것 같아."

나직하게 얘길 하더니 다진이 낮게 웃었다. 난데없는 소리에 준열은 그녀가 부연 설명을 하길 기다렸다.

"승태 오빠가 결혼에 대해 긍정적으로 생각하게 만들었잖아."

"글쎄. 의도한 적 없는데."

"그만큼 승태 오빠가 자기를 잘 안다는 거겠지. 그리고 자기가 좋게 변했다는 뜻이고."

준열도 다진과 크게 다르지 않은 미소를 지었다.

"전부 당신 덕이야."

다진은 대꾸하지 않았다.

"감기 걸리진 않겠지?"

신호에 걸려 차가 멈춘 사이 준열이 백미러를 통해 뒷좌석의 다진과 눈을 마주쳤다.

"따뜻하게 입혀 나왔으니까."

"시연이도 시연이지만 당신."

"나? 난 괜찮은데. 왜?"

"오후 되면서 바람이 차졌잖아. 지금 감기 걸리면 약도 못 먹는데."

"그럼 죽 끓여 줘. 삼계죽으로. 오렌지랑 유자차도 사 주고."

다진처럼 예전 일이 생각이 났는지 준열이 옅게 웃었다.

"시간 참 빠르다. 그게 벌써 몇 년 전이네."

다시 차를 움직이며 준열은 느릿하게 고개를 끄덕였다.

시간은 누구에게나 공평하게 주어져 있다. 그 시간을 빠르게 느끼는 것도, 느리게 느끼는 것도, 알차게 활용하는 것도, 그저 그렇게 흘려버리는 것도 사용하는 사람의 몫.

결혼 후의 시간이 어떻게 갈까 궁금했다. 하루하루가 더해져 한 달이 되고, 일 년이 되고 몇 해가 지나면서 준열은 알았다. 사랑하는 사람이 늘어나고, 지켜 주고 싶은 사람이 늘어나고, 나의 사람이 늘어나게 된다는 것. 가장이고 가족의 일원으로 함께 시간을 보내고 공유하며 살아가고 있다.

대단히 훌륭한 삶은 아닐지라도 잃고 싶지 않은 시간이 쌓여 가고 흘러간다.

※

네 번째 해의 겨울.

천천히 눈을 떴다. 흐릿하던 시야가 선명해지자 제일 먼저 눈에 들어온 건 앉아 있는 시연이었다.

다진과 준열 사이에서 잠들었던 아이는 앉아서 양손으로 이불 끝을 잡고 있었다. 그리고 두 손을 번쩍 들어 올려 이불 안을 들여다본다. 잠시 뒤 이불을 다시 내려놓는다. 그리고 다시 번쩍 손을 들어 이불 속을 들여다본다. 이불이 펄럭펄럭, 그 안으로 바람을 집어넣고 있었다.

거실에선 칭얼거리는 시훈의 소리와 자장자장 하며 시훈을 다독이는 다진의 목소리가 들렸다. 생후 6개월 시훈이 새벽에 깰 때면 다진도 준열도 곧바로 잠에서 깨곤 했다. 그런데 오늘은 준열이 피곤한 탓인지 시훈의 칭얼거림을 듣지 못한 모양이었다.

종종 새벽에 깨면 혼자 노는 시연은 마침 시훈이 칭얼거릴 때 깬 모양이었다. 아이는 다진이 시훈을 다독이는 동안 혼자 놀고 있었던 듯했다.

혼자 집중해서 놀던 시연이 놀라지 않도록 준열이 눈을 감고 몸을 뒤척였다. 그리고 더듬더듬 옆에 누운 시연을 찾는 시늉을 하며 손을 움직이다가 눈을 떴다. 이불을 들썩이던 행동을 멈추고 준열을 빤히 쳐다보고 있던 시연이 그가 눈을 뜨기 무섭게 까르륵 웃으며 준열의 머리를 감싸 안았다.

"아빠."

"시연이 깼어?"

"시훈이 깼어."

맑고 낭랑한 소리로 시연은 준열의 말을 정정했다. 준열이 웃으며 제 머리를 감싸고 있는 시연의 팔을 떼어 품에 안았다. 그리고 거실로 나오자 자신의 어깨에 기대고 있는 시훈의 머리에 볼을 대고 느릿하게 움직이고 있는 다진이 보였다.

"깼어?"

잠이 그득한 눈으로 물은 뒤 다진이 하품을 했다. 그리고 또 시훈의 등을 토닥이며 자장자장 소리를 냈다.

"내가 재울까?"

"아니야. 거의 잠들었어."

다진이 조심스러운 움직임으로 준열의 품에 안겨 있는 시연과 코를 맞대고 비볐다. 모녀 간의 애정 표현.

시연을 낳을 때도, 시훈을 낳을 때도 준열은 분만실에 함께 들어갔다. 출산이 그렇게 힘든 일인지 몰랐다.

시연 때는 진통이 크게 없이 낳았는데도 그녀와 고통을 함께하지 못하는 게 괴로웠다. 그런데 시훈이를 낳을 때는 예정일보다 빨리 양수가 터졌고, 양수가 터졌음에도 아이가 내려오지 않아 분만 유도제를 맞으며 진통이 오기를 기다렸다.

산모와 아기 모두를 생각해 수술을 결정해야 할 수도 있다고 했다. 다진은 자연분만을 하길 바랐지만 준열은 다진도 시훈도 그저 건강할 수 있는 방법이 무엇이든 그걸 택할 생각이었다.

다행히 수술을 결정하기 이전에 진통이 오기 시작했고 시연 때보다 훨씬 고통스럽고 힘겹게 시훈을 낳았다. 시연을 낳았을 때도 눈시울이 뜨거워졌지만 시훈을 낳았을 때 준열은 성인이 되고 처음으로 영이를 안고, 영이의 품에서 잠시 동안 소리 없이 울었다.

엄마라고 불렀던 시기가 짧았다. 군대에 가기 전부터 어머니라 불렀다. 그런데 자신도 모르게 '엄마' 하는 소리가 절로 나왔다. 비록 준열을 그런 고통 속에 낳은 건 아니지만 자신의 아이를 낳지 못하고 준열을 키우며 마음을 다해 사랑해 준 그 마음에 보답하고자 하는 간절함이 쏟아져 나왔다.

그리고 종종 준열의 마음을 들썩이게 했던 '근원'에 대한 궁금증을 접었다. 나를 낳은 이가 누구일까, 도대체 왜 스스로 키우지 못했을까, 지금 어딘가에서 어떤 모습으로 살고 있을까. 찾으려 애쓴 적은 없이 의문만 품고 있던 그 마음이 말끔히 사라졌다.

이중헌과 윤영이의 아들로 자랐다. 홍다진의 남편이 되어 이시연과 이시훈의 아버지가 되었다. 매여 있어 봐야 소용없는 근원보다 지금의 나와 내 주변 사람이 더욱 소중했다.

"시훈이는 왜 밤마다 깨?"

"너도 애기 때는 시훈이만큼 그랬어."

"영 살 때?"

"응. 영 살 때. 애기는 우유랑 이유식만 먹잖아. 시연이처럼 밥도 먹고 간식도 먹는 게 아니니까 배가 고파서 깨는 거야."

낭랑하게 묻는 시연과 다르게 설명해 주는 다진의 목소리는 나직하고 조용했다. 품 안의 시훈이 다시 깰까 조심스러운 목소리. 하지만 묻고 있는 딸아이에게 정성스레 답해 주고픈 목소리.

"나도 배고파."

시연이 제 배를 만지며 준열을 쳐다봤다.

"시연이 지금 또 잘 거잖아. 시연이 잘 때 배 속은 쉬는 시간인데 지금 뭘 먹으면 배 속이 쉴 수가 없어서 힘들 텐데."

동그랗게 뜬 눈을 느릿하게 깜빡이며 시연이 준열의 목에 팔을 둘렀다.

"그럼 나 잘 때까지 아빠가 책 읽어 줘."

"응. 읽어 줄게."

준열이 시연을 안은 채로 방으로 들어갔다. 다진은 이제 새근새근 고른 숨을 내쉬는 시훈을 안고 조금 더 거실을 서성였다. 방에서 낮은 음성으로 동화책을 읽어 주는 준열의 목소리가 들렸다. 다진의 귀엔 그 어떤 아름다운 노래보다 기분 좋은 소리였다.

결혼 전에는 엄마가 되는 게 그토록 큰일인 줄 몰랐다. 그저 아이를 좋아하니까 내 아이를 낳으면 좋기만 할 줄 알았다. 하지만 한 사람의 인생을 책임져야 하는 부모가 된다는 건 상상할 수도 없을 만큼 굉장한 일이었다.

자신의 좋지 못한 버릇을 아이가 따라 할 때면 뜨끔뜨끔 놀라곤 했다. 자식은 부모의 거울이라더니 무의식중에 행동과 말투를 따라 하는 아이를 볼 때마다 새삼스레 무거운 책임감이 어깨를 짓눌렀다.

그렇지만 아이들을 보고 있다 보면 그런 생각은 자꾸 잊었다. 하루가 다르게 크는 아이들을 보는 건 기쁘고 즐거웠다. 지난날 자신이 쇼핑몰 모델을 하며 정신없이 바쁘게 지낸 게 거짓인 것처럼 느껴질 정도였다.

가끔 돌아가고 싶다고 생각할 때가 있었지만 그건 결혼하기 전, 희경과 가끔씩 고등학교 때로 돌아가 교복을 입고 싶다고 투정 부리던 것과 비슷한 무엇이었다. 지금의 생활엔 그 무엇과도 바꿀 수 없는 소중함이 있었다.

시연도 잠이 들었는지 준열의 목소리가 그쳤다. 조심스럽게 방으로 들어가 시훈을 아기 침대에 누였다. 준열은 잠든 시연의 가슴을 토닥여 주고 있었다.

침대 안으로 들어간 다진은 가운데 잠든 시연 너머로 고개를 뻗어 준열과 가볍게 입을 맞췄다. 시연을 토닥이던 준열의 손이 다진의 머리를 쓰다듬었다.

✻

유모차를 멈추고 다진은 마네킹의 옷을 유심히 쳐다봤다. 매장 안에서 나온 점원이 생글 웃더니 다진의 옆에 딱 붙어 있는 시연과 눈을 마주치기 위해 쪼그리고 앉았다.

"어머, 너무 예쁘다."

감탄 섞인 그 소리에 다진이 미소를 지었다. 시연은 다진의 뒤로 숨었다. 시연을 데리고 나올 때면 사람들의 관심은 절로 따라왔다. 누가 봐도 인형같이 예쁜 시연은 그 관심들이 아무래도 불편한지 낯을 많이 가렸다.

"엄마를 똑 닮았네요."

인사치레라 해도 듣기 좋은 소리였다.

"마네킹이 입고 있는 니트 좀 볼 수 있어요?"

"네. 들어오세요."

다진이 뒤에 숨어 있는 시연의 손을 잡고 매장 안으로 들어갔다.

"둘 다 손님 아이죠? 애들이 너무 예쁘네요."

"고맙습니다."

"애 둘 낳은 엄마라고 상상도 안 되는데요."

점원이 다진을 슬쩍 훑어봤다. 다진은 모른 척 점원이 꺼내 준 니트를 살펴보고 있었다. 유모차 안의 시훈이가 뭐라뭐라 옹알이를 해 댔다. 시연이 무릎을 구부정하게 굽히고 시훈을 들여다봤다.

"뭐라고?"

시훈이가 옹알이를 할 때면 시연이는 꼭 저렇게 대꾸를 했다.

"누나가 알게 말해야지. 똑바로."

시연의 얘기에 점원이 웃었다. 그 웃는 소리에 또 부끄러워졌는지 시연이 다진의 다리를 꼭 끌어안았다. 그때, 매장 안으로 아이를 부르는 준열의 목소리가 먼저 들어왔다.

"이시연."

"아빠!"

득달같이 준열에게로 달려간 시연이 그의 품에 안겼다. 시연을 안고 매장 안으로 들어오는 준열을 보고 인사를 하려던 점원이 행동을 멈췄다. 어디서 본 것 같은데. 누구더라. 아…… 아? 점원의 표정의 변화만으로도 그녀의 생각을 읽을 수 있을 정도였다. 하지만 준열은 점원은 신경도 쓰지 않은 채 지나쳐 다진의 옆으로 다가왔다.

다진은 마치 소녀처럼 양손을 가슴 앞에 모으고 입술을 벌린 채 준열을 바라보고 있는 점원을 모른 척하고 준열에게 물었다.

"예쁘지?"

다진이 남자 니트를 제 몸에 대며 보여 줬다.

"누구 거?"

"아버님."

"색이 너무 밝은데?"

"아버님한테 잘 어울릴 거 같지 않아? 그리고 밝긴 뭐가 밝아. 원래 연세 드실수록 화사한 색이 더 예쁜 거야. 그죠?"

확인을 위해 다진이 점원을 보며 물었다. 그제야 번쩍 정신이 났다는 듯 점원이 다진의 옆으로 재빠르게 다가왔다.

"그럼요. 요즘은 나이 불문하고 남자분들도 밝은 색 많이 찾으세요. 그런데 혹시…… 이준열 씨 맞으시죠?"

기어이 묻는 점원을 보며 다진은 미소만 지었고, 준열은 그저 고개를 끄덕였다.

방송이나 매체에 자신이 드러나는 걸 여전히 싫어하는 준열이었다. 그런데 작년, 준열이 블로그에 다진이 임신해서 배가 나오는 과정을 그림으로 그려 게재했던 게 인기를 끌었다.

입소문을 타고 흘러간 그림은 그가 예전에 그린 그림부터 최근의 그림까지 통째로 주목을 받도록 만들었다. 그러면서 자연스럽게 그림을 그린 준열에게로 관심이 쏠렸다.

하지만 준열은 방송에 나가지도 않았고, 인터뷰도 함부로 하지 않았다. 그럼에도 인터넷엔 그의 사진이 떠돌았고, 꽤 많은 팬이 생겼다. 준열의 일관된 무관심에 들끓던 각종 매체들의 관심은 줄어들었지만 길에서 알아보는 사람도 생겨났고, 그의 그림을 찾는 이도 훨씬 많아진 게 사실이었다.

"저 정말 팬이에요."

점원은 다진을 보며 얘기했다. 정말 팬이라면 이런 식으로 준열에게 알은척을 해 오진 않았을 거다. 그의 진짜 팬들은 준열이 뭘 싫어하는지 정확히 알았다. 무엇보다 자신의 가족들과 있을 때 사람들이 알아보는 걸 가장 싫어하는 그였다.

준열의 무관심한 태도가 무안했는지 점원은 더 이상 무어라 말을 잇지 못했다. 다진은 니트를 원래 있던 곳에 잘 걸어 두었다.

"조금 더 둘러보고 올게요."

다진이 웃으며 점원을 보고 얘기하자 점원은 다진이 들어왔을 때보다 더욱 정중한 태도로 매장을 나가는 둘에게 인사를 했다.

준열의 품에서 내려온 시연은 다진의 손을 잡았고, 자연스럽게 준열이 유모차를 밀었다.

"성형 수술이라도 해 버릴까."

농담처럼 들리지 않는 준열의 말에 다진이 두 눈을 동그랗게 떴다.

"절대 싫어. 지금이 얼마나 멋있는데."

"응! 아빠 멋있어!"

시연이 폴짝폴짝 뛰며 준열의 바지 자락을 붙들었다. 그제야 험악하게 굳어 있던 준열의 표정이 풀어졌다.

"그런데 갑자기 아버지 옷은 왜?"

"아버님 셔츠나 다른 건 밝은색이 있던데 니트는 다 회색 아니면 감색이잖아. 밝은색 니트도 잘 어울리실 텐데."

"당신이 사다 드리는 거면 해골 프린트된 것도 입으실 거야."

다진이 웃었다. 그러자 시연이 준열의 바지 자락을 놓고 다진의 손에 매달리며 물었다.

"왜? 왜 엄마? 왜 웃어?"

유모차 안의 시훈도 정체불명의 옹알이를 마구 해 댔다. 그 바람에 시연의 관심은 다시 시훈에게로 쏠렸다.

"이시훈! 누나가 똑바로 말하랬지!"

다진과 준열은 마주 보고 웃었다.

현관문이 열리기 무섭게 시연이 후다닥 안으로 뛰어 들어갔다.

"할머니, 할아버지!"

"어이구, 우리 시연이!"

영이가 시연을 반기는 소리가 들리고 뒤이어 중헌도 시연을 부르는 소리가 들렸다.

"어서 와."

다진이 들어서자 중헌이 그녀의 품 안에 있는 시훈을 데리고 갔다.

"맛있는 냄새. 어머니, 뭐 하셨어요?"

"잡채 했어. 시연이 좋아하잖아."

그 소리에 시연이 방방 뛰며 기뻐했다. 다진은 우선 꽃과 과일, 고기 등 사 온 것들을 정리하려고 주방으로 들어섰다. 잡채뿐 아니라 동그랑땡과 각종 전이 가지런히 부쳐져 있었다. 아침부터 두 내외가 부지런히 움직이고 준비한 게 눈에 보이는 듯했다.

"잠깐 못 봐도 부쩍 커."

못 본 사이 시훈이 묵직해졌다며 중헌이 흐뭇하게 웃었다. 중헌 품 안의 시훈은 그의 돋보기안경을 잡아채려고 버둥거리고 있었다. 위험할 것 같아 준열이 중헌의 안경을 빼자 시훈의 시선이 준열을 그대로 따라왔다. 그러더니 갑자기 중헌의 어깨를 깨물었다. 요즘 젖니가 나기 시작해서 간지러운지 뭐든 잘근잘근 씹는 버릇 때문이었다.

"아이고, 이 녀석 제법 세게 무네."

놀랐는지 중헌이 시훈의 엉덩이를 툭툭 쳤다. 준열이 시훈을 중헌에게서 데려온 뒤 다진의 가방에서 실리콘 장난감을 꺼내 시훈에게 쥐여 줬다.

"시훈이가 깨물었어요?"

주방에서 나오며 다진이 걱정스레 물었다. 중헌은 괜찮다며 허허 웃었다.

"제법 세게 물어요. 며칠 전엔 시연이 손가락을 물고 안 놔서 난리 났었다니까요."

다진의 말에 시연이 이젠 자국도 없어진, 시훈에게 물렸던 손가락을 영이와 중헌에게 번갈아 보여 줬다.

"한창 그럴 때지. 이 나는 게 가려워서 그런 거야."

"시연이는 그렇게 안 물었는데."

"시연이에 비해 시훈이가 더 활발하지?"

"네. 낯가림도 없어요. 시연이는 아직도 낯가리는데."

"시연이는 아빠 닮고, 시훈이는 엄마 닮았나 보다."

다진이 준열을 쳐다봤다. 준열은 낯을 가리기보다 사람을 싫어하는 성격이었다. 뭐, 그것도 일종의 낯가림이라면 낯가림일 수 있었다.

서로 근래의 안부를 물으며 얘기를 나눴다. 자주 통화하고 보는 편이지만 매일같이 보는 건 아니기 때문에 얘기는 끊임이 없었다. 무엇보다 간결하긴 해도 준열이 얘기하는 경우가 부쩍 늘어났다. 아이들에게 있었던 일도 잘 전하고, 자신의 일에 대한 얘기도 했다.

"전시회는?"

"의뢰 들어온 일이 많아서 전시회는 당분간 못 할 것 같아요."

"시연이랑 시훈이 그림은 전부 너희가 가지고 있을 거야?"

준열은 꾸준히 아이들의 그림을 그렸다. 대부분 크로키 북에 파스텔과 색연필을 가지고 그리는 그림이었다. 집에 오는 이들에게 아이들의 앨범과 같이 보여 주곤 했는데 양가 부모님이 가장 좋아했다.

"나중에 애들 크면 줘야죠."

"그 그림으로 전시회는 못 해?"

"할 생각 없어요. 너무 개인적인 거라."

자못 아쉬워 보였지만 중헌과 영이는 수긍하며 고개를 끄덕였다. 그런 부분에 있어 준열은 확고한 자신의 생각을 가지고 있었다. 다진은 이 남자가 자신의 사람이라 다행이라는 생각을 종종 했는데 그런 부분에 있어서도 다행이었다. 자신의 아이들이 이 사람을 아빠로 두어 아무나 받을 수 없는 선물을 받게 될 테니. 그 그림들을 자신은 평생토록 볼 수 있을 테니.

"저희 슬슬 셋째 계획도 세우려고요."

"정말 낳을 거야?"

늘 얘기해 왔음에도 영이는 또 되물었다. 준열이 이렇게 자식 욕심을 낼 줄 몰랐다. 하나를 낳아 보니 그토록 좋았던 걸까. 영이와 중헌의 입장에선 반기고 기쁜 일이지만 그럼에도 자꾸만 확인하게 되었다.

"네. 딱 셋으로 결정했어요."

결정을 내리고 홀가분하다는 듯 다진이 방글거리며 얘기했다.

"요즘 젊은 사람들 애 안 낳으려고들 한다던데."

"저흰 그냥 젊은 사람인가 봐요."

중헌과 영이가 웃었다. 보고만 있어도 예쁜 며느리는 언제나 기분 좋게 웃을 수 있도록 해 줬다.

"저희 계획은 어머님, 아버님처럼 가슴으로 낳는 자식을 막내로 두는 거예요."

다진이 준열을 한 번 쳐다보고 얘기했다. 중헌과 영이는 이게 무슨 소리일까, 하는 표정으로 멀거니 두 사람을 번갈아 바라봤다. 그리고 천천히 그 말을 곱씹으며 이해했다.

"입양을 하겠다고?"

중헌이 준열을 보며 물었다.

"네."

한 마디의 대답이 뭉클하고 가슴속에 파동을 일으켰다.

"준열 씨처럼 잘 키울게요."

그 어떤 말보다 감동적이고 가슴을 울리는 말이었다. 다진이 중헌에게 준열이 아버님을 꼭 닮았다고 했던 그 말보다 더욱 고마운 말이었다.

영이는 쉽게 어떤 말도 나오지 않아 그저 다진의 손을 꼭 붙들고 있기만 했다. 중헌은 두 눈을 말똥말똥 뜨고 자신을 보고 있는 시연의 머리를 연신 쓰다듬었다. 중헌과 영이의 마음이 자신들의 삶에 대한 감사함으로 가득 차는 순간이었다.

집으로 돌아온 준열과 다진은 우선 아이들을 씻겼다. 고단했는지 씻기기 무섭게 두 아이가 곯아떨어졌다. 그제야 준열과 다진도 쉴 수 있었다.

준열은 자연스럽게 다진을 자신의 앞에 앉혀 놓고 그녀의 어깨를 주물렀다.

"아, 시원해."

"오늘은 나는 안 해 줘도 돼."

"왜?"

"그냥."

안마를 해 줄 때면 준열은 늘 그렇게 얘기했다.

"준열 씨."

"응?"

"고마워."

"나도."

다진이 몸을 뒤로 기대 그에게 안겼다. 안마하던 걸 멈춘 준열의 팔이 다진을 감싸 안고 그녀의 어깨에 고개를 묻었다.

"나 얼마만큼 사랑해?"

처음 듣는 질문이었다. 당혹스러웠지만 웃음부터 나왔다. 준열이 낮게 웃는 숨결이 어깨에 닿자 간지러운지 다진도 웃었다.

"상상도 못 할걸."

"왜? 말해 주면 상상해 볼게."

"정말 못 할 거야. 당신 볼 때마다 생각해. 이러다가 내가 죽겠으니 내일은 그만 예뻐져라, 하고."

다진이 어깨를 살짝 들어 그의 머리를 밀어냈다. 그리고 몸을 돌려 준열과 마주 보고 앉았다.

"아직도 내가 그렇게 예뻐?"

"처음 봤을 때랑 똑같아."

"처음이면…… 서점에서 봤을 때?"

"응."

"그땐 나 좋아하지도 않았잖아."

"그래도 예뻤어."

"정말?"

처음 듣는 소리였다.

"응."

다진이 준열을 꼭 끌어안았다. 모자라고 또 모자라다는 듯 서로를 안은 팔에 자꾸만 더 힘이 들어갔다.

"다음 생에도 그다음 생에도 꼭 당신 선택할게."

울컥해서 답을 할 수가 없었다. 다진은 고개를 끄덕이는 걸 멈추지 않았다.

이 사람과 사는 것은 그렇게 살아가리라 다짐했다. 세월이 흘러 처음 만났을 때의 설렘이나 두근거림이 사라진다 하더라도, 서로가 서로에게 너무 당연해지고 삶의 고단함이 쌓여 서로에게 다소 소홀해지는 순간이 오더라도, 다음 생에 다시 사랑하자고 다짐하는 것처럼 소중하게 쌓아 올린 지난 모든 것을 잊지 말자고. 우리 두 사람에게만큼은 황홀했던 사랑의 순간들을 결코 지워 버리지 말자고. 그렇게 함께 늙어 가자고.

—The end

작가 후기

안녕하세요, 염원(念願)입니다.

'우연을 담다'를 통해 만나 뵙게 되어 반갑습니다. 혹여 제목을 보고 '우연히' 보신 분이 계시다면 더욱 반갑습니다.

'우연'이라는 말만큼 낭만적인 말도 없는 것 같습니다. 처음 이 글을 생각했을 때부터, 그리고 마무리를 짓는 지금까지도 저는 그렇게 생각하고 있습니다.

우연찮게, 우연하게 만난 두 사람의 인연을 절대로 풀어지지 않도록 꽁꽁 힘주어 묶으며 참 많이 웃었습니다. 세상엔 워낙 많은 사람들이 살고 있고, 그들의 사연을 전부 알 수 없지만, 어딘가에 이렇게 기가 막힌 우연으로 인연이 된 누군가도 있지 않을까 하고 생각하게 되더라고요.

연재를 했던 시기도 겨울이었고, 수정을 한 시기도 겨울입니다.

준열과 다진이 처음 만난 프롤로그 속 배경도 겨울, 에필로그의 마지막 배경도 겨울입니다. 쓰는 동안 제가 즐거울 수 있었던 건 겨울이 배경이기 때문이었습니다. 워낙 겨울을 좋아합니다. 준열이 그러했던 것처럼 추운 날 온몸의 감각이 곤두서는 걸 좋아합니다. 게다가 상쾌한 겨울바람 냄새도 무척이나 좋아하고요. 그렇기에 더더욱 즐거운 글이었습니다.

글 속에 소개되는 책들이나 시를 혹여 아시는 분이 이 글을 보고 공감하셨다면 더욱 좋을 것 같습니다. 유독 제 취향이 많이 깃든 이야기입니다. 준열과 다진이 좋아하는 음악이나 책, 시, 영화, 계절까지 말이죠. 그러하니 공감해 주신다면 더없이 기쁠 것 같습니다.

또 한 번의 겨울이 지나가고 있습니다. 늘 겨울만 기다리며 지내는 저에겐 서운한 때입니다. 하지만 '우연을 담다'를 수정하면서 마음껏 겨울을 만끽했기에 여느 때보다는 상쾌하게 겨울을 보낼 수 있을 것 같습니다.

연재 후 수정과 출간이 너무 오래 걸렸음에도 저를 토닥이며 기다려 주신 정시연 팀장님께 깊이 감사드립니다.

이 책을 읽어 주셔서 감사합니다. 다음에 또 저만의 이야기로 다시 찾아뵙겠습니다.

언제나 건강하시길 바랍니다.

—설렘을 가득 담아 겨울의 끝자락에 염원(念願) 올림.

우연을 담다

1판 1쇄 찍음 2014년 3월 4일
1판 1쇄 펴냄 2014년 3월 10일

지은이 | 염 원
펴낸이 | 정 필
펴낸곳 | 도서출판 **뿔미디어**

편집장 | 이재권
기획 · 편집 | 정시연 · 이은정
편집디자인 | 이진선

출판등록 | 2002년 9월 11일 (제1081-1-132호)
주소 | 경기도 부천시 원미구 상동로 117번길 49(상동) 503호
전화 | (032)651-6513 / 팩스 (032)651-6094
E-mail | scarlets2012@hanmail.net
블로그 | http://blog.naver.com/dahyangs
홈페이지 | http://bbulmedia.com

값 9,000원

ISBN 979-11-7003-279-3 03810

Scarlet

스칼-렛

Scarlet
스칼렛